HEYNE <

D1994111

Das Buch

Luke ist irgendwie lustig, und ich muss ein Grinsen unterdrücken. Sein Lächeln wird breiter, und ich fühle, wie mein Herz einen Schlag überspringt. Dann wird er gleich wieder ernst und hält seine Hand aus dem Fenster, um die Zigarette abzuaschen. »Scheiße, ich habe gar nicht gefragt, ob es okay für dich ist, wenn ich hier drin rauche.«

»Das ist dein Truck«, sage ich, nehme mein Bein wieder herunter und drehe mich nach vorn. »Hier drinnen kannst du machen, was du willst.«

»Ach ja?« Er neigt den Kopf etwas zur Seite und betrachtet mich. »Und wenn ich sage, ich will hundert Meilen die Stunde auf der Gegenspur fahren?«

»Dann sage ich, nur zu.« Irgendwie wünsche ich mir, er würde es tun, damit ich mein dringend nötiges Adrenalin bekomme und diese seltsamen Gefühle verschwinden, die er in mir auslöst. So habe ich schon sehr lange nicht mehr empfunden – falls überhaupt je.

Die Autorin

Die Bestsellerautorin Jessica Sorensen hat bereits zahlreiche Romane verfasst. Sie lebt mit ihrem Mann und ihren drei Kindern in den Bergen von Wyoming. Wenn sie nicht schreibt, liest sie oder verbringt Zeit mit ihrer Familie. www.jessicasorensen.com

Lieferbare Titel

Das Geheimnis von Ella und Micha
Für immer Ella und Micha
Verführt. Lila und Ethan
Die Sache mit Callie und Kayden
Die Liebe von Callie und Kayden

JESSICA SORENSEN

FÜREINANDER BESTIMMT.
VIOLET & LUKE

Roman

Aus dem Amerikanischen
von Sabine Schilasky

WILHELM HEYNE VERLAG
MÜNCHEN

Die Originalausgabe erschien unter dem Titel
THE DESTINY OF VIOLET AND LUKE

MIX
Papier aus verantwortungsvollen Quellen
FSC® C014496

Verlagsgruppe Random House FSC® N001967
Das für dieses Buch verwendete FSC®-zertifizierte
Papier *Holmen Book Cream* liefert
Holmen Paper, Hallstavik, Schweden.

Vollständige deutsche Erstausgabe 10/2014

Umschlaggestaltung: t. mutzenbach design, München
Umschlagabbildungen: © Stephen Carroll / Arcangel Images
Redaktion: Sabine Thiele
Satz: KompetenzCenter, Mönchengladbach
Druck und Bindung: GGP Media GmbH, Pößneck
Printed in Germany

ISBN: 978-3-453-53458-2

www.heyne.de

Für alle, die aus der Rolle fallen

LUKE

(Sechs Jahre alt)

Ich hasse es, zu rennen, und trotzdem mache ich das irgendwie dauernd. Und immer versuche ich, mich zu verstecken. Ja, ich verstecke mich eigentlich genauso viel, wie ich renne, denn sonst passieren schlimme Sachen. Ich werde gefunden. Oder gezwungen, Sachen zu machen, von denen mir schlecht wird. Wie *ihr* zu helfen.

»Komm raus, komm raus, wo du auch bist«, weht der Singsang meiner Mom mir nach, als ich aus der Haustür renne. Sie lallt, was bedeutet, dass sie wieder ihre Medizin genommen hat. Die nimmt sie sehr oft, und ich verstehe das nicht. Ich habe auch schon Medizin genommen, aber da war ich richtig krank, und sie hat mich wieder gesund gemacht. Meine Mom wird irgendwie nur kränker von ihrer Medizin.

Früher war sie nicht so, also jedenfalls nicht so schlimm. Ungefähr vor einem Jahr, als mein Dad noch da war, war sie normal und hat keine Medizin gebraucht. Jetzt nimmt sie ganz viel, und ich glaube, sie wird ein bisschen verrückt. Wenigstens denke ich das, wenn ich die Moms von den anderen sehe. Wenn die meine Freunde von der Schule abholen, sind sie immer fröhlich und überhaupt nicht komisch. Und meine Freunde freuen sich, dass sie da sind;

sie rennen nicht weg und verstecken sich vor ihnen, so wie ich vor meiner Mom.

Ich laufe hinters Haus, weg von ihrer Stimme, als sie hinter mir herjagt, mich sucht. Dauernd sucht sie mich, und ich hasse das. Manchmal hasse ich sie, weil ich ihretwegen immer weglaufen und mich verstecken muss. Und weil sie mich findet. Meistens verstecke ich mich unter dem Bett, im Wandschrank oder irgendwo anders im Haus, aber da hat sie mich in letzter Zeit immer schneller gefunden. Deshalb will ich mich heute draußen verstecken.

Als ich die hinteren Verandastufen erreiche, bleibe ich ruckartig stehen, denn ich bin furchtbar aus der Puste. Unter der Veranda ist gerade genug Platz, dass ich unter die morschen Bretter kriechen und mich da verstecken kann. Ich ziehe die Beine an und drücke meinen Kopf auf die Knie. Durch die Ritzen scheint die Sonne auf mich. Ich habe Angst, denn wenn die Sonne mich sehen kann, kann sie es vielleicht auch.

Deshalb rutschte ich nach hinten, näher an die unterste Stufe und aus dem Sonnenlicht, und dann halte ich die Luft an, als ich die Fliegengittertür quietschen höre.

»Luke«, sagt meine Mom von oben. Sie schlurft in ihren Hausschuhen über das Holz, und die Fliegengittertür knallt zu. »Luke, bist du hier draußen?«

Ich schlinge beide Arme um den Kopf, schlucke die Tränen hinunter, obwohl ich weinen will. Nur würde sie das ja hören. Und dann würde sie mich trösten wollen, und ich mag es nicht, wenn sie das macht. Ich mag viele Sachen nicht, die sie macht. Wegen ihr fühlt sich mein Leben oft so falsch an.

»Luke Price«, warnt sie mich und geht die Stufen runter. Ich spähe durch die Ritzen nach oben und sehe ihre rosa Hausschuhe. Der Qualm ihrer Zigarette brennt in meinen Augen. »Wenn du hier draußen bist und mir nicht antwortest, gibt es Ärger.« Sie singt es fast, wie ein Lied zu einem Spiel. Manchmal glaube ich, für sie ist es ein Spiel. Eines, das ich jedes Mal verliere.

Die Stufen knarren, als sie langsam nach unten geht. Asche fällt von ihrer Zigarette, mir auf den Kopf. Etwas landet in meinem Mund, aber ich spucke nicht aus. Ich bleibe so still wie ich kann, und strenge mich an, damit mein Herz nicht so laut pocht und meine Hände nicht so schwitzen.

Endlich, nach ewig langer Zeit, dreht sie sich um und geht die Stufen wieder nach oben. »Na gut, mach doch, was du willst«, sagt sie.

Nichts ist oder wird so, wie ich es will. Das weiß ich genau. Deshalb bleibe ich ganz still, auch als die Fliegengittertür wieder zufällt. Ich atme flach, während der Wind weht und die Sonne weniger wird. So bleibe ich, bis der Himmel fast grau ist. Erst da blinzle ich wieder durch die Ritzen nach oben. Ginge es danach, was ich will, würde ich immer hierbleiben, versteckt unter den Stufen. Aber ich habe Hunger und bin müde.

Ich kann sie nicht mehr sehen oder hören, also beuge ich mich vor, strecke den Kopf unter den Stufen heraus. Es sieht aus, als wäre die Luft rein. Ich krabble auf den Rasen, stehe auf und klopfe mir den Sand und die Steinchen von meiner eingerissenen Jeans. Dann atme ich einmal tief ein, laufe um das Haus herum, dicht am Zaun entlang, bis ich im Vorgarten bin.

Die Gegend, in der wir wohnen, ist nicht schön. Bei allen hier sieht der Rasen immer gelb aus, und die Häuser müssen dringend mal frisch gestrichen werden. Meine Mom sagt, dass wir hier wohnen, weil wir arm sind und uns nichts Besseres leisten können. Dass es nur an meinem Dad liegt, weil er uns verlassen hat und sich nicht für uns interessiert. Deshalb kommt er mich auch nie besuchen. Ich weiß nicht, ob ich ihr das glauben soll, denn meine Mom lügt immer. So wie wenn sie mir dauernd verspricht, dass es das letzte Mal ist und ich danach nie wieder Sachen machen muss, die ich nicht will.

Eine Zeit lang stehe ich im Vorgarten und überlege, wo ich hin soll. Ich könnte durch das Fenster meiner Schwester klettern und mich in ihrem Zimmer verstecken, bis sie nach Hause kommt. Vielleicht hilft sie mir dann. Aber sie ist in letzter Zeit so komisch und wird jedes Mal wütend, wenn ich mit ihr rede. Sie hat Glück, denn meine Mom achtet nicht so viel auf sie wie auf mich. Warum, weiß ich nicht. Ich bemühe mich wirklich, nicht aufzufallen. Ich mache keinen Blödsinn und putze und räume auf, wie sie es mag. Und ich bin ruhig. Meistens bin ich in meinem Zimmer und sortiere meine Spielsachen nach Arten, wie sie es mag, trotzdem ruft sie immer nach mir. Amy ist wie unsichtbar für sie.

Hat die ein Glück! Ich will auch unsichtbar sein.

Ich beschließe, runter zur Tankstelle an der Ecke zu gehen, wo ich mir einen Schokoriegel oder so kaufen kann, denn mir tut vor Hunger schon der Bauch weh. Aber kaum bin ich auf dem Gehweg, höre ich die Haustür aufgehen.

»Luke, komm sofort in Haus!«, sagt sie wütend, schnippt mit den Fingern und zeigt auf den Boden vor ihren Füßen. »Ich brauche dich.«

Ich erstarre und wünsche mir, ich wäre mutig genug, einfach weiterzulaufen. Richtig weg. Nie wiederkommen. Ich könnte in einem Pappkarton schlafen, was mir so viel besser vorkommt als unser steriles Haus. Aber ich bin nicht mutig. Ich drehe mich um und gehe zu ihr, so wie sie es von mir will. Sie hält die Tür auf. Ihr Haar ist unordentlich aufgesteckt, und sie hat dasselbe rosa Trägerhemd und dieselben karierten Shorts an wie sonst. Das ist wie eine Uniform für sie, bloß dass sie keinen Job hat. Keinen guten jedenfalls, in dem sie eine Uniform anziehen muss. Ihr Job ist, dass sie ihre Medizin an eklige Männer verkauft, die sie merkwürdig angaffen – oder Amy, wenn sie aus ihrem Zimmer kommt.

Sie krümmt ihren Finger. »Komm hier rein.«

Zittrig atmend gehe ich zur Haustür, und mir wird schlecht. Das wird es immer, wenn sie mich braucht. Mir wird schlecht, weil ich mir vorstelle, was ich für sie machen muss.

Als ich oben bin, geht sie einige Schritte rückwärts. Sie sieht nicht fröhlich aus, aber auch nicht traurig. Während sie mir die Tür aufhält, mustert sie mich mit ihren braunen Augen, die mich an den Beutel mit Murmeln erinnern, den ich wegwerfen musste, weil sie fand, dass sie falsch aussahen. Sobald ich drinnen bin, schließt sie die Tür, schiebt den Riegel vor, hakt die Kette ein und drückt das Schloss im Knauf ein, bevor sie sich umdreht.

Die Vorhänge sind zugezogen, und von einer brennenden Zigarette in dem blaugrünen Aschenbecher auf dem Couchtisch steigt Qualm auf. Hinter dem Tisch steht ein Sofa, das mit Plastikfolie bezogen ist, »damit die dreckige Luft nicht den Stoff ruiniert«, hat meine Mutter mal erklärt. Sie denkt immer, dass Dreck in der Luft dem Haus oder ihr was tut, weshalb sie so gut wie gar nicht mehr rausgeht.

»Warum bist du weggelaufen?«, fragt sie, als sie zum Sofa geht und sich auf den Plastikbezug fallen lässt. Sie saugt lange an der Zigarette, und einige Sekunden später kringelt sich Rauch um ihr Gesicht, in dem lauter rote Stellen sind. »Hast du ein Spiel gespielt oder so?«

Ich nicke, weil das viel besser ist, als ihr zu verraten, dass ich mich vor ihr versteckt habe. »Ja.«

Sie zieht noch mal an der Zigarette und starrt zu der Reihe Katzenfiguren auf einem der Borde, die alle Wände im Wohnzimmer füllen. In jeder Reihe sind die Figuren nach Arten sortiert. Das hat sie mal gemacht, als sie nach zu viel Medizin seltsam wurde. Allerdings passiert es nur nach der einen Medizin, von der sie immer sehr, sehr lange wach bleibt, nicht nach der anderen, von der sie tief einschläft. In der Nacht, als sie die Figuren geordnet hat, war ich von dem Glasklirren und dem unverständlichen Gemurmel wach geworden. Ich sah nach, und sie war wie verrückt, bewegte sich zu schnell hin und her und versuchte, die Tiere zu ordnen, »sonst passiert was Schlimmes«. So etwas weiß sie immer; sie fühlt es in ihren Knochen. Ab und zu denke ich, dass schon genug Schlimmes passiert ist.

»Luke, hör zu«, sagt meine Mom. Ich sehe von den

Figuren zu ihr und wünsche mir, dass ich eine von ihnen wäre, sodass ich oben auf einem Bord stehen könnte und zusehen, statt mitmachen zu müssen. Sie nimmt die Zigarette in die andere Hand und beugt sich zur Seite, um nach ihrem kleinen »Medizinkasten« aus Holz zu greifen. Sie stellt ihn auf ihren Schoß, saugt noch einmal an ihrer Zigarette und legt sie in den Aschenbecher, um die Lampe anzuschalten. »Jetzt lass den Quatsch und komm her, ja?«

Alles an mir zieht sich zusammen, und ich sehe mich zur Haustür um. Dabei überkreuze ich die Finger und hoffe, dass Amy bald zu Hause ist und uns lange genug unterbricht, damit ich mir ein neues Versteck suchen kann. Aber sie kommt nicht, und ich stecke hier fest. Mit ihr.

»Muss ich?«, frage ich leise.

Sie nickt, und ihre Augen sind ganz unruhig. »Du musst.«

Zitternd drehe ich mich wieder zu ihr und gehe zum Sofa. Als ich neben ihr sitze, tätschelt sie mir den Kopf, als wenn ich ihr Hund wäre. Das macht sie oft, und ich frage mich, ob sie mich so sieht: als ihren Hund, nicht ihr Kind.

»Du warst heute ein böser Junge«, sagt sie und klopft mir weiter aufs Haar. Ich kann es nicht leiden, wenn sie das macht, und manchmal möchte ich mir den Kopf kahl rasieren, damit sie mich nicht mehr anfassen kann. »Du hättest kommen sollen, als ich dich rief.«

»Tut mir leid«, lüge ich, obwohl mir bloß leidtut, dass ich gefunden wurde. Ich muss bessere Verstecke finden und so lange da bleiben, bis sie aufhört, mich zu suchen. Vielleicht werde ich dann so unsichtbar wie Amy.

»Ist schon okay.« Sie streichelt meine Wange und meinen Hals, bevor sie ihre Hand wegzieht. Als sie mich auf die Wange küsst, mache ich die Augen zu und halte die Luft an, weil ich schreien will: *Fass mich nicht an!* »Ich weiß doch, dass du im Grunde ein braver Junge bist.«

Nein, bin ich nicht. Ich bin schrecklich, weil ich dich hasse. Ich hasse dich wirklich. Ich hasse dich so sehr, dass ich mir wünsche, du wärst tot!

Sie fängt an, ein ausgedachtes Lied zu summen, während sie den Deckel des Kästchens abhebt und vorsichtig zur Seite legt. Ich muss nicht mal reinsehen, um zu wissen, was darin ist: ein Löffel, ein Feuerzeug, ein kleiner Plastikbeutel mit Zeug, das fast wie brauner Zucker aussieht, ein dünnes Stück Watte, eine halbe Flasche Wasser, ein großes Gummiding und eine Spritze, die sie wahrscheinlich aus dem Vorrat meiner Insulinspritzen genommen hat.

»Weißt du noch, was du tun sollst?«, fragt sie und summt weiter.

Ich nicke. Tränen brennen in meinen Augenwinkeln, weil ich das nicht machen will. Ich will nichts von all dem tun. »Ja.«

»Schön.« Wieder tätschelt sie meinen Kopf, diesmal ein bisschen gröber.

Ich sehe nicht hin, als sie die Tüte öffnet und etwas von dem braunen Zeug mit etwas Wasser auf den Löffel gibt. Auch so kann ich mir gut vorstellen, was sie tut, denn ich habe es schon so oft gesehen, manchmal zweimal am Tag. Das kommt immer darauf an, wie viel sie mit sich selbst redet. Wenn es viel ist, braucht sie die Spritze oft. Aber dann, wenn sie ruhiger wird, ist es nicht so schlimm. Ich mag die ruhigeren Tage, an denen sie nicht wie wild putzt oder dauernd dasselbe vor sich hin redet. Ich finde es sogar gut, wenn sie völlig weggetreten ist.

Sie hält das Feuerzeug unter den Löffel und murmelt einen Songtext vor sich hin. Eigentlich hat sie eine schöne Stimme, aber das, was sie singt, ist gruselig. Als der Löffel heiß genug ist, wickelt sie das Gummiband um ihren Arm. Ich sitze neben ihr, trommle mit den Fingern auf meinem Bein und stelle mir vor, ich wäre in dem Bein statt hier. Irgendwo, nur nicht hier.

Ich hasse sie!

»Okay, Luke, hilf mir, ja?«, sagt sie endlich, nachdem sie ihre Medizin in der Wasserpfütze aufgelöst und etwas davon in die Spritze gezogen hat.

Ich zittere, als ich mich zu ihr drehe. Immer zittere ich. Immer bin ich unruhig, immer. Und ich habe immer solche Angst, dass ich etwas falsch mache. Es nicht schaffe. Jetzt reicht sie mir schon die Spritze und streckt den Arm über ihren Schoß. Sie hat diese lila Stellen und roten Flecken überall auf ihrem Arm von den ganzen anderen Malen, die ihr die Spritze gesetzt wurde. Ihre Adern sind dunkel unter der Haut, und ich kann es nicht ausstehen, wenn die Nadel da reinspritzt, genauso wenig wie sie. Aber wie jedes Mal ziele ich mit der Nadelspitze nahe an die Stellen, die schon in ihrem Arm sind.

Meine Hand zittert. »Bitte, ich will das nicht«, flüstere ich. »Bitte, Mom.« Ich weiß nicht, wieso ich es überhaupt versuche. Sie würde alles tun, um ihre Medizin zu bekommen. Und damit meine ich wirklich alles. All die Sachen, die normale Leute nicht tun.

»Tief atmen, weißt du noch?« Sie beachtet mich nicht,

als sie ihren freien Arm um meinen Nacken legt. »Weißt du noch? Du musst die Vene treffen. Du kannst mir den Arm versauen oder mich sogar umbringen, wenn du nicht aufpasst, okay?« Sie sagt es so, als wäre das etwas Nettes und würde mir etwas von meiner Angst nehmen.

Dabei macht es alles schlimmer, vor allem, weil ein Teil von mir will, dass ich die Vene verfehle. Ich muss oft tief einatmen, bis ich fast glaube, dass ich es schaffe, ihre Vene mit der Nadel zu treffen, so wie ich es schon Hunderte Male gemacht habe. Es ist eklig, als sie sich bei dem Stich ein bisschen verkrampft. Ich drücke die Spritze rein, und Sekunden später macht sie dieses komische Geräusch, bevor sie nach hinten sackt und mich mit sich zieht. Hastig ziehe ich die Spritze raus, bevor wir ganz in die Sofapolster sinken.

»Danke, Luke«, sagt sie müde und tätschelt mir den Kopf, während sie mich an sich drückt. Aus ihrem Hals kommt dieser bebende Ton, als wollte sie wieder summen, aber er bleibt in ihr gefangen. So wie ich.

Ich presse die Lippen zusammen, starre an die Wand gegenüber, atme so wenig wie möglich. Nach einiger Zeit fallen ihre Arme einfach runter. Eine Hand schlägt auf den Fußboden, als ihre Augen zugehen, und ich bin erst mal frei von ihr.

Dann setze ich mich auf, schlucke die Tränen runter und hasse sie dafür, dass sie mich hierzu zwingt. Und ich hasse mich dafür, dass ich es mache und froh bin, dass sie weggetreten ist. Wütend werfe ich die Spritze auf den Tisch und stehe auf. Mit aller Kraft drehe ich sie auf die Seite, weil sie manchmal kotzt. Jetzt habe ich das stille Haus für mich, so wie ich es mag. Aber irgendwie mag ich es auch nicht, denn die Leere wird schnell drückend. Was ich eigentlich will, ist das, was alle anderen Kinder haben. Die, die ich im Park sehe, wie sie auf den Schaukeln sitzen, und ihre Eltern geben ihnen Schwung, damit sie höher und höher kommen. Sie lachen und lächeln immer. Jeder scheint immer zu lachen oder zu lächeln. Außer mir. Wenn ich fast mal lachen muss, kommt bei mir sofort dieses eklige, scheußliche Gefühl hoch, gemischt mit Hass und Traurigkeit, von dem mir die ganze Zeit schlecht ist. Und dann ist es gleich wieder weg, und ich will nicht mal mehr lachen. Fröhlichkeit ist unecht. Die ist bloß Theater.

Ich werfe die Spritze und den Löffel in das Holzkästchen und frage mich, ob das Leben immer so sein wird. Ob ich immer so viel Traurigkeit und Hass in mir haben werde. Bis alles wieder in dem Kästchen liegt, zittere ich schon wieder und will unbedingt irgendwohin fliehen – wieder losrennen. Ich halte das nicht mehr aus. Ich kann hier nicht sein. Nicht bei ihr.

»Ich halte das nicht aus!«, schreie ich so laut ich kann und ramme meine Faust in den Couchtisch. Es knackt in meiner Hand und tut so weh, dass ich vor Schmerz weine, auf den Boden sinke, aber natürlich hört mich keiner.

Tun sie ja nie.

VIOLET

(Dreizehn Jahre alt)

Ich hasse Umziehen. Nicht nur von einem Haus zum nächsten, sondern von einer Familie zur anderen. Ich hasse es, meine Arme und Beine zu bewegen, im Leben voranzukommen, weil es eigentlich nur heißt, dass ich woanders hingehe. Wenn ich es mir aussuchen könnte, würde ich mich nicht bewegen, nie vorankommen, nie irgendwo hingehen. Aber ich muss immer. Ich habe keine Wahl, und ich weiß nie, wo oder bei wem ich sein werde. Manchmal sind die Familien nett, manchmal auch nicht. Trinker. Religiöse Irre. Leute mit einem Hass auf alles und jeden. Grabscher.

Die Familie, bei der ich jetzt bin, sagt mir, dass alles, was ich mache, falsch ist, und ich mehr wie ihre Tochter Jennifer sein soll. Ich weiß nicht genau, warum sie mich überhaupt genommen haben. Sie scheinen mit ihrem Kind ziemlich zufrieden zu sein, und ich bin nur eine schrille Deko, die sie ihren Freunden zeigen können, damit die ihnen sagen, wie toll sie sind, dass sie so ein verkorkstes Kind bei sich aufnehmen. Ich bin das Waisenkind, das keiner will, aber sie haben mich zu sich genommen und hoffen, dass sie mich hinbiegen können, damit ihre Familie super aussieht.

»Es ist ja so nett von euch, ihr ein Zuhause zu geben«, sagt eine Frau mit knallroten Haaren zu Amelia, die momentan meine Mutter ist. Sie hat mal wieder Nachbarn eingeladen, was sie oft tut und sich danach bei ihrem Mann darüber beklagt. »Diese armen Kinder brauchen so dringend ein Dach über dem Kopf.«

Amelia sieht zu mir. Ich sitze am Tisch und muss dort bleiben, bis alle wieder gegangen sind. »Ja, aber es ist nicht einfach.« Sie hat diesen gelben Pulli an, der mich immer an den Kanarienvogel von einer der anderen Familien erinnert. Der Vogel hat ununterbrochen Krach gemacht. Amelia richtet Kräcker und Käse auf einer geblümten Platte an und geht zum Kühlschrank. »Sie ist schon ein Problemkind.« Sie öffnet die Kühlschranktür und holt einen großen Krug Limonade heraus. Dann sieht sie wieder zu mir, beugt sich zu der Rothaarigen und sagt leiser: »Sie ist immerzu wütend. Neulich hat sie eine Vase zerschlagen, weil sie ihre Schuhe nicht finden konnte. Aber ich arbeite daran.«

Immerzu wütend. Das sagen irgendwie alle, dass ich so wütend auf die Welt bin und dass es verständlich ist, wegen dem, was ich durchgemacht habe. Und keiner will sich damit beschäftigen, dass ich wahrscheinlich zu viel Wut in mir habe. Dass ich gebrochen bin, labil, vielleicht sogar gefährlich. Eben alles, was kein Erwachsener bei einem Kind sehen will. Sie wollen Strahlen und Lachen, Kinder, die sie auch zum Strahlen und Lachen bringen. Ich bin die dunkle, morbide Seite der Kindheit. Garantiert warten sie nur darauf, dass ich ihnen einen Vorwand liefere, mich wieder loszuwerden. Und dann können sie jedem erzählen, dass sie es ehrlich versucht haben, ich aber schlicht zu verkorkst war.

»Und ihre Albträume«, sagt Amelia. »Jede Nacht wacht sie schreiend auf und hat sogar mal ins Bett gemacht.« Ihr Blick wandert zu dem zerschlissenen Teddy, den ich im Arm halte. »Sie ist sehr unreif und trägt dieses Stofftier überall mit sich herum … Das ist schon seltsam.«

Ich hasse sie. Sie versteht nicht, wie es ist, Dinge zu sehen, von denen die meisten Leute nicht mal zugeben wollen, dass es sie gibt. Die hässliche Wahrheit, grellrot, steckt in meinem Kopf; Bilder, die ich nicht abschütteln kann. Tod. Gewalt. Angst. Menschen, die anderen Menschen das Leben nehmen, als wäre ein Leben nichts. Dann lassen sie mich zurück, und ich trage die faulige, verrottende Wahrheit mit mir. Alleine. *Warum haben sie mich zurückgelassen?* Dieser Teddy ist alles, was ich aus der Zeit habe, als mein Leben noch nicht vom Hässlichen zerfressen war.

Ich drehe den Kopf weg und sehe aus dem Fenster zu dem Gartenschmuck, der wie eine Tulpe aussehen soll und in dem sich die Sonne spiegelt. Dabei drücke ich den Teddy fester an meine Brust. Er ist ein verfrühtes Geburtstagsgeschenk von meinem Dad, das er mir am Tag vor seinem Tod gab. An der künstlichen Tulpe draußen sind kleine rote, herzförmige Glasperlen, und wenn die Sonne auf sie scheint, flackern sie und lassen Punkte über den Estrich auf der Terrasse tanzen. Es ist hübsch, und ich konzentriere mich darauf, dränge meine Wut weg, verschließe sie in mir. Ich strenge mich an, meine Gefühle zu kontrollieren. Sonst kommen sie hoch, und dann muss ich es aufhören lassen – mit einem Adrenalinrausch.

Außerdem muss Amelia nicht wiederholen, was ich schon weiß. Ich weiß, was ich jede Nacht tue, genauso wie ich weiß, was ich für sie bin und dass sie mich in ein paar Monaten satt haben und mich zu einem anderen Zuhause schicken, wo die anderen Leute auch alles nervt, was ich mache, und mich weiterschicken. Es ist immer so, verlässlich wie ein Uhrwerk, und ich erwarte nichts anderes. Sonst wird man bloß enttäuscht. Früher, als ich kleiner war, hatte ich mir Sachen erhofft – dass ich weiter bei meiner Mom und meinem Dad bleibe, glücklich bin –, aber der Traum wurde an dem Tag vernichtet, an dem sie starben.

»Violet«, sagt Amelia streng, und rasch drehe ich meinen Kopf zu ihr. Sie und ihre rothaarige Freundin starren mich besorgt und ein bisschen ängstlich an, und ich frage mich, wie viel ihre Freundin von mir weiß. Weiß sie von der Nacht? Was ich gesehen habe? Wovor ich entkommen bin? Wovor nicht? Hat sie deshalb Angst vor mir? »Hörst du mir zu?«, fragt sie.

Ich schüttle den Kopf. »Nein.«

Sie zieht eine Braue hoch, während sie den Schrank über ihrem Kopf öffnet. »Nein was?«

Ich setze den Teddy auf meinen Schoß und sage mir, dass ich die Wut beherrschen muss, denn das letzte Mal, als ich sie rausließ, habe ich eine Menge Sachen kaputt gemacht und wurde hierhergeschickt. »Nein, Ma'am.«

Ihre Braue senkt sich wieder, und sie nimmt einige Dosen mit Bohnen aus dem Schrank. »Gut, also, wenn du bitte gleich zuhörst, dann muss ich nicht alles wiederholen.«

»Jetzt höre ich zu«, sage ich, und sie verzieht das Gesicht. »Entschuldigung. Ich höre jetzt zu, Ma'am.«

Sie sieht mich eisig an, stellt die Dosen auf die Arbeitsplatte und holt den Öffner aus einer Schublade. »Ich sagte, geh bitte in die Garage und hol mir Hamburger-Fleisch aus der Gefriertruhe.«

Ich nicke, hüpfe vom Stuhl und nehme den Teddy mit. Es ist gut, aus der stickigen Küche zu kommen und weg von ihrer Freundin, die mich ansieht, als würde ich sie gleich abstechen. Auf dem Weg zur Garagentür höre ich Amelia sagen: »Wir überlegen, den Sozialdienst anzurufen und sie wieder abholen zu lassen … Sie ist einfach nicht das, was wir erwartet hatten.«

Erwarte nie irgendwas. Ich will mich umdrehen und ihr das sagen, gehe aber zur Garage. Die Lichter sind an, und ich gehe die Stufen hinunter und will an dem Auto vorbei zur Gefriertruhe in der Ecke. Doch ich bleibe stehen, als ich Jennifer sehe, die mit einem Jungen und zwei Mädchen an Fahrrädern bastelt.

»Ach, seht mal, wer da kommt!«, höhnt sie und zieht ihr Rad von der Wand weg. Es ist genauso pink wie ihr Kleid. Früher hatte ich auch mal ein Fahrrad, nur war es lila, weil ich Pink nicht ausstehen kann. Aber ich habe nie gelernt, Rad zu fahren, und jetzt ist es Teil meines alten Lebens, eingepackt und verkauft, zusammen mit dem Rest meiner Kindheit. »Violet und der blöde Teddy.« Sie sieht zu ihren Freunden. »Den schleppt sie dauernd mit sich rum, wie ein kleines Baby.«

Ich drücke das Stofftier fest an mich und bemühe mich, nicht auf sie zu achten, denn mir bleibt nichts anderes übrig. Dies ist weder mein Zuhause noch meine Familie, und keiner wird sich auf meine Seite stellen. Ich bin allein auf der Welt. Das habe ich schon früh begriffen, und mich an den Gedanken zu gewöhnen, immer allein zu sein, hat das Leben die letzten Jahre ein wenig einfacher gemacht.

Hastig gehe ich an ihr und ihren Freunden vorbei, die lachen, als sie ihnen zuflüstert, dass ich stinke wie eine Obdachlose. Ich öffne die Kühltruhe, nehme ein Pfund gefrorenes Hackfleisch heraus und schließe den Deckel wieder. Dann will ich zurück, aber Jennifer hat sich mir in den Weg gestellt.

»Lässt du mich bitte durch?«, frage ich höflich, klemme das Fleischpaket unter einen Arm und den Teddy unter den anderen. Als ich an ihr vorbeigehen will, tritt sie auch zur Seite und breitet die Arme aus.

»Troll.« Der Junge lacht, und die Mädchen kichern.

»Das hier ist mein Haus«, sagt Jennifer böse grinsend. »Nicht deins, also hast du mir nichts zu sagen.«

Ich halte das Hamburger-Fleisch hoch und unterdrücke meine Wut. »Ja, aber ich soll das hier für deine Mom holen.«

Sie stemmt die Hände in die Hüften und erklärt hochnäsig: »Ja, weil du für sie so was wie unser Hausmädchen bist. Ich habe sogar gehört, wie sie zu meinem Dad gesagt hat, dass sie dich nur als Pflegekind genommen haben, weil sie jemanden brauchen, der das Haus putzt.«

Lass dich nicht von ihr ärgern. Es ist egal. Alles ist egal. »Geh mir aus dem Weg«, sage ich mit zusammengebissenen Zähnen.

Sie schüttelt den Kopf. »Kommt nicht infrage. Ich muss nicht auf dich hören, du stinkende, irre Versagerin.«

Die anderen lachen, und es kostet mich enorme Kraft, ihr nicht ins Gesicht zu boxen. *Du bist gut erzogen und tust so etwas nicht. Mom und Dad würden nicht wollen, dass du so bist.* Ich will zur anderen Seite ausweichen, aber sie tut es mir gleich und tritt mir gegen das Schienbein. Ein pochender Schmerz jagt mir das Bein hinauf, doch ich lasse mir nichts anmerken.

»Kein Wunder, dass du keine Eltern hast. Die wollten

dich bestimmt nicht«, spottet sie. »Ach nein, stimmt ja gar nicht. Sie sind tot … Wahrscheinlich hast du sie sogar selbst umgebracht.«

»Halt den Mund«, warne ich sie und zittere, als ich einen Schritt nach vorn mache. Der Junge steht auf und kommt mit einem Blick auf uns zu, bei dem ich weglaufen will. Aber das tue ich nicht, weil sie dann sicher hinter mir her rennen, und am Ende gibt man mir sowieso die Schuld.

»Was soll das heißen, sie hat ihre Eltern umgebracht?«, fragt er und wischt sich mit dem Daumen Schmiere von der Stirn.

Jennifer grinst boshaft und dreht sich zu ihm. »Hast du ihre Geschichte nicht gehört?«

»Halt den Mund!«, unterbreche ich sie und gehe so dicht an sie heran, dass ich sie beinahe umstoße. Dann hebe ich eine Hand, um sie wegzuschieben. »Ich warne dich.«

Sie redet weiter, als gebe es mich gar nicht. »Ihre Eltern sind umgebracht worden.« Sie sieht mich bösartig und voller Hass an. »Ich habe gehört, wie meine Mom erzählt hat, dass sie sie gefunden hat, aber ich glaube, sie war es selbst, weil sie *irre* ist.«

Im Geiste sehe ich meine Mom und meinen Dad in ihrem Schlafzimmer, umgeben von Blut, und raste aus. Ich verdränge das Bild, bis ich nur noch Rot sehe. Überall Rot. Blut. Rot. Blut. Tod. Und ein blödes kleines Mädchen, das nicht weg kann.

Ich werfe das Hamburger-Fleisch auf den Boden. Mich kümmert nicht, was mit mir passiert, als ich ein Büschel von ihrem langen blonden Haar packe und daran reiße. »Nimm das zurück!«, rufe ich und ziehe noch fester, während ich mich umdrehe und Jennifer mit mir vor den Wagen zerre, weg von dem Jungen.

Sie fängt an zu schreien, wirft den Kopf nach hinten, und Tränen laufen ihr aus den Augen. »Du verdammtes Miststück!«

»Lass sie los!«, brüllt der Junge und läuft um das Auto herum zu uns. »Du irrer Psycho!« Er ruft den anderen Mädchen zu, dass sie jemanden holen sollen, und sie laufen los. Auch sie sehen mich an, als wäre ich wahnsinnig.

Mir ist klar, dass Amelia gleich rauskommen wird, und dann dauert es nicht lange, bis sie den Sozialdienst anruft und die Leute mich abholen. Ich zittere vor Wut und Hass, die sich ganz gegen Jennifer richten, weil sie gerade vor mir steht. Sonst keiner. Meine Sicht wird so verschwommen wie alles in meinem Kopf und meinem Herzen, und es fühlt sich an, als wäre ich wieder in unserem Haus damals, würde in das Zimmer gehen, das Blut sehen … die Stimmen hören …

Ich bebe so sehr, dass meine Finger den Halt an Jennifer verlieren und ich sie loslasse. Sofort kippt sie gegen das Auto. Dann richtet sie sich auf, dreht sich um und schubst mich so fest, dass ich umfalle und mit dem Kopf gegen die Wand pralle.

»Du Psycho!«, schreit sie. Ihr Gesicht ist rot, und immer noch heult sie. »Meine Eltern schmeißen dich raus! Darauf kannst du wetten!«

Ich starre auf den Fußboden vor ihr, umklammere meinen Teddy und rühre mich nicht.

Sie stöhnt frustriert, stampft mit dem Fuß auf und läuft aus der Garage.

Kurz darauf kommt Amelia angerannt und schreit mich schon an, ehe sie bei mir ist. »Für dich ist es vorbei hier! Hast du mich verstanden?«

»Ja.« In mir ist kein Funken Gefühl mehr, und meine Stimme klingt hohl.

»Ja was?« Sie wartet mit verschränkten Armen auf meine Antwort.

Doch ich sage nichts, weil ich es ja nicht mehr muss. Mit diesem Haus bin ich fertig. Was eben passiert ist, lässt sich nicht auslöschen. Ich kann die Vergangenheit nicht ändern, genauso wenig wie ich über meine Zukunft bestimmen kann.

Sie wird wütend und läuft rot an, während sie versucht, sich zu beherrschen. Sie sagt mir, dass ich nichts tauge, dass keiner mich haben will, dass ich verschwinden muss. Im Grunde sagt sie mir bloß, was ich schon weiß.

»Hörst du mir eigentlich zu?«, schreit sie, und ich schüttle den Kopf. Zornig reißt sie mir den Teddy aus den Händen.

Das holt mich aus meiner Trance. »Hey, das ist meiner!«, rufe ich, springe auf und stürze mich auf den Teddy. Meine Schulter rammt ihren Arm, als sie das Stofftier in die Höhe hält, außerhalb meiner Reichweite.

Dann geht sie rückwärts und nimmt den Arm nach hinten. »Sieh es als Strafe dafür, dass du meiner Tochter wehgetan hast.«

»Deine Tochter hatte es verdient.« Ich werde panisch. Wenn sie irgendwas mit dem Teddy macht, werde ich wahnsinnig. Ich brauche ihn, sonst kann ich nicht überleben – will es nicht. *Warum habe ich überlebt?*

»Tja, wenn du dich bei Jennifer entschuldigst, kannst du ihn wiederhaben.« Sie geht zur Tür, wo ihre Tochter steht und grinsend auf meine Entschuldigung wartet.

»Tut mir leid«, knurre ich, weil ich den Teddy so dringend zurückhaben will, dass ich alles tun würde, was sie verlangt. »Bitte, bring ihn nicht weg«, flehe ich verzweifelt. »Er ist alles, was ich noch von meinen Eltern habe – das Einzige.« Ich bin schwach, erbärmlich, und das hasse ich. Ich hasse mich. Doch ich brauche den Teddy.

Jennifer grinst immer noch und lehnt sich an den Türrahmen. Ihre Wangen sind gerötet von den trocknenden Tränen. »Ich glaube nicht, dass es ihr wirklich leidtut, Mom.«

Amelia sieht mich an. »Nein, glaube ich auch nicht.« Enttäuscht runzelt sie die Stirn, als würde ihr endlich klar, dass sie mich nicht ändern kann. Dann dreht sie sich mit meinem Teddy in der Hand zur Tür. »Du kannst ihn wiederhaben, wenn ich eine echte Entschuldigung aus deinem Mund höre. Und die sollte lieber bald kommen, denn du bist nicht mehr lange hier.«

»Ich habe gesagt, dass es mir leidtut«, brülle ich und balle die Fäuste. »Was zum Teufel soll ich denn noch sagen?«

Sie antwortet nicht und geht mit meinem Teddy ins Haus. Jennifer lächelt hämisch, bevor sie sich wegdreht, das Licht ausschaltet und die Tür hinter sich schließt.

In der Garage ist es stockfinster, und ich finde es erdrückend. Aber damit kann ich umgehen. Dinge zu sehen, ist viel schlimmer als nichts zu sehen. Ich mag die Dunkelheit.

Ich rutsche an der Wand nach unten und ziehe die Beine an, während mich die Dunkelheit umfängt. Einige Tränen rinnen mir über die Wangen, und ich lasse sie laufen, weil es okay ist, denn ich bin im Dunkeln, und da sieht man es nicht.

Doch nach einer Weile kann ich nicht mehr aufhören, weil das, was Jennifer und die anderen Kinder gesagt haben, in meinem Kopf hallt. Ich denke an das letzte Mal, dass ich meine Eltern gesehen habe, in ihren Särgen, und wie sie dahin gekommen sind. Das Blut. Nie werde ich das Blut vergessen. Auf dem Boden. Auf mir.

Bald ist mein Gesicht ganz nass von Tränen. Mein Herz hämmert in meiner Brust, und ich reiße an meinem Haar, beiße die Zähne zusammen, schreie und stampfe mit den Füßen auf dem Boden. Unsichtbare Rasierklingen und Nadeln stechen und schneiden unter meiner Haut. Ich kann die Gefühle nicht abstellen, kann nicht klar denken. Ich brauche Luft. Ich habe Schmerzen und halte sie nicht aus. Ich muss hier raus, muss atmen.

Wacklig stehe ich auf und taste mich durch die Dunkelheit, bis ich die Tür gefunden habe, die auf die Einfahrt führt. Ich stoße sie auf und renne hinaus in den Sonnenschein, vorbei an den Wagen, die in der Auffahrt parken, und hinunter zum Gehweg. Ich werde erst langsamer, als ich den Highway vor dem Haus erreiche, auf dem die Autos schnell vorbeifahren. Ohne zu zögern, gehe ich in die Mitte der Straße und stelle mich auf die gelb gepunktete Mittellinie, die Arme weit ausgebreitet. Tränen sammeln sich in meinen Augen, als ich in der Sonne blinzle, und mein Puls wird schneller, je länger ich dastehe. Dieser

Energieschub, der zum einzigen Vertrauten in meinem Leben geworden ist, übernimmt.

Es fühlt sich an, als würde ich fliegen, mich kopfüber in etwas anderes stürzen, als herumgereicht zu werden, von einem zum anderen geschoben, weggegeben, weggeworfen, vergessen. Vor mir liegt das Unbekannte, und ich habe keinen Schimmer, was passieren wird. Das fühlt sich befreiend an. Also bleibe ich stehen, sogar als ein Wagen kommt. Ich warte, bis ich die Reifen hören kann. Bis ich das Auto sehe. Bis es nahe genug ist, dass der Fahrer hupt. Bis ich das Adrenalin spüre, das die Trauer und Panik aus meinem Körper und meinem Kopf spült. Bis meine Gefühle weg sind und ich nur noch Heiterkeit empfinde. Dann springe ich nach rechts, wo der Asphalt in Gras übergeht, während der Wagen nach links ausweicht. Bremsen quietschen. Wieder ein Hupen. Jemand schreit.

Ich liege lautlos im Gras und fühle mich zwanzigmal besser als in der Garage. In meiner dunklen Höhle der Taubheit bin ich zufrieden. Hier finde ich es okay, ein Kind zu sein, das keiner will. Das Kind, das wahrscheinlich besser dran gewesen wäre, wäre es mit seinen Eltern gestorben, anstatt alleine weiterzuleben.

Kapitel 1

VIOLET

(Erstes College-Jahr)

Ich habe mein künstliches Lächeln aufgesetzt, und keiner von den Leuten um mich herum merkt, dass es nicht echt ist. Es interessiert eigentlich auch keinen, genauso wenig wie sich irgendeiner von denen für mich interessiert. Ich bin auch bloß aus drei Gründen hier und mime den kleinen Sonnenschein: (1) schulde ich es Preston, meinem letzten Pflegevater, bevor ich achtzehn wurde, weil er mir ein Zuhause gab, als mich niemand sonst wollte; (2) weil ich das Geld brauche, und (3) weil ich den Rausch liebe, dass ich jeden Moment auffliegen könnte – so sehr, dass es eine Sucht geworden ist, ähnlich der Gier eines Alkoholikers nach Schnaps.

»Willst du einen Shot?«, fragt der Typ. Ich glaube, er heißt Jason oder Jessie oder irgendwas anderes mit J. Er muss es rufen, um den Song zu übertönen, der aus den Lautsprechern wummert. Dazu hebt er ein leeres Glas vor mein Gesicht. Seine grauen Augen glänzen betrunken und blöde, was so ziemlich ein und dasselbe ist.

Ich schüttle den Kopf, immer noch lächelnd. Dieses Kunstlächeln trage ich fast wie eine schimmernde Kette. Es macht mich hübsch, wenn ich in der Öffentlichkeit bin, und zu Hause kann ich es wieder abnehmen und beiseite werfen. »Nein danke.«

»Sicher?«, fragt er, neigt den Kopf nach hinten und trinkt den Rest von seinem Bier. Ein Rinnsal läuft ihm seitlich aus dem Mund und tropft auf sein dunkelblaues Polohemd.

Ich will schon sagen, *Ja, ich bin sicher*, doch das lasse ich und nicke nur, weil es immer gut ist, sich einzufügen. Dann wirke ich weniger seltsam, und die Leute sind weniger angespannt und trauen mir eher. »Ach, warum eigentlich nicht?« Ich will es lässig sagen, obwohl ich den brennenden Geschmack von Alkohol verabscheue. Ich trinke selten, und das nicht allein wegen des Geschmacks. Es ist mehr wegen der Sachen, die ich im angetrunkenen Zustand tue. Dann kommt mein wütendes, sprunghaftes, selbstzerstörerisches Alter Ego heraus; deshalb muss ich nüchtern bleiben. Nüchtern kann ich wenigstens kontrollieren, was ich tue, aber betrunken ist es etwas völlig anderes. Und das will ich heute Abend nicht. Ich habe schon ein kaum getrunkenes Bier in der Hand und nicht vor, es auszutrinken.

Jessie oder Jason hat dieses breite, idiotische Grinsen. »Leck mich!«, schreit er beinahe, als würden wir feiern, und ich möchte die Augen verdrehen. Er hebt seine Hand, damit ich sie abklatsche, und ich schlage meine Handfläche dagegen, wobei ich innerlich genervt stöhne, auch wenn es ein gutes Zeichen ist. Immerhin heißt es, dass er schon bald zu einem lallenden, besoffenen Idioten mutiert.

Es ist immer das Gleiche: Ich mache sie betrunken, dann bekomme ich mehr Geld. Das hat Preston mir beigebracht, und ich ziehe es inzwischen so gut wie jedes Wochenende durch, wenn ich auf die Partys in der Nachbarstadt gehe. Nie jedoch in der Stadt, in der ich das College besuche. Das wäre zu riskant und viel zu schnell auffällig, wie Preston gesagt hat.

Ich trage ein enges schwarzes Kleid, das meine wenigen Kurven betont, meine Lederjacke und schenkelhohe Schnürstiefel. Meine schwarzen, rot gesträhnten Locken hängen mir über den Rücken und verbergen das Drachen-Tattoo und die beiden kleinen Sterne in meinem Nacken. Die Sterne stehen für die Leute, die mich geliebt haben. Normalerweise trage ich mein Haar immer offen, weil anscheinend alle Jungs gerne mit ihren Fingern hindurchfahren, als würde ihnen das einen Kick verschaffen. Mich lässt es völlig kalt, aber viele andere Mädchen mögen es offenbar, wenn Typen mit ihrem Haar spielen. Sollen sie meines ruhig anfassen, wenn sie wollen, solange ich am Ende dieser Scharade bezahlt werde.

J., wie ich ihn nennen werde, weil ich beim besten Willen nicht mehr weiß, wie er heißt, schenkt zwei Tequila-Shots ein und verschüttet dabei etwas auf dem Tresen. Er reicht mir einen, und ich kippe ihn hinunter, ohne mit der Wimper zu zucken, behalte das eklige Zeug im Mund und hebe schnell mein Bier an die Lippen, als wollte ich damit nachspülen. Tatsächlich spucke ich den Tequila in die Flasche. Ich lächle, als ich die Flasche wieder absetze und das leere Shot-Glas hinstelle. Preston wäre so stolz auf mich, denn er brachte mir diesen kleinen Trick bei, wie ich nüchtern bleibe, während alle anderen sich betrinken, und auf die Art Fehler vermeide. Und ich bin froh, denn Fehler nimmt Preston gar nicht gut auf.

»Noch einen?«, fragt J. und zeigt auf das Glas.

Ich beschließe, dass es Zeit ist, von den Shots zum Wesentlichen zu kommen. Also schenke ich ihm mein schönstes Plastiklächeln. Meine Lippen sind knallrot geschminkt, und mein Kleid ist tief genug ausgeschnitten, dass ein wenig Dekolleté zu sehen ist – dank einem Push-up-BH. Das dient alles zur Ablenkung; es ist ein Kostüm, damit sie sich auf etwas anderes als den Deal konzentrieren. Abgelenkt sein ist dasselbe wie Fehler machen.

Ich greife nach seinem Shirtsaum und klimpere mit den Wimpern, als ich mich an ihn lehne und mich bemühe, nicht das Gesicht zu verziehen, weil sein Atem widerlich nach Alkohol stinkt. »Was wäre es, wenn wir auf dein Zimmer gehen?«, hauche ich an seiner Wange. »Dann können wir uns um Geschäftliches kümmern.«

Er blinzelt benommen mit seinen blauen Augen, sichtlich erschrocken, dass ich so direkt bin. So geht es den meisten Leuten. Und das liebe ich: sie zu schockieren. Sie in die Irre zu führen und sie nie wissen zu lassen, was wirklich in mir los ist. Ich lasse keinen richtig an mich heran, weil es niemand will, zumindest nicht aus den richtigen Gründen.

»Okay«, lallt er, stellt die Tequila-Flasche auf den Tresen und fährt sich mit den Fingern durch sein ordentlich geschnittenes blondes Haar.

Ich lächle weiter, während ich ein Limonenviertel vom Tresen nehme und es mir in den Mund stecke. Mit dem Saft will ich den scheußlichen Geschmack von Tequila vertreiben. Er schmeckt bitter-süß, aber wenigstens ist es besser als der scharfe Alkohol. Dann lege ich die ausgesogene Spalte auf den Tresen und nehme die Tequila-Flasche auf.

»Geh du vor«, sage ich zu J., und er wirft mir noch ein linkisches Grinsen zu. Wahrscheinlich denkt er, dass er nach unserem Deal noch mehr von mir bekommt. Das glauben die meisten Typen, und deshalb mag Preston es so, wenn ich das hier für ihn tue. *Du bist eine Ablenkung*, sagt er immer. *Eine sehr schöne, reizvolle Ablenkung.*

Tief im Innern weiß ich, dass ich es könnte. Mit J. herummachen und mich hinterher wohl ganz gut fühlen. Ich kann von einer Sekunde zur nächsten sämtliche Empfindungen wegschieben und sie erst wieder herauslassen, wenn ich sie brauche. Daher würde ich nichts fühlen, was es leichter macht, Dinge zu tun, die ich nicht unbedingt tun möchte. Außerdem sieht J. nicht schlecht aus, auch wenn er mir etwas zu sportlich und zu adrett ist. Er ist groß, breitschultrig, muskulös, und sein ganzer Körper schreit, dass er viel zu viel Zeit im Fitnesscenter verbringt. Ich frage mich, ob er Sportler ist, aber das spreche ich natürlich nicht an. Ebenso wenig wie ich mit ihm herummachen werde.

Er nimmt meine Hand – seine ist klamm – und führt mich durch die Menge von Leuten im College-Alter, die sich im Wohnzimmer drängen. Sie spielen gerade Bier-Pong. Einige der Mädchen sehen mich giftig an, als würde ich einen Jungen wie J. nicht verdienen, der ein Shirt mit Kragen und eine Uhr trägt, die wahrscheinlich mehr gekostet hat, als ich in meinem ganzen Leben an Geld ausgegeben habe. Es stört mich nicht, denn ich bin schon zu high von dem Kribbeln wegen dem, was ich tue – was ich gleich tun werde. Die Gefahr. Die Unsicherheit. Das Adrenalin.

Als wir den Flur erreichen, sind wir außer Reichweite der mürrischen Blicke, und zum Glück für mich ist J. schon ziemlich hinüber. Er kann sich kaum auf den Füßen halten, als er zur letzten Tür im Flur stolpert und mich mit sich zieht.

»Ups«, kichert er wie ein Mädchen und dreht den Türknauf. »Entschuldige.«

Ich habe keine Ahnung, wofür er sich entschuldigt, aber ich lächle. »Schon gut.«

Er grinst wieder und nimmt mir die Flasche ab. Dann trinkt er einen großen Schluck und ächzt, während er mir den Tequila hinhält.

Ich nehme ich die Flasche und stelle sie auf das Regal in der Ecke. »Legen wir mal eine kleine Trinkpause ein, okay?«

»Klar«, sagt er und versucht, mich mit einem preisverdächtigen Lächeln umzuhauen. »Wie wär's, wenn wir dich hier reinschaffen und aus diesen Klamotten?« Er mustert mich gierig von oben bis unten, und für einen kurzen Moment überlege ich, ihm meine Faust ins Gesicht zu knallen. Diesen Blick kenne ich zu gut, genau wie ich viel zu gut weiß, was er von mir will.

Stattdessen schubste ich ihn ein bisschen, sodass er rückwärts durch das dunkle, leere Zimmere stolpert. Ich folge ihm, bis er schließlich auf dem Bett landet. Dann schließe und verriegele ich die Tür, ohne ihn aus den Augen zu lassen. Sanftes Mondlicht fällt durch das Fenster herein und beleuchtet seinen benebelten Gesichtsausdruck.

»Komm … her …« Er stützt sich auf die Ellbogen, hat allerdings Mühe, seinen Kopf hochzuhalten.

Ich schlendere auf ihn zu und betrachte die Kleidung, die überall in dem großen Zimmer mit dem breiten Bett und der passenden Kommode verteilt ist.

»Erledigen wir zuerst das Geschäftliche«, sage ich und stelle mich dorthin, wo seine Beine über die Matratzenkante baumeln.

Er schüttelt energisch den Kopf, dann wandert seine Hand zu dem Ledergürtel an seinem Hosenbund. Eine Weile lang sehe ich ihm zu, wie er sich mit der Schnalle abmüht; schließlich verliere ich die Geduld, öffne den Gürtel und ziehe ihn aus den Schlaufen.

»Dachte ich mir doch, dass du es gerne grob hast.« Er lacht, setzt sich halb auf und will nach meiner Taille greifen. Doch ich stoße ihn sanft zurück, sodass er wieder flach auf dem Rücken landet.

Ich werfe den Gürtel auf die Kommode. »Ich bin nicht zum Spielen hier.«

»Preston hat versprochen, dass du … dass du …« Er blickt sich verwirrt im Zimmer um. »Dass du dich zuerst um mich kümmerst.«

Verdammt, Preston! Ich verdrehe die Augen, weil ich es nicht leiden kann, wenn er Sachen verspricht. Würde er einfach vage bleiben, hätte ich entschieden weniger Schwierigkeiten, wenn ich nicht mitmache. Andererseits erinnern sich die meisten hinterher sowieso nicht mehr an viel.

»Tue ich noch, Baby«, lüge ich, auch wenn es mich anwidert, so zu reden. Aber das hier soll friedlich ablaufen.

Ich hole die kleine Pillentüte aus meiner Jackentasche. Wenn ich Glück habe, probiert er eine und ist schnell weggetreten. »Aber zuerst musst du mich bezahlen.«

Er verlagert sein Gewicht zur Seite, schnappt sich die Tüte und rutscht nach hinten, um sich aufzusetzen. Sobald er einigermaßen sicher sitzt, öffnet er die Tüte. Er sieht hinein und tut so, als wolle er sich vergewissern, dass er nicht übers Ohr gehauen wird, obwohl es viel zu dunkel ist, um die Pillen zu zählen.

»Hast du das Geld?« Ich sehe mich um: eine Stereoanlage auf dem Nachttisch, ein offener Wandschrank, der vor Klamotten überquillt, ein geschlossener Schrank in der Ecke. Nirgends ist eine Brieftasche zu entdecken, also nehme ich an, dass er sie in seiner Tasche hat. Das macht es etwas komplizierter, sollte es Probleme beim Bezahlen geben.

»Geld kommt nach dem Spiel«, sagt er, doch ich verneine stumm und will das hier schnell hinter mich bringen. Als ich ihm sagen will, dass er bezahlen soll, hat er einen abrupten Energieschub. Er wirft die Pillentüte beiseite und packt mich so unerwartet fest in der Taille, dass ich das Gleichgewicht verliere und auf ihn falle, während er zurück auf die Matratze sinkt.

Dann fängt er an, an meinem Hals zu saugen und mich widerlich nass zu küssen. Seine Hände gleiten an meinen Beinen hinauf zum Saum meines Kleids. Sein Atem stinkt nach Tequila und Zigaretten. »Gott, du riechst so gut.« Er drückt seine Finger unangenehm fest in meine Haut. »Ich wette, du magst es wild … du siehst auf jeden Fall so aus.«

Würde ich einen Penny bekommen für jedes Mal, dass ich das höre, müsste ich nicht hier sein und dealen.

Ich drehe den Kopf, lehne mich zur Seite und versuche, mich aus seiner Umklammerung zu winden. Tatsächlich lockert sich sein Griff, aber er schlabbert weiter meinen Hals ab, und seine Hände sind auf meinem Hintern und drängen zwischen meine Beine. Mir wird langweilig, und meine Gedanken schweifen ab zu Hausaufgaben, Abschlussprüfungen und meinem Rückzug zu Preston in wenigen Wochen.

J. stöhnt an meinem Mund: »Ich bin so hart für dich, Baby.« Zum Beweis reibt er sich an meinem Bein und fährt mit seinen Fingern durch mein Haar.

Dass er mich so nennt und als Bumspfahl benutzt, nervt ein bisschen, und ich will ihm schon leicht das Knie in die Eier rammen, um seinen Steifen loszuwerden und diese Szene zu beenden, da hört er auf, mich zu küssen, und sackt nach hinten. Er murmelt noch etwas, dass ich ihn aufgegeilt hätte und jetzt hängen ließe, dann kippt sein Kopf zur Seite. Seine Augen fallen zu, und Sekunden später ist er weg. Seine Brust hebt und senkt sich unter den lauten Atemzügen.

»Gott sei Dank.« Ich klettere von ihm.

Zwar wird die Sache dadurch schwieriger, doch ich bin froh, dass er eingeschlafen ist. Nach einigem Überlegen, was ich tun soll, beschließe ich, es lieber Preston zu überlassen, also hole ich mein Handy heraus und wähle seine Nummer.

»Was gibt's, Schönheit?«, meldet er sich nach dem dritten Klingeln.

Ich gehe vor dem Bett auf und ab. »Ich habe hier ein Problem.«

»Was hast du jetzt wieder angestellt?«, fragt er in diesem Flirt-Ton, den er bei jedem hat, sogar bei Jungen. So ist er einfach, und ich weiß, dass es nichts zu bedeuten hat. Außerdem ist er acht Jahre älter als ich.

»Ich habe gar nichts gemacht«, antworte ich und sehe zu J. »Na ja, eigentlich nicht … J. … dieser Typ, dem ich liefern sollte, ist eingeschlafen.«

»Und?« Ich kann das Lachen in seiner Stimme hören.

»Und ich weiß nicht, was ich jetzt tun soll.« Ich bleibe stehen und betrachte J., dessen Arme zur Seite ausgestreckt sind. »Soll ich mir einfach sein Geld schnappen oder ihn richtig abziehen und auch die Pillen wieder mitnehmen?«

Es dauert ein bisschen, bis Preston antwortet. Im Hintergrund sind andere Stimmen zu hören, also ist er wohl auf einer Party. »Was meinst du denn?«, fragt er schließlich.

»Ich weiß, was ich will«, sage ich und nage an meinen Fingernägeln, was eine schlechte Angewohnheit ist, die ich anscheinend nicht abstellen kann. »Aber im Grunde ist das dein Ding. Ich tue dir hier nur einen Gefallen, und damit bin ich durch, wenn ich meine Studiengebühren abbezahlt habe. Das weißt du.«

»Ein Gefallen, hm? Wie schade, denn ich habe die ganze Zeit gedacht, dass du es machst, weil du heimlich in mich verliebt bist.«

Sein Humor ist wirklich schräg. »Hast du nicht.«

»Doch, habe ich.«

»Quatsch.«

»Und ob …«

»Hör auf«, unterbreche ich ihn, weil das ewig so weitergehen könnte, und J. rührt sich. »Hör mal, ich will hier dringend weg. Ich muss noch für eine Abschlussprüfung lernen. Und ich habe auch noch ein Leben.« Der letzte Teil ist nur ungefähr wahr, klingt aber nach einem theoretisch guten Argument. »Also, soll ich die Pillen und das Geld nehmen oder nur das Geld?«

Er überlegt wieder. »Wie viel hat er bei sich?«

Seufzend klopfe ich J.'s Hosentaschen ab, aber die sind leer. Ich klemme das Handy zwischen Wange und Schulter, um J. mit beiden Händen auf die Seite zu rollen und in seinen hinteren Hosentaschen nachzusehen. In der einen steckt das Portemonnaie. Ich ziehe es heraus, gehe ein Stück zur Seite und zähle das Geld.

»In seiner Börse sind hundert.« Ich runzle die Stirn, denn mir ist klar, was das bedeutet.

»Na, ist das nicht interessant? Ich hatte ihm gesagt, es sind zweihundert pro Tüte«, entgegnet Preston ruhig.

»Dann soll ich die Pillen auch wieder mitnehmen«, folgere ich matt. Manchmal, wenn ich Sachen mache, bei denen mir nicht richtig wohl ist, wie etwa einen Bewusstlosen bestehlen, meldet sich mein Gewissen.

»Ich denke, das ist nur fair«, antwortet er. »Vor allem, wo er offensichtlich vorhatte, dich zu bescheißen.«

»Vielleicht hat er das Geld noch woanders«, erwidere ich, auch wenn ich das stark bezweifle.

»Oder er wollte eben eine miese Nummer mit dir abziehen«, sagt er. »Buchstäblich.«

Ich atme langsam durch den Mund aus, nehme mir das Geld und fühle mich ein winziges bisschen schlecht. Dann lasse ich das Portemonnaie aufs Bett fallen und greife über

J. hinweg nach der Pillentüte. Beides stecke ich in meine Tasche und gehe zur Tür.

»Gib mir ungefähr eine halbe Stunde, dann bin ich bei dir«, sage ich zu Preston und öffne die Tür.

»Klingt gut«, antwortet er, als mir die Musik entgegendröhnt. »Und, Violet, denk dran, ich bin ein netter Kerl, aber versuch nicht, mich abzuziehen.« Das sagt er immer zur Warnung, um mich daran zu erinnern, dass das Geschäft vor unserer Freundschaft kommt – oder unserer Pflegevater-Pflegekind-Beziehung oder was immer das zwischen uns ist. Früher war er nicht so heftig, aber inzwischen sagt er so gut wie alles zu mir, und das macht mich nervös. Doch ich beschwere mich nie, denn ich habe viel zu große Angst, dass ich die einzige Familie verliere, die ich habe.

»Ja, ich denke dran.« Ich gehe den Flur hinunter, bleibe jedoch stehen, als ich eine Gruppe von Typen am anderen Ende sehe, bei denen ich mir ziemlich sicher bin, dass ich schon mit ihnen zu tun hatte. »Hör mal, ich muss Schluss machen.« Ich lege auf und stecke das Handy ein.

Einer der Typen mit einem richtig dicken Hals zeigt auf mich und sagt etwas, worauf die anderen in meine Richtung sehen.

»Hey, dich kenne ich doch, oder?«, ruft der Größte von ihnen und kommt auf mich zu. »Du bist doch dieses Mädchen, stimmt's? Das mir den Stoff auf der Party letzten Monat verkauft hat. Du hast mich ganz schön verarscht.« Ich bemerke die Wut in seinen Augen im gleichen Moment wie seine kräftigen Arme, die mich leicht verletzen könnten. Zunächst stehe ich nur stocksteif da, während sie alle näher kommen, und fühle, wie mein Herz schneller schlägt, lebendig und endlich wach.

Aber als sie fast bei mir sind, wirble ich herum und renne zurück in das Zimmer, in dem J. schläft, verriegle die Tür von innen und suche in der Dunkelheit nach einer Lösung.

»Mach auf, du verdammte Fotze!« Einer von ihnen hämmert an die Tür, und alle brüllen lauter als die Musik. J. schnarcht laut.

Es ist nicht das erste Mal, dass ich in so einer Lage bin, und voraussichtlich auch nicht das letzte. Ich frage mich, was meine Mom und mein Dad von mir denken würden, wären sie jetzt hier. Würden sie sich schämen? Aber sie sind nicht hier, und auch sonst interessiert es keinen auf der Welt, was ich mit meinem Leben anfange. Ich kann nicht einfach abwarten, dass etwas passiert – oder jemand auf wundersame Weise aufkreuzt und mir hilft. Nein, ich bin auf mich allein gestellt, immer.

Ich laufe hinüber zum Fenster, reiße es auf und hebe das Fliegengitter heraus, das ich auf den Boden werfe. Dann beuge ich mich über die Fensterkante und sehe hinunter. Ich bin im ersten Stock, unter mir ein Holzzaun. Es ist nicht tief, doch wenn ich auf dem Zaun lande, könnte es böse ausgehen. Ein Stück könnte sich in meinen Körper bohren, oder ich schlage unglücklich mit dem Genick oder dem Kopf auf der Zaunkante auf. Es sind finstere Gedanken, doch irgendwie kommen sie mir immer, diese Vorstellungen von unvorhergesehenen Toden, von blöden Zufällen, die niemand kontrollieren kann. Andererseits basiert ein Großteil meines Lebens auf einem Fall willkürlichen Sterbens.

Wenn ich springe, muss ich entweder heil auf dem Rasen hinter dem Zaun landen, oder ich werde verletzt, sterbe vielleicht sogar. So oder so ist mir egal, was mit mir geschieht, also steige ich auf das Fensterbrett und lasse das Schicksal übernehmen. Hinter mir klickt das Türschloss. Meine Zeit hier ist um.

Mein Herzschlag wird schneller, und ich atme in dem Rausch ein, dass mir etwas Tragisches zustoßen könnte. Nur so fühle ich mich wirklich lebendig und springe, ohne zu zögern.

LUKE

(Erstes College-Jahr)

Mein Abend besteht aus einem Shot nach dem nächsten, einem leeren Glas nach dem anderen. Ich kippe sie hintereinander herunter, während die Musik in meinem Brustkorb vibriert. Mit jedem Schluck Bacardi, Tequila oder Jägermeister werde ich entspannter, vergesse meine Sorgen und die Tatsache, dass ich meinen Blutzucker nicht gemessen habe. Zuerst wird meine Zunge taub, dann mein Mund, mein Körper und schließlich mein Verstand. Es ist ein verflucht schöner Zustand, und ich wünsche mir, dass es immer so bleibt – was es die meisten Tage auch tut.

Als ich den Überblick verloren habe, wie viele Shots ich getrunken und an wie vielen Hintern ich mich gerieben habe, verlasse ich den Club mit der Frau, mit der ich die letzten beiden Songs durchgetanzt habe, und wir überlegen, was wir machen wollen – vögeln, herumwandern, irgendwo zocken. Das vertraute Brennen in meiner Brust ist wieder da, als ich in einem Meer aus Alkohol ertrinke und mir alles egal ist. Entspannt atme ich die kalte Nachtluft ein und existiere einfach nur, ohne das Gewicht meiner Vergangenheit in mir. Ich trinke häufiger, vor allem seit sich die Vergangenheit wieder in mein Leben drängt. Vor allem das, was mit meiner Schwester Amy passierte, die Fragen zu ihrem Selbstmord vor acht Jahren. Ich dachte, das hätte ich hinter mir gelassen, doch vor einem Monat ungefähr tauchten neue Fragen auf, was sie dazu getrieben hatte, sich in jener Nacht vom Dach zu stürzen. Und zu allem Überfluss hat mein Dad auch noch beschlossen, wieder Teil meines Lebens sein zu wollen, nachdem er darin praktisch seit meinem fünften Lebensjahr nicht mehr vorgekommen war. Das ist Mist, und ich will nicht darüber nachdenken, nicht damit umgehen müssen. Allzu viel merke ich nicht, aber drei Sachen weiß ich sicher: a) dass es Nacht ist, weil ich die Sterne sehen kann; b) dass ich sehr entspannt und beherrscht bin, und c) dass eine Blondine vor mir kniet, die meinen Schwanz in ihrem Mund hat.

Meine Hand ist in ihrem Haar vergraben, und ich murmle hin und wieder wirr. Während sie ihren Mund vor und zurück bewegt, nähere ich mich dem Höhepunkt und lasse ihn kommen. Es sind die einzigen friedlichen Momente, die ich kenne, in denen ich nicht über die Vergangenheit oder die Zukunft nachdenken muss. Doch sobald ich fertig bin, nagt alles wieder an mir. Das Einzige, was mir da durchhilft, ist die Taubheit vom vielen Alkohol.

Ich mache meine Hose zu, und die Frau steht wieder auf. Sie sagt leise irgendwas, dass es fantastisch war, beißt sich auf die Unterlippe und streicht mit den Fingern meine Brust hinauf. Sie sieht aus, als warte sie darauf, dass ich den Gefallen erwidere. Aber das werde ich nicht tun, denn ich mache nur Sachen für mich selbst und sonst niemanden. Als ich jünger war, habe ich zu viel Zeit unter engsten Beschränkungen gelebt, habe nichts genießen dürfen, und ich weigere mich, dahin zurückzukehren.

Ich schiebe ihre Hand weg und gehe in der Hoffnung, dass sie mir nicht nachläuft. Was sie leider doch tut. Hinter mir klappern ihre Absätze auf dem Beton.

»Gott, ist das eine schöne Nacht!«, sagt sie mit einem zufriedenen Seufzen.

»Wenn du meinst. Musst du nicht wieder zurück zum Club, damit dich die anderen mit nach Hause nehmen?«

»Du hast gesagt, dass du mich nach Hause bringst«, entgegnet sie und muss laufen, um mit mir mitzuhalten.

»Habe ich?« Ich schwanke, als ich einem Ding ausweiche, das wie ein Busch mitten auf dem Fußweg aussieht. Nein, das kann nicht stimmen. Ich stoße mit der Hüfte gegen einen Zaun, stolpere vom Rasen und zurück auf den Gehweg.

»Ja, du hast gesagt, dass du mich gerne mitnimmst.« Sie muss sich an meinen Schultern festhalten und kichert. Mann, ich hasse Gekicher! Ich muss dringend besser aufpassen, welche ich mir aussuche, damit mir diese Kicherschnepfen erspart bleiben.

»Da hast du mich sicher falsch verstanden.« Ich schüttle ihre Hände von mir ab, trete zurück auf den Rasen, und sie gerät ins Schwanken. Für einen Moment sieht sie verdutzt aus, grinst aber weiter und schiebt ihre Titten nach oben, sodass sie halb aus dem Ausschnitt quellen. Das macht sie garantiert mit Absicht, um mir zu zeigen, was ich haben kann, wenn ich sie mit zu mir nehme. Ihr ist ja nicht klar, dass ich schon gehabt habe, was ich wollte. Und mich interessiert nicht, was sie mir geben will, sondern nur das, was ich von ihr hinter dem Baum bekommen habe.

In einem der Häuser in der Nähe läuft gerade eine Party, und laute Musik dröhnt heraus und bringt den Boden zum Beben. Wir sind im schickeren Teil der Stadt, wo lauter zweigeschossige Häuser mit identischen Vorgärten stehen und der Gehweg von Bäumen und Zäunen gesäumt ist. Ich bin nicht mal sicher, wie ich hierher gekommen bin, und weiß den Weg zurück zu meinem Wohnheim nicht. Manchmal frage ich mich, warum ich mich immer wieder in so eine verfluchte Lage bringe.

Ich muss wirklich mit dem Saufen aufhören.

Mein absurder Gedanke bringt mich zum Lachen, als ich stehen bleibe, um die Zigaretten aus meiner Hemdentasche zu holen. Schließlich ertrage ich das Chaotische in meinem Leben nur, wenn ich besoffen bin, denn nüchtern suche ich sofort panisch nach irgendeiner Form von Struktur. Die hatte ich als Kind nie. Ich hatte eine verrückte Mom, die verrückten Mist gemacht hat und mich in ihre verrückte Welt zerrte, sodass ich mich mit ihr irre fühlte. Bis heute habe ich Albträume von einigen der Sachen, die ich sie tun gesehen oder gehört habe, und ich brauche Ordnung, weil mich andernfalls das eklige, kranke Gefühl von früher vollständig einnimmt.

Ich stecke mir eine Zigarette in den Mund und zünde sie mit dem Feuerzeug aus meiner hinteren Hosentasche an. Dann inhaliere ich tief und blase eine Rauchwolke aus. Erst jetzt gehe ich weiter, wobei ich mich im Zickzack vom Gehweg auf den Rasen und zurück bewege und mehrmals in den Zaun renne.

»Wo willst du denn hin?«, fragt die Blondine, zupft an ihrem Kleidersaum und eilt mir nach.

Ich tippe die Asche von meiner Zigarette. »*Ich* gehe zu mir.«

»Das ist cool«, sagt sie lallend. Meinen wenig subtilen Wink kapiert sie nicht. »Meinetwegen können wir ruhig laufen.«

Eigentlich sieht sie gar nicht betrunken aus, und in dem Club hatte sie bloß diese fruchtigen Mädchen-Drinks, aber ihrer Stimme nach muss sie reichlich hinüber sein. Noch dazu vertraut sie mir blind, sie dahin zu bringen, wo sie hin will, und ihr zu geben, was immer sie will. Sex vielleicht. Den besten Orgasmus ihres Lebens. Ein flüchtiges Entkommen aus der Wirklichkeit. Eventuell sucht sie auch nach Liebe oder jemandem, mit dem sie sich verbunden fühlen kann. Ihrem sehnsüchtigen Blick nach, der verspricht, dass sie alles tun würde, was ich möchte, schätze ich mal, dass es Letzteres ist. Und falls dem so ist, wird sie es bei mir nicht finden.

Womit mir zwei Möglichkeiten bleiben: Ich kann sie wieder hinter einen Baum ziehen und sie vögeln, bis sie meinen Namen schreit; dann bekäme ich noch einen kurzen Moment ohne das hilflose Gefühl des Ertrinkens in mir; oder ich rufe meinen Freund und Mitbewohner Kayden an, damit er mich abholt, denn allmählich werde ich müde.

Während ich noch mit mir ringe, höre ich ein komisches Rauschen über mir. Ich blicke gerade rechtzeitig nach oben, um zu sehen, dass etwas aus dem Fenster des Stadthauses fällt, an dem wir vorbeigehen.

Ich stolpere rückwärts auf dem Rasen, als es auf mich zugeflogen kommt, und strecke einen Arm aus, um die Blondine wegzuschubsen. Die Spitzen klobiger Stiefel knallen gegen meine Stirn, sodass ich fast hinfalle, während etwas vor mir im Gras landet und den kleinen Abhang zum Gehweg hinunterrollt.

»Was soll das denn?«, fragt die Blondine und verdreht ihren Fuß so, dass er aus dem Schuh rutscht. Hastig richtet sie sich ihr Haar.

Ich halte die Luft an und schüttle den Kopf, der mörderisch wehtun dürfte, wenn ich morgen wieder nüchtern werde. Normalerweise verhält sich mein Herz still, wenn ich so betrunken bin wie jetzt, aber nun arbeitet sich mein Puls durch die zahlreichen Shots, und auf einmal fühle ich mich vollkommen klar.

Angespannt atme ich aus und konzentriere mich auf das, was eben aus dem Fenster gefallen ist, während ich mein Herz ermahne, gefälligst ruhig zu sein. Zuerst bilde ich mir ein, ich würde halluzinieren, deshalb blinzle ich mehrmals zu dem … Menschen … dem Mädchen, das auf dem Rücken liegt und sich stöhnend den Knöchel hält.

»Oh verdammt, tut das weh«, ächzt sie und rollt sich auf die Seite.

Mein Herz rast immer noch, und ich bewege die Hand zum Mund, weil ich hoffe, dass mir Nikotin hilft, doch ich muss meine Zigarette verloren haben. »Scheiße, ist alles okay mit dir?« Ich fahre mir mit den Fingern durchs Haar, als ich zu dem Fenster aufsehe, aus dem sie gestürzt ist, und dann wieder zu ihr. Soll ich ihr helfen oder so?

Sie stößt einen kehligen Laut aus, als sie sich auf Hände und Knie stützt und aufsteht. Ihre Beine zittern, und sie humpelt, um den linken Knöchel möglichst wenig zu belasten. »Ja, alles super.« Ihre Stimme ist angespannt, und normalerweise würde mich ihre abweisende »Lass mich in Frieden«-Haltung abschrecken, aber sie ist eben aus einem verfluchten Fenster gefallen, und dieses Gefühl von Déjà-vu trifft mich wie ein Hammer, denn ich frage mich, ob Amy genauso gestürzt ist.

»Hast du dir den Fuß verletzt?« Ich folge ihr, als sie den Gehweg entlanghumpelt. Blondie ruft mir nach, dass sie ihren Schuh nicht finden kann, doch ich ignoriere sie und gehe hinter dem Mädchen her. Ich bin nicht mal sicher, warum, abgesehen von meiner Sorge, dass sie sich verletzt hat oder wieder versuchen könnte, sich etwas anzutun, so wie meine Schwester. Nur ist Amy nie wieder aufgestanden.

»Mir geht es gut«, sagt sie und wird schneller, als ein Typ etwas aus dem Fenster schreit. »Jetzt verschwinde.«

Ich sehe nach unten zu ihrem Knöchel, der in einem langen Stiefel steckt. Es ist dennoch offensichtlich, dass sie Schmerzen hat, so wie sie den Fuß schont. »Du solltest den Knöchel überhaupt nicht belasten, wenn er wehtut. Damit machst du es vielleicht schlimmer.«

An der Straßenecke schwenkt sie nach links und tritt in das Licht einer Straßenlaterne neben einem Parkplatz. Endlich kann ich sie richtig sehen und stelle fest, dass ich sie von irgendwo kenne. Sie hat langes schwarzes Haar mit roten Strähnen, deren Farbe zu ihrem Lippenstift passt. Sie trägt eine Lederjacke über einem engen schwarzen Kleid und Stiefel bis zu ihren Oberschenkeln.

»Hey, ich kenne dich«, sage ich, als wir vom Gehweg treten. »Oder?«

»Woher soll ich das wissen?« Sie sieht sich zu mir um und mustert mich. An ihrem Gesichtsausdruck kann ich ablesen, dass sie mich wiedererkennt, genau wie ich sie.

Doch sie humpelt auf eine Reihe geparkter Wagen zu, und ich gehe mit.

»Warte mal … Ich habe dich an der UW gesehen … Wir haben zusammen Chemie«, fällt mir ein, während sie eine Hand in ihre Jackentasche schiebt. »Bist du nicht die Mitbewohnerin von Callie Lawrence?« Ich zeige mit dem Finger auf sie. »Violet … irgendwas.«

Kopfschüttelnd holt sie ihre Autoschlüssel hervor. »Und du bist Luke Price. Der stoisch unnahbare Hurenbock/Footballspieler, der sich mit Kayden Owens ein Zimmer teilt.« Sie bleibt vor einem alten Cadillac stehen. »Ja, wir kennen uns. Na und?« Sie streckt die Hand mit dem Autoschlüssel zur Wagentür, aber ich fange ihren Arm ab.

»Moment mal, ›stoisch unnahbar‹?«, frage ich ein bisschen beleidigt. »Was soll das denn heißen?« Wir sind uns schon recht oft über den Weg gelaufen, haben aber nie miteinander geredet. Von Callie habe ich gehört, dass sie immer sehr ernst ist, und jetzt begreife ich, was gemeint ist. Aber das sagen Leute auch über mich, und dafür gibt es einen Grund. Einen finsteren Grund, über den ich ungern rede. Unwillkürlich frage ich mich, ob bei ihr ebenfalls so etwas dahintersteckt oder ob sie einfach nur eine Bitch ist.

»Es heißt, was immer du willst, dass es heißt, okay?« Sie schließt die Wagentür auf und blickt über das Dach. »Kannst du jetzt bitte meinen Arm loslassen?«

Ich hatte total vergessen, dass ich sie immer noch festhalte, und gebe sie sofort frei, während ich ihrem Blick zum Gehweg und dem Typen folge, der auf uns zugelaufen kommt. Als ich wieder zu ihr sehe, wirkt sie eindeutig panisch, bis sie merkt, dass ich sie anstarre. Da weicht die Panik einem Ausdruck vollkommener Gleichgültigkeit.

»Macht der Typ Stress?«, frage ich. »Falls ja, kann ich ihm in den Arsch treten, wenn du willst.« Dafür will ich mich ohrfeigen, denn fange ich erst an, mich zu prügeln, fällt es mir verdammt schwer, wieder aufzuhören.

Für eine halbe Sekunde scheint sie schockiert, aber auch das ist gleich wieder weg. »Ich kann auf mich selbst aufpassen.« Sie beugt sich runter auf den Fahrersitz, legt eine Hand an das Lenkrad und holt tief Luft, ehe sie zu mir aufblickt. »Hör mal, tut mir leid, dass ich dein Gesicht getroffen habe, als ich gestürzt bin.« Vorsichtig zieht sie ihr Bein ins Auto und verzieht das Gesicht vor Schmerz. »Das war keine Absicht.«

Ich taste meine Stirn ab, wo sich eine Beule bildet. »Ist halb so wild. Aber ich würde gerne wissen, warum du … aus dem Fenster gefallen bist.« Dabei bin ich nicht sicher, ob »fallen« das richtige Wort ist. Sie könnte gesprungen sein. Mit Absicht. Aus irgendeinem Grund.

»Ich bin nicht gefallen, sondern gesprungen.« Sie sieht nach wie vor zu mir auf, und da ist etwas in ihren Augen.

Ich zermartere mir mein Hirn, doch kurz darauf habe ich es: Distanziertheit. Als würde sie nichts empfinden, sie nichts interessieren. Für einen winzigen Moment beneide ich sie.

Bevor ich noch etwas sagen kann, blickt sie durch die Windschutzscheibe zu dem Typen, der mittlerweile die Parkplatzeinfahrt erreicht hat, dann zieht sie die Autotür zu. Sie startet den Motor, und ich muss zurückspringen, als sie losrast. Ja, sie fährt, als hinge ihr Leben davon ab, und ich frage mich, wovor sie flieht.

Kapitel 2

VIOLET

Eigentlich soll ich schlafen, aber ich bin viel zu aufgeregt. Morgen werde ich sechs, und ich kann es gar nicht abwarten, alle meine Geschenke zu sehen. Eines hat mein Dad mir schon gegeben: einen richtig süßen lila Teddy mit einer hübschen Schleife an der Vorderseite. Er hat gesagt, weil ich so besonders bin, bekomme ich eines meiner Geschenke früher; aber auf die anderen muss ich bis morgen warten.

Es ist spät, und ich kann den Mond draußen vor meinem Fenster sehen, der wie ein halb aufgegessener Keks aussieht. Die Sterne funkeln wie der Glitzer auf meinem Pyjama, und mein Nachtlicht in der Zimmerecke flackert mit. Heute ist der 4. Juli, und ich kann immer noch ein bisschen Feuerwerk von den Nachbarn hören.

Vom Bett aus sehe ich zu den Leuchtstickern an der Decke, von denen einige Herzen sind, andere Sterne. Ich versuche ja, die Augen zuzumachen, aber es geht nicht. Irgendwann stehe ich auf und gehe in mein Spielzimmer im Keller. Vielleicht kann ich ja aufhören, an all die Sachen zu denken, die ich morgen kriege, wenn ich ein bisschen gespielt habe.

Ich nehme meinen neuen Teddy und die Taschenlampe aus meiner Nachttischschublade und schleiche auf Zehen-

spitzen die Treppe hinunter. Unten bleibe ich stehen und sehe durch das Wohnzimmerfenster zu den roten und silbernen Lichtern, die am Himmel glitzern. Es ist so hübsch, dass ich es mir etwas länger ansehen muss. Als die Farben dumpfer werden, drehe ich mich zur Kellertür um und öffne sie. Viele Kinder, die ich kenne, haben Angst, in den Keller zu gehen, aber unserer ist überhaupt nicht schlimm. Mein Dad hat mich sogar meine Lieblingsblumen an die Wände malen lassen, und ich habe alle meine Spielsachen hier unten.

Anstatt das Licht anzuschalten, leuchte ich mit meiner Taschenlampe, weil ich so spät nicht auf sein darf, aber der Mond und das Feuerwerk leuchten durchs Fenster. Im Schein der Taschenlampe hüpfe ich die Treppe hinunter dorthin, wo meine Spielsachen in den Kartons im ganzen Raum verstaut sind. Es steht auch ein Sessel in der Ecke neben einem Bücherregal, wo ich ganz viele Bücher habe. Ich mag alles lesen, über Prinzessinnen, Monster, magische Königreiche. Einmal habe ich meinen Dad gefragt, ob es das alles wirklich gibt, und er hat gesagt, na klar, das Leben wäre doch überhaupt kein Spaß, wenn die Märchen insgeheim nicht wahr wären.

Ich gehe zum Bücherregal, weil ich mir denke, wenn ich eine Weile lese, kann ich besser einschlafen. Aber mein Lieblingsbuch steht nicht im Regal, deshalb gehe ich zum Vorratsraum, wo noch mehr Bücher auf dem Fußboden aufgestapelt sind. Mein Dad liest auch so gern, und wir haben so viele Bücher, dass wir oben keinen Platz mehr für sie haben. Jedenfalls sagt meine Mom das.

Ich setze den Teddy auf den Boden und leuchte mit mei-

ner Taschenlampe auf den ersten Bücherstapel. Die Bücher gehören alle meinem Dad. Ich knie mich vor den nächsten Stapel und lese die Titel. Endlich finde ich mein Buch, aber als ich es herausziehe, höre ich ein Geräusch aus meinem Spielzimmer. Es ist wie ein Schaben oder Kratzen, und sofort denke ich, dass es von einem Monster, einem Drachen oder etwas anderem mit Krallen sein könnte. Ich fange ein bisschen zu zittern an, als ich aufstehe und zu dem Kellerzimmer zurückgehe. Drinnen weht mir Wind ins Gesicht. Ich leuchte mit der Taschenlampe und sehe, dass eines der Fenster offen ist. Das verstehe ich nicht, denn ich habe es nicht aufgemacht, und ich glaube nicht, dass es offen war, als ich nach unten gekommen bin. Was, wenn es ein Monster war?

Ich leuchte mit der Taschenlampe auf alle meine Spielsachen, während ich rückwärts in die Ecke gehe. Dann strahlt das Licht auf etwas Großes … Ich höre Stimmen. Sie hören sich nicht an wie die von einem Monster, sondern wie von Leuten. Aber am Ende sind sie doch genau das.

Schreckliche, furchtbare Monster.

Ich wache atemlos auf, ringe nach Luft, umklammere mit heftigem Herzklopfen meine Bettdecke, kann nicht atmen und halte den Teddy fest an mich gedrückt. Es ist, als würde ich ertrinken, und für einen Moment glaube ich wirklich, unter Wasser gefangen zu sein. So wache ich seit dreizehn Jahren jeden Morgen auf. Früher habe ich dann so laut wie irgend möglich geatmet, aber ich habe mir antrainiert, leiser zu sein, seit ich mir ein Zimmer mit jemandem teile. Während ich langsam die Augen öffne und das Sonnenlicht sehe, atme ich immer noch angestrengt, und ich rolle mich schnell auf den Bauch, damit ich mein Gesicht im Kissen vergraben und die Angst und Panik ersticken kann. Ich packe die Decke mit beiden Händen und sage mir, dass ich nicht ertrinke, dass es sich bloß so anfühlt. Jene Monster existieren nicht. Das waren nur Leute. Richtig schreckliche Leute, die etwas ganz Furchtbares getan haben und nie erwischt wurden. Sie mussten nie bezahlen. Nein, sie leben weiter, verstecken ihre fiesen Krallen und Reißzähne, während ich allein durch die Welt ziehe.

Ich atme ein und aus, bis mein Gesicht heiß wird und der Geruch des Kissenbezugs zu viel für meine Nase ist. Erst dann drehe ich mich auf die Seite, zur Wand hin, und schiebe den Teddy weg. Ich spüre, dass meine Mitbewohnerin Callie wach ist, und ich will nicht sehen, wie sie mich anstarrt. Sie hat sich leise Musik angestellt, irgendein Mädchen, das den Text von so einem poetischen Song schreit. Das ist echt nicht meins. Ich mag heftigere Musik, so laut, dass sie die Gedanken in meinem Kopf und die Leere in meinem Herzen übertönt. Na ja, die sanften Beats von dem hier sind wohl beruhigend, nehme ich an.

Ich liege da, starre an die Wand und überlege, ob es sich lohnt, mich heute zu bewegen oder nicht. Alles an mir fühlt sich an, als wäre ich von einem Truck überfahren worden, als wären sämtliche Gelenke ausgerenkt und meine Organe aufgeplatzt. Trotzdem bin ich ziemlich sicher, dass es mir gut geht, abgesehen von meinem Knöchel. Letzte Nacht war er so geschwollen, dass ich kaum den

Stiefel ausziehen konnte. Ich bin blöd gelandet, als ich aus dem Fenster sprang, und ich bin recht sicher, dass ich etwas knacken gehört habe. Daran lässt sich aber nichts ändern, denn ich gehe garantiert nicht zur Studentenambulanz, wo mich irgendein Studentenarzt erwartet, und zu einer richtigen Praxis erst recht nicht. Dafür habe ich kein Geld, und ich will nicht noch mehr Schulden machen als mit den Studiengebühren schon. Ich hasse es, Leuten etwas zu schulden. Das macht mich abhängig, und Abhängigkeit führt zu Verletzungen. Es wird allerdings die Pest, wenn ich zu meinem Teilzeitjob als Kellnerin im Moonlight Dining and Drinks muss.

Nach einer Weile dreht Callie die Musik noch leiser, und ich höre, wie sie im Zimmer umhergeht, mit Papieren raschelt und Schubladen auf- und zumacht. Dann wird es still.

»Violet«, sagt sie, und ich verkrampfe mich. Als wir ins Wohnheim einzogen, haben wir mehr oder minder stillschweigend vereinbart, nur in Notfällen miteinander zu reden, deshalb ist es seltsam, dass sie mich anspricht. Außerdem glaube ich, dass sie mich für eine Nutte oder zumindest eine Schlampe hält, weil ich die Regel eingeführt habe, dass sie nicht ins Zimmer kommen kann, wenn ich einen roten Schlips draußen an den Knauf hänge. Ehrlich, ich deale nur, aber das muss sie ja nicht wissen. Da ist es besser, wenn sie mich für eine Schlampe hält, obwohl ich noch Jungfrau bin.

Ich rühre mich nicht, nicht mal, als sie neben mein Bett tritt, und hoffe, dass sie es aufgibt und geht. Es ist nicht so, dass ich sie nicht leiden kann oder so. Tatsächlich nervt

Callie mich weniger als die meisten anderen Leute, aber das liegt daran, dass sie selten redet. Und sie hat mich noch nie um irgendwas gebeten, wie zum Beispiel mal allein im Zimmer zu sein. Manchmal überlasse ich es ihr bereitwillig, weil ich nicht schon wieder reinplatzen will, wenn sie mit ihrem Footballspieler-Freund zusammen ist. Die beiden mögen sich definitiv zu gerne.

Endlich geht sie und macht die Tür hinter sich zu, sodass ich so laut atmen kann, wie ich will. Ich drehe mich um und zucke zusammen, weil mein Knöchel scheußlich wehtut. Verdammt! Aber ich werde es überleben. Es hätte noch viel schlimmer kommen können, und beinahe wünsche ich mir das. Ein bisschen gefährlicher, wie näher bei dem Zaun zu landen, statt diesen Footballspieler an der Stirn zu treffen. Ich frage mich, ob sein Kopf okay ist; ich habe ihn doch recht hart getroffen. Normalerweise habe ich einen Grund, wenn ich einen Jungen trete, aber diesmal war er einfach zur falschen Zeit am falschen Ort. Oder ich.

Ich sehe zur Uhr auf dem Schreibtisch und stelle fest, dass es viel später ist, als ich dachte. Ich muss unbedingt aufstehen und los. Vorsichtig setze ich mich auf, weil meine Muskeln energisch protestieren. Ich habe noch das Kleid von gestern Abend an, weil ich zu müde war, bis ich im Wohnheim ankam, mir noch meinen Pyjama anzuziehen. Der Stoff stinkt nach Zigaretten und Schnaps, wie immer, wenn ich auf einer Party war. Dieser Gestank scheint sich immer in meinen Sachen und meinen Poren festzusetzen, egal wo die Party stattfindet. Ich brauche eine Dusche, doch leider fehlt mir dazu die Zeit.

Ich schiebe meinen Fuß vom Bett und ringe nach Luft,

als das Pochen im Knöchel stärker wird. Er sieht furchtbar aus, zweimal so dick wie letzte Nacht, und er verfärbt sich bläulich lila. Aber das muss ich aushalten. Ich kneife die Augen zu, als ich mich aufstemme und ein bisschen Gewicht auf den Fuß verlagere. »Scheiße!«, fluche ich, als der Schmerz mein Bein hinaufschießt, und sacke aufs Bett zurück. Nach einigem Durchatmen versuche ich es noch mal, aber es ist unerträglich. Ich versuche, nicht die Fassung zu verlieren, denn ich darf den Kurs nicht versäumen. Ein Mal möchte ich etwas erreichen, und das sind gute Noten, sodass ich endlich etwas anderes mit meinem Leben anfangen kann, als von hier nach da zu wandern und ständig an meine Grenzen zu stoßen. Das ganze Semester habe ich es geschafft, zu allen Kursen zu gehen, und das dürfte die längste Zeit sein, die ich jemals an einem Ort durchgehalten habe, sieht man von Prestons Haus ab. Das ist eine echte Leistung für mich, und ich kann wahrlich nur wenige vorweisen, sofern man nicht mitzählt, dass ich mich rekordverdächtig oft in Streitereien und Prügeleien verwickeln ließ und die Pflegefamilien in einem schwindelerregenden Takt wechselte.

Ich raffe all meine Kraft zusammen und zwinge mich, es wieder zu versuchen. Als ich aufrecht stehe, beiße ich die Zähne zusammen und humple zu meinem Wandschrank. Einen Fuß vor den anderen. Ich kann das.

Zuerst will ich nach den Stiefeln greifen, entscheide mich dann aber um und nehme das einzige Paar Flipflops, das ich besitze. Nachdem ich meinen gesunden Fuß in den einen geschoben habe, halte ich mich am Türrahmen fest und zwinge den anderen Fuß in den zweiten Flipflop.

Nicht nur tut es höllisch weh, der Fuß ist auch noch viel zu geschwollen, als dass er hineinpasst.

Schließlich gebe ich es auf, nehme mir mein Buch vom Schreibtisch und sprühe mir etwas Deo auf. Dann kämme ich mir mit den Fingern das Haar und drehe es zu einem Knoten im Nacken. Ich habe schon schlimmer ausgesehen als in einem zerknitterten Kleid und einem Schuh. Zum Beispiel damals, als ich mein Shirt gegen eine Dosensuppe und ein Taschenmesser tauschte. Das war die kurze Phase, als ich auf der Straße gelebt habe und einige Zeit in diesem komischen Bandeau herumlaufen musste.

Ich hinke zur Tür, zerre sie mühsam auf und freue mich fast, als ich auf dem Flur bin. Jetzt schaffe ich es auch bis zu den Fahrstühlen, und dann ist alles gut. Mein Gewicht auf ein Bein verlagert und an der Wand abgestützt, hinke ich langsam den Flur entlang, wobei ich das Gaffen und Tuscheln der anderen nicht beachte. Ich jubele innerlich, als ich endlich im Fahrstuhl bin, der mich ins Erdgeschoss bringt.

Mit großer Mühe gelange ich hinaus zur Grünanlage, die das McIntyre-Gebäude umgibt; in diesem Wohnheim bringt die University of Wyoming die meisten Studienanfänger unter. Ich sehe auf meine Uhr, während ich meinen lädierten Fuß über den Gehweg zum Rasen schleife, und stelle fest, dass ich zu spät komme. Jetzt nicht ausflippen, ermahne ich mich und versuche, den Fuß stärker zu belasten, damit ich schneller werde. Ich atme mich durch den Schmerz und sage mir, dass ich schließlich tough bin. Aber dann trete ich in eine Kuhle im Rasen und verdrehe ausgerechnet den geschwollenen Knöchel unglücklich.

Ich stolpere zur Seite und lasse das Buch fallen. »Verflucht!«, schreie ich und halte mich an einem Baum neben mir fest, als der Schmerz in das Bein ausstrahlt.

Die Leute auf dem Weg sehen mich an wie eine Irre, und für einen kurzen Augenblick katapultiert es mich zurück in Amelias Garage, wo ich von Jennifer und ihren Freunden umgeben bin. Ich hasse es, wie ich mich allein bei der Erinnerung daran fühle – die Ohnmacht, das Bewusstsein, nichts wert zu sein. Jenes Mädchen bin ich nicht mehr. Ich bin stark, gewappnet und lasse mich nicht brechen. Trotzdem holen mich die Erinnerungen ein und zwingen meinen Schutzschild nach unten. Ich will zu dem einen fliehen, das mir hilft, sie abzustellen, meine Gefühle in mir zu verschließen. Aber dafür müsste ich mich bewegen. *Mist!*

»Komm runter, Violet«, murmle ich vor mich hin. Meine Haut ist schweißfeucht vor Anstrengung. »Mach dich nicht fertig. Reiß dich zusammen.«

Ich stemme mich von dem Baum ab, muss mich aber gleich wieder an ihm abstützen. Kopfschüttelnd lehne ich mich ganz dagegen. Ich bin frustriert, weil ich es nicht schaffen werde, und Panik schnürt mir die Kehle zu. Gleichzeitig bin ich schrecklich enttäuscht von mir. Ich muss das irgendwie wieder in den Griff bekommen, dafür sorgen, dass diese Gefühle verschwinden. Sofort!

Auf der Suche nach Ablenkung von dem, was in mir los ist, blicke ich mich um. Einige Jungen spielen Frisbee. Ich könnte einen Streit mit ihnen anfangen, mal sehen, ob ich sie provozieren kann, ein Mädchen zu schlagen. Aber eine Prügelei ist normalerweise der allerletzte Ausweg und verschafft mir kaum mehr den Adrenalinschub wie früher mal. Oder ich könnte mich mit diesem Ekelpaket drüben an dem anderen Baum anlegen, der mich mit seiner Kamera fotografiert. Das große Blitzlicht blendet mich sogar aus dieser Entfernung.

Ich neige mich blinzelnd vor, um ihn besser sehen zu können. Das letzte Mal, dass mich jemand so geknipst hat, war direkt nach dem Tod meiner Eltern, als jeder verdammte Reporter im Land ein Bild von dem Mädchen haben wollte, das die Ermordung seiner Eltern überlebt hatte. Aber das ist ewig her und interessiert längst keinen mehr.

Je länger ich den Kerl anstarre, desto weiter zieht er sich zwischen die Bäume zurück und drückt immer wieder den Auslöser. Ich bewege mich ein wenig nach vorn und sehe ihn drohend an.

»Wow, du siehst beschissen aus«, sagt plötzlich jemand neben mir, und ich erstarre. »Wie ich sehe, hörst du nicht auf meinen Rat und schonst den Fuß.«

Luke Price ist aus dem Nichts im Schatten der Bäume neben mir aufgetaucht. Ich habe ihn schon häufiger gesehen, na ja, und letzte Nacht natürlich, aber eigentlich kenne ich ihn nicht und fand ihn, wie ich ihm gestern schon sagte, immer extrem unnahbar. Sein schwarzes T-Shirt hat ein kleines Loch unten am Saum, ebenso wie seine Jeans. Er hat kurzes braunes Haar und sehr strenge braune Augen, bei deren Anblick ich ihn mir automatisch als Kämpfer oder Boxer vorstelle. Dabei ist er, soweit ich weiß, bloß ein Footballspieler – einer von diesen typischen Supersportlern, die in die Fußstapfen ihrer Väter treten.

Er betastet die Beule an seiner Stirn, und ich bemerke,

dass er ein Lederarmband trägt, in das »Erlösung« eingebrannt ist. Bedeutet das Wort irgendwas für ihn? Ist er mal gerettet worden?

»Na, wenn das nicht unser stoisch Unnahbarer ist!« Mein Versuch, gleichgültig zu klingen, scheitert leider, denn die Schmerzen und die Angst sind mir deutlich anzuhören. Wieder blicke ich hinüber zu dem Typen mit der Kamera, doch er ist weg. Ich sehe zu Luke und zwinge mich, die normale, desinteressierte Violet zu sein. »Gott, du weißt echt, wie man ein Mädchen bezaubert.«

Er betrachtet mich mit einem Blick, den ich nicht deuten kann. »Wer hat gesagt, dass ich dich bezaubern will?«

Ich bin nicht sicher, ob er ein charmanter Arsch sein will oder nur ein Arsch, auf jeden Fall reicht es mir. Ich muss mich dringend beruhigen. Nachdem ich einmal tief Luft geholt habe, bewege ich mich vorwärts, stocke aber gleich wieder, weil mir ein unerträgliches Stechen durchs Bein jagt und ich nach vorn kippe.

»Scheiße!« Luke springt mit ausgestreckten Armen nach vorn. »Warte, ich helfe dir.«

Ich hebe eine Hand und stolpere an den Baum zurück. »Schon gut. Ich brauche deine Hilfe nicht.«

»Ja, das sehe ich«, kontert er spöttisch.

»Ich muss nur mal verschnaufen, dann geht es wieder«, sage ich mit einer Überzeugung, die ich nicht empfinde. Im Grunde habe ich schon die Hoffnung aufgegeben, es heute zum Unterricht zu schaffen, und meine Angst wird immer größer. Ideal wäre, zurück ins Wohnheim zu gehen und mich auf die einzige Weise um das Problem zu kümmern, die ich kenne.

Er verschränkt die Arme, wobei sich seine Muskeln wölben, und presst die Lippen zusammen, um entweder seine Verärgerung oder ein Grinsen zu verbergen – das kann ich nicht erkennen. »Wohin versuchst du denn zu gehen?«

»Ich *versuche* nicht, irgendwohin zu gehen.« Ich presse meine Hände flach auf die raue Baumrinde. »Ich *gehe* zu meinem Kurs.«

Er zieht eine Braue hoch. »Chemie?«

»Ja, wo du auch sein solltest, wie ich vermute.«

»Stimmt, ich bin spät dran.« Er sieht flüchtig zum Gehweg und wieder zu mir. »Und jetzt komme ich dank dir sogar noch später.«

»Keiner hat gesagt, dass du stehen bleiben und mich ansprechen sollst.« Ich straffe die Schultern und mache mich bereit, erhobenen Hauptes über den Rasen zu gehen, ihm zu beweisen, dass mir noch ein Hauch Würde geblieben ist, obwohl ich weiß, dass ich die volle Strecke nicht schaffe. Aber ich kann ja so tun, zumindest bis er weg ist.

Ich mache fünf verblüffend sichere Schritte, bevor meine Knie nachgeben. Dann raubt Luke mir meinen letzten Rest Würde, indem er nach vorn hechtet und mich abfängt. Auch wenn es schlimmer gewesen wäre, hätte ich mich lieber mit einem Sturz ins Gras noch mehr verletzt, als meinen Stolz so verwunden zu lassen.

»Was machst du denn?« Bei meinem Versuch, mich wieder aufzurappeln, schabt mein Flipflop übers Gras. »Ich habe doch gesagt, dass ich es schaffe!«

»Tut mir leid, aber das schaffst du offensichtlich nicht«, erwidert er schlicht, hakt seinen Arm unter meinen und hilft mir auf.

Ich überlege, ihn wegzustoßen, als seine Hand an meine Taille gleitet, doch dann begreife ich, dass er mich nur stützen will. Prompt bin ich unsicher, wie ich mich verhalten soll. Ich bitte nie um Hilfe – so schwach bin ich nicht mehr –, aber rein technisch bitte ich Luke jetzt ja auch nicht, ob er mir hilft. Er macht es von sich aus, was etwas völlig anderes ist. Jedenfalls rede ich mir das ein, um mich besser zu fühlen. Außerdem ist er eine sehr gute Ablenkung von den Gefühlen, die eben noch in mir tobten. Ich merke bereits, wie ich ruhiger werde. Keiner hat so etwas je für mich getan, ausgenommen vielleicht Preston und seine Ex-Frau, meine Ex-Pflegemutter Kelley, und selbst bei ihnen kam es sehr selten vor.

»Und, darf ich dir jetzt zurück zu deinem Wohnheim helfen oder nicht?« Seine Finger drücken sanft in meine Seite.

Ich zögere, ehe ich eine Hand auf seine Schulter lege, um mehr Gewicht von meinem Fuß zu nehmen. »Nein, aber du darfst mir zum Kurs helfen.« Aus dieser Nähe nehme ich seinen Geruch wahr: Eau de Cologne, vermischt mit Seife und einem Spritzer Tequila.

Er starrt mich entgeistert an. »Du musst den Fuß hochlegen!«

»Nein, ich muss zum Unterricht«, widerspreche ich und halte den Atem an, weil sein Duftwasser wirklich gut riecht. »Das ist wichtig.«

»Warum? Es ist bloß ein Kurs.«

»Und ich versäume keine Kurse. Nie.«

Er sieht mich prüfend an – weiß der Himmel, was er in meinem Gesichtsausdruck sucht; eventuell ein Zeichen, dass ich nicht verrückt bin. Dann gibt er es auf und nickt. »Na gut, Violet …« Anscheinend wartet er, dass ich ihm meinen Nachnamen verrate, doch ich schüttle den Kopf. Ich mag meinen Nachnamen nicht sagen, weil es mich daran erinnert, dass ich die einzige Lebende bin, die ihn noch trägt. Natürlich könnte ich meinen erfundenen Namen nennen, aber auch den sage ich ungern, denn es kommt mir jedes Mal wie eine offene Einladung vor, mich zu kennen. »Okay, also Violet ohne Nachnamen, gehen wir zum Unterricht.«

Und dann, zum ersten Mal in dreizehn Jahren, hilft mir tatsächlich jemand. Und das Komische ist, dass er es freiwillig macht.

LUKE

Ich helfe Violet, stütze so viel von ihrem Gewicht, wie sie mich lässt, allerdings scheint sie wild entschlossen, sich möglichst wenig helfen zu lassen. Immer wieder belastet sie den verstauchten Knöchel. Er sieht übel aus, blau und lila und so dick geschwollen, dass sie nicht mal einen Schuh anziehen konnte. Im Ernst, am liebsten würde ich sie hochheben, damit sie den Fuß gar nicht mehr belastet und ich mich in meinem Tempo statt ihrem bewegen kann. Aber es ist sonnenklar, dass sie das niemals erlauben würde, und ehrlich gesagt bin ich auch nicht so ritterlich. Eigentlich würde es eher zu mir passen, dass ich sie unter dem Baum hocken lasse.

Es war sowieso ein Zufall, dass ich ihr über den Weg

gelaufen bin. Ich hatte heute Morgen einen Shot Tequila zu viel und war ein bisschen zu bedröhnt, um mit dem Wagen zur Uni zu fahren. Deshalb musste ich zu Fuß gehen, und so fand ich Violet an den Baum gelehnt. Sie sah aus, als hätte sie Probleme, und ich konnte nur noch daran denken, wie sie aus dem Fenster fiel … wie meine Schwester Amy vom Dach sprang … und auf einmal ging ich zu ihr.

Wir kommen deutlich zu spät, und Violet regt sich darüber auf. Dabei wirkt sie nicht wie jemand, dem es wichtig ist, pünktlich zu sein oder gute Zensuren zu bekommen; andererseits wirke ich ja auch nicht so. Mein Drang, das Leben, die Noten und alles zu kontrollieren, ist mehr ein Zwang, den ich schon früh entwickelt habe, um dem dauernden Kontrollverlust um mich herum entgegenzuwirken, als ich noch zu Hause wohnte. Ich frage mich, was Violets Gründe sind.

Im Kurs setze ich mich nicht neben sie, und das nicht bloß, weil ich dann ein bisschen penetrant rüberkommen würde, sondern weil es neben ihrem Platz keine freien Stühle mehr gibt. Ich setze mich an einen freien Tisch einige Reihen hinter ihr und versuche, mich auf das zu konzentrieren, was Professor Dotterman sagt, statt auf Violet, aber das ist schwierig.

Letzte Nacht habe ich schon viel über sie nachgedacht, betrunken wie ich war, und das widerspricht völlig dem Sinn und Zweck des Besäufnisses. Doch sie hatte mir nicht erklärt, warum sie aus dem Fenster gesprungen war. Ich möchte glauben, dass sie sich nicht das Leben nehmen wollte, nur mit dem, was ich weiß – was mit Amy passierte –, kann ich nicht anders, als einen tieferen Grund hinter ihrem Sprung zu vermuten.

Je länger ich sie beobachte, umso mehr analysiere ich sie. Sie ist extrem stur – so viel habe ich schon gemerkt –, sogar bis zu dem Punkt, dass sie sich weigert, ihren Fuß vor sich auszustrecken, was sehr viel bequemer wäre. Nein, sie sitzt aufrecht und hat die Füße fest unter sich aufgestellt. Offenbar habe ich eine echte Konkurrenz um meinen Titel als sturster Mensch der Welt gefunden. Diesen Titel halte ich quasi seit ich sechzehn war und beschloss, keinem mehr zu trauen und nur noch zu tun, was ich will. Ich hatte zu viel Zeit damit verbracht, anderen alles zu geben, was sie brauchten, und endlich wurde ich sechzehn und bekam meinen Führerschein. Plötzlich war ich frei, überall hinzufahren, wann immer ich wollte, und es war egal, wer bei mir war. Ich hatte mich selbst, das war das einzig Wichtige. Keiner kontrollierte mich oder hatte Macht über mich. Seitdem achte ich sehr darauf, dass es so bleibt.

Violet scheint irgendwie genauso zu sein. Bisher bin ich noch niemandem begegnet, der so entschlossen war, Sachen alleine zu machen. Allerdings werde ich sie nicht fragen, warum. Als ich bloß ihren Nachnamen wissen wollte, hat sie mich mit einem tödlichen Blick bedacht, und wahrscheinlich würde sie mir kräftig in den Arsch treten, sollte ich sie irgendwas Persönliches fragen. Andererseits hat die Vorstellung, dass sie mir in den Arsch tritt, einen gewissen Reiz. Normalerweise ist das nicht mein Ding. Ich mag es leicht und unkompliziert, weil meine Kindheit kompliziert genug war. Trotzdem finde ich den

Gedanken spannend, Violet herauszufordern. Es muss wohl daran liegen, dass mich noch nie jemand anders richtig herausgefordert hat, weil jeder zu viel Schiss vor diesem Image des heftigen Jungen hat, das ich absichtlich kultiviere.

Violet versucht eindeutig, tough zu wirken, doch unter dem Diamantstecker in ihrer Nase, den roten Strähnen in ihrem Haar und den Tattoos in ihrem Nacken ist sie verdammt schön … auch wenn sie dasselbe Kleid wie gestern Abend trägt, ungeschminkt ist und ihr Haar ungekämmt. Sie besitzt außerdem nicht die Muskeln, irgendeinen Schaden anzurichten. Ihre langen, schlanken Arme und Beine dürften besser geeignet sein, sich um mich zu winden, als mich zu schlagen oder mir in den Arsch zu treten.

Meine Zunge wandert in meinem Mund umher bei der Vorstellung, wie sich ihre Arme und Beine um mich schlingen, während sie unter mir liegt und ich tief in ihr bin. Es macht mich neugierig, und ich überlege ernsthaft, eine Pause von den nuttigen, oberflächlichen Frauen einzulegen, die ich aufreiße, seit ich sechzehn war.

Mitten in diesen Gedanken sieht Violet über ihre Schulter zu mir. Offensichtlich versucht sie, diskret zu sein, aber ich sehe sie ja sowieso schon an, deshalb klappt es nicht. Ihre Lider senken sich ein wenig, als wollte sie mir einen bösen Blick zuwerfen, doch stattdessen sieht sie mich frech an, als wüsste sie, dass ich zuerst sie angesehen habe. Ich weiß nicht, wie ich reagieren soll, weil ich normalerweise der Arrogante bin. Genervt von mir, nehme ich mir vor, sie nicht so spannend zu finden, denn ich weiß so gut wie nichts über sie, außer dass sie gerne aus Fenstern springt und es hasst, sich helfen zu lassen.

Ich fange an, mir Notizen zu machen, um irgendeine Ordnung in meine wirren Gedanken zu bringen. Mit Chaos kann ich umgehen, wenn ich betrunken bin, weil ich es dann nicht wahrnehme. Aber jetzt gerade bin ich zu nüchtern, um mit einem Mädchen klarzukommen, das buchstäblich in mein Leben gefallen ist.

Für den Rest des Unterrichts konzentriere ich mich weiter auf den Vortrag, und als der Professor Schluss macht, überlege ich ernsthaft, Violet sich selbst zu überlassen. Doch als ich an ihr vorbeigehe, bemerke ich, dass sie mit ihrem Buch unter dem Arm auf ihren Knöchel sieht und die Stirn runzelt. Ja, ich kümmere mich nur noch um mich, aber ich kann auch nicht aufhören, das Bild vor mir zu sehen, wie sie aus dem Fenster springt – unabsichtlich oder nicht –, und bleibe neben ihrem Tisch stehen. Ich halte ihr nur meinen angewinkelten Arm hin, sodass sie die Wahl hat. Sie blickt zu mir auf, und zum ersten Mal kann ich ihre grünen Augen im hellen Tageslicht sehen. Sie sind wahnsinnig groß und schön, umgeben von schwarzen Wimpern, und dennoch fehlt etwas in ihnen. Gefühl. Wenn ich anderen Leuten in die Augen sehe, erkenne ich meistens ziemlich genau, was sie empfinden, aber in Violets Augen sehe ich nichts, als schirmte sie alles in sich ab.

Ihre Finger packen meinen Arm, und sie zieht sich daran nach oben. Als sie das Gleichgewicht gefunden hat, lege ich einen Arm um sie und halte sie in der Taille. Ich merke, wie ihre Muskeln zucken, während ihr Gesicht vollkommen ausdruckslos bleibt. Dann lehnt sie sich auf mich, wobei ihr Haar meine Wange streift, und wir verlassen den Seminarraum.

Schweigend gehen wir den Flur entlang und drängen uns langsam zwischen den Leuten durch. Anfangs denke ich, dass wir schweigen, weil mir nichts einfällt, was ich sagen könnte, aber dann wird es zu einer Art Wettkampf darum, wer von uns der Sturere ist – zumindest wird es das für mich. Wenn ich zuerst spreche, verliere ich. Sagt sie als Erste etwas, verliert sie.

Wir schieben die Tür auf und überqueren den Rasen in Richtung Gehweg. Es ist Ende April, die Sonne scheint, und die Luft ist ein bisschen kühl, aber selbst ohne Jacke gut auszuhalten. In wenigen Wochen ist das Semester um. Dann fahren alle zurück nach Hause. Ich versuche allerdings noch, eine andere Lösung zu finden. Allein die Vorstellung, wieder bei meiner Mutter zu wohnen, ist unerträglich. Und bei meinem Dad … der ist gerade mit anderen Sachen beschäftigt, zum Beispiel seiner Hochzeit. Zudem habe ich ihn in den ganzen Jahren, seit er uns verlassen hat, erst acht Mal gesehen, und die Hälfte davon in den letzten anderthalb Jahren. Ich will ihn nicht fragen, ob ich bei ihm wohnen kann, weil es mir widerstrebt, irgendwas von ihm zu brauchen. Lieber möchte ich alleine hier in Laramie bleiben. Ich könnte mir einen Job suchen, wenn kein Footballtraining stattfindet, doch leider liegt meine Sozialkompetenz eher im Minusbereich, und ich neige dazu, andere nervös zu machen, was die Chancen auf einen Job verschlechtern dürfte. Noch dazu müsste ich eine Wohnung finden, es sei denn, ich belege Sommerkurse. Und ich brauche eine Pause vom College, müsste aber auch einen Mitbewohner haben, um mir irgendeine Bleibe leisten zu können, und Kayden wird den ganzen Sommer über mit Callie weg sein. Freunde habe ich so gut wie keine, abgesehen von den Jungs, mit denen ich Football spiele, und eigentlich will ich mit keinem von ihnen zusammenwohnen. Ich halte es ja kaum aus, mir ein Zimmer mit Kayden zu teilen, dabei ist er schon seit meiner Kindheit mein bester Freund. Ich könnte ein bisschen spielen, auf Risiko setzen und sehen, ob ich etwas mehr Geld gewinne. Nur habe ich bei einem Spiel im März ziemlich viel verloren und seitdem nicht mehr genug für einen lohnenden Einsatz. Da müsste ich schon alles hergeben, was ich irgendwie auch will, denn mir fehlt es, ein Spiel zu beherrschen und mich ganz nach oben zu schummeln. Darin bin ich gut, meistens jedenfalls, solange ich meine versteckte Karte nicht verliere, so wie bei dem Spiel im März.

Der Rest des Weges mit Violet ist interessant. Immer wieder sieht sie mich mal arrogant, mal neugierig an. Ich habe das Gefühl, dass sie etwas sagen will, doch das tut sie nicht, und je länger sie schweigt, desto wahnsinniger macht es mich. Als wir beim Fahrstuhl ihres Wohnheims sind und die Türen zugleiten, räuspert Violet sich, und ich denke, dass sie endlich sprechen wird. Sie sieht mich aus dem Augenwinkel an, und ich neige den Kopf zur Seite, warte darauf, dass sie das erste Wort sagt. Stattdessen bedenkt sie mich mit demselben arroganten Blick wie im Kurs, und mich schockiert mal wieder, wie unverschämt sie ist. Fast breche ich zusammen und frage sie, was das soll. Damit ließe ich sie einfach gewinnen, würde ihr Macht über mich geben. Sie reizt mich, und ich verfluche mich im Geiste, dass ich heute Morgen nicht noch mehr Shots hatte, bevor ich losging.

Eine Sekunde lang erwäge ich, den Notknopf zu drücken und den Fahrstuhl anzuhalten, damit ich Violet gegen die Wand schieben und küssen kann, ehe ich weggehe und sie sich selbst überlasse. Es würde mir zumindest wieder etwas Kontrolle über die Situation geben.

Aber der Aufzug fährt weiter, und meine Arme bleiben, wo sie sind, weil mir klar wird, dass ich das nicht schaffe. Ich habe keine Ahnung, warum. Sie bringt mich durcheinander, und weil ich nicht weiß, was ich sonst tun soll, starre ich für die restliche Fahrt mein Spiegelbild in der blanken Aufzugtür an. Als sich die Türen wieder öffnen, atme ich erleichtert auf. Ich bin froh, dass der seltsame, stumme Marsch gleich vorbei ist. Wir nähern uns Violets Zimmer am Ende des Flurs, da sehe ich Kayden und Callie vor der Tür stehen. Sie unterhalten sich lächelnd, und es wirkt so leicht, so natürlich bei ihnen, so simpel wie Atmen. Na ja, mir fällt manchmal sogar das schwer.

Callie sagt etwas, und Kayden lacht, doch als er mich mit Violet kommen sieht, runzelt er verwundert die Stirn.

»Was ist los?«, fragt er, als wir näher bei ihnen sind. Er blickt von Violet zu mir.

Callie tritt zur Seite, um ihre Mitbewohnerin durchzulassen, die meinen Arm loslässt und auf die Tür zu humpelt. »Alles okay?«, fragt Callie und sieht hinunter zu Violets Knöchel.

»Ja«, antwortet diese gleichgültig und tippt den Code für ihr Zimmer ein. Auf das Piepen hin öffnet sie die Tür und wirft ihr Buch aufs Bett. Ich will unseren Wettkampf schon für unentschieden erklären, als Violet die Tür einen Spalt offen hält. Zum ersten Mal funkeln ihre Augen vor Leben, und sie sagt: »Danke, stoischer Unnahbarer.«

»Gern geschehen, Violet ohne Nachnamen«, entgegne ich, dann schließt sie die Tür.

Callie und Kayden starren mich an, und ich bemühe mich, nicht zu lächeln.

»Was war das denn?«, fragt Kayden und legt seinen Arm um Callies Schultern. Sie ist total winzig, sodass er sich ein bisschen bücken muss.

Ich möchte nicht darüber reden. »Sie hat sich den Fuß verstaucht, und ich habe ihr zurück zum Zimmer geholfen.«

Callie wird misstrauisch. »Wie hat sie sich den Fuß verstaucht?«

»Weiß ich nicht«, antworte ich achselzuckend.

Eines der Dinge, die ich an den beiden mag, ist, dass sie die Privatsphäre anderer respektieren und sie nicht mit Fragen löchern.

»Wo willst du hin?«, fragt Kayden mich, zieht Callie näher zu sich und küsst sie aufs Haar. »Zurück zum Wohnheim?«

Ich bewege mich rückwärts in Richtung Fahrstuhl und schiebe die Hände in die Taschen. »Ich hatte vor, ins Fitnesscenter zu gehen. Da war ich schon länger nicht. Willst du mitkommen?«

Kayden nickt. »Ja, ich bin dabei.« Er sieht Callie an. »Willst du auch mit? Ich helfe dir auch beim Kickboxen.« Er zwinkert ihr zu, und sie verdreht grinsend die Augen.

»Von wegen! Letztes Mal habe ich dich so was von

plattgemacht«, sagt sie und streckt die Hand nach dem Tastenfeld für den Schlüsselcode aus. »Aber ich habe sowieso keine Zeit. Ich muss noch für meine Abschlussprüfung in Bio lernen.«

Kayden sieht enttäuscht aus, und ich wende mich ab, als er sich zu ihr beugt, um sie zu küssen. So sehr ich mich für die beiden freue, fehlt mir manchmal mein bester Freund, seit er dauernd mit Callie zusammen ist. Ich gehe schon auf den Fahrstuhl zu, um dort auf ihn zu warten, als Callie nach mir ruft.

»Warte mal kurz, Luke!« Langsam drehe ich mich zu ihr um.

Sie kommt auf mich zu, Kayden hinter ihr. Als sie bei mir ist, hakt sie sich bei mir ein und zieht mich an dem Aufzug vorbei, während Kayden zurückbleibt. Offenbar weiß er, dass sie alleine mit mir reden will.

»Wie geht es dir?«, fragt sie und streicht sich nervös ihr braunes Haar hinters Ohr. »Wegen deiner Schwester, meine ich.«

Ich schlucke. »Alles okay.« Es war schon immer hart, dass meine Schwester sich mit sechzehn umgebracht hat, aber vor einem Monat erfuhr ich, dass Caleb Miller, ein Arsch, mit dem Amy zur Schule ging und der früher mit Callies Bruder befreundet war, sie auf einer Party vergewaltigt hatte. Wenige Monate später stürzte sie sich vom Dach eines Wohnblocks. Soweit ich weiß, hat die Polizei einige Tagebücher gefunden, in denen Caleb aufschrieb, was er getan hatte; aber Callie war diejenige, die es mir erzählte. Obwohl sie es nicht direkt gesagt hat, glaube ich, dass Caleb ihr dasselbe angetan hat.

Zuerst brauchte ich eine Weile, um zu begreifen, was das hieß – dass Amy sich vielleicht deshalb umgebracht hat. Der gewaltige Zorn in mir, wann immer ich daran denke, ist frustrierend. Caleb kann froh sein, dass er rechtzeitig abgetaucht ist, sonst würde ich ihn garantiert genauso grün und blau schlagen, wie Kayden es mal gemacht hat. Eventuell sollte ich auch froh sein, denn manchmal, wenn ich erst in Fahrt bin und diese Hitze und Anspannung in meiner Brust fühle, fällt es mir echt schwer aufzuhören.

»Bist du sicher?« Sie berührt meinen Arm, zieht ihre Hand aber gleich wieder zurück. Callie ist ein nettes Mädchen, nur ab und zu etwas nervös. »Denn ich bin hier, wenn du mal reden willst. Ich weiß, dass es hart ist, vor allem weil Caleb nie geschnappt wurde … er lebt einfach irgendwo ungestraft weiter …« Ihre Augen beginnen zu glänzen, doch sie schluckt die Tränen rasch hinunter.

Ich ringe mir ein Lächeln ab. »Ich hab's nicht so mit dem Reden, trotzdem danke für das Angebot.« Schon früh habe ich gelernt, dass es sinnlos ist, über das sprechen zu wollen, was mich belastet. Einmal sagte ich zu meiner Mom, dass mir das mit ihren Drogen nicht gefällt, und darauf nahm sie nur noch mehr. Einmal erzählte ich meinem Dad bei seinem jährlichen Anruf, dass ich mein Leben hasse, und er antwortete, dass es vielen Leuten so ginge. Als ich von Amys Tod erfuhr, habe ich ungefähr eine Woche lang geschwiegen, weil ich dachte, wenn ich irgendwas zu irgendwem sage, kriege ich bloß zu hören, dass ich damit fertigwerden soll. Das Schweigen verlieh mir einen klaren Kopf, und ich wünschte mir ernsthaft, ich müsste nie wieder sprechen, wenigstens nicht über Wichtiges, aber meine Mom ließ mich nicht so einfach trauern und wollte reden. Über Amy.

»Ich auch nicht«, sagt Callie. »Doch manchmal hilft es.«

»Danke, aber es geht schon.«

Ihr Lächeln ist echt, nicht gezwungen wie meines. »Wie kommt deine Mom mit allem klar?«

Innerlich krümme ich mich. Meine Mom zeigte so gut wie keine Reaktion, als sie es erfuhr, und das wundert mich auch nicht. Sie hat Amy schon zu Lebzeiten kaum beachtet, und nach deren Tod war es für sie, als hätte meine Schwester nie existiert. Tage nach ihrem Selbstmord warf sie Amys Sachen weg und sagte in einer monotonen Stimme scheußliche Dinge über Amy, die uns verlassen hatte. Auf ihrer Beerdigung sang sie ein Lied, dessen Text total wahnsinnig klang. Aber das hörten ja nicht allzu viele, denn es waren nur wenige da, und die meinten, meine Mutter wäre verrückt vor Trauer.

Als ich meinem Dad von Amy erzählte – bei unserem jährlichen Telefonat –, fing er an zu weinen. Ich wurde wütend. Wie konnte er es wagen, nachdem er nicht hier gewesen war, um zu helfen! Vielleicht hätte er einiges von diesem Kram vermeiden können. Stattdessen hatte er uns mit meiner Mom in diesem Haus zurückgelassen, wo seine beiden Kinder in ihren Wahnsinn hineingezogen wurden.

»Meiner Mom geht es gut«, lüge ich und will an Callie vorbei zum Fahrstuhl. Es ist nett, dass sie sich Gedanken macht, aber dadurch fällt es mir nicht leichter, über meine Mutter zu reden.

Callie scheint mir nicht zu glauben, belässt es jedoch dabei und geht mir aus dem Weg. Kayden wartet am Aufzug auf mich, und als ich auf ihn zugehe, hämmert er mit dem Daumen auf den Knopf.

»Ich rufe dich nachher an«, sagt er zu Callie und küsst sie.

Ich sehe wieder in die andere Richtung und kann es nicht abwarten, von diesem ganzen Zuneigungsding wegzukommen, von dem sie seit Monaten besessen sind. Zuneigung wird überbewertet. Ich wollte sie nie, will sie auch künftig nicht und werde nie danach suchen. Bei der einzigen Person, die mir je Zuneigung gezeigt hat, wirkte sie falsch, und deshalb lasse ich keinen an mich heran, nicht einmal Kayden. Klar weiß jeder von uns einiges über den anderen, aber wir schütten uns nicht gegenseitig das Herz aus oder so. Überhaupt rede ich mit niemandem ernsthaft, und das habe ich auch in Zukunft nicht vor, egal was es kostet. Das Letzte, was ich will, ist, dass jemand von meiner Vergangenheit erfährt und herausfindet, wie kaputt es in mir aussieht.

Kapitel 3

VIOLET

Nach der Ermordung meiner Eltern dachte ich mir immerzu Gründe aus, warum sie umgebracht wurden. Die Theorie der Polizei lautete, dass es ein missglückter Einbruchsversuch war, bei dem die Täter das Haus leer glaubten. Angeblich wären meine Eltern aufgewacht, worauf die Täter panisch wurden und schossen. Sie wurden nie erwischt, und soweit ich weiß, laufen sie bis heute frei herum, während meine Eltern verwesen.

Es macht mich wahnsinnig, wenn ich nur daran denke, doch manchmal kommen meine Gedanken ganz von allein. Zum Beispiel wenn ich auf der Straße an Leuten vorbeigehe und mir durch den Kopf schießt, dass es jeder von ihnen sein könnte. Dann bekomme ich Angst, dass sie mich erkennen könnten. Obwohl ich nicht sicher bin, bleibt die Frage, ob mich einer von ihnen in jener Nacht gesehen hat, denn sie hatten mich direkt angeblickt, aber kein Wort gesagt. Das verfolgt mich bis heute.

Oft frage ich mich auch, was ich tue, sollten die Mörder jemals gefasst werden. Ausflippen. Feiern. Einen überwältigenden Hass auf sie haben, weil ich Gesichter zu dem Erlebnis habe. Oder furchtbare Angst bekommen. Ich habe keine Ahnung, wie ich reagieren würde, und jedes Mal, wenn ich zu lange darüber nachdenke, falle ich in meine alte Gewohnheit zurück und suche Trost in der einen Sache, die ihn mir gibt: Gefahr. Den Tod provozieren, mich parasuizidal verhalten, zum Adrenalin-Junkie werden, durchdrehen. Es gibt unzählige Bezeichnungen, und ich kann nicht sagen, welche auf mich zutrifft. Ich weiß bloß, was ich tue – brauche –, um durchs Leben zu kommen.

Die letzten Tage habe ich allerdings nichts davon getan, weil ich kaum humpeln, geschweige denn gehen kann. Es wird lästig und gibt mir das Gefühl, schwach zu sein. Aber mein Knöchel weigert sich, besser zu werden, also bleibt mir nichts anderes übrig, als mit Schmerzen herumzustolpern. Am schlimmsten ist das Arbeiten. Ich bin sowieso schon keine tolle Kellnerin, denn mir fehlt es völlig an dem Talent, Leute für mich einzunehmen. Mit den Schmerzen wird es so übel, dass mein Vorgesetzter Johnny schon drohte, dem Chef zu sagen, wie zickig ich zu den Gästen bin. Zum Glück konnte ich ihn mit einer kleinen Tüte Gras davon abhalten.

Jetzt bin ich auf dem Weg zum nächsten McDonald's, um meine Junk-Food-Sucht zu befriedigen. Ich trage eine abgeschnittene Jeans und ein *From-Autumn-To-Ashes*-T-Shirt, bei dem die Buchstaben vom vielen Tragen schon ausbleichen. Mein Haar ist nicht zu bändigen, deshalb habe ich es in eine Beanie gestopft, und nach wie vor kann ich nur Flipflops anziehen. Modemäßig ist dies folglich keiner meiner großen Momente, andererseits habe ich auch noch nie behauptet, ein Gespür für Mode zu besitzen.

Es ist heiß, und mein Knöchel schwillt an von der Belastung, doch ich bin am Verhungern, und ich habe keinen

Wagen, denn Preston leiht mir seinen nur, wenn ich für ihn deale. Daher muss ich zu Fuß gehen. Ich zähle, wie viele Blocks es noch sind … fünf oder sechs vielleicht …

Mein Handy läutet, und der Klingelton verrät mir, dass es Preston ist. Am liebsten würde ich nicht rangehen, denn sicher will er, dass ich etwas für ihn erledige, dem ich mich momentan wahrscheinlich nicht gewachsen fühle – was ich ihm natürlich nicht sage. Aber ich gehe ran; immerhin schulde ich ihm einiges, seit er mich aufnahm, als mich keiner sonst haben wollte.

Bevor Preston kam, wohnte ich bei Mr. und Mrs. McGellon, einer Pflegefamilie, die mich gern stundenlang im Keller einsperrte, wenn ich frech war oder etwas falsch machte. Es wäre okay gewesen, im Dunkeln zu sitzen und dem Tropfen in den Rohren zu lauschen, aber seit ich sechs war, hasse ich Keller. Einmal, als Mr. McGellon drohte, mich wieder nach unten zu sperren, stieß ich ihn vor Wut, und als Mrs. McGellon daraufhin ankündigte, die Polizei zu rufen, bin ich abgehauen. Ungefähr zwei Wochen lebte ich auf der Straße, dann wurde ich geschnappt, als ich in einem Supermarkt Essen klaute, und so landete ich doch noch im Jugendknast. Als ich entlassen wurde und mich niemand aufnehmen wollte, sprangen Preston und seine Frau ein. Sie waren jung, und ich glaube, der Sozialdienst wollte mich dringend los sein, deshalb gaben sie mich zu ihnen. Wenigstens waren sie für mich da.

Ich nehme das Gespräch an, bevor es auf die Mailbox läuft. »Was gibt's?«

»Kelley heiratet wieder«, sagt er wütend.

»Was soll das heißen, sie heiratet wieder?« Ich schleife

meinen Fuß hinter mir her. »Ich dachte, sie hat dich verlassen, weil sie sich gefangen fühlte.«

»Wow, wie nett von dir, mich zu erinnern, dass meine Ex ihren Mist zusammengepackt hat und weg ist«, erwidert er sarkastisch. »Echt, Violet, manchmal bist du entschieden zu direkt.«

»Direkt?« Ich bleibe an der Straßenecke stehen. »Du erzählst mir doch dauernd, dass ich eine Lügnerin bin.«

»Du bist ein Lügnerin, was dich betrifft«, antwortet er. »Aber bei allen anderen bist du zu ehrlich. Man möchte fast glauben, dass du Leute gerne leiden siehst.«

Ich überquere die Straße und stolpere auf den Gehweg gegenüber. »Kann sein, oder ich habe eben nie gelernt, mich selbst zu zensieren.«

»Was für ein Schwachsinn! Du weißt genau, was du tust, also hör auf, naiv und unschuldig zu tun.« Seine Stimme sinkt um eine Oktave. »Und wo wir gerade bei Unschuld sind, hast du deine endlich verloren?«

Ich werde nervös und zupfte am Saum meines T-Shirts. Zum Glück kann Preston mich nicht sehen. »Du bist ein alter Perversling.«

»So alt bin ich gar nicht«, widerspricht er. »Und außerdem erkundige ich mich nur, ob mit dir alles okay ist und dich keiner beschissen hat. Es wäre Kelleys Job, dich nach deinem Liebesleben zu fragen, aber nachdem sie uns im Stich gelassen hat, muss ich den Part eben übernehmen.«

Ich schüttle den Kopf. »Den meiner Pflegemutter?«

»Klar, wieso nicht?«

»Du bist so ein kranker Freak.«

»Und das von dem Mädchen, das die ersten zwei Wochen

bei uns nichts außer Schweinefleisch mit Bohnen essen wollte!«

Ich weiche einem Händchen haltenden Pärchen aus. »Was soll ich sagen? Mir fehlte der Knastfraß.«

»Du warst nicht im Knast«, korrigiert er. »Nur in der Jugendstrafanstalt. Versuch nicht, dich böser zu machen, als du bist.«

»Hey, ich bin böse«, protestiere ich und weiche dem Rasensprenger nicht aus, dessen Strahlen bis auf den Gehweg reichen. »Ich könnte dir jederzeit in den Arsch treten.«

Er lacht schnaubend, und mir wird unwohl. »Okay, weißt du was? Wenn du das nächste Mal zu Besuch kommst und wir ein bisschen Zeit haben, gehen wir in mein Zimmer, und dann darfst du mir zeigen, wie tough du bist.«

Ich wische mir Tropfen von den Armen. »Warum müssen wir dafür in dein Zimmer?«

Sein Lachen wird kehliger. »Sei ein bisschen weniger naiv und unschuldig, dann kommst du drauf.«

»Ich bin nicht naiv und unschuldig, nur ein bisschen langsam«, sage ich und kapiere allmählich, was er meint. »Und zu deiner Information, du bist widerlich, und das wird nie passieren.« Ich mag es nicht, wenn er so mit mir redet, aber wenn ich das ernsthaft anspreche, regt er sich wahrscheinlich auf. Das habe ich schon bei ihm und Kelley früher erlebt; und wenn Preston sich aufregt, wird er gewalttätig.

»Meinetwegen. Aber gib's zu, es macht dich geil.«

Nein, ganz und gar nicht. Mich hat noch nie irgendwas

»geil« gemacht, zumindest nicht, dass ich wüsste, und daran würde ich mich garantiert erinnern. Als ich bei Preston wohnte, war er nicht so, doch sobald ich achtzehn wurde und offiziell keinen Vormund mehr brauchte, änderte sich unsere Beziehung irgendwie, vor allem nachdem Kelley weg war. Allerdings hat er nie etwas bei mir versucht; er redet bloß viel davon, und ich sage nichts. Ich will ihn nicht verlieren, denn er ist das Einzige, was für mich einer Familie nahekommt. Nicht mal Kelley spricht mehr mit mir.

»Ich muss Schluss machen«, lüge ich. Es sind noch drei oder vier Blocks, aber ich möchte diese unangenehme Unterhaltung beenden. »Ich melde mich wieder.«

»Vergiss es nicht.« Der kehlige Unterton ist fort. »Du musst was für mich erledigen, und du hast mich noch nicht für das Achtel bezahlt, das ich dir neulich Abend vorgestreckt habe. Du weißt ja, ich akzeptiere nur Leistung, kein Geld.«

Ich verkrampfe mich, weil ich fürchte, dass ich ihn wütend gemacht habe und ihn verlieren könnte. Dann wäre ich vollkommen allein. »Weiß ich. Und ich rufe später an, versprochen.«

»Braves Mädchen«, sagt er, bevor wir uns verabschieden und auflegen.

Die Anspannung weckt den Wunsch in mir, mich in den entgegenkommenden Verkehr zu stürzen und zu sehen, wie hoch ich meinen Herzschlag jagen kann. Ich steuere schon auf die Straße zu und frage mich, ob ich bei einer Kollision auf der Stelle tot wäre, als ein Truck am Straßenrand anhält und eine laute Fehlzündung hat.

Unelegant humple ich weiter, denn noch mehr Perverse brauche ich heute nicht, da höre ich eine bekannte Stimme: »Du belastest den Knöchel immer noch, was?«

Ich gehe schneller, mache längere Schritte, aber der Schmerz zwingt mich, wieder langsamer zu werden. »Was soll ich sagen?«, rufe ich über meine Schulter. »Ich bin eine Rebellin und verstoße gerne gegen Regeln.«

Luke lässt seinen Truck neben mir her rollen – auf der falschen Straßenseite –, aber glücklicherweise kommt ihm niemand entgegen. Er hat das Fahrerfenster ganz nach unten gekurbelt und einen Arm auf die Kante gelehnt. »Tja, du rebellierst nur gegen dich selbst. Es ist ja dein Knöchel.«

Ich muss grinsen, und tatsächlich wird die Anspannung nach dem Gespräch mit Preston verdrängt. Trotzdem muss ich das beenden, was immer da zwischen uns läuft. Mir gefallen diese Wortgefechte mit Luke ein bisschen zu gut, und den stummen Marsch mit ihm fand ich ebenfalls zu witzig, zumal er nicht unter meinem eisernen Schweigen eingeknickt ist, wie es die meisten Leute wären. Außerdem hat Luke mir geholfen, und das hat außer Preston, Kelley und sehr wenigen anderen bisher keiner getan.

Ich bleibe am Gehwegrand stehen, und Luke tritt auf die Bremse. »Was willst du?«, frage ich, wobei ich meine Augen mit einer Hand abschirme, als ich ihn ansehe.

Sein intensiver Blick ist gnadenlos. »Ich will dich fragen, ob ich dich irgendwohin mitnehmen kann.«

Ich neige mich vor und lehne meinen Arm auf die Fensterkante, Zentimeter von seinem entfernt. »Im Ernst? Du fährst kreuz und quer durch die Gegend, um nachzusehen, ob du mich vielleicht irgendwohin mitnehmen kannst?«

Er presst die Lippen zusammen. Offenbar findet er witzig, was ich sage. »Nein, ich bin unterwegs zum Fitnesscenter. Aber als ich dich hier wie eine Greisin herumhinken sah, dachte ich mir, *Hey, vielleicht würde sie sich gerne helfen lassen, heute noch da anzukommen, wo sie hinwill.*«

Hiermit habe ich zu kämpfen. Nicht allzu vielen Leuten ist es je gelungen, mich zum Lächeln zu bringen, und die meisten von ihnen sind tot. Luke jedoch schafft es beinahe, und das gefällt mir nicht – ich mag es nicht, so wenig Kontrolle über meine Reaktionen zu haben. Wenn er so weitermacht, muss ich seinen Truck klauen und mit hundert Sachen über den Highway donnern, um all die Gefühle abzuschalten, die mit diesem bescheuerten Lächeln hochkommen.

»Es könnte doch sein, dass ich gern wie eine Greisin gehe.« Ich bin ihm nahe genug, dass ich die Wärme seines Atems fühle und bemerke, wie lang und dicht seine Wimpern sind. Aber ich komme ihm bloß so nahe, um ihn zu verwirren.

Er rückt nicht weg. Stattdessen wirkt er noch unnahbarer, als etwas in seinem Gesicht aufflackert, das ich nicht deuten kann. Es verstört mich. »Okay, dann lasse ich dich einfach weiterhumpeln.« Jetzt lehnt er sich gemeinerweise zurück und sieht nach vorn, was mich in Zugzwang bringt.

Ich weiß nicht, wie ich reagieren soll. Das passiert mir selten, und vielleicht tue ich deshalb, was ich als Nächstes tue. »Warte.« Ich berühre seinen Arm, als der Truck wieder vorwärtsrollt. Die Berührung erschrickt uns beide, und rasch ziehe ich meine Hand weg. »Ich will zum McDonald's. Das ist ein paar Blocks weiter. Wenn du willst, kannst du mich bis dahin mitnehmen.«

Wieder sieht er aus, als würde er gleich loslachen. »Okay, dann hüpf rein, und ich fahre dich hin.«

Ich ärgere mich, dass ich schon wieder fast begeistert bin, weil er mir hilft, gehe vorne um den Truck herum und steige auf der Beifahrerseite ein.

Die Angeln quietschen, als ich die Tür zuschlage, und Luke schüttelt genervt den Kopf. »Bedaure, mein Truck ist ein Schrotthaufen.« Er greift nach einer Zigarettenschachtel auf dem Armaturenbrett.

»Der ist kein Schrotthaufen«, sage ich und drehe das Fenster herunter, um den warmen Frühlingswind ins Wageninnere zu lassen. »Er ist nur rustikal.«

Er runzelt die Stirn. »Interessante Wortwahl.« Dann steckt er sich eine Zigarette in den Mund.

»Ist das ein Kompliment?«, frage ich und lehne mich zurück. »Von dem stoisch Unnahbaren?«

Er zündet die Zigarette mit einem Feuerzeug an. »Klar, aber du musst mir erklären, wie es gemeint ist.«

Zu Beginn des Studiums wurden wir in einem gemeinsamen Englischkurs aufgefordert, etwas zu beschreiben, von dem wir glaubten, dass es schwierig zu beschreiben wäre. Aus irgendeinem Grund dachte ich an Luke, den Jungen, der immer mit verschränkten Armen und diesem Mir-doch-egal-Blick hinten saß. Er wirkte abweisend, irgendwie arrogant, aber vielleicht war es auch etwas anderes. Immerhin hatte er Freunde, deshalb ergab diese

Haltung keinen Sinn. Nach langem Überlegen kam ich zu dem Schluss, er wäre »der stoisch Unnahbare«, und obwohl ich nicht sicher bin, dass ich es damit getroffen habe, fällt mir diese Beschreibung jedes Mal ein, wenn ich ihm über den Weg laufe. Was ich ihm natürlich nicht sagen werde.

»Es dir nicht zu verraten, macht es ja so reizvoll«, sage ich, als er das Feuerzeug auf das Armaturenbrett wirft.

Er nimmt einen tiefen Zug, und Rauch umrahmt sein Gesicht. »Dann willst du es mir nie sagen?« Mit einer Hand am Lenkrad biegt er auf die rechte Spur und fädelt sich in den Verkehr.

Ich zucke mit einer Schulter. »Eines Tages vielleicht, aber nicht jetzt.«

Da ist ein Anflug von einem Lächeln. »Na gut, aber dann darf ich dir auch einen Spitznamen geben.«

Ich drehe mich zur Seite, wobei ich ein Knie angewinkelt nach oben ziehe. »Ah, jetzt bin ich aber neugierig! Lass mich raten … irre Bitch, Psycho-Springerin, Greisin.«

Seine Mundwinkel biegen sich aufwärts. »Tja, das sind schon mal hübsche Vorschläge, aber noch ist es nicht so weit. Ich warte lieber, bis mir der perfekte Name für dein … charmantes Wesen einfällt.«

Ich verdrehe die Augen. »Ha, ha, wie komisch.« Tatsächlich ist er lustig, und ich muss ein Grinsen unterdrücken.

Sein Lächeln wird breiter, und ich fühle, wie mein Herz einen Schlag überspringt. Dann wird er gleich wieder ernst und hält seine Hand aus dem Fenster, um die Zigarette abzuaschen. »Scheiße, ich habe gar nicht gefragt, ob es okay für dich ist, wenn ich hier drin rauche.«

»Das ist dein Truck«, sage ich, nehme mein Bein wieder herunter und drehe mich nach vorn. »Hier drinnen kannst du machen, was du willst.«

»Ach ja?« Er neigt den Kopf etwas zur Seite und betrachtet mich, nachdem er an einem Stoppschild angehalten hat. Wir verlassen das reine Wohnviertel. Ab jetzt säumen Tankstellen und kleine Läden die Straße. »Und wenn ich sage, ich will hundert Meilen die Stunde auf der Gegenspur fahren?«

»Dann sage ich, nur zu.« Irgendwie wünsche ich mir, er würde es tun, damit ich mein dringend nötiges Adrenalin bekomme und diese seltsamen Gefühle verschwinden, die er in mir auslöst. So habe ich schon sehr lange nicht mehr empfunden – falls überhaupt je. Ich weiß nicht mal genau, ob ich ihn reizvoll, nervig oder angenehm finde. Und eigentlich will ich gar nichts für ihn empfinden, weshalb ich das, was sich in mir regt, schnellstens loswerden muss.

Er hält weiter die Zigarette aus dem Fenster, und einige Aschekrümel werden wieder in den Wagen gewirbelt, wo sie auf seinem grauen Henley-Shirt mit den aufgekrempelten Ärmeln landen. Er wird sehr nachdenklich, als er mich ansieht. Eventuell überlegt er, wirklich zu tun, was er gesagt hat. Ich warte gespannt. Allein die Vorstellung, dass mein Leben in Gefahr sein könnte, beruhigt mich ein wenig.

Schließlich konzentriert er sich wieder auf den Verkehr, und ich bin etwas enttäuscht. »Wo kommst du eigentlich her? Aus Laramie? Oder wohnst du nur das Semester über hier?« Was für eine dämliche Frage! Sie passt nicht zu der Intensität seines Blicks.

»Wo kommst du her?«, kontere ich mit einer Gegenfrage und hoffe, damit die Aufmerksamkeit von mir abzulenken.

»Nicht von hier«, antwortet er mit einem Funkeln in den Augen.

Okay, das ist schwieriger, als ich dachte. »Also, abgesehen von deiner Vorliebe, mit blonden Schlampen in der Dunkelheit herumzulaufen und dich in anderer Leute Leben zu drängen, was machst du noch gern?«

Sein Blick wandert von der Straße zu mir. »Ich dachte, das weißt du schon. Ich spiele Football, helfe jungen Frauen in Not und gebe mich stoisch unnahbar.«

Ich sehe ihn ernst an, obwohl mir ein Lachen in der Kehle steckt. Es ist lange her, seit mir entfernt nach Lachen zumute war. »Touché, Luke Price.«

Er presst sich theatralisch eine Hand auf die Brust. »Habe ich eben eine Unterhaltung gewonnen?«

»Du hörst dich an, als würden wir ein Spiel spielen.«

»Tun wir das nicht?« Seine braunen Augen blicken mich eindeutig herausfordernd an, und etwas erwacht in mir, von dem ich nicht sagen kann, ob es bis zu diesem Moment jemals richtig da war.

»Kann sein.« Mir ist nicht wohl dabei, etwas anderes als Taubheit zu empfinden, und dennoch tue ich es. »Aber verlass dich lieber nicht darauf, dass du schon gewonnen hast.«

Ein Hauch von einem Lächeln liegt auf seinen Lippen, doch die Schatten in seinen Augen sorgen dafür, dass Luke Price ein Mysterium bleibt, genau so wie ich es selbst sein will. Ich könnte ihm mehr Details über sein Leben entlocken: woher er kommt, was ihn interessiert; aber ich schätze, diese Schatten sind nicht ohne Grund da. Und wenn ich in seinem Leben grabe, könnte er es bei mir auch versuchen. Doch er soll mich nicht kennenlernen – weder er noch sonst jemand. Es wäre Zeitverschwendung, weil er mich am Ende sowieso verlässt. Das tut jeder.

LUKE

»Übrigens bin ich kein Fan von Hamburgern«, sage ich. Wir sitzen uns an einem Tisch bei McDonald's gegenüber, zwischen uns ein Tablett mit Essen. Ich bemühe mich, das Gespräch oberflächlich zu halten, weil es im Auto ein bisschen zu heftig wurde. Sie bringt mich durcheinander. Nicht nur ist sie ein Mädchen, das aus Fenstern springt, sie wurde auch viel zu merkwürdig, als ich sagte, dass ich mit hundert Meilen die Stunde auf der Gegenspur fahren könnte … als wollte sie, dass ich das tue. Wieder mal frage ich mich, was in ihrem Kopf vorgeht. Dieses Bedürfnis, sie kennenzulernen, bekommt allmählich etwas Zwanghaftes. Deshalb will ich mich sofort zurückziehen.

»Du hörst dich an wie ein Vegetarier«, bemerkt Violet und wickelt ihren Hamburger aus.

»Nein, ich mag Hamburger einfach nicht besonders.« Ich nehme mir eine Handvoll Pommes und schiebe sie mir in den Mund.

Sie zieht die Brauen hoch und beißt in ihren Burger. »Komisch.«

Ich weiß nicht mal genau, wie ich mit ihr hier gelandet

bin. Eigentlich war ich auf dem Weg zum Schnapsladen, weil mir sowohl der Tequila als auch der Jack Daniel's ausgegangen sind, und die brauche ich nötiger als die Luft zum Atmen. Ich hatte gerade die Einladung zur Hochzeit meines Vaters bekommen – und einen Anruf von ihm, bei dem er mich bat, sein Trauzeuge zu sein.

»Soll das ein Witz sein?«, hatte ich geantwortet, denn das konnte unmöglich sein Ernst sein. Trauzeugen sollten doch gute Freunde sein, Leute, die einen mögen, einen kennen.

»Ja, ich weiß, dass es kurzfristig ist, denn die Hochzeit ist schon in ein paar Monaten«, sagte er. »Aber ich hätte dich wirklich gern neben mir.«

Kopfschüttelnd zerknüllte ich die Einladung in der Faust. »Ich bin nicht mal sicher, ob ich zur Hochzeit kommen kann.«

»Ah, verstehe.« Er klang enttäuscht, aber so leicht wollte ich auf keinen Fall nachgeben. »Tja, tust du mir wenigstens einen Gefallen und denkst darüber nach?«

Ich warf die Einladung in den Papierkorb. »Kann ich machen.«

»Danke, Luke.« Er wurde sehr ernst. »Und falls du irgendwas brauchst oder reden willst, ich bin hier.«

Es wäre wohl der Moment gewesen, alles rauszulassen, was ich ihm sagen will. Wie er uns verlassen hat, auf dass ich in dem Haus vor die Hunde gehe. Ich hätte ihm endlich sagen können, womit er mich zurückgelassen hat, was passierte, wozu meine Mom mich zwang. Stattdessen verabschiedete ich mich. Ich hatte zu große Angst vor dem, was er sagen oder nicht sagen könnte, deshalb legte ich auf.

Als ich die Straße runter zum nächsten Schnapsladen fuhr, sah ich Violet auf ihrem verfluchten Fuß humpeln, dabei hatte ich ihr wiederholt gesagt, dass sie ihn nicht belasten darf. Warum bin ich nicht an ihr vorbeigefahren? Hätte ich sie doch ruhig weiterhumpeln lassen, so wie ich es schon neulich auf dem Weg zum Kurs hätte tun sollen. Wir begegnen uns dauernd, aber die Stadt und das College sind ja schließlich auch nicht groß. Wahrscheinlich sind wir uns schon immer viel über den Weg gelaufen, nur habe ich nie auf sie geachtet. Und jetzt auf einmal nehme ich sie übertrieben deutlich wahr. Ein Teil von mir ist nach wie vor wahnsinnig neugierig, was in jener Nacht los war, dass sie aus dem Fenster gesprungen ist, während der andere Teil … nun, der hat eine Menge mit meinen verdammten Problemen mit Frauen und Kontrolle zu tun. Auf jeden Fall stört mich gewaltig, wie dringend ich mit ihr schlafen will.

Und statt mir einen Shot Jack einzuverleiben, sitze ich hier bei einem Hamburger, Fritten und Cola. Kein toller Ersatz, aber ich kann ja auf dem Rückweg noch beim Schnapsladen vorbeifahren.

Violet beißt wieder in ihren Burger und legt ihn zurück auf das Tablett. Dann zieht sie ihre Beanie tiefer, sodass sie ihr Haar vollständig verdeckt. Wieder mal ist sie ungeschminkt und hat ein ausgeblichenes T-Shirt an, das ungefähr zehn Jahre alt aussieht. Ich beginne mich zu fragen, ob sie immer so unauffällig und natürlich herumläuft, als mir wieder einfällt, dass sie bei dem Sprung aus dem Fenster sehr aufwendig gestylt war. Warum denke ich überhaupt darüber nach? Sie ist gar nicht mein Typ. Normalerweise stehe ich auf nuttige Mädchen, die sich gern hübsch machen. Warum ich den Look vorziehe, weiß ich selbst nicht. Andererseits wirken Mädchen wie Violet anstrengender, unnahbarer, und wenn sie mir auch bloß vage ähneln, ist mit ihnen zu viel im Argen, was das Letzte ist, das ich will. Ich will keine Beziehung. Mir sind Mädchen lieber, die mir einen blasen und darüber lächeln, ohne mehr zu verlangen. Und möglichst ohne Gekicher hinterher.

»Was?«, fragt Violet und tupft sich mit der Serviette den Mund ab. »Habe ich etwas im Gesicht?«

Ich wende den Blick ab und öffne die Verpackung meines Hähnchen-Sandwiches. »Nein, ich war nur in Gedanken.« Ich beiße von dem Sandwich ab. »Entschuldige.«

Sie greift unentschlossen nach meinen Pommes. »Übrigens hätte ich mal eine Frage.«

»Okay …«

»Über dich.«

Langsam kaue ich mein Essen. »Ich glaube nicht, dass ich die jetzt hören will.«

Sie pflückt angewidert die Gurkenscheibe aus ihrem Burger. »Macht nichts, ich frage trotzdem.«

Ich nehme mir noch eine Handvoll Pommes von dem Tablett zwischen uns. »Meinetwegen, frag, aber das heißt nicht, dass ich antworte.«

Sie stützt die Ellbogen auf den Tisch, ihren Burger in einer Hand. »Warum hast du früher nie mit mir geredet? Ich meine, wir sind uns schon so oft begegnet, haben uns aber nie auch nur angesehen, und plötzlich stalkst du mich.«

Ich nehme meinen Becher und trinke einen Schluck durch den Strohhalm. »Erstens mal stalke ich dich nicht. Ich scheine dich einfach nicht loszuwerden.«

»Du musstest nicht anhalten und mich mitnehmen.«

»Doch, musste ich.«

»Warum? Du kennst mich nicht. Nichts verpflichtet dich, mir zu helfen.«

»Weiß ich, aber ich wollte.«

»Warum?«

Achselzuckend stelle ich meinen Becher ab. »Warum nicht?«

Sie sieht mich komisch an, als wäre ich der verwirrendste Typ aller Zeiten, dabei sollte sie eigentlich sich selbst so ansehen. »Das verstehe ich nicht. Warum sollte jemand wie du jemandem wie mir helfen wollen?«

Ich öffne mein Sandwich und zupfe die Tomate heraus. »Was heißt ›jemand wie ich‹ und ›jemand wie du‹?«

Sie zeigt auf mich. »Du bist ein Footballspieler, der Freunde hat.« Dann zeigt sie auf sich. »Und ich bin die Einzelgängerin, die dir wahrscheinlich in den Hintern treten könnte.«

Ich verschlucke mich, weil ich mit vollem Mund lachen muss, sodass mir das Essen beinahe in die Nase schießt. »Du kannst mir nicht in den Hintern treten«, keuche ich und trinke etwas.

Sie mustert mich, während sie einige Pommes aufnimmt. »Ach bitte, ich glaube, du bist nicht halb so tough, wie du dich gibst.«

»Ach nein?« Wenn sie wüsste! »Die meisten anderen glauben das schon, und aus gutem Grund.«

»Ich denke, das ist alles bloß Show«, erwidert sie lässig, und ich kann nicht entscheiden, ob sie es ernst meint oder nicht. »Ich denke, im Grunde bist du ein Softie.«

»Versuchst du, dich mit mir anzulegen?« Ich lege mein Sandwich ab und lasse die Fingerknöchel knacken »Ich prügle mich nämlich nicht mit Mädchen.«

»Was für eine klassische Jungsantwort!« Sie trinkt eilig einen Schluck, doch mir entgeht das Grinsen nicht, bevor sich ihre Lippen um den Strohhalm schließen.

»Weißt du, was ich denke?« Ich verschränke dic Arme auf dem Tisch, beuge mich vor und neige den Kopf zur Seite, während ich sie beobachte. »Ich denke, dass du dich gern mit mir streitest, und deshalb so redest.«

Sie hebt und senkt die Schultern, als sie wieder in ihren Hamburger beißt. »Kann sein. Kann aber auch sein, dass ich es ernst meine.«

»Dir ist klar, dass ich als Footballer andere tackeln muss, oder? Da braucht man einiges an Kraft.«

»Es kann doch auch sein, dass du nur rennst«, kontert sie. »Du könntest einfach nur gut im Laufen sein.«

Die Art, wie sie es sagt, erinnert mich zu sehr an meine Vergangenheit, und das ist wie ein Tritt in den Magen. »Oder ich bin es nicht. Ich könnte ein miserabler Läufer sein.« Ich klinge seltsam und beschließe, dieses Gespräch zu beenden. Mein Gehirn verlangt nach Jack, Tequila und Nikotin. Also sehe ich auf die Uhr. »Mir fällt gerade ein, dass ich Kayden in einer halben Stunde treffen soll. Ich muss dich jetzt zurückbringen.«

Sie knüllt betont gelassen das Hamburger-Papier zusammen, obwohl ihre Schultern steif wirken. »Hört sich gut an. Ich bin sowieso fertig.« Sie ist eindeutig verärgert, und ich habe keinen Schimmer, wieso, außer dass sie meine Fassade zu durchschauen scheint und mich testet, was die wenigsten Leute können – oder lieber nicht versuchen. Ich muss ein Buch mit sieben Siegeln sein. Ein Rätsel. Niemand darf sehen, wer ich wirklich bin. So lebe ich seit Jahren, und das ist gut. Nicht ideal, doch was ist das schon?

Wir reden nicht, als ich unseren Müll einsammle und dann neben ihr her gehe, während sie hinaus zu meinem Truck humpelt. Zwar biete ich ihr meinen Arm an und halte ihr die Tür auf, doch sie lehnt mein Angebot ab und hinkt zur anderen Tür.

Auf der Fahrt spricht sie kaum zwei Worte mit mir. Darüber sollte ich froh sein, denn mir bleiben unvermittelte Fragen und Behauptungen erspart, die mich nervös machen. Bin ich aber nicht. Mir fehlt dieses Geplänkel zwischen uns und wie sie bei mir instinktiv die richtigen Knöpfe drückt. Bis ich sie absetze, bin ich fast so weit, dass ich sie bitten will, zu bleiben, mit mir zu reden, damit ich sie kennenlerne. Mir ist schleierhaft, warum. Ich wollte noch nie jemanden kennenlernen, war nie mit einem Mädchen aus. Mit den bisherigen war ich jeweils nur einmal flüchtig zusammen, hatte mit ihnen nichts außer Sex. Allein darum ging es immer. Und ich wollte nie mehr.

Bis jetzt.

Kapitel 4

VIOLET

In der Nacht, in der meine Eltern ermordet wurden, war nicht bloß eine Person in unserem Haus, dennoch hat sich mir eine besonders eingeprägt. Sie war groß mit langem Haar und Augen, die im Mondlicht funkelten. Sie hatte solche leuchtend gelben Schuhe mit rosa Blumen darauf an, die mich an eine Märchengestalt erinnerten. In dem Buch war sie allerdings eine Fee oder so, während sie im wahren Leben der üble Bösewicht war. Als sie sich ins Haus schlich, war sie zunächst still, aber dann wurde sie laut und wirr, total emotional.

»Mann, Mann, Mann«, sagte sie wieder und wieder und dann: »Ich kann meine Hände nicht fühlen.«

Der Typ bei ihr befahl ihr: »Halt verdammt noch mal die Klappe und hör auf, zu stolpern. Scheiße, reiß dich zusammen!« Auch das wiederholte er immerzu. Schließlich ohrfeigte er sie.

Sie stieß dieses irre Lachen aus, und dann begann sie mit einem Singsang. »Lehn dich an mich. Lehn dich an mich. Nimm. Hilf mir. Ich muss es verstehen. Hilf mir. Ich schaffe das nicht ohne dich.«

Wieder schlug der Typ sie, diesmal fester, und sie war einen Moment lang still. Ich schwöre, bei dem Schlag sah sie mich direkt an. Ich hockte hinter einer Spielzeugkiste in der Ecke, trotzdem sagte sie kein Wort. Und ihre Augen waren auch so ziemlich alles, was ich von ihr im Dunkeln sehen konnte. Das Lied, das sie sang, werde ich nie vergessen. Der Text hat sich tiefer in meinen Verstand eingegraben als die Buchstaben und Daten auf den Grabsteinen meiner Eltern. Wenn ich andere Musik höre, hoffe ich immer, zufällig jenen Song zu hören, denke an ihn. Der Klang ihrer Stimme war so … verstörend schön. Ich erzählte der Polizei von dem Lied und den Schuhen, und sie sahen mich mitleidig an und sagten, sie würden alles tun, was sie können, um sie zu finden. Ich war sechs Jahre alt, verwirrt und glaubte wirklich, sie würden die Bösen fassen. Und manchmal, wenn meine Fantasie mit mir durchging, sagte ich mir insgeheim, dass meine Eltern wieder zu mir zurückkehren würden, wenn die Bösen hinter Gittern wären.

Nichts von beidem geschah, und schließlich wurde der Fall genauso geschlossen wie die Sargdeckel meiner Eltern.

Ich habe mich für abends bei der Arbeit krankgemeldet und das Dealen abgeblasen, obwohl Samstag ist, der beste Abend für Partys. Preston will nicht immer, dass ich seine Kunden übers Ohr haue; manchmal schickt er mich auch nur zu einem gewöhnlichen Deal. Das hatte er letztes Wochenende auch vor, als ich ihm seinen Wagen zurückbrachte. Ich hatte zugesagt, ehe mir klar wurde, dass die Abschlussprüfungen nahten und ich lernen musste. Außerdem ist mein Knöchel noch ein bisschen schwarz und blau, und das ist nicht so günstig, um in Stiefeln oder High Heels herumzulaufen, die ich wiederum tragen muss, wenn ich deale – Prestons Vorschrift.

Mit Luke habe ich nicht mehr gesprochen, seit er mich zum McDonald's fuhr, aber ich bin ihm ein paar Mal auf den Fluren oder dem Campus begegnet. Einige Male ertappte ich ihn dabei, wie er mich anstarrte, aber er sah sofort weg, wenn er meinen Blick bemerkte. Ich denke, er ist wegen irgendwas sauer, was ich bei McDonald's gesagt habe. Ich bin ja vor allem dafür bekannt, Leute unabsichtlich zu beleidigen oder zu kränken – gelegentlich auch absichtlich –, also wundert es mich nicht. Was mich wundert, ist, wie oft ich in den letzten Tagen an ihn denke und dass ich mir irgendwie wünsche, er würde mit mir reden. Und ich hätte sogar fast den Verstand verloren und ihn selbst angesprochen.

Das gefällt mir nicht. Überhaupt nicht. Ich denke nicht an Jungs – oder allgemein an andere Leute über eine längere Zeit oder mache mir Gedanken darüber, mit ihnen zu reden. Das ist eine Verschwendung von Hirnkapazität. Luke jedoch kommt mir ein bisschen anders vor als die Leute, die mir bisher begegnet sind, und das hauptsächlich, weil er mir geholfen hat und keine Gegenleistung verlangte. Das ist total unlogisch, und ich warte darauf, dass irgendeine Forderung kommt, denn garantiert gibt es irgendwas, das er von mir will. Falls er mir nur hilft, um nett zu sein, würde das meine Theorie zum Einsturz bringen, dass Menschen anderen Menschen nur helfen, um sich selbst zu helfen.

Und vielleicht ist es das, was mich an ihm reizt. Vielleicht liegt es daran, dass er, auf seine schräge Art, nett scheint. Und so ungern ich es zugebe, denke ich, dass es an seinen Augen liegen könnte. Zugleich gebe ich der Tatsache die Schuld, dass ich weiblich bin, und ich glaube nicht, dass irgendeine Frau sich nicht ein klein wenig von seinen Augen angezogen fühlt.

Ich liege bäuchlings auf dem Bett, mein Philosophiebuch neben dem Mathebuch aufgeschlagen vor mir, damit ich zwischen beiden Fächern hin- und herwechseln kann. Dazu spiele ich *Green Day* ziemlich laut, weil Callie nicht da ist, und habe eine Tüte saure Fruchtgummis sowie einige Doritos und eine Dose Dr. Pepper neben mir. Mittels Zucker, Koffein und lauter Musik erreiche ich eine Sphäre, in der das Lernen so selbstverständlich wird wie Atmen. Meine Augen fühlen sich allerdings an, als würden sie bluten, und ich bekomme Kopfschmerzen, doch es ist gut zu wissen, dass ich mich so sehr anstrenge, dass es wehtut.

Ich könnte eine Pause einlegen, was ich nicht tue. Lernen war schon immer irgendwie mein Ding. Vielleicht liegt es daran, dass es meine Flucht vor dem Zuhause war, in dem ich gerade lebte. Ich hätte die Schule beinahe geschmissen, als ich auf der Straße lebte und dann in den Jugendknast wanderte, aber sobald mein Leben wieder einigermaßen geregelt war, schwor ich mir, nie wieder die Schule schleifen zu lassen.

Plötzlich wird *Green Day* von *Rise Against* übertönt, weil mein Telefon klingelt. Ich strecke mich schnaubend zu der iPod-Docking-Station und drehe die Musik leiser, ehe ich ans Handy gehe.

»Ich kann heute Abend nicht«, sage ich zu Preston, setze mich auf dem Bett auf und reibe mir die Augen. »Ich muss lernen.«

»Wer sagt denn, dass ich deshalb anrufe?«, antwortet er. »Echt, du lässt mich nicht mal Hallo sagen!«

»Ja, aber ich weiß, was du sagen willst, und ich kann nicht. Ich habe demnächst meine Abschlussprüfungen.«

»Letzten Sonntag hast du gesagt, dass du kannst.«

»Weiß ich.« Ich stöhne. »Da hatte ich vergessen, wie wenig Zeit bis zum Semesterende ist.«

Er schweigt, und ich höre das Klicken des Feuerzeugs, als er sich eine Zigarette anzündet. »Violet, ich will dich zu nichts zwingen, was du nicht willst, aber du musst heute Abend für mich los.« Seine Stimme ist ruhig und streng. Er wird wütend, und ich habe schon gesehen, was passiert, wenn er zu wütend wird. »Ich war für dich da, als du mich gebraucht hast. Ich habe dir ein Dach über dem Kopf gegeben, als kein anderer das wollte. Und ich habe dich immer dein Leben leben lassen, wie du es wolltest.«

»Preston ... ich ...« Ich zögere. Eigentlich will ich hier bleiben und weiterlernen, aber ich will auch nicht, dass er wütend auf mich ist. Und er hat ja recht. »Okay, ich mach's«, sage ich schließlich und sehe stirnrunzelnd zu den Büchern auf meinem Bett.

»Braves Mädchen«, sagt er und wechselt übergangslos von Drohungen zum Flirt. »Nimm den Bus hierher und hol den Stoff. Dann darfst du meinen Wagen haben.«

»Okay«, antworte ich und überspiele meine Enttäuschung. »Aber ich deale nur, oder muss ich Leute bescheißen?«

»Nein, nur dealen«, sagt er. »Nach der Nummer letzte Woche legst du lieber eine kleine Pause ein.«

»Tut mir leid, dass ich das verbockt habe.«

»Ist schon gut. Mach das nur nicht wieder, okay?« Damit legt er auf, und ich stehe seufzend auf, um mich umzuziehen.

Ich entscheide mich für ein bodenlanges schwarzes Kleid, in dem nicht auffällt, dass ich Flipflops trage. Dann kämme ich mir das Haar mit den Fingern zu einer Seite, lege ein bisschen Lipgloss auf und male meine Augen mit Kajal nach. Es ist nicht optimal, aber ich deale ja auch nur und bin zu erschöpft, um mir mehr Mühe zu geben. Hoffentlich entspreche ich trotzdem Prestons Maßstäben, denn sonst bin ich für Wochen unten durch bei ihm.

Um kurz nach acht bin ich bei Preston, was etwas später als abgemacht ist, aber ich musste auf den Bus warten. Ich klopfe an die Tür des Hauses, das vor dem College drei Jahre lang mein Zuhause war. Es sieht immer noch genauso aus: grüne Fensterläden, eklig braune Holzverkleidung, die mal weiß war, und eine verrostete Metalltreppe, die zur Vordertür führt. Der Vorgarten ist allerdings hübsch. Darin wachsen sogar Blumen, und der blühende Baum erinnert mich an das Zuhause meiner Kindheit.

»Komm rein!«, ruft Preston auf mein Klopfen hin.

Ich drehe den Knauf und raffe mein Kleid, als ich über die Schwelle gehe. Drinnen stinkt es, was wohl daran liegt, dass dauernd im Haus geraucht wird. Preston hält auch gerade eine Zigarette in der Hand, und Rauch quillt ihm aus dem Mund. Auf dem Küchentresen schräg gegenüber von mir brennt eine Kerze.

»Na, siehst du schön aus«, sagt er und mustert mich. Ich merke erst jetzt, dass ich die Luft angehalten hatte, und atme aus.

»Danke, ich gebe mir Mühe.« Ich lasse meinen Rock ein bisschen schwingen, als ich durchs Wohnzimmer zur Küche gehe. Dann ziehe ich mir einen Barhocker heraus und setze mich, um meinen Fuß auf der unteren Stange abzustellen.

Preston trägt ein offenes kariertes Hemd, sodass die Tribal-Tattoos auf seiner Brust zu sehen sind. Sein mittelblondes Haar ist etwas zu lang, geht ihm bis zum Kinn, und er hat einen Bartschatten, aber den hat er immer. An seiner Jeans fehlt ein Knopf, sodass der Bund seiner gestreiften Boxershorts hervorlugt, als er vom Tresen wegtritt, und mir fällt auf, dass er barfuß ist.

»Wow, du hast dich aber schick gemacht heute«, scherze ich und stütze meine verschränkten Arme auf den Tresen. »Gibst du heute keine Party oder so? Das machst du doch sonst am Wochenende.«

Er sieht mich an und zieht an der Zigarette. »Heute nicht«, sagt er. »Im Moment gehen mir andere Leute auf die Nerven.«

»Wirst wohl zu alt für die verrückten Studi-Partys, was?«, frage ich, halte aber sofort den Mund, als er mich wütend ansieht.

Er lässt die Zigarettenasche in einen Kaffeebecher fallen. »Ich bin nicht viel älter als du.«

»Zehn Jahre«, widerspreche ich. »Damit bist du alt.«

»Acht Jahre«, korrigiert er. »Ich bin erst siebenundzwanzig, also mach mich nicht älter.«

Ich grinse. »Wenn man erst so alt ist, was machen dann noch ein oder zwei Jahre mehr?«

Er schüttelt den Kopf, während er die Zigarette in einem Aschenbecher ausdrückt. Dann greift er in die Brusttasche seines Hemds. »Okay, heute Abend vertickst du nur Gras«, sagt er und holt eine kleine Tüte hervor. Er wirft sie vor mich auf den Tresen und kommt zum Geschäftlichen. »Ich habe gehört, dass die Cops heute Nacht ein bisschen heftiger unterwegs sein wollen, also pass auf.«

»Woher weißt du das?«, frage ich. »Versorgt dich Glen mal wieder mit Tipps? Mann, der ist so ein dreckiger Bulle.«

»Dreckiger Bulle?« Er lacht leise. »Du siehst anscheinend zu viele Krimiserien, Violet. So redet keiner mehr.«

»Ich sehe nie Krimiserien«, lüge ich und male einen Kratzer auf dem Tresen nach. »Das habe ich in einem Buch gelesen.«

»Und wann spielt die Geschichte? 1930?«

»Nein, 2012.«

»Du bist eine solche Lügnerin«, sagt er, verschränkt die Arme und lehnt sich mit dem Rücken an den Tresen. »Die schlimmste, die ich kenne, und eines Tages wird dich das in ernste Schwierigkeiten bringen.«

»Ich lüge nicht dauernd.« Ich nehme die Tüte mit dem Gras. »Ich mache die Dinge nur etwas bunter, wenn sie zu trist sind.«

»Und das ist höchst unterhaltsam, Violet Ha …« Er verstummt, weil er sich offenbar erinnert, dass ich ihn ein einziges Mal angebrüllt habe … als er mich mit meinem Nachnamen ansprach.

Rasch wechsle ich das Thema, bevor es mir zu nahegeht. »Und, kann ich den Sommer über hier bei dir pennen oder was?«

Er grinst anzüglich. »Du weißt doch, dass du hier immer willkommen bist. Ich teile sogar mein Bett mit dir.«

»Danke, aber ich nehme lieber mein altes Zimmer.«

»Was denn? Bin ich nicht gut genug für dich?«

»Doch, bist du sicher, aber ich teile mit keinem das Bett.«

Er beugt sich über den Tresen. »Weiß ich, und mich interessiert brennend, warum.«

Ich zucke mit der Schulter. »Aus demselben Grund, aus dem ich sonst auch nichts teile. Weil ich es nicht mag, wenn andere meine Sachen anfassen.« Das stimmt nicht ganz. Früher habe ich es gehasst, allein zu schlafen – überhaupt allein zu sein.

Nachdem ich meine toten Eltern fand, blieb ich vierundzwanzig Stunden mit ihnen in dem Haus, und es waren die längsten vierundzwanzig Stunden meines Lebens. Je länger ich mit den Toten allein war, umso tiefer versank ich in Einsamkeit. Ich sagte mir immer wieder, dass ich aufstehen und rausgehen muss, doch ich wusste, wenn ich das tat, wäre es vorbei. Dann müsste ich mich verabschieden. Letztlich hielt ich die Stille nicht mehr aus und musste etwas tun.

Ich habe nicht gleich nach der Beerdigung geweint. Erst nach einigen Tagen, und dann konnte ich nicht mehr aufhören. Ich weinte immer weiter und wünschte mir jemanden, der mich tröstet. Und wegen der Albträume hasste ich es, allein zu schlafen. Ich suchte nach jemandem, der mich hielt, mich in die Arme nahm, mir half, mich nicht so allein zu fühlen, aber diesen Job wollte keiner. Und am Ende beschloss ich, nicht so schwach zu sein. Ich zwang mich, stark zu sein, mit dem Alleinsein fertigzuwerden, mich damit abzufinden, dass ich nur mich selbst hatte.

»Erde an Violet.« Preston wedelt mit der Hand vor meinem Gesicht. »Du bist ja total weggetreten.«

»Entschuldige.« Ich will das Gras in meine Tasche stecken, bemerke aber, dass ich meine Jacke vergessen habe. »Mist, ich habe keine Taschen in diesem Kleid.«

Preston neigt den Kopf zur Seite, sodass ihm eine Haarsträhne vor die wässrig blauen Augen fällt. »Mir persönlich gefällt das Kleid …« Er mustert mich, und ich bemühe mich, seinen durchdringenden Blick nicht zu sehr zu beachten, aber mir ist nicht wohl dabei. »Ich habe eine Idee«, murmelt er, reibt sich das stopplige Kinn und kommt um den Tresen herum. Ich drehe mich auf dem Barhocker zu ihm, als er die Hand ausstreckt. »Gib mir die Tüte.«

Gehorsam lasse ich sie in seine Hand fallen, und er schließt die Finger darum, bevor er zu meiner Brust greift. Ich zucke zusammen, sage aber nichts, sondern konzentriere mich darauf, ruhig zu atmen, als seine Hand meinen Ausschnitt streift.

»Du hast keinen BH an.« Er überlegt einen Moment, dann wandert seine Hand zu meiner Hüfte und zum Rückenausschnitt des Kleides. Seine Finger schieben sich ein kleines Stück unter den Stoff, und dann steckt er die

Tüte hinter den Bund meines Tangas. Meine Haut glüht vor Hitze, wo er mich berührt. Es ist nicht so, dass ich unschuldig bin. Mich haben schon Jungen betatscht, und ich lasse ihre Hände wandern, wie sie wollen, solange es rein geschäftlich ist. Es ist einfacher, alles zu ignorieren, wenn der andere bloß ein Gesicht ist. Dann kann ich an etwas anderes denken, zum Beispiel, wie viel Wäsche ich noch waschen muss. Aber bei der leisesten Andeutung von Gefühl gehe ich auf Abstand.

Die Vorstellung, eine emotionale, intime Beziehung zu jemandem aufzubauen, hat mich noch nie gereizt. Gefühle reizen mich generell nicht. Ihr Zweck besteht einzig darin, einen zu enttäuschen, wenn man erkennt, dass man etwas für jemanden empfindet, der das nicht erwidert. Preston weiß das von mir, und deshalb frage ich mich, warum er mich so berührt. Meinetwegen darf er so viele blöde, anzügliche Witze reißen, wie er will, aber mich anzufassen ist tabu für jeden, zu dem ich irgendeine Beziehung habe – sei es ein Pflegevater oder ein Freund, was immer er ist. Manchmal verschwimmen da die Grenzen.

Ich ringe nach Luft, lasse es mir allerdings nicht anmerken. In meinem Kopf herrscht Chaos, und ich will Preston dringend die Faust gegen das Kinn rammen.

»Pass auf, dass du nicht zu wild tanzt«, sagt er, nimmt seine Hand weg und zwinkert mir zu. Dann geht er wieder um den Tresen. »In Fairtown ist eine Party«, redet er weiter, als wäre nichts gewesen, und sucht in den Schränken nach irgendwas. »Auf die solltest du gehen. In der Gegend wimmelt es von Kiffern.«

Ich schlucke meine Wut hinunter und zwinge mich, so

munter wie ein Cheerleader auf Crack zu klingen: »Okay, mache ich.« Mit dem Rücken zu ihm kneife ich die Augen zu und ermahne mich, zu atmen. Er ist alles, was ich habe, und sollte ich vor die Wahl gestellt werden, ganz allein zu sein oder das hier hinzunehmen, wähle ich dies.

Kapitel 5

LUKE

Mit einem Bier in der Hand und einigen Shots intus habe ich mein Sicherheitsnetz für den Abend gebaut. Ohne hätte ich das Gefühl, hilflos ins Nichts zu stürzen. Ich weiß, dass ich in einer gefährlichen Abwärtsspirale stecke, vor allem, weil ich Diabetiker bin. Es kam schon vor, dass ich meinen Körper bis an seine Grenzen brachte, und die Ärzte haben mir gesagt, wenn ich nicht aufhöre, könnte ich draufgehen. Das Problem ist, dass ich ohne Alkohol nicht leben kann.

Es ist Samstagabend, und ich suche im Internet nach Mietwohnungen. Wie immer ist nichts zu finden, jedenfalls nichts Bezahlbares. Es ist die falsche Zeit, denn die Sommerferien nahen, und viele College-Studenten brauchen eine Bleibe, also gehen die bezahlbaren freien Wohnungen schnell weg. Hätte ich mehr Geld gespart, wäre es einfacher, aber das habe ich nicht. Ich überlege schon, über meinen Schatten zu springen und meinen Dad zu fragen, ob ich bei ihm oder wenigstens im Strandhaus wohnen kann. Aber ihn um Hilfe zu bitten, nachdem er mir früher nie geholfen hat, kommt mir wie ein Eingeständnis von Schwäche vor. Ich will, dass er sich mehr anstrengen muss, mein Vater zu sein. Zwar bin ich nicht sicher, wie viel er über die Situation bei uns zu Hause wusste, doch klar ist, dass er in all den Jahren zu wenig Kontakt zu mir hatte, als dass ich es ihm hätte erzählen können. Mir bleibt nur, die Erinnerungen durch meinen Kopf spuken zu lassen, was sie so ziemlich jede Nacht tun, sobald ich die Augen schließe, es sei denn, ich bin betrunken. Dann ist mein Kopf vollkommen leer.

Als ich den Computer ausschalte, bekomme ich eine SMS. Die Nachricht ist von Seth, Callies bestem Freund. Manchmal unternehme ich etwas mit ihm und seinem Freund Greyson, weil beide genauso gerne feiern wie ich.

Seth: `Gehst du heute Abend weg?`
Ich: `Klar, wie immer.`
Seth: `Wo willst du hin?`
Ich: `Wahrscheinlich ins Red Ink in der 6. Warum? Hast du was vor?`
Seth: `Noch nicht. Red Ink? Auf Schlampensuche heute?`
Ich: `Heute? Meinst du, immer?`
Seth: `Habe gehört, dass du mit der größten Schlampe vom Campus herumhängst.`
Ich: `Was? Mit wem?`
Seth: `Einer Mitbewohnerin mit Drachentattoo. Einer gewissen Violet.`

Ich kratze mir den Kopf und frage mich, wo er das gehört hat, aber dann kapiere ich es.

Ich: `Hat Callie dir das erzählt?`
Seth: `Nicht mit diesen Worten, würde sie nie, aber sie`

hat gesehen, wie du Violet hilfst… Was ist da los?
Ich: Nichts. Ich war nur nett.
Seth: Seit wann bis DU nett?

Er hat recht. Normalerweise bin ich nicht nett, aber aus unerfindlichen Gründen hat Violet diese Seite vorübergehend in mir zutage gebracht. Jetzt fühle ich mich allerdings hauptsächlich tierisch angefressen wegen meiner Wohnsituation, und ich will mich nur noch besaufen und ein Mädchen zum Vögeln finden, damit ich das Gefühl loswerde, in ein bodenloses Loch zu stürzen.

Ich: Ich dachte, ich probier mal was anderes.
Seth: Und wie ist es?
Ich: Ich höre wohl auf, ehe es zur Gewohnheit wird.
Seth: Gut für dich. Machst du kalten Entzug?

Ich schüttle den Kopf. Das könnte ewig so weitergehen.

Ich: Ich will los. Seid ihr dabei?
Seth: Ja, solange wir ein Taxi nehmen. Keiner von uns will fahren, und du sicher auch nicht… wie immer.
Ich: Gut. Kommen Callie und Kayden mit?
Seth: Die sind unterwegs, zum Felsen, glaube ich. Die sind ganz besessen davon und von sich, lo.
Ich: Ja… in 10 Min vor meinem Wohnheim?
Seth: Abgemacht :)

Ich messe meinen Blutzucker und schnappe mir sicherheitshalber meine Glukosetabletten, ehe ich das Handy, meine Schlüsselkarte und das Portemonnaie einstecke. Dann werfe ich die leere Bierflasche in den Müll und hole eine neue aus dem Minikühlschrank. Ich will hier raus und noch mehr trinken. Das mag ich am Frühling und Sommer, dass es so gut wie keine Footballspiele gibt und ich mich so viel betrinken kann, wie ich will, ohne mir Gedanken ums Training zu machen. Dadurch werden der Lärm und die Erinnerungen in mir ein bisschen erträglicher. Ebenso wie das Atmen. Das Leben.

Mit dreizehn habe ich angefangen zu trinken. Nicht mit Freunden oder so, sondern zu Hause, nachdem meine Mom mal wieder weggetreten auf dem Sofa lag – zur Abwechslung nicht vom Heroin, sondern von Schnaps. Sie hatte mich gezwungen, bei ihr zu sitzen, während sie soff; ich musste ihre Hand halten und tätscheln wie bei einer Kranken, die ihre Medizin nimmt, um den Schmerz zu betäuben. Als sie einnickte, schlang sie die Arme um mich und presste mich an sich, wobei sie mir erzählte, ich würde immer ihr kleiner Junge bleiben. Dann sang sie ein Lied, das dazu passte. Ich hasste es, wenn sie so war, vor allem weil ich mich nie wie ihr kleiner Junge gefühlt habe, nicht mal mit sieben. Damals begriff ich, dass unsere ganze Beziehung falsch war – die Dinge, die ich für sie tun musste, wie ihre Pillen zerdrücken, und die Art, wie sie mich immer anfasste. Aber ich schämte mich zu sehr, um etwas zu sagen, und im Grunde wusste ich schon damals, dass sich nichts je ändern würde, bis ich alt genug war, das verfluchte Haus zu verlassen.

Endlich fiel sie in einen tiefen Schlaf, und ich konnte mich aus ihrer Umklammerung befreien. Auf dem Couchtisch stand die Whiskey-Flasche, und ich fragte mich, wie das schmeckt und warum meine Mom das Zeug dauernd trinken musste. Also hob ich die Flasche hoch und trank einen Schluck. Der Alkohol kratzte in meiner Kehle, und in meinem Magen brannte er wie Feuer. Mich faszinierte, wie er sich in mir anfühlte, wie die Hitze alles Falsche in mir auslöschte, deshalb trank ich weiter, bis ich völlig hinüber war und für einen Moment alles Falsche in mir einschlummerte. Von da an nahm ich jedes Mal einige Drinks, wenn meine Mom weggetreten war, und je öfter ich es tat, umso besser konnte ich die Wut und Hilflosigkeit aushalten. Heute fällt es mir schwer, ohne Alkohol zu funktionieren.

Ich will gerade rausgehen, als ein Anruf von meinem Dad kommt. Während das Handy läutet, starre ich auf den Bildschirm und überlege, ob ich rangehen oder ihn wegdrücken soll. Schließlich nehme ich das Gespräch an und versuche, besser zu klingen, als ich gestimmt bin.

»Ja«, sage ich und klemme das Handy zwischen Ohr und Schulter, damit ich die Bierflasche öffnen kann.

»Hey«, antwortet mein Vater. Im Hintergrund ist Musik zu hören. »Du bist rangegangen.«

»Ja, aber ich bin auf dem Weg nach draußen, also mach's kurz.« Ich nehme einen Schluck Bier und fühle mich ein wenig besser.

»Oh, okay.« Er scheint enttäuscht zu sein. »Ich wollte nur hören, wie es dir geht.«

»Warum?«

»Weil du mein Sohn bist und ich mir Sorgen um dich mache.«

»Wieso? Das hast du früher auch nicht. Wozu fängst du jetzt damit an, wenn ich erwachsen bin?«

Er schweigt, und die Musik wird leiser. Dann höre ich, wie eine Tür geschlossen und es still wird. »Luke, ich weiß, dass ich kein besonders guter Vater für dich war, aber ich versuche, das wiedergutzumachen.«

Ich knirsche mit den Zähnen. »Ich bin fast zwanzig. Es ist ein bisschen spät, jetzt mein Vater sein zu wollen.«

»Der wollte ich immer sein«, sagt er merklich nervös. »Damals hatte ich mit einer Menge Sachen zu kämpfen und war nicht in der Lage, dir ein richtiger Vater zu sein.«

»Tja, und ich war nicht in der passenden Lage, um ohne Vater auszukommen.« Ich gehe zur Tür, will vor diesem Gespräch fliehen, weil es mir etwas zu rührselig wird.

»Es tut mir leid, Luke«, sagt er und klingt, als würde er gleich weinen. Im ersten Moment habe ich Mitleid, doch dann werde ich deswegen sauer auf mich. »Wenn ich irgendwas tun kann, um es wiedergutzumachen, sag es, und ich mach's.«

Ich bleibe stehen, eine Hand am Türknauf, und kämpfe mit mir und meinem Stolz. Dann denke ich daran, nach Star Grove zu meiner Mutter zurückzukehren, in das Haus, wo alles in Plastik gehüllt ist und sie mich anbettelt, ihr zu helfen. Ich könnte kotzen. »Es gibt etwas, das du tun könntest.«

»Was es auch ist, ich tu's.«

Ich hole tief Luft. »Du könntest mich über den Sommer im Strandhaus wohnen lassen. Ich weiß, dass Trevor und du dort sein werdet, aber vielleicht kann ich in eines der Gästezimmer oder so.« Trevor ist der Verlobte meines

Vaters. Ich schätze, er hat meine Mom nicht zuletzt auch deshalb verlassen, weil er nicht mit der Tatsache klarkam, dass er schwul ist. Es hat ihn Jahre im Suff gekostet, bis er endlich akzeptierte, dass er es ist, und sich outete. Das war ungefähr zu der Zeit, als er wieder in meinem Leben aufkreuzte, nur war das zu spät. Amy war schon tot, und ich hatte genug Zeit mit meiner Mom verbracht, um ihn abgrundtief zu hassen, weil er mich bei ihr ließ. Ehrlich gesagt weiß ich nicht, wie ich heute über unsere Beziehung denke. Es ist verwirrend. Ich meine, Trevor und er scheinen ganz nette Kerle zu sein, aber dass er es mir überließ, meiner Mutter ihre Schüsse zu setzen, kann ich ihm wohl nie verzeihen.

Sein Zögern verrät mir, dass er ablehnen wird, und ich will die Faust in die Tür hämmern, weil ich so blöd war zu fragen.

»Luke, es tut mir so leid, aber Trevor und ich verkaufen das Strandhaus. Wir versuchen, ein Haus näher bei unserer Arbeit zu finden, und dafür brauchen wir eine Anzahlung.«

»Könnte ich dann bei euch wohnen?« Ich flehe beinahe und umklammere den Türknauf fester.

Wieder ist seine Pause zu lange. »Wir haben im Moment nur eine Einzimmerwohnung, und die ist schon mit Trevors Kunst vollgestellt. Aber wenn wir in ein paar Monaten das neue Haus haben, kannst du selbstverständlich jederzeit kommen und bleiben, solange du willst. Wir würden uns freuen, dich bei uns zu haben.«

Ich schüttle den Kopf, und mein Puls rauscht in meinen Ohren. *Ich muss hier raus. Ich brauche einen Drink. Es ist viel zu viel verdammter Lärm in meinem Kopf.* »Schon okay«, sage ich und lege auf. Dann lasse ich den Türknauf los und trete so fest gegen die Tür, dass meine Stiefelspitze eine Delle hinterlässt. »Scheiße!« Ich presse beide Hände an meinen Kopf und japse nach Luft. Zu allem Überfluss muss ich jetzt Kayden auch noch erklären, warum es aussieht, als hätte jemand versucht, die Tür einzutreten. Na ja, er hat selbst schon einiges an Mobiliar zertrümmert.

Ich halte es nicht mehr aus. Mir war doch klar, dass ich meinen Vater um nichts bitten darf. Ich wünschte, ich könnte ihn hassen, dann wäre es vielleicht einfacher, nicht so wütend auf ihn zu sein.

Ich feiere mit Seth und Greyson bis ungefähr um neun oder zehn im Red Ink, kippe einen Shot nach dem anderen, und mein Dad und meine nahende Obdachlosigkeit werden zu einem geringfügigen Problem. Als wir alle drei schon ziemlich betrunken sind, nehmen wir ein Taxi zu einem Haus draußen in der Einöde – Fairtown, glaube ich –, denn Seth hat gehört, dass da eine »geile Party« laufen soll. Bei unserer Ankunft sind so viele Leute in dem Haus, dass man sich darin kaum rühren kann. Ich verliere Seth und Greyson im Gedränge aus den Augen, doch statt nach ihnen zu suchen, drängle ich mich durch zu den Getränken in der Küche.

Nach etwa fünf Shots Bacardi gehe ich ins Wohnzimmer, wo die Sofas beiseite geschoben wurden und ein Popsong aus der Stereoanlage dröhnt. Ich bin kein Musikfan, aber der Song ist tanzbar, und es sind einige knapp bekleidete Mädchen da, die aussehen, als wären sie leicht rumzukriegen. Na ja, das denke ich zumindest, aber meine Sicht ist gerade ziemlich verschwommen. So oder so will ich nur Ablenkung, um durch die Nacht zu kommen und endlich ruhig einzuschlafen. Das kann ich selten.

Ich gehe auf die Tanzfläche, und eine kleine, kurvige Brünette kommt sofort an und beginnt, sich an meinem Bein entlangzuschlängeln. Ich blinzle, bis ich ihr Gesicht halbwegs erkenne, und schätze, dass sie es tun wird. Ich stelle mich hinter sie, und sie lehnt sich an mich, während wir uns langsam zur Musik wiegen. Als sie den Kopf nach hinten beugt, streiche ich ihr Haar zur Seite und gleite mit der Hand an ihrem Brustkorb nach oben. Sie versucht, mich möglichst verführerisch anzusehen, was überflüssig ist, denn ich gehe sowieso mit zu ihr und vögle sie, genau wie sie es sich erhofft. Ich werde ihr geben, was sie will, und im Gegenzug bekomme ich einige Momente Ruhe, in denen ich frei von der Realität meines Lebens bin und sich das Verdrehte in mir nicht so furchtbar anfühlt.

»Du riechst richtig gut«, sagt sie verführerisch, den Kopf an meine Brust gelehnt.

»Ich rieche nach Zigaretten und Bacardi«, rufe ich, weil sie Schwachsinn redet. Der ganze Raum stinkt nach Schweiß und Bier.

»Na, vielleicht mag ich den Geruch.« Sie greift hinter sich und fängt an, mir den Schwanz zu reiben.

Es fühlt sich schon ziemlich gut an, als sie auf einmal diese schräge Sache mit ihren Hüften macht, sich umdreht und so eine Haltung einnimmt wie eine Katze, die sich mit ausgefahrenen Krallen aufbäumt. »Früher war ich Stripperin«, sagt sie und wackelt mit den Hüften.

»In Fairtown?« Ich versuche nicht mal, meinen Ekel zu verbergen. Die Stadt ist eigentlich eher ein Trailer Park mitten in der Einöde, und ich frage mich, ob die Frau mir im Suff viel anziehender scheint, als sie wirklich ist.

Sie nickt und dreht sich um die eigene Achse, sodass mir ihr Haar ins Gesicht peitscht. »Ja, so ungefähr ein Jahr lang.« Sie tänzelt rückwärts und wieder auf mich zu. Dabei schüttelt sie ihre großen Titten, die auf und ab hüpfen. Dann dreht sie merkwürdig den Kopf, die Arme zur Seite ausgestreckt.

Die Chance, dass ich einen hochkriege, schwindet rapide, und ich will ihr gerade sagen, dass ich mir noch einen Shot hole, um von ihrem widerlichen Stripper-Tanz wegzukommen, als ich ein Lachen hinter mir höre.

Ich blicke mich um, und mein Herz schlägt ein bisschen schneller. Violet steht hinter mir und unterdrückt angestrengt ihr Lachen. Ich habe seit der Fahrt zu McDonald's nicht mit ihr geredet, wo wir zusammen Mittag gegessen haben, als wären wir ein bescheuertes Paar, was wir nicht sind, denn ich habe es nicht mit Beziehungen. Aber ich habe sie auf dem Campus gesehen. Zwar habe ich mich bemüht, ihr aus dem Weg zu gehen und nicht in ihre Richtung zu sehen, weil mich sonst irgendwas, das ich absolut nicht einordnen kann, zu ihr zieht. Ein paar Mal erwischte ich mich aber doch dabei, wie mein Blick in ihre Richtung abschweifte.

Jetzt ist sie diejenige, die es zu mir getrieben hat, und mir gefällt, dass sie hier ist. Weniger gut gefällt mir, dass sie solche Macht über mich hat und ich komische Gefühle für sie hege ... die ich nach wie vor nicht verstehe.

Ich runzle die Stirn, als sie den Mund aufmacht, um etwas zu sagen. Garantiert kommt jetzt eine bissige Bemerkung.

Doch sie stellt sich vor mich und sagt zu der Brünetten: »Darf ich?«

»Seid ihr zusammen?«, fragt die Brünette und sieht mich an.

»Vielleicht komme ich später noch zu dir«, sage ich ausweichend, um möglichen Missverständnissen vorzubeugen.

Sie wirft mir einen bösen Blick zu und spreizt die Hände vor sich. »Spar dir die Mühe. Hier sind massig Jungs, die auf das hier scharf sind.« Sie schüttelt ihre Titten wieder und wackelt mit den Hüften. Violet schlägt sich eine Hand vor den Mund, und ihre Schultern beben vor Lachen, als die Brünette davonstakst.

Sobald sie in der Menge verschwunden ist, mustere ich Violet kurz. Ihr rot-schwarzes Haar ist zur Seite gekämmt und hat diese sexy Wellen. Die grünen Augen hat sie mit schwarzem Eyeliner geschminkt, und ihre Lippen glänzen sogar in dem dämmrigen Licht hier drinnen. Sie hat ein langes schwarzes Kleid an, das bis zu ihren Füßen fließt. Es ist völlig anders als das, was die meisten anderen Mädchen hier tragen – verdeckt viel mehr. Aber sie hat keinen BH an, und obwohl ihre Brüste nicht so groß sind wie die der Brünetten, sind sie hübscher. Die Nippel drücken sich durch den dünnen Stoff ab und bringen meinen Schwanz dazu, sich das mit dem Erschlaffen noch mal zu überlegen.

»Willst du mich den ganzen Abend anglotzen?«, fragt sie und sieht sich in der Menge um statt zu mir. »Oder wirklich mit mir tanzen?«

Ich löse meinen Blick von ihren Titten und konzentriere mich auf ihre Augen. »Ich dachte, das sollte ein Witz sein.« Nun lasse ich mir Zeit, sie genauer anzusehen. Ich mag ihre schmale Gestalt. »Du kommst mir nicht wie jemand vor, der gern tanzt, außerdem solltest du den Knöchel schonen.«

»Ich kann tanzen, mit oder ohne geschwollenen Knöchel«, sagt sie ungerührt und sieht mich endlich an. Mich erschreckt, wie distanziert sie wirkt. »Aber du musst nicht. Ich wollte dich lediglich von der Hüpfende-Möpse-Braut befreien, sozusagen als Dank dafür, dass du mir Krüppel geholfen hast.«

»Wer hat gesagt, dass ich befreit werden musste?«, frage ich und bin schockiert, wie sehr mir das Geplänkel mit ihr gefehlt hat. »Vielleicht stehe ich auf hüpfende Möpse.«

Sie hebt die Hände und geht rückwärts weg von mir. »Na gut, ich lasse dich in Frieden. Ich wollte nur was Nettes machen, was bei mir nicht oft vorkommt.«

Ich lasse sie noch zwei Schritte gehen, ehe ich nach ihrem Unterarm greife. Sie mag so tun, als sei es ihr scheißegal, aber ich glaube nicht, dass es das ist. »Ich will nicht in Frieden gelassen werden«, sage ich, ziehe sie zu mir und denke, dass mich das Tanzen mit ihr für eine oder zwei Minuten ablenken könnte.

»Ah, ich Glückspilz! Luke Price will mit mir tanzen. Ich werde gleich ohnmächtig!« Sie setzt ein übertrieben verträumtes Gesicht auf und verdreht zusätzlich noch die Augen.

»Hey, du hast mich aufgefordert!«, erinnere ich sie, als sie die Hände nach mir ausstreckt. Ich verlagere meine

Hand von ihrem Arm in ihre Taille und lasse sie auf ihren Rücken gleiten. Dann ziehe ich sie noch näher zu mir, bis sich Hitze zwischen uns aufbaut. *O verdammt!* Ich stöhne fast, als mir klar wird, dass ihr Kleid hinten sehr tief ausgeschnitten ist.

Beiläufig streiche ich ihren Rücken hinab, um zu fühlen, wo der Stoff anfängt. Und ich bin ernsthaft geliefert, als ich ihre weiche, glatte Haut bis zur Hüfte spüre, wo sie endlich wieder bedeckt ist. Ich merke, dass sie ein bisschen erschauert, doch sie verzieht keine Miene. Sie fixiert meine Augen, als sie ihre Hände auf meine Schultern legt.

Wir beginnen, uns zusammen zu dem Song zu bewegen, und mir wird klar, dass ihre Behauptung, sie könnte tanzen, nicht gelogen war. Ihre Hüften wiegen sich sanft unter meinen Händen, und ihr Körper streift meinen. Jedes Mal, wenn sich unsere Oberkörper berühren, dringt ein kleiner, gehauchter Laut aus ihren Lippen, und der ist höllisch sexy, sodass mein Schwanz steinhart wird. *Gott, ich flippe noch aus, wenn ich mich nicht beruhige!*

Nach dem halben Song lehnt sie sich zu meinem Ohr und flüstert: »Und, warum bist du hier, Luke Price?«

»Luke Price?« Ich umfasse ihre Hüften fester, als ich mein Gesicht zu ihr drehe. »Was ist aus dem Stoisch-Unnahbaren geworden?«

Sie zuckt mit den Schultern und benetzt sich die Lippen, während ihr Finger in meinem Nacken auf- und abstreicht. Ich frage mich, ob ihr das bewusst ist. Mir ist es … zu bewusst. »Ich dachte, ich gönne dem Spitznamen heute Abend mal eine Auszeit.«

Unsere Gesichter sind nur Zentimeter voneinander entfernt, sodass sich unser Atem vermischt und die bereits feuchte Luft noch feuchter wird.

»Warum bist du hier, Violet ohne Nachnamen?« Ich halte ihren Blick, als ich mich etwas zurücklehne, um sie besser ansehen zu können.

Ihr Ausdruck ist genauso distanziert wie meiner, und ich wundere mich, wie sehr mich allein das Tanzen mit ihr umhaut. Sie ist eine Herausforderung, genauso verschlossen wie ich, und das allein macht mich neugierig. Auf sie. Auf ihre Geheimnisse. Ich will sie kennenlernen. Und das gibt ihr Macht über mich, denn sie lässt mich nicht. Dabei will ich normalerweise gar nichts über andere wissen.

»Wegen der spektakulären Gäste, ist doch offensichtlich«, scherzt sie, und ihre Lippen zucken ein wenig, als wollte sie grinsen.

»Ja, offensichtlich.« Mir ist nicht wohl dabei, wie mein Herz jedes Mal schneller schlägt, wenn ich glaube, dass sie lächeln wird, und ich hadere damit, ob ich es lieber lasse. Zugleich bin ich so angetörnt, weil ich ihre Hüften unter meinen Händen fühle, weshalb ich nur bleiben und sie weiter anfassen will. Es geht so weit, dass meine Hände von ihren Hüften zu ihrem Rücken wandern und ich sie drücke, bis ihre Brust an meine gepresst ist. »Wie geht es deinem Fuß?«

Sie sieht nach unten, und mir fällt erst jetzt auf, dass sie keine Schuhe trägt. »Ganz gut, schätze ich.«

»Okay, und wo sind deine Schuhe?«

Sie blickt achselzuckend zu mir auf. »Ich hatte Flipflops an, aber die haben so genervt, dass ich sie irgendwo weggeschleudert habe.«

Dank meines alkoholbenebelten Verstands erscheint mir die Frage in Ordnung: »Wegen neulich Nacht, als du … du weißt schon, aus dem Fenster gesprungen bist. Was war da los?«

Sie versteift sich sofort, obwohl ihre Miene unverändert bleibt. »Was war wo los?«

Ich wende den Blick von ihr ab. »Warum bist du gesprungen?«

»Das ist eine lange Geschichte«, sagt sie gelassen, und ich spüre ihren Blick. »Warum fragst du?«

Ich sehe sie wieder an, als ein schnellerer Song anfängt. Eigentlich will ich ihr die Wahrheit sagen: dass ich mich um sie sorge. Dass ich die finsteren Gründe kenne, aus denen jemand aus einem Fenster springt. Dass ich sie zwar kaum kenne, trotzdem aber nicht aufhören kann, an sie zu denken. Dass sie meine Gedanken auf eine Weise beherrscht, die mir nicht lieb ist. Stattdessen sage ich: »Reine Neugier. Es kommt ja nicht jeden Tag vor, dass ein schönes Mädchen aus einem Fenster fällt und mir ins Gesicht tritt.«

Sie reagiert nicht, als hätte sie gar nicht gemerkt, dass ich ihr eben ein richtig schmalziges Kompliment gemacht habe. »Ich war in einer etwas blöden Lage. Und der einzige Ausweg war, aus dem Fenster zu springen«, sagt sie gleichgültig.

Tausend Fragen geistern mir durch den Kopf. »Was für eine Lage?«

Sie nagt nervös an ihrer Unterlippe und seufzt genervt. »Was interessiert dich das eigentlich?«

Achselzuckend schüttle ich den Kopf. »Weil … ich

besorgt bin, dass … dass du es absichtlich gemacht hast.« Den letzten Teil murmle ich fast, und ich bin nicht sicher, dass sie es gehört hat.

»Besorgt um mich? Echt?« Sie scheint mir nicht zu glauben.

»Menschen sorgen sich dauernd um andere Menschen«, antworte ich.

»Nein, tun sie nicht«, widerspricht sie, und für einen kurzen Moment blitzen ihre Augen vor Wut. »Und du kennst mich nicht mal.«

»Tja, das versuche ich gerade zu ändern.« Was ist denn mit meinem besoffenen Verstand los? Entwickelt der einen eigenen Willen? »Hör mal, vielleicht …«

Sie drückt ihre Hand auf meinen Mund und schüttelt den Kopf. »Keine Fragen mehr, okay?« Ehe ich reagieren kann, dreht sie sich weg von mir und lehnt sich mit ihrem Rücken an meine Brust.

Dann fängt sie zu tanzen an. Und ich meine, richtig tanzen, wobei sie ihr Gewicht kaum merklich mehr auf eine Seite verlagert, um ihren Knöchel zu schonen, sich aber perfekt in den Rhythmus fügt. Bei den Bewegungen ihrer Hüften streift ihr Hintern meinen Schwanz, und ich beginne, mich mit ihr zu wiegen, lege die Hände in ihre Taille, und ihr Rücken biegt sich durch. Je länger der Song dauert, desto mehr gehen wir darin auf. Schweiß glänzt auf unserer Haut, und es ist so viel Kontakt und Reibung zwischen uns, dass es sich wirklich anfühlt, als würden wir auf Sex zusteuern. Sie schlängelt sich langsam und sehr geschmeidig nach unten, bis ihr Hinterkopf an meinem harten Schwanz liegt. Dann wiegt sie sich an mir zurück nach oben. Als sie wieder aufrecht steht, möchte ich sie nur packen, in das nächste leere Zimmer bringen und sie vögeln, bis sie meinen Namen schreit. Ich muss die Lage dringend wieder unter Kontrolle bekommen.

Leider werde ich abgelenkt, denn sie neigt ihren Kopf zur Seite und schlingt die Arme um meinen Hals. Sie nimmt mich vollständig ein. Dabei sehe ich für einen winzigen Moment ihren Nacken, wo ein Drache und zwei Sterne in ihre Haut tätowiert sind. Ich habe noch nicht viele Mädchen mit Tattoos gevögelt, aber damit sollte ich dringend anfangen, denn das ist verflucht erotisch. Ich gleite mit den Händen zu ihrem Bauch und presse sie fester an mich. Hitze lodert in mir auf, als sich Violets Duft mit dem Alkohol in mir vermischt, und die überwältigende Lust in mir fühlt sich an, als gehörte sie dorthin.

Ihr Hals ist nur Zentimeter von meinem Mund entfernt. Der Wunsch, an ihrer Haut zu saugen und sie zu beißen, ist berauschend, und ohne darüber nachzudenken, was ich tue oder was es bedeuten könnte, öffnen sich meine Lippen, und meine Zunge streicht über ihre Haut. Nicht dass ich noch keinem Mädchen den Hals geleckt hätte. Das habe ich schon oft, genauso wie ich schon unzählige Male geküsst und gevögelt habe. Normalerweise bringt es den Lärm in meinem Kopf zum Verstummen, aber jetzt höre ich ihn noch deutlich, wenn nicht gar lauter als sonst, schärfer und schriller. Ich fürchte, dass ich die Beherrschung verliere, trotzdem wird mein Mund von ihrer Haut angezogen, und ich beginne, an ihrem Hals zu saugen. So wie sich ihre Muskeln anspannen, rechne ich beinahe damit, dass sie sich umdreht und mir einen Kinnhaken verpasst.

Ja, fast wünsche ich mir, sie würde es, denn dann könnte ich weggehen … jedenfalls denke ich, das würde ich … Es könnte allerdings auch sein, dass ich erst recht bleiben will. Stattdessen lässt Violet ihren Kopf zur Seite kippen, sodass ich ihren Hals noch intensiver küssen kann.

Meine Hand wandert an ihren Rippen hinauf, über ihre Brust, deren Spitze unter dem dünnen Stoff hart ist. Ich streiche mit meinem Daumen über sie, bevor meine Hand weiter hinauf zu der Kuhle unten an ihrem Hals streicht. Violet stöhnt, als ich meine Finger sanft in die Vertiefung an ihrem Schlüsselbein drücke, und lehnt sich an meine Brust. Alles verschwimmt, während meine Hand an ihr hinunter zu ihrem Bein gleitet und das Kleid nach oben zieht. Ich kann es nicht erwarten, meine Finger ihn sie zu schieben, damit sie lauter stöhnt.

»Gott, du bist so schön …«, hauche ich an ihrem Hals, als meine Hand ihren Oberschenkel erreicht. »Wir sollten in eines der Zimmer hinten gehen.«

Sie dreht ihren Kopf zu mir, sodass sich unsere Lippen flüchtig streifen, und bei dem Kontakt werde ich fast wahnsinnig. Ich packe ihr Kleid mit beiden Händen und öffne den Mund, da schiebt sie plötzlich meine Arme von sich und geht auf Abstand.

Über die Schulter sieht sie zu mir. Ihre Wangen sind ein bisschen gerötet, doch ihr Gesichtsausdruck ist vollkommen unbeteiligt. »Danke für den Tanz«, sagt sie, bevor sie ihre Arme nach oben streckt und sich durch die Menge drängt, bis sie im Gewimmel verschwitzter Betrunkener verschwunden ist.

Ich schüttle den Kopf über meine Blödheit. »Gott, du

bist so schön. Wir sollten in eines der Zimmer hinten gehen.« Wow, das war echt nicht mein bester Spruch. Trotzdem läuft sie sehr viel häufiger weg als irgendjemand sonst, den ich kenne.

Nachdem ich viel zu lange über sie nachgegrübelt habe, beschließe ich, dass es nicht mein Problem ist – *sie* ist nicht mein verfluchtes Problem. Ich muss das hinter mir lassen, mich von dem lösen, was immer es ist, das mich zu ihr zieht, meine zunehmende Besessenheit von dem rätselhaften Mädchen überwinden, das aus Fenstern springt und überall aufzutauchen scheint, wo ich bin. Ich verdränge meine Gedanken an sie so gut es geht und kämpfe mich durch die Menge zur Küche, wo die Arbeitsflächen vollstehen mit Flaschen. Die Auswahl ist so riesig, dass es mir wie Weihnachten vorkommt. Ich nehme eine Flasche Crown Royal und kippe noch einen Shot … oder zwei … oder drei … oder vier … bis ich den Überblick verliere und nicht mehr denken kann.

Als ich kurz vor einem Filmriss bin, schnappe ich mir die erste halbwegs anständig Aussehende, flirte mit ihr und nehme sie mit in eines der Zimmer. Es dauert nicht lange, bis wir ausgezogen sind und ich in ihr bin. Das Kopfteil des Betts hämmert unter meinen Stößen gegen die Wand, und ich drücke ihre Hände seitlich von ihrem Kopf auf die Matratze. Schließlich schreit sie auf – nicht meinen Namen, denn so weit sind wir nicht gekommen. Ihr Kopf ist nach hinten gebeugt, ihr Hals nach oben gewölbt, und sie hat Schweißperlen auf der Haut. Als ich zu ihr hinuntersehe und unsere Hüften zusammenstoße, wird mir klar, dass ich alles mit ihr machen kann, und ungefähr eine Sekunde lang fühlt es sich richtig an. Ich komme mir nicht so hilflos und kaputt vor. Nicht so von allem um mich herum und meiner Vergangenheit beherrscht. Ich bin betrunken und high auf diesem Mädchen, das mir geben will, was immer ich brauche. Für einen kurzen Moment habe ich die Kontrolle. Fort ist der Lärm in mir, der mich an alles Schlechte und Entsetzliche von früher erinnert. Ich bin innerlich still und zufrieden. Dann ziehe ich mich aus ihr zurück, und es ist vorbei. Das Mädchen rollt sich zur Seite und schläft ein. Was ich eben noch an Kontrolle empfand, verpufft schnell, und ich fühle mich wieder wie der hilflose, verkorkste Junge. Ich steige aus dem Bett, ziehe mich an und gehe in der Hoffnung, dass ich das Mädchen nie wiedertreffe. Als ich das Zimmer verlasse, geht es mir kurzfristig besser, doch sobald ich ins Wohnzimmer komme, ist es wieder vorbei. Meine Selbstkontrolle verflüchtigt sich, und ich muss versuchen, sie irgendwie einzuholen.

VIOLET

Nachdem ich Luke auf der Tanzfläche stehen gelassen habe, gehe ich hastig zu den hinteren Räumen. Ich bemühe mich, nicht zu laufen. Der Typ, mit dem ich redete, bevor ich Luke entdeckte, fängt mich am Arm ab, als ich durch die Küche gehe.

»Hey, wo willst du hin?«, fragt er und greift nach einem Bier. »Ich dachte, wie wollten irgendwo hin und reden.«

»Tun wir auch noch, aber erst muss ich etwas erledigen.« Bevor er reagieren kann, reiße ich mich von ihm los und stürme zur Hintertür hinaus. Ich sehe zu dem kleinen See ein Stück hinter dem Garten. Ein Steg führt auf das Wasser hinaus, und dort will ich hin. Hastig schiebe ich mich durch die Menge auf den Rasen, und die Geräusche und Lichter der Party schwinden, je weiter ich komme. Ich werde noch schneller, und der Schmerz im Knöchel zerrt an meinen Muskeln. Sobald ich das Holz der Stegbohlen unter meinen nackten Füßen spüre, renne ich so schnell ich kann auf den Rand zu. Mein Herz hämmert in meiner Brust, mein Puls rast. Er will dem Adrenalinrausch entkommen, doch ich fiebere gerade dem entgegen, genieße es, wenn das Adrenalin durch meinen Körper pumpt wie flüssiges Feuer und alles wegbrennt, was ich empfinde: das Verlangen, die Art, wie ich mich von Luke berühren lasse, und wie ich mich dabei fühle. Er hat mich nicht bloß betatscht. Was in mir los war, war sehr real. Zu real. So real, dass ich tatsächlich überlegte, mit ihm in eines der Zimmer zu gehen und ihn mit mir tun zu lassen, was er wollte, weil ich es wollte.

Am Ende des Stegs nehme ich alle Kraft zusammen und springe, wobei ich so lange ausatme, bis meine Lunge leer ist. Bis ich leer bin. Im nächsten Augenblick durchbreche ich die Oberfläche des Sees. Das kalte Wasser hüllt mich ein, durchnässt mein Kleid, mein Haar. Es zieht mich nach unten, und ich wehre mich nicht. Bereitwillig überlasse ich mich dem Sog.

Ich erinnere mich an die Zeit, als mir endlich bewusst wurde, dass meine Eltern nicht zurückkommen würden. Dass sie tot waren und das viele Blut an ihnen keine Einbildung gewesen war. Dass die Bilder von ihnen auf dem Fußboden, reglos und mit offenen Augen, nicht nur meiner Fantasie entsprungen waren. Es war real. Und mir wurde langsam klar, dass ich allein war. Selbst mit sechs Jahren begriff ich, dass nichts wieder wie vorher sein würde.

Ich würde nicht mehr dieselbe sein.

Mir die brutale Wahrheit einzugestehen, dass ich keine Eltern mehr hatte, war heftig. Es fühlte sich an, als würden mich von innen Rasierklingen zerschneiden, Nadeln in meine Adern stechen und ein riesiges Loch in meinem Herzen wachsen. Ich spürte es – alles. Manchmal wachte ich nachts auf, riss an meiner Haut, um dieses Gefühl aus mir herauszuholen, doch davon bekam ich nur lauter Kratzer.

Das erste Paar, das mich aufnahm, hielt mich für wahnsinnig. Einmal hörte ich sie sagen, sie hätten Angst, dass ich sie verletzen könnte, und wie sollten sie auch nicht, nach dem, was ich gesehen hatte? Tod. Gewalt. Mord. Der morbide Teil des Lebens hatte sich in meinen Kopf eingebrannt, also wurde ich selbst morbide. Es verwirrte mich, und ich fing wirklich an zu glauben, dass es passieren könnte: dass ich mich in eine Gewalttäterin verwandle. Angesichts des Gedankens, dass ich am Ende jemandem etwas tun könnte, und dem konstanten Schmerz in mir, beschloss ich, jede Form von Gefühl aufzugeben. Jedes Empfinden abzustellen, mir selbst Taubheit zu verordnen.

Anfangs war es schwierig, vor allem nachts, wenn mein Denken unbedingt alles wachrufen wollte. Aber eines Nachts, als ich aus einem Albtraum aufschrak, panisch und durcheinander, dachte ich, ich wäre wieder in meinem Kinderzimmer. Ich rannte aus dem Raum, wollte die Treppe hinunter aus dem Haus stürmen, nur war die Treppe nicht dort, wo sie bei uns zu Hause gewesen war. Ich hatte beinahe einen Herzanfall, als ich stolperte und die Treppe hinunterstürzte. Der Teppichbelag schürfte mir Rücken und Beine auf, und mein Leben lief im Schnelldurchlauf vor meinem inneren Auge ab. Nach einer halben Ewigkeit kam ich unten an, starrte zur Decke hinauf und spürte das Adrenalin in mir, das sämtlichen Schmerz und sämtliche Angst übertönte. Für eine Sekunde konnte ich weder die Rasierklingen noch die Nadeln noch das Loch in meinem Herzen fühlen. Mein Verstand und mein Körper waren zufrieden. Es war der erste Moment echten Friedens, den ich seit Langem erlebte, still und schmerzlich schön.

Danach wurde es zur Gewohnheit. Ich wachte panisch auf, rannte aus dem Zimmer und fiel die Treppe hinunter. Das tat ich absichtlich, und obwohl ich wusste, dass es irrsinnig war, fühlte ich mich so besser. Meine Pflegeeltern hatten einen tiefen Schlaf und bemerkten zunächst nichts, aber hin und wieder weckte ich sie doch auf. Ich versuchte, schläfrig und verwirrt zu tun, doch beim sechsten oder siebten Mal wurden sie stutzig und begannen, Fragen zu stellen. Also erzählte ich ihnen die Wahrheit und hoffte, dass sie es verstehen. Sie sahen mich ängstlich an, und zwei Wochen später kam ich zu einer anderen Familie. Ich gab es auf, die Wahrheit zu erzählen, und fand andere Wege, mir meinen Adrenalinrausch zu beschaffen: vor Autos laufen, auf Dächer steigen, mich ins Wasser sinken lassen, bis meine Lungenbläschen zu platzen drohten.

Ich weiß, dass es gefährlich ist, aber das ist mir egal. Es ist besser als die Rasierklingen, die Nadeln und das unheilbare Loch in meiner Brust.

Das Wasser ist kalt, jedoch nicht besonders tief, sodass ich bald auf dem Grund bin. Ich lasse mich auf den Sandgrund sinken und bohre meine Knie hinein. Meine Arme treiben seitlich nach oben, mein Haar schwebt vor meinem Gesicht. Über meinem Kopf schimmert der Mond hübsch verzerrt durch die gekräuselte Wasseroberfläche. Alles ist still. Das Wasser. Die Nacht. Die Gefühle in mir. Ich schließe die Augen und überlasse mich dem Ertrinken, bis meine Lunge beinahe zerreißt und mir schwindlig ist – bis ich spüre, wie ich die Realität verlasse und an einen Punkt gelange, an dem ich fast nicht mehr existiere. Dann stemme ich mich nach oben. Bläschen strömen aus meinem Mund, als ich strampelnd aufsteige, die Arme strecke und Sekunden später japsend die Oberfläche durchstoße. Ich ringe nach Luft, während das Adrenalin mein Inneres ertränkt. Wasser tropft mir aus den Haaren ins Gesicht, und ich treibe rücklings auf dem See, blicke zum Mond hinauf, halb über, halb unter Wasser.

Kapitel 6

LUKE

Ich war sieben, als mir klar wurde, dass in meinem Zuhause etwas völlig falsch lief. Und es war nicht so, dass ich es nach und nach entdeckte. Vielmehr musste ich es plötzlich erkennen, als meine Mutter mitten in der Nacht aufkreuzte, nachdem sie stundenlang weg gewesen war. Sie flippte total aus, sagte immer wieder, dass es ihr leidtue. Ich glaube, sie war komplett high, und es sah aus, als hätte sie Blut an ihren Händen und auf ihrer Kleidung, aber als ich sie danach fragte – obwohl ich eine Riesenangst vor der Antwort hatte –, umarmte sie mich nur, wiegte mich wie ein Baby und sagte, alles würde gut. Fakt ist, dass von dem Punkt an nichts je gut oder auch bloß okay war. Ist es immer noch nicht, doch ich kann damit leben, solange ich genug Alkohol intus habe und sich die beschissenen Dinge in meinem Leben unwirklich anfühlen. Solange ich die Kontrolle über die Dinge habe, die ich tue, geht es mir gut. Das Problem ist, dass mir in letzter Zeit die Kontrolle entgleitet, die ich mir so hart erarbeitet habe.

In wenigen Tagen endet das Semester, und dann sollte ich nach Hause fahren, zurück in die Hölle, in der sich nichts richtig anfühlt und in der ich mir wieder wie ein verdammtes Kind vorkomme. Kayden hat fast fertig gepackt; auf seiner Zimmerseite stapeln sich die verklebten Kartons. Er ist drüben in Callies Wohnheim, um ihr zu helfen, und ich habe noch nicht mal angefangen zu packen. Mein Bett ist noch gemacht, meine Sachen sind noch in der Kommode. Ich erwäge ernsthaft, alles anzuzünden und in meinem Truck zu wohnen. Seit unserem letzten Telefonat habe ich nicht mehr mit meinem Vater gesprochen. Er hat mehrmals angerufen, aber keine Nachricht hinterlassen.

»Hör mal, es tut mir leid, dass ich dir das Herz breche oder so.« Ich gehe auf dem schmalen Gang zwischen den Betten auf und ab, das Telefon an mein Ohr gepresst, und schüttle so ziemlich über jedes Wort von ihr den Kopf. »Aber ich bleibe hier.« Es ist eine glatte Lüge. Offiziell kann ich nirgends hin. Die Mietwohnungen sind zu teuer, und ich suche nach wie vor nach einem Mitbewohner, der offenbar nicht aufzutreiben ist. Es ist wohl die falsche Zeit, und ich hasse es, weil ich auf keinen Fall zurück nach Star Grove will.

»Lukey …«, beginnt sie. Ich kann es nicht ausstehen, wenn sie mich so nennt, und gerade jetzt wird mir schlecht davon. »Du musst nach Hause kommen und dich um mich kümmern. Ich habe wieder angefangen, meine Medizin zu nehmen, und brauche deine Hilfe.«

»Welche?«, frage ich angewidert und trete nach dem Bein meines Betts, weil ich dringend ein Loch in irgendwas treten will. »Dein Heroin? Deine pulverisierten Schmerzmittel? Kokain? Whiskey? Welche ist es, Mutter?«

»Du tust ja so, als würde ich die nicht brauchen.« Sie klingt beleidigt. »Das tue ich aber. Ich brauche sie, Lukey.

Ich brauche sie sogar unbedingt, weil ich sonst zu viel nachdenke, und das geht schlimm aus. Das weißt du.«

»Es ist immer schlimm, egal auf was du gerade bist.« Ich knalle meinen Stiefel wieder und wieder gegen das Bettgestell, und es donnert gegen die Wand. Mein Fuß schmerzt allmählich. *Scheiße!* »Und du weißt, dass ich zu alt bin, um dir den Scheiß zu glauben, Mutter. Ich weiß, dass du aus demselben Grund Drogen nimmst wie jeder andere, nämlich um dich nicht mit deinem Leben abgeben zu müssen. Kein Arzt hat dir den Dreck verschrieben, wie du mir vorgelogen hast, als ich sechs war.«

»Sie müsste mir aber verschrieben werden, Süßer.« Ihre Stimme ist hoch, als würde sie mit einem Kind reden. »Die Ärzte haben nur noch nicht erkannt, dass ich sie brauche.«

Ich hasse sie. Ich hasse mich dafür, wie sehr ich sie hasse. Ich hasse den Hass in mir, der mir das Gefühl gibt, mich nicht kontrollieren zu können. Ich hasse es, dass jedes Mal, wenn ich jemandem auch nur ein bisschen nahekomme, ich an all die scheußlichen Sachen denken muss, zu denen sie mich zwang – an die Hölle, in die sie mich gezogen hat. »Weißt du, was ich denke?« Ich renne hinüber zur Wand. »Ich denke, du hast schon zu viel genommen, und deshalb bist du völlig hinüber.« Ich verstumme und bin gespannt, wie sie reagiert. Normalerweise bin ich nicht so direkt zu ihr. Eher meide ich sie, so gut ich kann. Jetzt jedoch holt mich die Tatsache ein, dass ich zurück muss.

»Hältst du mich für verrückt?«, fragt sie leise. Ich höre ein Rascheln im Hintergrund und will gar nicht wissen, was sie tut. »Ist es das, ja? Denkt mein kleiner Junge, dass seine Mutter wahnsinnig ist?«

Ich presse die Finger an meine Schläfe, und meine Armmuskeln verkrampfen sich vor Wut. »Ich weiß nicht mehr, was ich denke.«

»Du hörst dich genauso an wie sie alle«, sagt sie, und im Hintergrund poltert es.

»Welche alle?«, frage ich und verdrehe die Augen.

»Die Nachbarn«, flüstert sie und stockt für einen Moment. »Ich glaube, sie beobachten mich ... Und draußen parkt dieser Wagen ... Ich glaube, die Polizei observiert mich wieder.«

»Die Polizei observiert dich nicht und hat es auch noch nie. Du wurdest nur ein Mal wegen irgendwas befragt, was du mir nicht verraten wolltest.«

»O doch, sie beobachten mich, Lukey. Sie sind wieder hinter mir her.«

Ich schüttle den Kopf. Die Liste der »Medikamente«, die sie derzeit anscheinend nimmt, wird kürzer, denn bei den wenigsten kommt ihre Paranoia so stark heraus. »Keiner ist hinter dir her, und weißt du, warum nicht? Weil du keinen interessierst.«

»Dich aber doch, oder?«, fragt sie panisch. »Du interessierst dich doch für mich, Lukey?«

Ich sinke auf mein Bett und stütze den Kopf in die Hand. Gott, ich wünschte, ich könnte einfach Nein sagen. Ihr sagen, dass ich sie hasse. Sie aus meinem Leben streichen. Aber anscheinend kann ich das nicht aussprechen. Das blöde kleine Kind in mir hindert mich daran, das ihr helfen will und glaubt, es zu müssen, weil es sonst keiner macht. »Ja, klar.«

»Was für ein lieber Junge du bist«, sagt sie, und mir ist

speiübel. »Kümmerst dich immer um mich. Ich kann es gar nicht abwarten, dass du wieder nach Hause kommst. Wir werden ganz viel Spaß haben.«

Wie ihre Version von Spaß aussieht, weiß ich: Wir putzen zusammen das Haus, ich helfe ihr mit den Drogen, die sie gerade nimmt, sitze bei ihr, höre ihr zu, wenn sie singt, mime ihren besten Freund und lasse ihr Gezeter und Gejammer über mich ergehen. Ich kann nicht zurück und bei ihr wohnen, in dem Haus, in meinem Zimmer, mit all dem Irrsinn. Monatelang müsste ich mir anhören, dass sie mich braucht. Braucht. Braucht. Braucht. Schon über Weihnachten zurückzufahren, hat gereicht, und da war ich nicht mal viel dort. Wenn ich zu ihr muss, kann ich wahrscheinlich einen Job finden und viel feiern gehen, um möglichst wenig zu Hause zu sein, aber letztlich müsste ich immer wieder hin. Ich will nie wieder zurück. Mit sechzehn bin ich von dem ganzen Mist weggelaufen, und ich kann nicht umkehren. Irgendwie muss ich mir eine Lösung ausdenken, koste es, was es wolle. »Ich muss Schluss machen.« Bevor sie etwas sagen kann, lege ich auf.

Ich werfe das Telefon beiseite, wiege mich vor und zurück und atme mich durch den Drang, zu schreien oder irgendetwas zu zerstören. Wenn jemand reinkäme und mich so sähe, würde er denken, ich hätte den Verstand verloren, aber ich kann die Welle von Wut und Panik nicht stoppen, ist sie erst mal da. Nur drei Dinge helfen mir: Sex, Alkohol oder Gewalt.

Ich wiege mich weiter, aber die Wut in mir steigt und vermischt sich mit der widerlichen Scham, die ich immer mit mir herumtrage. Der unbändige Zorn baut sich in mir auf und will raus. Wenn ich nicht bald irgendwas tue, zerschlage ich am Ende das Zimmer. Schließlich halte ich es nicht mehr aus, springe vom Bett und ramme meine Faust gegen die Wand. Wieder und wieder. Hitze und Wut toben in mir. Nach dem fünften Hieb zittere ich von Kopf bis Fuß. Eine faustgroße Delle ist in der Wand, und meine Fingerknöchel sind alle aufgeplatzt. Kayden war schon wegen der zerbeulten Tür in Sorge, und jetzt ist die Wand auch im Eimer. Ich bin immer noch aufgebracht und muss hier raus, denn mir ist weiterhin danach, auf etwas einzuprügeln. Und diese Wut muss aus mir heraus, bevor sie mich vollkommen beherrscht. Es gibt nur eine Art, das zu schaffen, und die erfordert eine Menge körperlichen Schmerz und Alkohol, aber das will ich. Mehr als alles andere.

VIOLET

Ich bin heute superbeschissen drauf. Die unsichtbaren Rasierklingen und Nadeln, die ich länger nicht gespürt habe, sind wieder zurück und schneiden in mir, während ich beständig wütender werde. Es fing damit an, dass ich ganz allgemein vom Leben genervt war. Ich versuchte, mir zu sagen, dass es nichts ist, dass ich nur beschissene Laune habe. Aber ich denke, es könnte etwas anderes dahinterstecken, wie etwa die Tatsache, dass mir jemand Bestimmtes fehlt.

Mir fehlt sonst nie jemand. Und ich will das dringend abstellen … irgendwie aber auch nicht.

Es ist verwirrend und total nervig.

Während ich meine Kartons packe und mir befehle, nicht an ihn zu denken, klingelt mein Telefon, und am Song erkenne ich, dass es eine unbekannte Nummer ist. Als ich rangehe, atmet jemand schwer und legt auf.

»Ernsthaft?«, sage ich und werfe das Handy aufs Bett. Ich gehe zum Schreibtisch und sehe den Stapel mit Arbeiten durch, ob irgendeine davon mir gehört. Da klingelt mein Handy wieder, erneut eine unbekannte Nummer.

Ich sehe misstrauisch zum Telefon und nehme ab. Diesmal komme ich gar nicht bis zum »Hallo?«, ehe der Anrufer auflegt. Das passiert noch einige Male, dann, beim siebten, schimpfe ich in den Apparat.

»Wenn du nicht aufhörst, mich anzurufen, verfolge ich die Nummer zurück, komme zu dir und schneide dir die Eier ab!«

»Und wenn ich ein Mädchen bin?«, fragt er mit der Andeutung eines Lachens in der Stimme.

Ich setze mich aufs Bett und schlage ein Bein über das andere. »Dann solltest du aufhören, so viel Testosteron zu schlucken, denn deine Stimme ist schon tiefer als die von den meisten Kerlen.«

Er lacht, als wäre ich witzig, dabei ist es mein Ernst. »Du bist lustig.«

»Nicht mit Absicht.«

»Tja, bist du trotzdem.«

Ich schüttle den Kopf. »Was willst du eigentlich? Und wer bist du?«

»Ich bin auf der Suche nach Violet Hayes«, sagt er.

Schlagartig verkrampfe ich mich. Ich erkenne seine Stimme nicht, und er sollte meinen Nachnamen nicht kennen.

»Wer zum Teufel ist da?«, frage ich zusehends nervöser und blicke mich in dem leeren Zimmer um. Es ist lange her, dass ich mich alleine unwohl gefühlt habe, doch jetzt kehrt das alte Gefühl zurück, von jemandem beobachtet zu werden, der mir wehtun will, wie er es vor dreizehn Jahren hätte tun sollen.

»Die Violet Hayes aus dem Hayes-Mordfall«, sagt er.

Ich lege auf und schleudere das Telefon durchs Zimmer. Es knallt gegen die Wand, und ich denke schon, dass ich es kaputt gemacht habe, da klingelt es wieder. Ich lasse es läuten, bis die Mailbox anspringt. Aber dann ruft der Kerl gleich wieder an, und schließlich halte ich es nicht mehr aus. Ich hole das Handy zwischen Schreibtischbein und Wand heraus und nehme den Anruf an.

»Was zur Hölle willst du von mir, Arschloch?«, schreie ich ins Telefon, während ich mich aufrichte.

»Spreche ich mit Violet Hayes?«

»Echt jetzt? Das meinst du doch nicht, oder? Wer du auch bist, ich will nicht mit dir reden, also lass mich in Ruhe!«

Er stockt. »Hier ist Detective Stephner. Ich muss mit Violet Hayes sprechen.«

Zögernd gehe ich mit dem Telefon zu meinem Bett zurück. »Haben Sie mich eben angerufen?«

»Nein …« Er klingt verwundert. »Ich wollte Sie fragen, ob Sie sich mit mir treffen würden. Ich möchte mit Ihnen über den Mord an Ihren Eltern reden.«

Es dauert einen Moment, ehe ich einen Ton herausbringe. »Warum?«

»Weil ich den Fall wieder aufrolle«, antwortet er förmlich. »Und ich möchte wissen, an wie viel Sie sich aus der Nacht noch erinnern.«

»Warum rollen Sie den Fall wieder auf?« Ich frage mich, ob sie etwas gefunden haben, und schöpfe vorsichtig Hoffnung. »Ist irgendetwas Neues aufgetaucht?«

»Nein, aber wir hoffen, dass es das wird«, sagt er, und Enttäuschung droht mich zu überwältigen.

»Na ja, ich erinnere mich an nicht mehr, als ich der Polizei vor dreizehn Jahren erzählt habe, was nicht besonders viel ist, denn ich war erst sechs und völlig überfordert«, sage ich und ermahne mich, auf nichts zu hoffen, auch wenn ich merke, wie die Gefühle wieder hochkochen. »Deshalb halte ich es für sinnlos, dass ich zu Ihnen komme und Sie mir dieselben Fragen stellen und mir dieselben Verbrecherfotos zeigen. Wie ich damals schon sagte, konnte ich die Mörder nicht sehen, denn es war dunkel.«

»Ich verstehe, dass Sie enttäuscht und wütend sind, aber einige Fragen zu beantworten, könnte helfen, den Mord an Ihren Eltern zu klären«, sagt er, und ich höre, wie er Papiere durchblättert.

»Nein, kann es nicht«, sage ich, werfe mich auf dem Bett zurück und halte das Telefon an mein Ohr. Meine Muskeln spannen sich schon allein bei dem Gedanken an, zur Polizei zu gehen und über etwas zu reden, mit dem ich seit Langem abgeschlossen habe. Der Fall war abgeschlossen. Das hatten sie selbst gesagt, und auch wenn es mir nicht gefiel, nahm ich es hin. Habe nach vorn gesehen und das Leben gelebt, das ich eben hatte. »Sie konnten den Fall vor dreizehn Jahren nicht lösen, und das werden Sie jetzt auch nicht können.«

»Ich würde mich trotzdem freuen, wenn Sie herkommen könnten«, sagt er, und das ist keine Bitte.

»Gut, aber ich lebe jetzt in Laramie, nicht in Cheyenne«, sage ich angespannt. »Und ich stecke mitten in einem Umzug, also wird das ein paar Tage warten müssen.« Diese Ausrede erfinde ich absichtlich.

»Wie wäre es mit nächstem Montag um sieben? Auf dem Revier in Laramie?«, fragt er prompt. »Passt Ihnen das?«

Ich runzle die Stirn. »Ja, geht wohl.«

Er verabschiedet sich, und dann lege ich auf. Ich kaue auf meinen Fingernägeln, denn mir gefällt nicht, welche Gefühle mich in der Stille einholen. Diese Tür hatte ich vor langer Zeit zugeschlagen, und jetzt soll ich sie wieder aufmachen, um ihm dasselbe zu erzählen, was ich der Polizei vor dreizehn Jahren gesagt habe. Sicher steht alles in der Akte, also wozu braucht er mich?

Ich checke meine Mailbox, ob der komische Typ mit der tiefen Stimme eine Nachricht hinterlassen hat. Hat er nicht, und eine diffuse Angst regt sich in mir. Die ersten Monate nach dem Tod meiner Eltern plagte mich eine überwältigende Furcht davor, dass die Leute wiederkommen, um mich zu beseitigen. Dauernd hatte ich das Gefühl, bedroht zu sein. Wenn ich nachts einen Schatten in meinem Zimmer sah, dachte ich, sie wären eingebrochen. Aber ich habe es geschafft, das zu überwinden, habe hart daran gearbeitet, keine Angst mehr zu haben. Und ich weigere mich, dahin zurückzukehren.

Ich ertrinke in meinen Gefühlen und überlege, wie ich mir den dringend nötigen Adrenalin-Kick beschaffe. Ich habe diese Pillen, die ich ein paar Mal genommen habe, und mit der richtigen Dosierung versetzen sie mich in eine dumpfe Dunkelheit, ohne mich lahmzulegen. Sie sind in der Schublade des Computertischs versteckt, neben dem Medikamentenfläschchen mit Gras, das Preston mir für Spontanverkäufe gab. In Reichweite. Es wäre eine leichte Flucht vor allem, was um mich herum vorgeht. Trotzdem wähle ich den Weg ungern, denn er macht es jedem leichter, hereinzukommen und mich zu finden. Und gefunden werden will ich nicht. Ich will verloren bleiben, weil es das einzige mir Vertraute ist.

Auf einmal kommen Callie und Kayden mit Kartons ins Zimmer, um ihre letzten Sachen zu packen, und ich zwinge mich, mich zu bewegen.

Nachdem sie eine Weile gepackt haben, fangen Callie und Kayden zu knutschen an. Die beiden glauben ernsthaft, dass sie verliebt sind, was mir vollkommen absurd erscheint. Irgendwie tun sie mir schon leid, denn eines Tages geht ihre Beziehung in die Brüche, und es wird wehtun. Sie werden weinen, depressiv werden, tonnenweise Eis essen oder was immer Leute tun, wenn sie eine Trennung durchmachen.

Ich erinnere mich noch an die Pflegefamilie, bei der ich ungefähr mit vierzehn lebte. Die Peircesons wohnten in einem Stadthaus in dieser anständigen Wohnsiedlung, in der alle Häuser gleich aussahen. Als ich dort ankam, machte ich mir gleich Sorgen, denn ich fand, dass das Haus hübsch aussah, und ich war alles andere als hübsch. Ich trug dunkle Kleidung, Ketten als Gürtel und mehr Ohrstecker, als ich zählen konnte. Die Peircesons waren nett, auch wenn der Mann nicht sonderlich begeistert schien, einen Teenager im Haus zu haben. Zuerst dachte ich, dass es gähnend langweilig würde, bis ich eines Tages hinten auf der Veranda saß und die Nachbarin herauskam und telefonierte. Zwischen den Häusern war ein hoher Zaun, sodass sie mich nicht gleich sehen konnte, ich aber hörte, wie sie anzüglich mit jemandem sprach und ihm erzählte, dass sie ihm den Hintern versohlen würde. Je länger das Gespräch dauerte, desto spannender fand ich es, und am Ende lachte ich sogar, was ich bis dahin schon sehr lange nicht mehr gemacht hatte.

Die Frau musste mich ebenfalls gehört haben, denn als sie aufgelegt hatte, spähte sie über den Zaun. Sie wirkte ein bisschen genervt, weil ich gelauscht hatte, doch das schlug bald in Interesse um, denn ich zeigte überhaupt keine Reue.

Danach verbrachte ich immer die drei Stunden nach Schulschluss mit ihr, bevor die Peircesons von der Arbeit kamen. Sie brachte mir bei, ihr die Zigaretten anzuzünden, und erklärte mir die Vor- und Nachteile von Beziehungen, obwohl ich ihr sagte, dass ich mich nie verlieben würde. Ihr Name war Starla, auch wenn ich nie geglaubt habe, dass das ihr richtiger Name war, aber er schien mir passend. Sie betrieb von zu Hause aus eine Sex-Hotline, was bedeutete, dass sie Typen erzählte, was für Sachen sie mit ihnen machen würde, und ihre Fetische bediente, während die sich am anderen Ende einen runterholten. Nebenher arbeitete sie Teilzeit bei einem Autohändler, führte also praktisch ein Doppelleben. Mich erinnerte sie an ein Starlet aus den 1940ern, denn sie hatte ihr blondes Haar immer zu Locken gedreht, trug viel Seide und manchmal sogar eine Federboa. Sie erzählte mir, dass sie sich so anzog, weil es ihr half, am Telefon die aufreizende Verführerin zu spielen. Als ich sie fragte, wieso es ihr Spaß machte, so mit Männern zu reden, antwortete sie, dass es ihr das Gefühl gab, die Kontrolle über sie zu haben. Starla war schon oft das Herz gebrochen worden, und sie hatte zu viele Nächte heulend über Eispackungen verbracht; diese Telefongeschichte war ihr Weg, sich davon fernzuhalten. Das Witzige war, dass sie beim Telefonieren meistens kochte oder eine Zeitschrift las, manchmal auch fernsah. Tatsächlich gemacht hat sie nie etwas von den Sachen, die sie erzählte.

»Das gefällt dir, Großer, nicht?«, sagte sie einmal ins Telefon, als sie in ihrem Seidenmorgenmantel und Hausschuhen das Wohnzimmer aufräumte. Ich hockte auf der Couch und sah mir »Willkommen im Leben« an, die Comedy-Serie aus den Neunzigern. Sie wurde nach nur einer Staffel abgesetzt, aber ich fand sie extrem witzig.

Ich kicherte, als Starla den Kerl am Telefon »Großer« nannte, und sie grinste und verdrehte die Augen. »Widerling«, sagte sie stumm zu mir.

Ich lachte wieder. »Sind sie das nicht alle?« Dann holte ich eine Handvoll Chips aus der Tüte auf meinem Schoß. Viele der Typen wollten, dass Starla sie mit ihrem besonderen Spitznamen ansprach, und ich schätze, der wollte, dass sie ihn »Großer« nannte, weil er wohl alles andere als groß war.

»O ja, das ist gut«, sagte sie und sammelte leere Gläser vom Couchtisch ein. Dann verschwand sie, und ich widmete mich wieder meiner Serie.

Einige Minuten später, wahrscheinlich nachdem der Typ fertig war, kam sie rauchend ins Wohnzimmer zurück. »Männer sind anstrengend«, sagte sie und ließ sich neben mir auf die Couch fallen. Das ganze Haus war vollgestellt mit goldverzierten Antiquitäten, die alle nicht zusammenpassten, und an den blaugrünen Wänden hingen Bilder von Bands und Schauspielerinnen, die sie getroffen hatte. Ich mochte ihr Haus sehr, weil es anders war. Die, in denen ich wohnte, sahen alle ziemlich gleich aus und entpuppten sich meistens als beschissen.

»Warum arbeitest du dann für sie?«, fragte ich neugierig und legte meine Füße auf den Couchtisch.

Sie sah mich an und griff zum Aschenbecher auf dem Tisch. »Ach, meine süße, unschuldige Violet. Die arbeiten für mich, Schätzchen.«

Sie benutzte immer irgendwelche Kosewörter, und das nervte mich, aber ich ließ es ihr durchgehen.

Ich stopfte mir mehr Chips in den Mund. »Am liebsten hätte ich dich als Pflegemutter.«

Sie lächelte traurig und beugte sich vor, um ihre Zigarette auszudrücken. »Ich kann keine Pflegemutter sein, Violet. Ich kann ja kaum für mich selbst sorgen.«

Ich starrte auf den Fernseher. Das begriff ich nicht, denn anscheinend kümmerte sie sich prima um sich, war ungebunden und machte, was sie wollte. Es klang nach einem großartigen Leben; aber vielleicht sagte sie das auch bloß, weil sie nicht meine Pflegemutter sein wollte.

»Also, was ist mit der Rothaarigen?«, wechselte sie das Thema und griff nach den Chips. »Sie ist offensichtlich in den rechts mit den tollen Augen verschossen.«

»Sie ist nicht verschossen.« Im Geiste schrie ich die Gefühle in mir an, ruhig zu sein, weil es egal war, ob ich eine Mutter hatte oder nicht; es würde sowieso nichts besser machen. »Nur süchtig nach ihm.«

»Das kann schlimmer sein, als verschossen zu sein.«

»Wieso?«

»Weil Sucht gefährlich ist«, sagte sie und tätschelte meinen Kopf, während sie aufstand. »Besonders die nach Männern.« Dann ging sie wieder in die Küche, und kurz darauf klingelte das Telefon. Ich saß weiter auf der Couch und hörte, wie sie davon redete, einen Kerl zu versohlen, und fragte mich, ob sie nach Typen süchtig war oder die nach ihr. Wo war der Unterschied?

Obwohl meine Zeit mit Starla nicht lang war, weil die Peircesons es bald satt hatten, ein Pflegekind zu haben, lernte ich viel von ihr. Nicht nur über Manipulation, sondern auch darüber, wie man Macht gewinnt. Außerdem hat sie mich nie belogen, was sie betrifft, obwohl viele Leute sicher auf sie herabsehen würden. Starla sagte Sachen, die die meisten nicht aussprechen würden, und deshalb vergötterte ich sie.

»Leute, könnt ihr das lassen?«, bitte ich Callie und Kayden, als ich meine letzten Shirts in einen Karton packe. Die beiden wälzen sich auf dem Bett, und ich wette, dass ich noch etwa zwei Sekunden von einer Live-Show entfernt bin.

Sie hören mich kaum, denn Kayden liegt auf Callie und

fängt an, an ihrem Hals zu saugen. Ich gebe es auf, sie bremsen zu wollen, und hieve meine letzten Kartons hoch. Zwar habe ich noch ein bisschen Kram einzupacken, doch erst mal brauche ich eine Pause von all der Zuneigungsbekundung, also trage ich einen Karton raus zu Prestons Wagen. Er hat ihn mir heute Morgen geliehen, damit ich meine Sachen leichter zu seinem Haus transportieren kann, und zum Glück ist mein Knöchel fast verheilt.

Es ist Mitte Mai, und die Temperaturen liegen in den Dreißigern. Nachdem ich den Karton in den Kofferraum geworfen habe, raffe ich mein Haar zu einem Pferdeschwanz und verknote mein T-Shirt, sodass es nur noch bis oberhalb meiner Taille geht. Ich habe abgeschnittene Jeans und Kampfstiefel an, die mit der kaputten Schnalle. Ich wünsche mir sehnlichst, dass jemand ein Gesetz erlässt, bei dieser Hitze nackt herumlaufen zu dürfen.

Nach gegenwärtigem Recht würde ich leider verhaftet, sollte ich splitternackt über den Campus spazieren. Andererseits wäre es nur eine Frage der richtigen Stimmung, und ich würde mich vielleicht sogar freuen, in Handschellen in ein Polizeiauto geworfen zu werden. Auf jeden Fall würde es mir ersparen, am Montag auf dem Revier zu erscheinen.

Als ich vor Prestons Trailerhaus vorfahre, findet drinnen eine Party statt. Ich bin ein bisschen sauer, weil er wusste, dass ich heute einziehe, und es tierisch nerven wird, meine Sachen in mein Zimmer zu schleppen, wenn es im Wohnzimmer von besoffenen Idioten wimmelt.

Ich parke so dicht wie möglich an der Tür, doch eine

Reihe von Autos versperrt die Auffahrt. Überall im Vorgarten, in der Auffahrt und auf der Treppe stehen Leute. Die meisten sind älter, einige aber auch in meinem Alter, und alle halten Plastikbecher und Zigaretten in den Händen. Ich habe in den letzten neun Monaten offensichtlich vergessen, wie es war und warum ich lieber ins Wohnheim ziehen wollte. Hier zu leben heißt, mit dauernden Partys klarzukommen.

Seufzend steige ich aus dem Wagen und zurre meinen Pferdeschwanz fester, während ich die Autotür mit der Hüfte zustoße. Ein Typ in einem zu großen Kapuzenpulli pfeift mir zu, und ich schüttle den Kopf, bevor ich mich zur Tür durchdränge.

»Was ist, Baby? Kriege ich wieder eine Show von dir?«, ruft ein Arsch namens Trey, als ich an ihm vorbei durch die Tür gehe. Er ist Mitte zwanzig, und früher kam er oft in mein Zimmer, gab vor, sich verlaufen zu haben, dabei wollte er mich nur erwischen, wenn ich mich umzog, was ihm auch einmal gelungen war. Ich hätte ja abgeschlossen, nur haben die Türen keine Schlösser, bis auf die zum Bad.

»Du kannst deine Show haben«, sage ich und schließe die Fliegengittertür, »vorausgesetzt, ich darf dich mit meinem Knie in deinen Eiern erinnern, was passiert, wenn du sie dir unerlaubt holst.« Er senkt die Lider, wirft mir einen Luftkuss zu und lacht, als wäre er der witzigste Typ aller Zeiten. »Abgemacht.«

Ich lasse die Fliegengittertür vor seiner Nase zuknallen. Zigarettenqualm und der beißende Geruch von Gras umfangen mich, als ich mich durch den vollen Raum zwänge.

»Kryptonite« von *3 Doors Down* dröhnt aus der Stereoanlage, und irgendein Blödmann in der Ecke spielt dazu Luftgitarre. In meiner ersten Zeit bei Preston war es nicht so, aber das lag an Kelley. Ja, sie waren Dealer, und manchmal denke ich, das war der Grund, weshalb sie mich aufgenommen haben: Damit ich zu allen Highschool-Partys gehen und ihren Stoff verticken konnte. Ich fand es nicht toll, doch eigentlich war es mir egal, und so tat ich, was sie wollten, weil sie mir ein Zuhause gaben. Aber sie haben nie so viel zu Hause gedealt oder ihre Kunden hergeholt, denn Kelley hat das nie erlaubt.

Ich gehe durch den Flur zu Prestons Zimmer, denn ich vermute, dass er da drin ist und sicher irgendwas hochgradig Illegales macht. Vor der Tür bleibe ich stehen und klopfe, doch drinnen ist die Musik noch lauter als im Wohnzimmer. Nach dem dritten Klopfen öffne ich vorsichtig und hoffe, dass er nicht gerade Sex hat oder so. Hat er nicht. Er hockt mit vier Typen auf dem Bett um eine blaue Wasserpfeife herum, die wie eine Vase geformt ist, und im Fernseher läuft ein Porno, in dem ein Kerl eine Frau von hinten nimmt und sie stöhnt und wimmert. Ich habe ab und zu schon Pornos gesehen, aber nie sonderlich darauf geachtet. Jetzt hingegen kann ich gar nicht wegsehen. Der Typ sieht auf diese distanzierte Art zufrieden aus, genau wie die Frau; beide zeigen keinerlei Gefühle. Sie leben einfach nur den Moment, und ich frage mich, ob ich auch so aussehe – eben bloß da.

Schließlich blinzle ich und sehe vom Bildschirm weg zum Bett. Einer der Kerle hat das Mundstück zwischen den Lippen und ein Feuerzeug in der Hand, um die Pfeife anzustecken. Er sagt etwas zu Preston, der mit diesem euphorischen Gesichtsausdruck zum Fernseher sieht.

Ich bin nicht sicher, ob ich bleiben will, was hieße, dass ich vom Passivkiffen high werde und mit einem Haufen Leuten Pornos sehe. Im selben Moment bemerkt Preston mich in der Tür. Seine blutunterlaufenen blauen Augen strahlen, als er mich von oben bis unten mustert, und er sagt etwas, während ein träges Lächeln auf seine Züge tritt. Bei dem Lärm der Musik kann ich nicht verstehen, was er gesagt hat.

»Was?«, rufe ich und lege eine Hand an mein Ohr.

Preston dreht die Musik leiser und winkt mich lächelnd zu sich. Plötzlich merken die anderen vier, dass ich hier bin, und ihre ungeteilte Aufmerksamkeit ist mir alles andere als lieb. Mir ist bewusst, dass an dieser Situation etwas falsch ist, doch lässt sich schwer sagen, was genau, denn ich habe schon so viel Falsches gesehen, dass es mir manchmal richtig scheint.

Ich atme langsam aus. Mit fünf aufgegeilten Bekifften in einem Zimmer wird es sicher nicht spaßig. Als ich beim Bett bin, legt Preston eine Hand um meine Taille und zieht mich auf seinen Schoß. Mein T-Shirt ist noch hochgebunden, sodass seine Finger meine nackte Haut berühren, und ich bin ziemlich sicher, dass ich seinen Ständer an meinem Hintern fühle. Mir ist nicht wohl dabei, und ich will wieder von seinem Schoß rutschen, aber er hält mich nur noch fester. Seine Fingerspitzen bohren sich in meine Haut, und mich würde nicht wundern, wenn sie rote Male hinterlassen. Es kommt mir kein bisschen freundlich vor, sondern besitzergreifend. Ein unangenehmes Kribbeln regt sich unter meiner Haut, weil ich nicht zuordnen kann, was da zwischen Preston und mir läuft. Er bedeutet mir etwas – das hier bedeutet etwas. Ich trommle mit den Fingern auf meinem Bein und überlege, was ich tun soll.

Preston lehnt sich vor, bis sein stoppliges Kinn auf meiner Schulter ist. »Was bist du so verspannt? Liegt es am Gras oder an dem Video?«

Ich ringe mir mein berüchtigtes Kunstlächeln ab und drehe den Kopf zu ihm. »Ich bin nur müde, weil ich den ganzen Tag gepackt habe und noch mal zurück muss, um den Rest zu packen.« Mit keinem Wort erwähne ich den Detective, denn darüber will ich jetzt nicht reden.

»Okay, ich helfe dir, den Wagen auszuladen«, sagt er. Seine Hände wandern von meiner Taille zu meinen Oberschenkeln, als er zum Fernseher sieht. »In Ordnung?«

Einer der Typen mir gegenüber, der eine schmierige Beanie trägt, stößt den Blonden neben sich mit dem Ellbogen an. Sie wechseln einen Blick, dann sieht der Blonde mich gierig an. Ich werde ein wenig nervös, empfinde aber auch eine gewisse Aufregung, weil ich nicht weiß, was geschehen wird, und beides zusammen ergibt eine seltsame Mischung. Ich kann nicht sagen, ob ich erleichtert oder verängstigt bin.

Ohne die Augen von dem Blonden abzuwenden, nicke ich. »Ja … das würde mir helfen.« Mein Adrenalinpegel steigt, beruhigt mich und heizt die Gefühle in mir gleichzeitig an. Es ist wie ein inneres Tauziehen. Mag ich das? Hasse ich es? Will ich, dass es gefährlicher wird? Oder will ich weglaufen? Schwach sein. Das unangenehme Stechen in meiner Haut gewinnen lassen.

Da das Hin und Her in meinem Kopf nicht aufhört, gebe ich es schließlich auf, schwinge meine Beine zur Seite und stehe auf. Ich bin nach wie vor unsicher, was ich in diesem Moment empfinde, aber mich von dem Rauch, Prestons Händen und dem Porno zu entfernen, verschafft mir vielleicht wieder einen klaren Kopf.

»Ich hole mal die Kartons aus dem Wagen«, sage ich zu Preston, als ich mich ihm entwinde. Glücklicherweise lässt er mich gehen und folgt mir aus dem Zimmer. Einer der anderen ruft ihm nach, dass er mich nicht zu hart rannehmen soll. Ich sage nichts, als ich durch das Wohnzimmer nach draußen gehe, beachte auch Trey nicht, der mich wieder um eine Show bittet. Ich trete aus der Tür, schiebe Leute aus dem Weg und gehe schnell die Einfahrt hinunter zu Prestons Cadillac. Nachdem ich den Kofferraum entriegelt habe, gehe ich nach hinten, stemme die Hände in die Hüften und überlege, was ich als Erstes herausnehme, statt über das nachzudenken, wie Preston mich angefasst hat und wie verwirrt ich war.

»Hey, warum so schnell?« Preston kommt auf den Wagen zu und stellt sich hinter mich. »Du bist ja rausgerannt, als würde die Bude brennen.«

»Nein, ich bin rausgegangen wie jemand, dem nicht wohl dabei ist, einen Porno mit einem Haufen Typen zu sehen, die total zugekifft sind.« Ich rede betont gelassen, halte aber den Kopf gesenkt.

Prestons Arme schlingen sich um mich, und er presst mich an sich. »Lass uns später den Wagen ausladen.« Er reibt sich an mir, und ich werde steif wie ein Brett.

»Ich muss aber jetzt ausladen«, sage ich und bücke

mich in den Kofferraum, um einen Karton herauszunehmen.

Er lässt meine Taille los und legt seine Hände auf meine. Dann drückt er sie grob auf die Kanten des offenen Kartons und hält mich halb gebückt fest. Ich bekomme Angst, werde allerdings auch wütend. Es ist eine Sache, mich kurz mal anzutatschen, aber das hier ist zu viel.

»Ich brauche Hilfe bei einem Problem«, flüstert er mir ins Ohr und stößt seine Hüften nach vorn, sodass ich seine Erektion an meinem Hintern spüre.

»Geh ins Bad und hol dir einen runter.« Meine Stimme klingt zittrig, was mich ärgert.

Eine seiner Hände gleitet meinen Arm hinauf und umfängt meine Brust. »Ich habe ein bisschen E genommen, Violet, und das ist so beschissen gut … alles ist so gut … du fühlst dich so verdammt gut an.« Er fängt an, meine Brust zu kneten wie einen Stressball.

»Tja, das ist eine bescheuerte Idee, vor allem, wenn du das Zeug mit Gras mischst.« Mir ist mulmig, aber das lasse ich mir nicht anmerken. Ich habe gesehen, was das Mischen von Drogen mit Leuten anstellen kann, und das ist unkalkulierbar. Entsprechend unberechenbar ist Preston momentan. Und wenn er so drauf ist, wird er schon mal gewalttätig.

»Habe ich aber … Ich konnte nicht anders … und, Mann, ist das klasse.« Er stöhnt und packt meine Brust so fest, dass es wehtut.

Ich ramme ihm meinen freien Arm in die Rippen und stoße ihn weg von mir. Seine Hand lässt meine Brust los, als er rückwärts stolpert, und ich nutze die Gelegenheit, um mich umzudrehen. »Hör mal, tut mir leid, dass du eine Pille eingeworfen hast, dank der du jetzt alles vögeln willst, was sich bewegt, aber das ist nicht mein Problem, sondern deins. Und ich helfe dir nicht dabei.«

Er verschränkt die Arme. Die Sonne scheint von hinten auf ihn und wirft einen Schatten über sein Gesicht, als er die Zähne zusammenbeißt. »Was wäre gewesen, hätte ich das vor vier Jahren zu dir gesagt, als wir vom Sozialdienst gefragt wurden, ob wir dich aufnehmen? Was wäre gewesen, wenn Kelley und ich dich abgewiesen hätten, weil du übel drauf warst? Was wäre gewesen, wenn wir dir nicht geholfen hätten? … Du bist ganz schön undankbar.«

»Bin ich nicht. Ich bin dir und Kelley ehrlich dankbar, dass ihr mir ein Zuhause gegeben habt, als mich keiner sonst wollte, aber …« Ich verlagere mein Gewicht, als ich unsicher ausatme. »Aber ich kann nicht mit dir schlafen.«

»Wieso nicht? Wir könnten prima ficken.« Er greift nach mir, doch ich gehe auf Abstand. Seufzend streicht er sich das Haar aus dem Gesicht. »Was ist denn dein Problem? Und erzähl mir nicht diesen Mist, dass dich keiner je geliebt hat und du deshalb nicht von jemandem angefasst werden willst, den du kennst. Ich weiß, dass du bei mir sein willst, du gibst es nur nicht zu.«

»Darum geht es nicht, und das weißt du auch«, sage ich. Mein Puls rast. Nach dem Anruf von dem Detective war ich sowieso nicht in der Stimmung, andere Leute um mich zu ertragen, und jetzt muss ich mich mit der Geiles-Arschloch-Version von Preston herumschlagen, die mich begrabschen und dazu bringen will, Dinge zu fühlen, die ich nicht mag.

»Woher soll ich das wissen? Ich weiß gar nichts über dich«, erwidert er und rückt seine Genitalien zurecht, wobei er das Gesicht verzieht. »Alles, was bisher aus deinem Mund gekommen ist, sind verdammte Lügen.«

Ich gehe rückwärts zur Fahrertür. »Fick dich. Du benimmst dich wie ein Arsch.«

Er stürmt auf mich zu, als wollte er mich zu Boden werfen. »Ich benehme mich wie jemand, der E genommen hat und flachgelegt werden will.« Seine Hand schnellt vor, und er packt mich an der Hüfte. »Komm schon, Violet, lass mich dir das Hirn rausvögeln. Du wirst nichts spüren, versprochen.« Er sieht aus, als würde er gleich einen Orgasmus haben, völlig ekstatisch.

»Ich habe keinen Schimmer, was das heißt«, sage ich und will mich ihm entwinden. Meine Haut brennt, wo sich seine Finger in sie graben. Schließlich gelingt es mir, meinen Arm freizubekommen und die Wagentür aufzureißen. »Aber ich fahre.«

Er schüttelt den Kopf und tritt mit ausgebreiteten Armen auf mich zu, als wollte er mich an sich drücken. Ich springe zur Seite und knalle mit der Hüfte gegen die Tür. Vor Schmerz steigen mir Tränen in die Augen, während seine Hände mich verfehlen und er das Gleichgewicht verliert, sodass er auf den Fahrersitz kippt. Kichernd greift er nach den Schlüsseln, und mir wird klar, dass er es gar nicht auf mich abgesehen hatte. Er zieht den Schlüssel ab, rutscht wieder aus dem Wagen und dreht die Schlüsselkette an seinem Finger, als er sich aufrichtet.

»Dann geh mal schön zu Fuß dahin, wo du hin willst.« Dann geht er die Einfahrt hinauf, die Hand in der Tasche seiner tief sitzenden Jeans, und grinst bösartig. »Sieh es ein, Violet, du kannst nirgends sonst hin, also kannst du genauso gut mit mir kommen, Baby.«

Ich krümme die Finger und spreize sie wieder, während ich mir befehle, den Mund zu halten. Aber Preston hat mich viel zu weit getrieben, und meine Selbstbeherrschung gibt nach wie ein sprödes, dünnes Gummiband. »Und hol du dir schön selbst einen runter, denn sieh es ein, keine will dich.«

Das war falsch, aber entweder bin ich zu sauer, als dass es mich interessiert, oder ich will die Gefahr, damit ich den Schmerz nicht mehr spüre. Als Preston auf mich zustürzt, überschlage ich, wie viel Kraft nötig ist, um ihn zu Boden zu bringen, und ob ich den Mumm habe, das zu tun. Nur weil er von Pillen und Pott – eine schlechte Kombination – total high ist und nicht klar denken kann, heißt es noch lange nicht, dass er mich nicht genauso sieht, wenn er nüchtern ist.

Seine Hände greifen nach meinen Schultern, und ich mache mich bereit, ihm mein Knie in die Eier zu rammen, als sein Arm plötzlich zur Seite ausschwenkt und Sekunden später seine Faust gegen mein Kinn kracht.

Ein lautes Knacken ertönt, und in meinen Ohren klingelt es. »Au … Scheiße«, stöhne ich, halte mir das Kinn. Mein Kopf fällt nach vorn, und meine Schultern sacken ein.

»Verdammt noch mal, Violet, wieso kannst du mir nicht ausnahmsweise mal geben, was ich will!«, brüllt er mich mit brüchiger Stimme an. »Ich habe dir alles gegeben, als es kein anderer wollte, und du bist immer nur eine verfluchte Nervensäge!«

Der grelle Schmerz breitet sich in meiner Wange aus, und ich fühle bereits, wie sie anschwillt. Obwohl mir Tränen in den Augen brennen, empfinde ich eine erschreckende Zufriedenheit, und mein Herz schlägt gleichmäßig.

Völlig ungerührt hebe ich den Kopf und nehme langsam die Hand von meiner Wange. Prestons Atem geht angestrengt, als er mich mustert. Seine Brust schwillt an und fällt wieder ein, seine Augen sind weit aufgerissen, die Pupillen geweitet, und sein Gesicht ist rot und schweißnass. Ich sage nichts, weil es zwecklos ist, sondern drehe mich einfach um und gehe die Einfahrt hinunter. Er sagt auch nichts, doch als ich mich von der Straße aus umsehe, steht er immer noch neben dem Auto und beobachtet mich.

Ich biege nach links und gehe den Highway hinunter. Dabei spare ich mir die Mühe, weiter zur Seite auszuweichen, als die Autos mit fünfundsechzig Meilen die Stunde an mir vorbeirauschen. Ihre Windstöße dämpfen die Panik in meiner Brust, die schon seit dem Anruf des Detectives da ist. Allein die Vorstellung, dass sie nur ein Stück seitlich ausscheren müssten, um mich zu töten, wirft mich aus dieser Welt und reicht, um meinen Körper von seinen Gefühlen und meinen Verstand von seinen Gedanken abzulenken. Als ich den Stadtrand erreiche, der lediglich aus einigen Farmhäusern besteht, hole ich mein Handy aus der Tasche. Es wird dunkel, und ich bin es leid, weiterzumarschieren. Leider sind auf meiner Kontaktliste nur Preston und ein paar Typen, mit denen ich hin und wieder deale.

Ich will das Telefon schon wieder wegstecken, als der Klingelton für einen unbekannten Anrufer ertönt. Ich könnte mich ohrfeigen, weil ich ein bisschen enttäuscht bin, dass es nicht Preston ist. Deshalb melde ich mich mürrischer als beabsichtigt.

»Hallo?«

Eine längere Pause tritt ein.

»Im Ernst, schon wieder?« Kopfschüttelnd will ich auflegen.

»Violet Hayes?«, fragt eine vage vertraute, tiefe Stimme.

»Ich glaube, wir haben schon geklärt, wer ich bin.« Ich blicke mich zu den Bäumen um mich herum um, dem hohen Gras auf den Weiden, dem Graben seitlich der Straße. Alles Plätze, an denen sich jemand verstecken kann.

Er lacht leise. »Ja, haben wir wohl.«

»Was wir jedoch noch nicht geklärt haben, ist, wer du bist.« Ich gehe schneller.

Er schweigt. »Können wir mich fürs Erste einfach einen Freund nennen?«

»Nein, können wir nicht«, sage ich und versuche, mein Unbehagen zu verdrängen. »Ich stehe nicht auf Freunde.«

»Das ist schade«, antwortet er und klingt wirklich, als würde er es bedauern. »Es macht keinen Spaß, keine Freunde zu haben.«

»Genauso wenig wie alles andere auch.« Als ein Wagen vorbeibraust, springe ich vor lauter Nervosität ins Gras.

»Ist dein Leben beschissen … magst du es nicht?«

»Okay, diese Unterhaltung wird mir zu persönlich. Hör bitte auf, mich anzurufen.«

»Violet, ich möchte mit dir reden«, sagt er hastig. »Ich muss. Bitte, es ist wichtig. Können wir uns irgendwo treffen? Nur du und ich? Bloß reden?«

Ich lache spöttisch. »Denkst du ernsthaft, ich treffe mich mit irgendeinem Idioten, der mich zufällig anruft und meinen Nachnamen kennt, ganz allein?«

»Du hast doch keine Angst, oder?«, fragt er und senkt die Stimme. »Mir kommst du nicht wie ein ängstlicher Typ vor. Du scheinst eher der gleichgültige Typ, jedenfalls nach dem, was ich gesehen habe.«

Ich bleibe stehen und sehe mich auf der Straße um. »Was hast du gesagt?«

»Ich sagte, dass du auf mich tough wirkst.«

»Nein, du sagtest ›gesehen‹ ... wer bist du?«

Wieder folgt eine Pause, dann ist die Leitung tot.

»Mist!« Ich hämmere mit dem Finger auf die Taste mit dem durchgestrichenen Hörer und laufe weiter. Um zu Preston zurückzugehen, ist es zu weit, aber in die Stadt ist es auch noch eine ziemliche Strecke. Ich laufe los, weiß allerdings selbst nicht genau, warum. Es war einfach nur ein Arsch ... irgendein widerlicher Kerl, der mich beobachtet hat.

Ich versuche, nicht daran zu denken, dass der Fall wieder aufgerollt wird und ausgerechnet zu dem Zeitpunkt die Anrufe losgingen. Da kann es keine Verbindung geben. Andererseits basiert mein ganzes Leben auf Zufällen.

Ich gehe weiter, bemühe mich, meine Gedanken abzuschalten, weil sie mich nur zu sehr aufwühlen würden und ich dagegen im Moment nichts tun könnte. Ich weiß, dass es an dieser Straße irgendwo eine Bar geben soll, wo die College-Studenten oft sind, weil der Besitzer selten einen Ausweis verlangt, bin mir aber nicht sicher, wo genau. Nach ungefähr einer Stunde Weg ist mein Wohnheim immer noch um die fünf Meilen entfernt, und ich bin erschöpft und schweißgebadet. Zudem schmerzt meine Wange.

»Blödes Arschloch.« Ich berühre mein Gesicht. Der Fluch gilt Preston oder dem Anrufer, vielleicht auch beiden. Meine Schritte werden schleppender, denn ich bin ein bisschen high davon, mich so nahe am Verkehr zu bewegen. Schließlich erreiche ich die Zivilisation in Form einer heruntergekommenen Bar namens Larry's Palace. Die ist es, von der ich gehört hatte. Sicher haben sie Eis und einen Platz, wo ich mich für eine Minute hinsetzen kann. Und wenn die Gerüchte stimmen, verlangt keiner meinen Ausweis.

Ich öffne die Tür und werde sofort von dem modrigen Gestank nach Bier und Erdnüssen überwältigt. Aus der Jukebox dröhnt laute Musik, Neonlichter blinken in den Fenstern, und ein Mädchen, das kaum achtzehn sein dürfte, tanzt in einem extrem knappen Bikini um eine Stange auf der Bühne.

Mir fällt auf, dass fast jeder hier männlich ist und es sich bei der Bar um einen Stripclub handelt. Ich seufze frustriert.

Dann beschließe ich, es kurz zu machen, und gehe direkt zum Tresen. Die Barfrau ist eines der wenigen weiblichen Wesen hier. Sie ist mit ihrem weißen, etwas zu kleinen T-Shirt auch am meisten verhüllt von allen.

»Kann ich bitte etwas Eis bekommen?«, frage ich höflich und lehne die überkreuzten Arme auf die Theke.

Sie betrachtet meine geschwollene Wange. »Wie alt bist du?«

Ich setze mich auf einen Barhocker und zeige über die Schulter zur Bühne. »Wahrscheinlich älter als das Mädchen da oben.«

Sie runzelt die Stirn und greift nach einem Glas. »Willst du Wasser zu deinem *Eis*?«

Mein Kunstlächeln erstrahlt. »Nur Eis ohne alles bitte.«

Sie verdreht die Augen und zieht sich ans andere Ende der Bar zurück. Dort schaufelt sie etwas Eis aus einem Kübel und knallt mir das Glas hin, bevor sie zu einem Kerl mit grau meliertem Haar geht, der sich weiter hinten an die Bar hockt.

Ich nehme das Glas und presse es an meine Wange. Zuerst brennt es höllisch, aber dann atme ich erleichtert auf, als die Kälte wirkt. Ich lehne meinen Ellbogen auf den Tresen und stütze den Kopf in die Hand, während ich einigen Typen hinter mir zuhöre, die der Stripperin zujubeln. Hinter der Bar hängt ein Spiegel, der mir zeigt, wie übel ich aussehe. Meine Wimperntusche ist verlaufen, und mein Haar ist von der Hitze noch krauser als sonst. Die Wange ist so geschwollen, dass es wirkt, als hätte ich ein Riesenbonbon darin versteckt, und die Haut verfärbt sich bläulich lila.

Ein schnellerer Song beginnt, und die Kerle in der Bar werden noch lauter, johlen noch mehr, sofern das überhaupt möglich ist. Ich denke, dass es Zeit ist, mir das Glas zu schnappen und zu gehen, denn ich habe noch einen langen Marsch vor mir und bin fast mit meiner Geduld am Ende. Also hüpfe ich vom Barhocker, solange die Kellnerin mit einem alten Knacker am anderen Ende beschäftigt ist. Auf dem Weg zur Tür bemerke ich, dass das Anfeuern in ein Grölen übergeht. Ich blicke mich gerade rechtzeitig um, um einen Stuhl durch die Luft fliegen und gegen die Bühne krachen zu sehen. Das löst einen Domino-Effekt aus, und plötzlich springen alle auf, und die Stripperin flieht von der Bühne. Ich habe noch nie eine Kneipenprügelei gesehen … oder eine Prügelei in einem Stripclub, aber der Gedanke, mich hineinzustürzen, lässt meinen Puls schneller werden. Er wird sogar noch schneller, als ich sehe, wie der Kerl in der Mitte des Raumes von zwei Typen zurückgehalten wird, die Rausschmeißer sein könnten.

Luke Price. Er hat ein langärmliges graues Shirt an, die Ärmel hochgeschoben, und Blut tropft ihm von der aufgeplatzten Lippe auf die Brust. Auf seiner Jeans ist ebenfalls Blut, und seine Stiefel sind nicht zugeschnürt. Seine Arme werden von einem dünneren Typen festgehalten, während der größere, der vor ihm steht, seine Ärmel nach oben schiebt. Luke sieht aus, als würde er sich schon darauf freuen, mächtig verdroschen zu werden. Irgendwie verstehe ich das, auch wenn ich gewöhnlich den Teil meide, an dem es richtig körperlich wird, lasse ich es doch gern bis kurz davor kommen.

Der Typ vor Luke hat ein enges schwarzes T-Shirt und Stiefel mit Stahlspitze an. Er sagt etwas zu Luke, woraufhin dieser lacht und den Kopf nach hinten wirft, direkt in die Visage des Rausschmeißers. Blut strömt ihm aus der Nase und tropft auf seine Hände und Arme. Der andere holt aus, um Luke eine zu verpassen.

Mich überrollt diese Welle von irgendwas, nicht Adrenalin, aber nahe dran, und auf einmal drängle ich mich durch die Menge zu Luke und habe so viel Energie in mir, dass ich gar nicht weiß, wohin damit. Ich helfe anderen nicht. Nie. Aber bei Luke fühle ich mich verpflichtet, weil er mir mehr als einmal geholfen hat.

Mehrere Typen sehen mich an, als wäre ich nicht ganz dicht, doch ich bin viel zu aufgeputscht, um mir etwas daraus zu machen. Mit jedem Schritt schwinden die Gefühle und die Verwirrung, die Preston in mir ausgelöst hat. Die Art, wie er mich verletzt hat, die Empfindungen, die seine Worte und seine unangebrachten Berührungen in mir weckten. Bis ich bei Luke und den Rausschmeißern bin, ist es in mir so still, dass ich zu allem fähig wäre.

Lukes Aufmerksamkeit schwenkt zu mir, als ich mich durch die letzte Reihe an Schaulustigen dränge und mich zwischen ihn und den Dünnen stelle. Der größere Rausschmeißer steht vorgebeugt da, aus seiner Nase tropft Blut auf den Boden, und der andere hat den Arm um seine Schultern gelegt. Der Dünne hat eine gerötete Nase und ein geschwollenes Auge; daher müssten Lukes aufgeschürfte Fingerknöchel rühren.

Luke sieht mich neugierig an, und sein Blick verharrt auf meiner Wange, ehe er zu meinen Augen schwenkt. Es ist offensichtlich, dass er Schwierigkeiten hat, aufrecht zu stehen. Wahrscheinlich ist er sturzbetrunken.

»Wer bist du denn?«, fragt der Dünne und rotzt Blut auf den Boden. Unter seinen Stiefelsohlen knirschen Glasscherben und Erdnussschalen, als er sich zu mir dreht.

Ich blicke von ihm zu dem großen Kerl und dann zu dem Dünneren, und mir wird klar, dass ich mir besser einen Plan überlegt hätte, bevor ich mich hier eingemischt habe. Glücklicherweise gewinne ich inmitten dieser von Alkohol und Testosteron aufgeputschten Typen noch mehr Abstand zu den Gefühlen, die Preston – der ganze beschissene Tag – in mir aufgewühlt hat. Ich fühle mich high, als würde ich fliegen und könnte jederzeit abstürzen. Mein Puls rauscht in meinen Ohren, und es ist, als wäre ich unbesiegbar, als könnte ich alles schaffen.

Ich konzentriere mich auf den Dünnen mit dem Stacheldraht-Tattoo auf dem Arm. »Ich bin seinetwegen hier.« Dabei zeige ich über meine Schulter zu Luke und schenke dem Hageren mein charmantestes Lächeln.

Er runzelt die Stirn und verschränkt seine Arme. »Dein Freund hat gegen die Regeln verstoßen, und dafür muss er bezahlen«, sagt er und neigt sich zur Seite, um Luke anzusehen. »Die Tänzerinnen werden nicht angefasst.« Er weist mit dem Finger zu einem Schild rechts von mir an der Wand, auf dem dasselbe steht.

Ich blicke wieder über meine Schulter zu Luke und muss mich beherrschen, nicht die Augen zu verdrehen. »Echt jetzt? Konntest du nicht einfach nach Hause gehen und dir einen runterholen?«

Er schüttelt den Kopf. Seine braunen Augen sind dunkler vom Alkohol, und er hat eine furchtbare Fahne. »So lange konnte ich nicht warten.« Er hat diesen lächerlich naiven Gesichtsausdruck eines Betrunkenen, bei dem mein Herz tatsächlich einen Schlag aussetzt. Das gefällt mir nicht.

Ich überlege ernsthaft, ob ich ihn einfach sich selbst überlasse, aber dann fällt mir ein, wie er mir zum Kurs half und mich zu McDonald's fuhr. Meine Schultern sinken ein, als ich mich wieder zu dem Dünnen wende und das tue, was ich richtig gut kann: Leuten Mist erzählen.

»Hör mal, es tut ihm ehrlich leid, dass er gegen die Regeln verstoßen hat. Könnt ihr ihn nicht gehen lassen?«, frage ich süßlich lächelnd.

Der Dünne kneift die Augen ein bisschen zusammen. »Ich wollte ihn ja rausschmeißen, und dann hat der Arsch mir die Nase blutig geschlagen, nur weil ich ihn gebeten habe, zu gehen. Mit dem Anfassen wäre er ja noch durchgekommen, aber ich lasse mich doch nicht von irgendeinem Idioten schlagen!«

Ich sehe zu den Leuten, die uns beobachten, und zermartere mir das Hirn, was ich sagen soll. »Also willst du ihm nur eine verpassen und lässt ihn gehen?«

Er zuckt mit den Schultern. »Noch nie was von Auge um Auge gehört? Er hat mir eine reingehauen, also haue ich ihm eine rein, und dann kann er verschwinden.«

Mir widerstrebt die Vorstellung, dass der Typ Lukes gar nicht mal so hässliche Nase zertrümmert. Ich sollte etwas tun … für ihn … und vielleicht auch für mich. Ich hatte einen beschissenen Abend, und meine Grenzen in einem Kampf auszutesten, scheint mir im Moment so viel besser, als die Last von dem ganzen Mist zu spüren. Es würde mich von Preston, dem Detective und der Tatsache ablenken, dass ich wohl obdachlos bin.

Mein Herz pocht vor Aufregung, als ich mich kopfüber in den Schlamassel stürze, ohne einen Gedanken an meine Zukunft zu verschwenden. »Hör mal …« Ich lege eine Pause ein, damit mir der Dünne seinen Namen verraten kann, doch er steigt nicht darauf ein. Dann hole ich tief Luft und komme mit der besten Lüge, die mir einfällt: »Du darfst meinen Freund nicht verprügeln. Er macht manchmal Mist, klar, aber er hat eben erst erfahren, dass wir ein Baby bekommen.« Ich reibe meinen Bauch und atme lautstark aus. »Und er ist echt gestresst, weil er zwei Jobs hat, damit wir aus der kleinen Wohnung in ein Haus ziehen können.« Ich lasse die Tränen laufen, die zum Spiel gehören. »Außerdem hat er ein Problem mit Alkohol, und ich weiß wirklich nicht mehr, was ich machen soll, aber er ist nun mal der Vater von meinem Kind, und ich brauche ihn, verstehst du das?« Der Dünne tritt verlegen von einem Fuß auf den anderen. »Wenn du ihn jetzt verprügelst, kann er vielleicht morgen nicht arbeiten, und das können wir uns nicht leisten.«

Ich bin nicht sicher, ob er mir glaubt, aber ihm ist eindeutig nicht wohl, weil ich weine. Das geht den meisten Kerlen so, weshalb es ein Segen ist, dass ich auf Kommando flennen kann. Und mir macht es nichts aus, solange keine echten Gefühle dahinterstecken.

»Bitte, lass ihn gehen«, flehe ich mit einem herzzerreißenden Schluchzen, während ich eine Hand vor mein Gesicht halte. »Bitte, das halte ich jetzt nicht aus … wo alles schon so stressig ist.«

In der Bar ist es so still geworden, dass man eine Stecknadel fallen hören könnte. Einige Typen kehren an ihre Tische zurück, weg von dem Drama. Ich sehe zu dem Dünnen auf, der mich anstarrt, als wäre ich einer Klapsmühle entflohen.

Dann schüttelt er den Kopf und wirft seine Hände in

die Höhe. »Lass ihn schon los, damit er hier verschwinden kann. Ich bin zu alt für diesen Scheiß.«

Der Größere sieht ihn streng an. »Und was ist mit den Regeln? Soll es wieder so werden wie vor Ted?«

»Ted war ein Schwachkopf, der keine Ahnung hatte, wie man einen Stripclub führt«, erwidert der Dünne, fasst sich an die geschwollene Nase und verzieht das Gesicht.

Der Große schüttelt angewidert den Kopf, lässt Luke aber los und geht Richtung Bühne. Luke stolpert vorwärts und rammt gegen meine Schulter, als er sich an mir festhalten will, um das Gleichgewicht wiederzufinden.

»Süße«, flüstert er mit einem schnaubenden Lachen und umklammert meine Arme fest.

Ich packe seinen Arm und helfe ihm, wieder aufrecht zu stehen. Dann gehen wir um die umgekippten Stühle herum. Unter unseren Füßen knirschen Scherben. Einige der Kerle beobachten uns, andere haben bereits alles vergessen und blicken zur Bühne. Luke lehnt sich auf mich und hält sich die Rippen, sodass ich mich frage, ob er dort einen Schlag abbekommen hat.

Sobald wir draußen sind, sicher hinter einer Reihe von Trucks, wo uns aus der Bar keiner sehen kann, trete ich von Luke weg. Der Himmel ist pechschwarz, Sterne funkeln, und die Neonlichter aus den Clubfenstern beleuchten den Asphalt um uns.

»Also, was war da los?«, frage ich, als er zur Seite torkelt und sichtlich Mühe hat, alleine zu stehen.

Er sieht mich mit glasigem Blick an und schwankt ein wenig. »Du bist irgendwie verrückt, Violet ohne Nachnamen.«

»Ich bin verrückt? Ich war es nicht, die eine Stripperin in einem heruntergekommen Club mitten im Nichts angegrabscht hat, in dem die Türsteher Spezialregeln erfunden haben.«

Er zuckt mit den Schultern und stolpert leicht. »Sie hat mir ihren Arsch ins Gesicht geschoben. Nicht ich habe sie angefasst, sondern sie mich.«

Vorwurfsvoll ziehe ich die Brauen hoch und verschränke meine Arme. »Ach ja?«

Er schwankt, blinzelt und stützt eine Hand auf den Bullenfänger des höher gelegten Pick-ups neben ihm. »Könnte sein, dass ich sie mit einer Hand angefasst habe.«

»Warum solltest du? Wieso betatschst du nicht eine von diesen Tussen, mit denen du sonst immer rumhängst?«

Seine Mundwinkel gehen nach unten. »Weil ich wollte, dass mich die Rausschmeißer verprügeln.«

»Was? Warum?« Genau genommen fallen mir einige Gründe ein, aber die würden nahelegen, dass Luke mir ähnlich ist, was ich stark bezweifle.

»Damit ich zurückschlagen kann«, antwortet er.

Jetzt bin ich eher neugierig als besorgt. »Und wieso wolltest du verprügelt werden?«

Er wischt sich etwas Blut von der Stirn, das aus einer Schramme an seinem Haaransatz sickert, verzieht das Gesicht und nimmt die Hand wieder herunter. »Ich wollte nicht verprügelt werden, sondern mich prügeln.«

Okay, jetzt bin ich verwirrt, weil es wirklich nach etwas klingt, das ich machen würde, und ich habe noch nie jemanden kennengelernt, der so komisch von Gefahr besessen ist wie ich. Ich würde gerne wissen, ob er deshalb eine

Schlägerei anfangen wollte. Ob er den Adrenalin-Kick braucht. Ob Luke aus welchen Gründen auch immer wie ich ist. »Aber wieso wolltest du das tun? Weil es dir Spaß macht, oder findest du es einfach toll, dich grün und blau schlagen zu lassen?«

Er greift an seinen Shirtsaum und schüttelt den Kopf. »Du stellst eine Menge Fragen.«

»Ich stelle eine Menge Fragen?« Ich beobachte, wie er versucht, sein Shirt weit genug hochzuziehen, dass er sich damit die Lippen abwischen kann. Es ist hell genug, um seine Bauchmuskeln und die Tattoos zu sehen. *Mein Gott!* Früher haben mich muskulöse und tätowierte Typen nie interessiert, und erst recht fand ich sie nicht so seltsam anziehend.

Er nickt übertrieben, während er weiter mit seinem Shirt kämpft und dem widerspenstigen Stoff eine Grimasse zieht. »Ja, tust du.«

Ich löse meinen Blick von seinen Muskeln, trete einen Schritt vor und ziehe sein Shirt hoch, worauf Luke idiotisch grinst.

»Wusste ich's doch.« Er lallt, und sein Atem stinkt nach Schnaps und Zigaretten. Über meine Schulter sieht er zur Straße, als ein Sattelschlepper vorbeidonnert, dessen Scheinwerfer sich in Lukes Augen spiegeln. »Ich wusste, dass du mich willst.«

Ich lache und wische ihm mit seinem Shirt das Blut von der Lippe. »Ich will dich nicht, und ich denke, das weißt du auch.« Doch während ich es sage, male ich mir ernsthaft aus, wie es wäre, meine Lippen auf seine zu pressen, trotz Blut, Riss und allem. Tatsächlich könnte es nett sein, die

Dinge intensiver und falsch zu machen – *ihn* intensiver und falsch zu machen. Allein bei dem Gedanken wird mir ganz warm im Bauch.

Er ringt nach Luft, doch sein Blick verschlingt mich buchstäblich, als ich ihm die aufgeplatzte Lippe abtupfe. »Nicht mal ein kleines bisschen?«, fragt er fast traurig, was ich amüsant finde.

Ich gehe auf Abstand. Das merkwürdige Gefühl in meinem Bauch schwindet, sobald ich auf Distanz bin. »Vielleicht solltest du aufhören zu reden, ehe du etwas richtig Blödes sagst.« Doch was in mir stattfindet, passt nicht zu meinen Worten, denn mein Puls wird ein wenig schneller, mein Bauch zieht sich wieder so warm zusammen.

»Ich sage nur die Wahrheit, wenn ich besoffen bin«, entgegnet er und tritt einen Schritt vor. »Und die Wahrheit ist«, erklärt er, beugt sich zu mir und verströmt Leidenschaft und Jack-Daniel's-Geruch, »dass du mich total irre machst.« Seine Pupillen sind riesig, sodass sich das Braun seiner Augen mit dem Schwarz vermischt. »Erst reibst du dich an meinem Schwanz, und im nächsten Moment läufst du weg, bloß weil ich sage, dass du schön bist und ich dich vögeln will.«

Ich unterdrücke ein Lachen. »Eigentlich hast du gesagt, dass wir in eines der Zimmer hinten gehen sollen«, erwidere ich und breite betont harmlos die Arme aus, muss aber wieder fast lachen, als er mich verdutzt ansieht. »Vielleicht wolltest du bloß kuscheln. Manche Typen mögen das.«

Seine Augen verengen sich etwas, als er zurückschwankt und sich an den Bullenfänger lehnt. »Du findest das witzig.« Er klopft sich auf die Gesäßtasche und wird unruhig; dann stellt er sich gerader hin und sucht in den vorderen Jeanstaschen. Er entspannt sich sofort, als er eine zerdrückte Marlboro-Schachtel hervorzieht und sie umständlich zu öffnen versucht. »Das ist nicht witzig.« Er zieht eine Zigarette aus der Packung und will sie sich in den Mund stecken, lässt sie aber fallen. Fluchend bückt er sich nach ihr und hebt sie auf. »Das ist überhaupt nicht witzig.« Er holt das Feuerzeug aus seiner Gesäßtasche, lässt die Schachtel auf den Boden fallen und versucht mehrere Male, sich die Zigarette anzuzünden. Ich habe das Gefühl, einen Slapstick mit einem Betrunkenen zu sehen, und es ist absurd komisch.

Ich muss kichern, als ich ihm das Feuerzeug wegnehme. »Warte, ich helfe dir.«

»Ich brauche keine Hilfe von dir oder sonst wem«, beharrt er genervt, hält mich allerdings nicht davon ab, ihm Feuer zu geben. Doch anstatt zu ziehen, pustet er, als ich die Flamme an die Zigarettenspitze halte. Ich probiere es noch einmal und dann ein drittes Mal.

»Kannst du vielleicht damit aufhören?« Ich klicke das Feuerzeug an, und die Flamme scheint auf.

»Sollte ich das nicht zu dir sagen?«, kontert er träge und mustert mich. »Hey, was ist mit deinem Gesicht passiert?«

Ich halte das brennende Feuerzeug an seine Zigarette. »Ich habe mich mit einer Wand angelegt, und die Wand hat gewonnen.«

Er beäugt mich skeptisch, bläst wieder, und die Flamme geht aus. »Eine Wand?«

»Ja, sage ich doch.« Ich gebe es auf und nehme ihm die Zigarette aus dem Mund.

»Hey!«, beschwert er sich, als ich mir die Zigarette in den Mund stecke. Mir wird schlecht, weil sie nach Jack Daniel's schmeckt, als ich sie anzünde und einen tiefen Zug nehme. Hastig puste ich den Rauch wieder aus, wiederhole das einige Male, bis mir schwindlig wird, und gebe Luke die Zigarette. Die Spitze glüht orange in der Dunkelheit.

»Da, du Nikotin-Junkie«, sage ich, als er sie mir abnimmt.

Er zieht daran und wirkt sofort ruhiger. »Du machst das wie ein Profi.«

»Tja, ich habe reichlich Übung«, sage ich und lache ein bisschen, als er losprustet, sich vorbeugt und die Zigarette zur Seite hält.

»Und ich habe es nicht so gemeint.« Ich schüttle den Kopf und fühle ein seltsam echtes Lächeln auf meinem Gesicht. »Ich meinte nur, dass ich mal eine Pflegemutter hatte, die gern geraucht hat, wenn sie kochte, und manchmal, wenn sie keine Hand frei hatte, musste ich ihr die Zigarette anzünden.« Luke hört auf zu lachen, und mir wird klar, dass ich ihm eben mehr über mich erzählt habe als irgendwem sonst – abgesehen von den Leuten, die mich aufgenommen haben.

Er wird ernst und steckt die Zigarette wieder in den Mund. »Pflegemutter?« Er bläst Rauch aus. »Du bist in einer Pflegefamilie aufgewachsen?«, fragt er nachdenklich. »Wie war das?«

»Eitel Sonnenschein und Regenbögen – ich wurde mit Liebe überschüttet. Können wir das Thema wechseln?«

»War es schräg oder gut, andere Eltern zu haben?«, fährt er fort, ohne auf meine Bitte einzugehen.

Auf einmal empfinde ich eine bleierne Schwere, die mich beinahe zu Boden zwingt. »Wo ist dein Truck?«

Die Lichter aus dem Stripclub blitzen in seinen Augen, als er mich ansieht. »Ich glaube, der parkt hinten, wieso?«

Ich drehe mich um und bedeute ihm, mir zu folgen. »Weil ich dich zum Campus zurückfahre.«

Er torkelt mir nach und überrascht mich, indem er einen Finger in eine Gürtelschlaufe meiner Shorts hakt. Zuerst denke ich, dass er mich zurückziehen will, aber er hält sich nur an mir fest und vertraut darauf, dass ich ihn dorthin bringe, wo er hin will. Das ist seltsam.

»Wie bist du hierher gekommen?«, murmelt er mir ins Ohr.

Ich führe uns um die Ecke und ignoriere die Hitze, die von seinen Fingerknöcheln auf meine Haut strömt. »Zu Fuß.«

»Von wo?«, fragt er, schnippt seine Zigarette ab, und winzige orange Funken regnen auf den Kies.

»Aus der Nähe«, lüge ich und werde schneller, als ich seinen Truck entdecke, der schief vor einer Baumgruppe und einem Laternenpfahl parkt. »Bist du besoffen hergefahren?«, frage ich.

Er tritt neben mich, lässt die Gürtelschlaufe los und hält sich an meinem Arm fest. »Nein.«

»Du hast aber eingeparkt wie ein Betrunkener.« Ich versteife mich, weil mir nicht wohl dabei ist, wie er sich an mich hängt. Das löst eine ganze Reihe von Gefühlen – von

Panik bis hin zu Verlangen – in mir aus, und wieder wird mir komisch warm im Bauch.

»Tja, war ich nicht.« Er glotzt seinen Truck an, als würde er ihn kaum wiedererkennen. »Ich war nur abgelenkt.«

Ich bin nicht sicher, ob er die Wahrheit sagt oder nicht, aber ich manövriere ihn weiter bis zum Truck. Die Türen sind nicht verschlossen, und ich muss ihm auf den Beifahrersitz helfen. Er muss seine Hände auf meine Schultern stützen, um sich nach oben zu stemmen. Gott, dafür habe ich wirklich einiges gut bei ihm! Leider gefällt mir die Vorstellung, dass er mir etwas schuldig ist, entschieden zu gut. Ich muss mir Luke dringend aus dem Kopf schlagen und mich wieder in meine kleine Welt zurückziehen, in der es nur mich allein gibt.

Sobald er sitzt, schließe ich die Tür und gehe vorn um den Truck herum. Ich frage mich, wohin ich will, nachdem ich ihn zu seinem Wohnheim gebracht habe. Zu Fuß zurück zu meinem Wohnheim und was dann? Ich habe kaum noch Sachen da und bin praktisch obdachlos oder werde es zumindest in ein paar Tagen sein.

Als ich die Fahrertür öffne, liegt Luke schon auf dem Sitz. Ich schiebe ihn rüber, steige ein und schlage die Tür zu. »Wo sind die Schlüssel?«

Seine Augen sind geschlossen, seine Arme auf der Brust angewinkelt, als würde er schlafen. »Ich glaube … ich glaube in meiner … Tasche.«

Ich lege die Hände ans Lenkrad. »Kannst du sie bitte rausholen?«, frage ich nett, denn er ist hinüber und begreift gar nicht richtig, was er sagt. Trotzdem werde ich langsam ungeduldig.

Träge bewegt er eine Hand zu seiner Hosentasche und klopft sie ab. »Hmm … merkwürdig … Sie sind nicht da.«

Dieser Abend entwickelt sich rasant zur Nacht blöder Ereignisse, doch ich werde sie nicht als meine schlimmste verbuchen. »Und wo sind sie?«

Er zuckt mit den Schultern und lehnt die Füße auf die Fensterkante an der Tür. »Keine Ahnung.«

Seufzend beginne ich, seine Taschen abzuklopfen, worauf er sich lachend windet. Das Einzige, was ich finde, sieht wie ein Insulin-Messgerät aus, aus dem ein Streifen ragt, und noch ein stiftartiger Gegenstand.

»Ah gut, du hast ihn gefunden …«, murmelt er und nimmt mir das Teil aus der Hand. Aber seine Finger gehorchen ihm nicht, und er lässt es auf seinen Bauch fallen. »Verdammt, ich bin … ich bin ganz …« Er stößt den längsten Seufzer aller Zeiten aus. »Violet … kannst du … kannst du bitte meinen Blutzucker prüfen?«

Ich nehme das Ding und den Stift auf und schalte die Innenbeleuchtung ein, um sie genauer ansehen zu können. »Und wie mache ich das?«

Er streckt seinen Arm über den Kopf zu mir. »Halte den Stift an meinen Finger und drück den Knopf.«

Mir ist nicht wohl dabei, ihm zu helfen, aber ich tue, was er gesagt hat. Eine Nadel sticht ihm in den Finger, und Blut tropft heraus.

»Jetzt leg den Streifen auf das Blut«, sagt er gähnend.

Ich halte den Streifen an dem Messgerät an seinen Finger. Er drückt ihn auf das Blut. Seine Augen sind geschlossen, und es kommt mir vor, als wüsste er gar nicht, was er tut. Dann zieht er die Hand weg und lässt sie auf seinen Bauch fallen. Das kleine Gerät piept. »Was sagt es?«, fragt er.

Ich sehe auf das blinkende Display. »Achtundsechzig.«

»Scheiße«, raunt er und öffnet mühsam die Augen. »Kannst du meine Pillen aus dem Handschuhfach holen?«

Ich greife über ihn hinweg zum Handschuhfach und wühle zwischen Papieren und hinter einer Taschenlampe, bis ich ein Fläschchen mit Vitaminpillen finde. »Sind das die, auf denen ›Glukose‹ steht?«

Angestrengt wippt er mit dem Kopf auf und ab. »Das … sind … sie.«

Ich drehe den Verschluss ab. »Wie viele brauchst du?«

»Drei …«

Irgendwie mache ich mir Sorgen. Luke ist betrunken, und ich habe keinen Schimmer von Diabetikern und was passiert, wenn sie nicht die richtigen Medikamente bekommen. Was ist, wenn ich etwas falsch mache?«

»Bist du sicher, dass es drei sind?«, frage ich.

Wieder schwenkt er den Kopf auf und ab. »Ja … drei und alles … ist gut …«

Ich schlucke, schüttle mir drei Tabletten in die Hand, schraube das Fläschchen wieder zu und lege es zurück ins Handschuhfach. Vorsichtig stupse ich Luke mit dem Arm an. »Hier, nimm.«

Flatternd öffnen sich seine Lider, und er starrt mich völlig verständnislos an. Dann hebt er eine Hand, nimmt die Pillen und lässt sie sich in den Mund fallen. Seine Halsmuskeln arbeiten, als er die Tabletten hinunterschluckt. »Danke.«

»Gern geschehen«, murmle ich verwirrt von der plötzlichen Dankbarkeit. So etwas ist mir vollkommen fremd.

Ich sehe zu ihm hinunter, als seine Augen wieder zufallen. Dann stelle ich die Innenbeleuchtung aus und beschließe, mich zurückzulehnen und bis zum Morgen zu schlafen. Danach kann ich ihn fragen, wo er verdammt noch mal die Schlüssel hat. Doch kaum lehne ich mich nach hinten, merke ich, wie Luke sich bewegt, und auf einmal packt er mich und zerrt mich hinunter zwischen die Rückenlehne und ihn.

»Verfluchter Mist!«, keuche ich erschrocken, weil er eben noch weggetreten wirkte.

Ich will mich aufrichten, da rollt er uns herum, sodass er auf mir liegt. Vor Schreck erstarre ich und sehe, dass er mich in dem spärlichen Licht von draußen anblickt.

»Gott, du bist so schön«, murmelt er und streicht mit dem Finger über meinen Wangenknochen. »Es macht mich wahnsinnig, wie schön du bist.«

Es dauert eine Sekunde, bis ich mich erinnere, dass ich noch nie unter einem Jungen gelegen habe. Entweder stehe ich, oder ich bin oben. Und ich habe nie neben einem im Bett gelegen. Nie einen angefasst, nur weil ich es wollte. Nie geküsst und dabei irgendwas empfunden. Eine weitere Sekunde vergeht, bevor ich begreife, dass dies hier all meinen bisherigen Erfahrungen widerspricht, denn ich liege unter ihm, werde berührt und fühle etwas, vor dem ich unbedingt fliehen will. Normale Gefühle sind nicht mein Ding. Sie sind sinnlos. Jemanden an sich heranzulassen, sich jemand anderem zu öffnen, führt zwangsläufig zu Unglück. Ich sollte ihn wegschieben und verschwinden, ehe er es tut.

Aber während er sich schwer atmend nach unten neigt, seine Lippen näher kommen, bleibe ich liegen. Versteinert von Furcht und Verlangen. Die Berührung seiner Lippen steigert beides noch, und die beiden Empfindungen vermengen sich so überzeugend, dass ich leicht zu zittern beginne, weil die Mauern, die ich so mühevoll aufgebaut habe, Risse bekommen. Ich versuche, meinen Mund geschlossen zu halten, als er mich küsst, denn ich will ihm nicht nachgeben; letztlich wird er mich doch nicht mehr wollen. Aber sobald mir unter ihm wärmer wird, öffnen sich meine Lippen von allein. Prompt taucht seine Zunge in meinen Mund, und er stöhnt an meinen Lippen, woraufhin ein Beben durch meinen Körper jagt und ich erschauere.

»Mann, das fühlt sich so viel besser an, als ich es mir vorgestellt hatte …«, stöhnt er, als seine Finger in mein Haar gleiten, ein bisschen daran ziehen, und es ist wirklich sehr gut. »Ich brauche dich … Gott …« Seine Stimme klingt beängstigend panisch, und er atmet schwer. Um uns herum ist es ohrenbetäubend still, und ich will etwas sagen, als seine Zunge wieder in meinen Mund dringt und seine Bewegungen verzweifelter werden. Ich kann kaum mit ihm mithalten, ringe nach Luft, als seine Hände rastlos über meinen Körper wandern, über meine Beine, meinen Bauch, meine Brüste. Ich bin zwischen ihm und der Sitzbank eingeklemmt und tue nichts, um mich zu befreien. Das will ich nicht, weil ich mich für einen flüchtigen, ungekannten, leidenschaftlichen Moment sicher unter ihm fühle. Und ich habe mich schon sehr lange nicht mehr sicher gefühlt.

Ich erwidere seinen Kuss, berühre ihn aber nicht, sondern spüre ihn lediglich mit der Zunge, um noch eine Art Grenze zwischen uns zu wahren. Dabei denke ich an nichts als den Geschmack seines Atems und die sengende Hitze, die von ihm ausgeht. Er riecht nach Tequila, Eau de Cologne und Zigarettenrauch.

Dann plötzlich, genauso schnell, wie er angefangen hat, hört er auf, rollt sich zur Seite und fällt beinahe in den Fußraum. Ich drehe mich um und sehe, wie sich seine Brust mit jedem Atemzug hebt und senkt. Er ist weggetreten, und ich bin hellwach. Eine Ewigkeit liege ich da, beobachte ihn beim Schlafen und weiß, wenn ich mich aufsetze, bekomme ich wahrscheinlich Panik wegen dem, was ich eben getan habe.

Widerwillig richte ich mich dennoch halb auf und stelle mich den Folgen meines Handelns, auf dass sie mir mit voller Wucht in den Magen rammen.

Ich öffne die Fahrertür, damit die Innenbeleuchtung angeht, und suche auf dem Boden, im Handschuhfach und hinter der Sonnenblende nach den Schlüsseln. Mir wäre es lieber, wenn ich wieder im Wohnheim bin, bevor Luke aufwacht. Ich steige aus und suche den Weg zur Bar zurück nach den Schlüsseln ab. Je weiter ich mich vom Truck in die Dunkelheit begebe, desto unsicherer bin ich, doch das macht nichts, denn dieser Zustand ist mir ja vertraut. Im Stillen verfluche ich mich für das eben, während ich hinter Autos und im Kies nach den Schlüsseln sehe, wobei ich mein Handy-Display als Licht benutze. Das war kein unverbindlicher Kuss. Er war bedeutungsvoll, und ich muss immerzu daran denken, es wieder zu tun, auch wenn

Luke sich garantiert später nicht mal erinnern wird. Das ist schlecht, und ich muss mich dringend aus dieser Stimmung herausziehen.

Am Ende finde ich nur die Zigarettenschachtel, die Luke fallen gelassen hatte, hebe sie auf und stecke sie in meine Tasche. Die einzige andere Stelle, an der ich noch suchen könnte, wäre der Stripclub, und das ist keine gute Idee.

Ich reibe mir übers Gesicht und überlege, ob ich hierbleiben und Luke helfen oder fliehen und per Anhalter zum Campus zurückfahren soll. Ich bin schon einige Male per Anhalter gefahren, schon einsame Highways entlanggewandert, und ich habe schon auf der Straße geschlafen. Trotzdem zieht mich etwas zu dem Truck zurück, beinahe so, als hätte ich ein schlechtes Gewissen, ihn dort allein zu lassen. Ich weiß nicht, woher dieses Gefühl kommt, denn ich interessiere mich nicht für andere. Allerdings hat mir auch noch nie jemand einen Grund dazu gegeben. Und bei keinem fühlte ich mich je sicher. Ich will keine Sicherheit, brauche die Gefahr, weil sie einfacher ist.

Als ein Wagen vorbeirauscht, wird mir klar, dass Luke, wie jeder andere, der in mein Leben kam und wieder verschwand, auch morgen wieder weg sein wird. Er wird verkatert aufwachen und sich an nichts von dem erinnern, was zwischen uns war. Deshalb stapfe ich im Licht von Mond und Sternen zur Straße hinauf, strecke einen Arm zur Seite und recke den Daumen. Wie immer geht mir durch den Kopf, was passieren könnte. Ich könnte überfahren oder von einem Perversling mitgenommen werden, vielleicht dem vom Telefon; zusammengeschlagen, ermordet wie meine Eltern. Steht heute Nacht Sterben für mich auf dem Plan? Ist es das, wonach ich suche?

Schließlich wird ein roter Sportwagen langsamer und hält neben mir. Die Scheinwerfer erhellen die Dunkelheit, als ich die Tür öffne und einsteige. Drinnen riecht es nach Kiefernharz, und im Fußraum liegt Müll. Der Fahrer ist in den Dreißigern, übergewichtig und kahl rasiert. Er lächelt mir zu, als er wieder auf die Straße einbiegt. Meine blühende Fantasie überlegt, ob er der Anrufer ist.

»Wo soll's hingehen, Süße?«, fragt er und schaltet das Fernlicht ein, sodass es vor uns noch heller wird. Trotzdem fühlt es sich an, als würde ich weiter in die Finsternis fallen.

Ich sehe ihn an. Seine Stimme klingt nicht wie die am Telefon. Was erwartet er von mir als Gegenleistung fürs Mitnehmen? Wird er verlangen, dass ich ihm den Schwanz lutsche? Wird er mir wehtun, wenn ich mich weigere? Will er mich aufreißen? Oder ist er schlicht ein netter Typ, der ein Mädchen im Wagen mitnimmt? »Weiß ich nicht genau«, murmle ich, während er weiterfährt.

»Kein Problem, Hübsche«, antwortet er. »Ich kenne den richtigen Ort, wenn du Spaß haben willst.«

Ich sage nichts, und in mir wird es immer ruhiger, als ich mich auf das Unbekannte einlasse, so wie ich es schon tue, seit ich sechs war.

Kapitel 7

LUKE

Beim Aufwachen fällt mein erster Blick auf die fleckige Decke meines Trucks, und ich fühle mich, als wäre ich überfahren worden. Mein Schädel brummt, und meine Augen brennen im grellen Sonnenlicht, das durch die Fenster hereinfällt. Nicht zum ersten Mal werde ich in solch einer Lage wach, und sicher wird es auch nicht das letzte Mal sein.

Ich bin nicht so blöd, mich zu schnell aufzusetzen, weil ich mir sonst die Seele aus dem Leib kotze; also lasse ich mir Zeit, langsam nach oben zu kommen. Dann greife ich zu meiner Tasche, wo die Zigaretten sein sollten, aber die sind weg. Sofort regt sich die typische Unruhe der Sucht, und ich greife zum Handschuhfach, wo ich eigens für diese Momente eine Extra-Schachtel lagere. Nachdem ich mir eine angesteckt habe und der Rauch meine Lunge füllt, geht es mir ein bisschen besser, und rasch prüfe ich meinen Blutzucker … Violet, die mir Pillen gibt. Ich erzähle so gut wie keinem, dass ich Diabetiker bin, denn diese Schwäche behalte ich lieber für mich, und nur wenige Leute haben es eher per Zufall erfahren. Doch wenn ich mich richtig erinnere, was nicht unbedingt der Fall sein muss, habe ich Violet von mir aus um Hilfe gebeten, und sie hat mir geholfen.

Ich bin völlig verwirrt und will nur noch hier weg, duschen, mir die letzte Nacht herunterwaschen. Ich klopfe meine Taschen ab, wundere mich allerdings nicht, dass die Schlüssel weg sind. Wenn ich besoffen bin, neige ich dazu, sie zu verlieren. Aber mein Handy ist auch weg, und das macht mich stinksauer, denn dafür habe ich keinen Ersatz. Wütend auf mich selbst steige ich aus dem Wagen und gehe zum Tank, wo ich die Zweitschlüssel für Situationen wie diese versteckt habe.

Die Ereignisse der letzten Nacht prasseln auf mich ein. Ich bin hier rausgefahren, weil ich gehört hatte, dass die Rausschmeißer gerne grob werden, wenn man die Stripperinnen belästigt, und ich wollte eine Prügelei, ohne einen Zusammenstoß mit den Cops zu riskieren. Was ich nicht geplant hatte, war, dass Violet hereinmarschiert kommt und mich rettet. Ich weiß nicht mehr viel, außer dass sie mich aus dem Club und zu meinem Truck geschleift hat. Nur habe ich keine Ahnung, wo sie danach hin ist oder warum sie überhaupt hier war, und ich bin nicht sicher, ob ich sie suchen und mich bedanken oder sauer auf sie sein soll, weil sie mich um die Prügelei gebracht hat.

Als ich den Tank öffne und meine Ersatzschlüssel herausangle, nehme ich einen tiefen Zug von der Zigarette. Das Nikotin beruhigt mich. Ich reibe mir die Augen, steige zurück in den Truck und fahre zum Wohnheim. Zuerst habe ich vor, direkt auf mein Zimmer zu gehen, aber ich muss unentwegt an Violet denken und dass ich keine Ahnung habe, wohin sie letzte Nacht verschwunden ist. Der Stripclub liegt nicht in der nettesten Gegend der Stadt.

Was ist, wenn ihr etwas passiert ist? Wieso interessiert mich das? Normalerweise sind mir die Mädchen, die in meinem Leben aufkreuzen und wieder verschwinden, völlig egal. Und erst recht sollte ich mich nicht für Violet interessieren. Beziehungen sind nicht mein Ding. Jemanden an mich heranzulassen, so *richtig*, heißt, dass der- oder diejenige die Kontrolle hat. Und ich will niemanden in mein Leben lassen, weil es dann wieder so würde wie zu Hause, dass ich Dinge tun muss, die ich verabscheue, die Person hasse, die ich bin, und diejenige, die mich so gemacht hat.

Anscheinend funktioniert mein Verstand aber noch nicht richtig, denn im letzten Moment biege ich an der Kreuzung rechts ab statt links und fahre auf den Parkplatz ihres Wohnheims. Es ist das größte Wohnheim der University of Wyoming und schirmt das Sonnenlicht ab, das von den Bergen kommt. Auf dem Platz vor dem Gebäude ist es mehr oder minder leer; nur wenige Leute wandern umher und sehen aus, als wollten sie ihre restlichen Sachen holen. Drinnen ist es noch leerer. Und still. Es erinnert mich daran, dass ich in ein bis zwei Tagen meinen Kram holen und weg muss – wohin auch immer.

Fast rechne ich damit, dass Violets Zimmer ebenfalls leer geräumt ist, doch ich höre schon vom Flurende aus wilde Musik, die Callie ganz sicher nicht aufgedreht hat. Also klopfe ich.

Die Musik wird leiser, und Violet öffnet die Tür. Ihr feuchtes Haar fällt in Wellen über ihre nackten Schultern, und wieder einmal ist sie ungeschminkt. Durch ihr Top scheint ein roter Spitzen-BH durch, und sie trägt einen bodenlangen schwarzen Rock. Ihre Wange ist richtig geschwollen und rot, aber ihre Miene zeigt weder Überraschung noch Freude, mich zu sehen. Nichts, wie immer. Ich möchte genauso neutral wirken, doch allein bei ihrem Anblick wird mein Körper lebendig, und aus irgendeinem Grund kommt mir die Vorstellung, sie zu küssen, verlockend und merkwürdig vertraut vor.

»Du lebst«, scherzt sie, zieht die Brauen hoch und bleibt in der Tür stehen.

»Und du bist offenbar überglücklich, mich zu sehen.« Ich lehne mich mit verschränkten Armen an den Türrahmen, denn ich möchte mich lässig geben. Leider bin ich viel zu verkatert, als dass es mir gelingt. »Was ist mit deinem Gesicht passiert?«

Sie berührt ihre Wange mit den Fingerspitzen. »Habe ich dir doch gestern Abend schon gesagt. Ich habe mich mit einer Wand angelegt.«

Stirnrunzelnd versuche ich, mich zu erinnern. »Nein, daran erinnere ich mich nicht … und ich glaube auch nicht, dass es stimmt. Ich habe …« Mir wird mulmig, und ihr Blick ist beinahe unerträglich. »Ich habe dich doch nicht geschlagen, oder?« Bisher habe ich nie ein Mädchen geschlagen, aber ich war so besoffen und wütend gestern, dass ich so gut wie nichts mehr weiß.

»Nein.« Sie wirkt weder ängstlich noch wütend. Einfach gleichgültig. Schließlich tritt sie zurück und lässt die Tür offen. Ich bin nicht sicher, ob es heißt, dass ich reinkommen soll. »Wo hast du deine Schlüssel gefunden?«, wechselt sie das Thema, während sie zu einem leer geräumten Schreibtisch in der Ecke geht. Das ganze Zimmer ist leer; auf dem Bett liegt nur noch die Matratze, und die Poster von den Wänden sind abgenommen. Sie will sicher bald weg, nach Hause zurück oder wo immer sie hergekommen ist.

Ich schlucke gegen einen Kloß in meinem Hals, als mir klar wird, dass ich auch bald dahin zurück muss, wo ich hergekommen bin. »Ich habe einen Ersatzschlüssel im Tank.«

Sie blickt fragend über die Schulter zu mir. »Und das konntest du mir letzte Nacht nicht sagen, als ich nach dem Schlüssel gesucht habe?«

Achselzuckend gehe ich über die Schwelle in ihr Zimmer. »Hätte ich garantiert, aber auf einmal bin ich allein im Truck aufgewacht, die Sonne schien, und du warst weg.«

Sie zieht die Schreibtischschublade auf und greift hinein. »Klar. Ich stehe nicht so drauf, mit Typen in Trucks zu übernachten, die die gesamte Sitzbank für sich beanspruchen.«

Ich setze mich auf die Matratze und ärgere mich, dass ich nicht ein oder zwei Shots gekippt habe, bevor ich hierher kam. Wenigstens wären dann die Kopfschmerzen fort. »Du hättest mich in dein Auto verfrachten und mich mit zurücknehmen können.« Das sage ich halb im Scherz, weil es mir egal ist. Ich habe schon häufig in meinem Truck übernachtet und werde es sicher auch noch öfter tun.

Violet nimmt ein Pillenfläschchen aus der Schublade, liest das Etikett und wirft es in einen offenen Karton auf dem Fußboden. »Ich bin nicht zurückgefahren.« Dann hebt sie ihren iPod von der Dockingstation, packt ihn in den

Karton und beugt sich über den Tisch, um den Stecker der Dockingstation herauszuziehen.

»Wie bist du dann zurückgekommen?«, frage ich und starre ihren Hintern an. Gott, was ich mit dem nicht alles gerne machen würde!

»Per Anhalter.« Sie steht wieder auf, lässt das Gerät in den Karton fallen und kniet sich auf den Boden. Nachdem sie einen lila Teddy vom Bett eingepackt hat, rafft sie ihr Haar nach hinten und greift nach einer Rolle Klebeband auf dem Schreibtisch. Dann schließt sie den Kartondeckel und klebt ihn zu.

»Du bist getrampt?«, frage ich entgeistert. »Im Ernst?«

»Ja, na und?« Sie schleudert das Klebeband beiseite, steht wieder auf und blickt sich um, als wollte sie sich vergewissern, dass sie nichts vergessen hat. Aber ich glaube, sie will mich nur nicht ansehen. »Siehst du hier noch irgendwas rumliegen?«

Ich starre weiter sie an. »Damit ich das richtig verstehe. Du hast mich letzte Nacht in den Truck verfrachtet und bist zum Highway gegangen, um dich von irgendeinem Kerl aufgreifen zu lassen?«

Jetzt sieht sie doch zu mir. »Wer hat gesagt, dass es ein Kerl war?«

Ich mustere sie. Sie ist so verdammt sexy, dass es schon lächerlich ist, und ihre Haut ist so wahnsinnig glatt … In meinem Kopf blitzt ein Bild auf, wie ich sie in dem Truck anfasse. Wie ich auf ihr liege und meine Hände überall auf ihr sind. *Ist das echt oder aus einem Traum?* »Irre ich mich?«

Sie wirkt streitlustig, aber dann atmet sie langsam aus.

»Nein, es war ein Kerl. Na und? Es ist nichts passiert.« Sie trommelt mit den Fingern gegen ihre Schenkel, während sie sich auf dem Fußboden umsieht.

Ich richte mich auf. »Du hättest im Truck bleiben sollen. Ist dir klar, wie gefährlich Trampen ist?«

»Ungefähr so gefährlich, wie alleine eine Schlägerei in einem Stripclub anzufangen«, kontert sie und hebt den Karton hoch. »Und es war mir ein Vergnügen, deinen Arsch zu retten.« Sie lehnt den Karton auf ihre Hüfte und sieht aus, als warte sie darauf, dass ich mich bedanke.

»Du hättest nicht trampen sollen«, sage ich stattdessen und nehme ihr den Karton ab. Beim Blick auf ihre Lippen kehren mehr Erinnerungen wieder … an einen Kuss, an das Ertrinken in ihr.

»Und danke, dass du so getan hast, als würdest du ein Baby von mir bekommen, und über die vielen Rechnungen geschluchzt hast«, sage ich, und dann kommt der Rest. Ich habe sie geküsst! In meinem Truck. Ich habe sie überall angefasst und geschmeckt, weil ich es brauchte und wollte. Und sie hat mir geholfen … nicht indem sie mich küsste, sondern indem sie meinen Blutzucker maß. Mist! »Und für die Hilfe bei, du weißt schon, den Pillen und der Nadel.« Der letzte Dank fällt mir mit Abstand am schwersten.

Grinsend verschränkt sie ihre Arme. »Mich wundert, dass du noch irgendwas weißt.« Anscheinend wartet sie, dass ich den Kuss anspreche.

Rückwärts bewege ich mich mit dem Karton in Richtung Tür. »Ich vergesse eigentlich nie alles, was ich im Suff gemacht habe.« Ich zwinkere ihr zu, um es runterzuspielen, denn ich kann das nicht ansprechen. Bisher bin ich nie hinterher geblieben, sodass ich den peinlichen Morgen danach ertragen musste. Zwar hatten wir keinen Sex, doch ich habe ihre Brüste und ihre Schenkel angefasst.

Sie lächelt verhalten. »Ja, sicher.«

Bei ihrem Lächeln reagiert mein Herz komisch, und das fühlt sich gut und schlecht zugleich an. So habe ich mit keinem Mädchen bisher geflirtet. Gewöhnlich gebe ich ihnen eine Stunde, strenge mich gerade genug an, dass sie sich von mir flachlegen lassen, und verschwinde. Jede Form von Beziehung widerspräche dem, was ich mit Sex bezwecke, nämlich einige wenige Momente zu kontrollieren und alles andere zu verdrängen, das ich nicht kontrollieren kann oder konnte. Die Sache zwischen Violet und mir hat eine Linie überschritten, vor allem nach letzter Nacht. Ich kann nicht mit ihr schlafen, ohne mich hinterher mies zu fühlen, was bedeutet, dass es praktisch unmöglich wäre, mich zu verziehen, nachdem ich bekommen habe, was ich von ihr brauche. Leider will ich trotzdem unbedingt mit ihr ins Bett.

»Ich habe mal eine Frage«, sagt sie, schnappt sich eine Tasche vom Bett und hängt sie über ihre Schulter.

Ihr Tonfall macht mich nervös. »Okay.«

»Ich dachte«, beginnt sie und überlegt. »Ich meine, ich dachte, Diabetiker müssen sich Spritzen geben.«

Mir ist nicht wohl dabei, dass wir auf die beiden Themen zusteuern, die ich am meisten hasse: meinen Diabetes und Nadeln. »Ja, aber die sind nicht gut, wenn ich getrunken habe.«

»Dann gibst du dir sonst Spritzen?«

»Ja.« Meine Kehle wird eng.

»Tut das weh?«

»Manchmal«, sage ich erstickt. »Hängt von meiner Stimmung ab.«

Sie blickt mich kurz an und lässt es gut sein.

»Also, wo soll der Karton hin?«, frage ich und klopfe gegen die Pappe.

Sie schlingt die Arme um ihren Oberkörper und blickt sich zum Fenster um. »Nach draußen, schätze ich.«

Ich nicke und gehe voraus auf den Flur. Violet folgt mir und verriegelt die Tür hinter sich. Als wir zum Aufzug gehen, bemühe ich mich, nicht daran zu denken, dass ich danach zu meinem Wohnheim und mir ausdenken muss, was ich mit meinem Zeug mache – wohin ich soll. Draußen sehe ich mich auf dem Parkplatz um. Es sind kaum noch Autos da.

»In welchen Wagen lade ich den Karton?«

Sie bleibt am Bordstein stehen und betrachtet verlegen die Straße neben uns. »Stell ihn einfach hier hin.«

Verwundert stelle ich den Karton ab. »Holt dich jemand ab oder so?«

»Oder so«, murmelt sie und hockt sich auf den Karton. Sie stützt einen Ellbogen auf ihr Knie, und ihr Haar fällt ihr vors Gesicht, als sie den Taschenriemen von ihrer Schulter rutschen lässt. »Danke. Du kannst jetzt gehen.«

Ich beuge mich nach unten, um ihr Gesicht zu sehen, aber sie sieht mich nicht an, sodass ich keine Ahnung habe, was sie denkt. Dass ich das überhaupt wissen will, ist kein gutes Zeichen.

Langsam gehe ich zurück, zwinge mich, wieder zu meinem Jack Daniel's und den Frauen zurückzukehren, die mir nichts bedeuten, zu denen mich nichts hinzieht. Doch kurz bevor ich sie aus dem Blick verliere, bemerke ich, wie sie den Kopf auf ihre Arme lehnt und so unglücklich aussieht, dass ich sie auf keinen Fall verlassen kann.

Ich gehe wieder zu ihr und bleibe neben ihr stehen. »Wo willst du hin, Violet?«

Sie seufzt und hält weiter das Gesicht in den Armen vergraben. »Ich habe keine Ahnung.«

Mein Puls wird schneller, als ich mich neben sie hocke und ihr das Haar aus dem Gesicht streiche. »Soll ich dich irgendwo hinfahren? Das mache ich. Als Dank für letzte Nacht.« *Was ist denn mit mir los?*

Ihre Augen sind geschlossen, ihr Gesicht zu mir geneigt. »Ich brauche keinen Dank, nur eine Mitfahrgelegenheit … nach irgendwo.«

Trotz meiner Bedenken ist es das Mindeste, was ich für sie tun kann, nachdem sie mich in meinen Truck geschafft, mich vor einer mächtigen Tracht Prügel bewahrt und mir meine Glukosetabletten gegeben hat. »Okay, wohin musst du?«

»Nur gleich außerhalb der Stadt.« Sie öffnet die Augen, und im Sonnenlicht schrumpfen ihre Pupillen, womit sämtliche Emotionen fort sind. Doch für einen winzigen Moment sehe ich etwas in ihr: die sehr vertraute Hilflosigkeit – dieselbe, die mich in den Stripclub getrieben hat, um eine Prügelei anzufangen. »Es ist in einer der Seitenstraßen vom Freeway … du fährst dieselbe Strecke wie zum Stripclub«, sagt sie.

»Warum warst du letzte Nacht auf der Straße? Und wieso bist du in den Club gekommen?«

»Ein bescheuerter Zufall.« Sie sieht mich prüfend an.

»Zufall?« Ich streiche über ihre Wange, und sie zuckt nicht zurück, sondern starrt mich genauso an wie letzte Nacht. »Das glaube ich dir nicht.«

»Okay, du hast mich ertappt. Ich stalke dich«, scherzt sie zynisch und schließt die Augen wieder. »Ich habe Kopfweh«, murmelt sie und atmet langsam ein und aus.

Ich sehe, wie sie sich mehr und mehr in sich zurückzieht, während sie den Mund ein wenig öffnet, um angestrengt zu atmen. Es ist, als würde ich jemandem bei einem Zusammenbruch zuschauen, und ich bin nicht sicher, ob ich da dabei sein oder etwas dagegen tun will. Vielleicht sollte ich mich zurückziehen. Aber der Anblick bricht mir das Herz. Ich muss es schaffen, dass sie sich besser fühlt, und dieser Wunsch überwiegt den nach Kontrolle bei Weitem. Ich beuge mich zu ihr, entweder um sie zu küssen oder sie in die Arme zu nehmen … auf jeden Fall will ich sie wieder berühren … und sie trösten. Sie hält vollkommen still, verzieht keine Miene, bekommt allerdings große Augen. Meine Hand ist noch an ihrem Haar, und ich ziehe sanft daran, woraufhin ihr Atem schneller wird. Als ich sehe, wie sich ihre Brust hebt und senkt, gehen mir all die Dinge durch die Kopf, die wir zusammen tun könnten; Dinge wie das, was wir letzte Nacht in meinem Truck gemacht haben. Ich könnte sie wieder berühren und mich besser daran erinnern, weil ich diesmal nüchtern bin. Plötzlich wird mir bewusst, dass ich an uns *gemeinsam* denke, nicht an meinen Kick. Auch an ihren. Hier geht es nicht mehr nur um mich. Ich lasse ihr Haar los und richte mich auf. »Soll ich deinen Karton zu meinem Truck bringen?«, frage ich und bemühe mich, die Fassung wiederzufinden. Unter keinen Umständen kehre ich dahin zurück, wo ich früher war, als meine Mom alles kontrollierte, was ich tat. Und eine Beziehung ist nichts anderes, als die Kontrolle abzutreten.

Sie beobachtet mich, mustert mich, ohne die Haltung zu verändern. Dann setzt sie sich auf und kämmt sich mit den Fingern durchs Haar, während sie sich hinstellt. »Nein, geht schon«, antwortet sie und hebt den Karton hoch, obwohl er eindeutig ein bisschen zu schwer für sie ist. Doch ich lasse sie das Ding tragen, denn auf die Weise ziehe ich die Grenze neu, die Violet bereits übertreten hat. Diese Grenze brauche ich, denn sie hält mir die Leute vom Leib, die in mein Leben treten und wieder verschwinden. Nur sie verhindert, dass ich noch einmal in der Lage ende, in der ich viel zu viele Jahre war. In der ich mich verloren und schwach fühle, weil ich nichts kontrolliere.

VIOLET

Ich glaube, er hätte mich eben fast geküsst. Das Knistern konnte ich in der Luft und in seinen Fingerspitzen spüren. Und ich bin froh, dass er es nicht getan hat, denn sonst hätte ich ihm wehtun müssen, und das will ich nicht. Wer hätte das gedacht? Ich bin viel zu aufgewühlt, um meine Wut zu bändigen, und zu verwirrt nach dem gestrigen Abend mit ihm. Ich weiß ja nicht mal, ob er sich an den Kuss erinnert, in dem für mich so viele Gefühle steckten. Und wenn er ihn vergessen hat, will ich das auch.

Vergessen ist gut. Am liebsten würde ich alles vergessen: was mit Preston war, dass ich kein Zuhause habe, dass ich am nächsten Montag zur Polizei gehen und mich allein dem wiederaufgerollten Mordfall stellen muss, so wie ich immer mit allem alleine bin. Ich will nur noch an der Dachkante eines hohen Gebäudes stehen, den Adrenalinrausch fühlen, weil ich springen könnte und es endgültig vorbei wäre.

Je länger ich mit Luke in dem Truck sitze, umso dringender will ich den Rausch. Mir graut vor Prestons Haus und dem, was mich drinnen erwartet. Als wir vor dem Trailer halten, überlege ich ernsthaft, nur meine Kartons zu holen und abzuhauen. Zu verschwinden, bevor Preston mich aus dem Haus jagt. Ich könnte in der Absteige in der Nähe wohnen.

»Danke fürs Fahren«, murmle ich. Luke parkt hinter Prestons Cadillac.

Er blickt durch die Windschutzscheibe zu dem Trailerhaus und den zugedröhnten Leuten auf der Veranda. »Wer wohnt hier?«, fragt er. Meine Hand liegt schon auf dem Türhebel.

»Ein Freund.« Ich öffne die Tür und schwinge die Beine zur Seite, um rauszuspringen.

Da packt Luke meinen Ellbogen. »Hier willst du den Sommer über wohnen?«

Ich sehe ihn nicht an und bin hin und her gerissen, wie viel ich ihm sagen soll. »Ich weiß nicht, wo ich wohnen werde.«

»Echt?«

»Ja.« Ich befreie meinen Arm aus seinem Griff und

achte darauf, stur geradeaus zu sehen, während ich hinausspringe und die Tür zuschlage.

Dann hole ich meinen Karton von der Ladefläche und gehe die Auffahrt hinauf. Mein langer Rock schleift über den Boden Der Garten ist komplett mit leeren Bierflaschen und Zigarettenstummeln zugemüllt. Auf dem Rasen und dem Kiesweg ist Kotze, und die Haustür steht sperrangelweit offen. Als ich mich dem Cadillac nähere, schwingt die Fliegengittertür auf, und Preston erscheint mit einer Zigarette im Mund, die er sich ansteckt. Sobald sie glüht, bläst er eine Rauchwolke aus und sieht herüber zu mir. Da er nicht überrascht wirkt, hat er wohl gesehen, wie ich vorgefahren bin. Und er ist eindeutig immer noch wütend auf mich.

Er sagt kein Wort, als er die Stufen herunterkommt, tritt barfuß einige Flaschen aus dem Weg und kommt über den Steinweg zur Auffahrt. Vor dem Wagen bleibt er stehen und sieht zur Straße.

»Wer ist das?«, fragt er mit einem Nicken zu Lukes Truck.

»Jemand«, antworte ich, ohne mich umzudrehen. Ich weiß nicht, wie ich mich verhalten soll. Zunächst stelle ich den Karton neben mir ab. Eigentlich will ich nicht so tun, als wäre nichts gewesen. Ich möchte meine Wut auf Preston zulassen, weil er sie verdient hat, nur empfinde ich auch diese nagende Schuld. Ja, ich schulde ihm einiges, denn er gibt mir ein Zuhause.

»Zick nicht rum.« Er streicht mit dem Daumen über den Zigarettenfilter, als er sich nähert. Er trägt kein Hemd, und seine Cargoshorts hängen so tief, dass oben die Boxershorts rausschauen. Seine Tränensäcke und die blutunterlaufenen Augen schreien förmlich, dass er verkatert und mies gelaunt ist.

»Also bist du noch angepisst«, sage ich. »Gut, bin ich auch.« Ich gehe nach links zur Fahrertür, damit ich den Kofferraum öffnen kann, doch Preston versperrt mir den Weg.

»Ich bin nicht angepisst«, sagt er blinzelnd und reibt sich mit der freien Hand die Augen. »Ich frage mich bloß, was zum Teufel los war – wieso du einfach weggerannt bist.«

»Weil du dich wie ein geiles Arschloch benommen hast.«

»Ich war high!«, verteidigt er sich und breitet die Arme aus. »Leute machen allen möglichen Scheiß, wenn sie high sind.«

»Du wolltest mich vögeln.«

»Ich war auf E… klar wollte ich.«

Ich starre ihn fassungslos an. »Ach ja? Und jetzt soll ich einfach sagen, Schwamm drüber, weil du high warst?«

»Ich bitte dich nicht um Verzeihung.« Er kratzt sich den Arm und blickt zur Einfahrt, wo ich Lukes Truckmotor laufen höre. *Ist er immer noch hier?* »Und was hast du gemacht? Bist abgehauen und hast den erstbesten Kerl gebumst, der dir über den Weg lief?«

»Klingt das nach etwas, was ich machen würde?«, frage ich.

Er zieht an der Zigarette. »Woher soll ich das denn wissen? Du sagst mir sowieso nie die Wahrheit. Du reagierst ja nicht mal, wenn ich dich bitte, die Schlampe zu mimen, um Drogen für mich zu verticken.« Er neigt sich vor und bewegt seinen Arm zur Seite, worauf ich zusammenzucke, weil ich denke, dass er mich wieder schlagen will. »Du lässt dich dauernd von mir begrabschen, ohne mit der Wimper zu zucken.« Auf einmal liegt seine Hand an meiner Brust. »Ich kann nicht mal sagen, ob du es magst oder nicht, und selbst wenn du sagst, dass ich aufhören soll, klingt es nicht ernst gemeint.«

Ich weiche zurück, und seine Hand sinkt nach unten. »Ich sage dir jetzt, dass du aufhören sollst, und ich meine es ernst.«

»Tja, nur ist nichts in deinen Augen, das zu deinen Worten passt.« Wieder kommt er näher und greift mir an die Brust, diesmal gröber. »Ich denke, dass du es insgeheim magst, es aber nicht zugeben willst.«

Dies hier wird mir zu heikel. Ich will ihn explodieren sehen, damit mein Adrenalinkick einsetzt und ich kein Mitleid mehr mit ihm habe. Selbst nachdem er mich geschlagen hat und jetzt meine Brust anfasst. Es ist offensichtlich, dass er abstürzt und labil ist, und das macht die Situation gefährlich. Ich liebe es!

»Ist es, weil Kelley wieder heiratet?«, frage ich. »Oder bist du in der Midlife Crisis?«

Er wird rot, als er sich vorbeugt, bis sein Gesicht direkt vor meinem ist. Sein Atem ist glühend heiß, und eine dicke Ader wölbt sich an seiner Stirn vor. »Ich bin nicht so viel älter als du, Violet, verflucht! Also lass diese dämlichen Alterswitze!«, brüllt er. Die Muskeln an seinem Hals sind angespannt.

Prompt empfinde ich einen regelrechten Energieschub: Ich atme tiefer, und mein Herz pocht sehr laut. Es fühlt sich an, als könnte ich alles tun, und das werde ich vielleicht auch. Vielleicht ist heute der Tag, an dem ich endlich den letzten Schritt mache und von all dem hier wegfliege. Während ich noch überlege, was ich Krasses tun könnte, verlassen seine Finger meinen Arm, und er reißt mich mit sich zum Haus. Ich sollte lieber umkehren und wegrennen … Wenn ich erst im Haus bin, schaffe ich es vielleicht, wegzurennen … oder wenn er mich wieder schlägt. Mich verprügelt. Würde er mich verprügeln? Kümmert es mich? Weiß ich nicht. Eigentlich weiß ich gar nichts.

»Violet, alles okay?« Lukes Stimme durchdringt meine wirren Gedanken, und die Energie in mir verpufft wie die Luft aus einem geplatzten Ballon.

»Mir geht es gut«, antworte ich mit zusammengebissenen Zähnen, und Preston blickt sich wütend zu ihm um.

»Wer ist das?« Prestons Fingernägel bohren sich in meine Haut, und es ist ein Anflug von Unsicherheit in seinem Ausdruck, als würde ihn Lukes Anwesenheit nervös machen.

»Mein Stalker«, lüge ich weniger amüsiert als beabsichtigt. Die Tatsache, dass ich keine Wohnung habe, niemanden, auf den ich zählen kann oder der mir hilft, holt mich mit Wucht ein.

»Wie?« Preston glotzt mich mit offenem Mund an. »Stalkt der dich?«

»Nein, er ist bloß ein Junge«, murmle ich und hebe die Stimme, »der mich nicht in Ruhe lässt.«

»Wer lässt dich nicht in Ruhe? Ist das dein Ernst?« Auf einmal ist Luke neben mir und erschreckt mich, weil er so nahe ist und so unglaublich wütend wirkt. »*Du* tauchst doch überall auf, wo ich hingehe.«

Ich neige den Kopf nach hinten, um ihn anzusehen. »Weil du nach mir suchst.« Natürlich ist mir klar, dass er es nicht tut, aber er soll nicht denken, dass ich irgendwas von ihm will oder ihn gar brauche.

»Ich habe kein einziges Mal nach dir gesucht, als ich dir über den Weg gelaufen bin«, widerspricht er, verschränkt die Arme und sieht Preston an. »Und ich war garantiert nicht scharf darauf, dich heute Morgen zu irgendeinem alten widerlichen Sack zu chauffieren.«

Ich fühle die Hitzewelle in der Luft, glaube jedoch nicht, dass die Temperatur schlagartig angestiegen ist. Vielmehr wird es an mir liegen. Ich spüre meine Erregung im selben Moment, in dem Preston mich loslässt, kurz zum Haus sieht, als überlegte er, einfach nach drinnen zu gehen, und dann wieder zu Luke.

Der steht neben mir, völlig unbeeindruckt von Prestons Zögern, und bewegt sich näher auf ihn zu. Ich bin nicht sicher, ob Luke mich beschützt oder bloß auf eine Schlägerei aus ist, aber es ist offensichtlich, dass er Preston nervös macht. Würde Luke mir weiterhin helfen, wenn er wüsste, was in meinem Kopf vorgeht, wie belebend ich die Aussicht finde, dass sie sich jeden Moment prügeln und ich mittendrin sein könnte?

»Denkst du etwa, ich habe Schiss vor so einem kleinen Scheißer?«, sagt Preston mit einem schrillen Lachen. »Wow, das ist ja mal ganz was Neues!«

Luke leckt sich die Unterlippe, die noch von gestern Abend geschwollen ist. Seine Fingerknöchel sind verkrustet, und an seinem Shirt ist getrocknetes Blut. Außerdem hat er eine Schnittwunde an der Stirn, die aussieht, als sollte sie gereinigt werden. Ja, er wirkt schon reichlich angeschlagen, und für einen Sekundenbruchteil interessiert es mich genug, dass ich erwäge, seinen Arm zu nehmen und ihn wegzuziehen, um ihn vor weiteren Verletzungen zu schützen, obwohl ich nicht sicher bin, dass es klappen könnte. Aber dann bewegt er sich vorwärts, direkt auf Preston zu, und ballt die Fäuste. Er ist größer und breiter als Preston. Und er scheint deutlich geneigter, ein paar Hiebe zu verteilen, rauer und verwegener.

»Denkst du, mir macht so ein alter Penner Angst?« Lukes Augen blitzen. »Noch dazu einer, der gerne Frauen schlägt?«

Zuerst bin ich verwirrt, weil Preston mich ja nicht geschlagen hat, aber dann fällt mir wieder ein, dass er es gestern getan hat. Luke muss es sich zusammengereimt haben.

Preston wirft einen Seitenblick auf meine Wange. »Hast du ihm erzählt, dass ich dich geschlagen habe?«

Ich zucke mit den Schultern. »Kann sein«, antworte ich, obwohl es nicht stimmt.

Luke öffnet den Mund, als wollte er etwas sagen, und seine Armmuskeln spannen sich an. Preston zuckt. Wahrscheinlich glaubt er, Luke wolle ihm eine verpassen. Er holt mit dem Arm aus und rammt Luke seine Faust rechts gegen das Kinn. Ich stolpere unwillkürlich zurück, als ich das Knacken höre, das mich daran erinnert, wie weh es mir gestern tat. Genau wie ich gestern, lässt auch Luke sich nichts anmerken, außer dass er wütend wird. Ohne das geringste Zögern schlägt er Preston die Faust ins Gesicht. Bevor der überhaupt kapiert, was los ist, schlägt Luke erneut zu, diesmal in Prestons Rippen. Prestons Arm schwingt rechts herum und erwischt Lukes Bauch. Lukes Gesicht verzieht sich vor Schmerz, was ihn aber nicht bremst, und ehe Preston Luft holen kann, schnellt Lukes Knie nach oben in Prestons Bauch. Ich weiß nicht, ob ich zu Preston laufen und den Kampf abbrechen oder Luke weiter auf ihn eindreschen lassen soll. Diese ganze Sache gerät aus den Fugen, und ich bin Preston immer noch verpflichtet, weil er mir ein Dach über dem Kopf gegeben hat. Aber ich will auch Luke helfen, weil er mir mehr als einmal geholfen hat.

Allein bei der Vorstellung, dass er ernstlich verletzt wird, empfinde ich einen befremdlichen Schmerz in der Brust. Dennoch stehe ich da, sehe ihnen zu und warte ab, wie weit sie gehen, wie gefährlich es wird. Echt, mein Verstand muss völlig im Eimer sein, denn ich glaube nicht mal, dass ich momentan eine Entscheidung treffen könnte, auch wenn ich das Gefühl habe, ich müsste. Es fühlt sich nicht mehr an, als ginge es um mich, sondern eher um sie, die brutal aufeinander einschlagen, womöglich bis einer tot ist. Und was, wenn es wirklich ernst wird? Wenn einer von ihnen stirbt? Was dann? Bin ich schuld? Kümmert es mich? Will ich mich um einen von ihnen sorgen?

Ich rühre mich nicht, beobachte ihre Bewegungen, höre jedes Knacken von Knochen auf Knochen, das schnelle Atmen, die Art, wie die Sonne auf sie scheint. Ich höre, wie ich selbst nach Luft ringe, wie mein Herz mit jedem Atemzug schneller rast. Das Sonnenlicht beginnt zu flackern und zur Seite zu treiben, weil ich anfange, Punkte zu sehen. Das ist mir schon einige Male passiert, und wenn ich nicht schnell etwas unternehme, falle ich um.

Ich will vortreten, meine Knie entkrampfen, nur bringe ich meine Füße nicht dazu, sich zu bewegen. Meine Beine, meine Arme und meine Zunge sind taub und wie Gummi, und es fühlt sich an, als würde meine Stirn von einem Gummiband zusammengedrückt. Ich will »Stopp« schreien, doch auch das Wort kippt zur Seite … und ich mit ihm. Es gelingt mir, die Hände auszustrecken, bevor ich auf dem Boden aufschlage, aber der Kies schürft mir die Knie und die Handflächen auf. Warmes Blut sickert heraus. Es ist eine Weile her, seit ich einen solchen Adrenalin-Schock hatte, mindestens einige Jahre.

Beim ersten Mal konnte ich am wenigsten damit umgehen. Das war direkt nachdem ich meine Eltern fand. Ich bin nicht mehr sicher, warum ich tat, was ich tat, als ich sie fand. Ich war alt genug, um klüger zu handeln und sofort die Polizei zu rufen. Wie ich mich erinnere, versteckte ich mich ewig, nachdem die Leute längst aus dem Fenster geklettert waren. Ich weiß noch, dass Vollmond war, und dass ich, obwohl ich gar nicht richtig begriff, was los war, diesen unerträglichen Schmerz in der Brust spürte, hervorgerufen von der drückenden Stille im Haus. Ich glaube, die Sonne ging schon auf, als ich mich endlich nach oben traute. Es war ungefähr um die Zeit, um die mein Dad sonst aufstand und zum Frühstück ging. Aber in der Küche war niemand, deshalb ging ich nach oben zum Schlafzimmer und sagte mir, dass ich gerade rechtzeitig wäre, sie zu wecken.

Als Erstes fiel mir auf, dass die Tür weit offen stand, nicht angelehnt wie sonst, und dann sah ich die Bluttropfen auf dem Teppich. Sekunden später sah ich sie. Es war wie ein Tritt in den Bauch, bei dem mir die Luft wegblieb, als würden sich Finger um meinen Hals schlingen. Ich konnte nicht atmen. Und ich wollte sterben. Ob es der Sauerstoffmangel war oder meine Gummiknie, was mich so lange am Boden hielt, weiß ich nicht, aber ich war wie gefangen und starrte meine Eltern an, die von ihrem eigenen Blut durchnässt waren. Vielleicht war es auch die Tatsache, dass mein Leben, sollte ich mich bewegen, weitergehen würde, ihres hingegen nicht. Nie mehr.

Ich werde jäh aus diesen Gedanken gerissen, als ich höre, dass Luke und Preston aufgehört haben zu kämpfen. Hat einer den anderen umgebracht? Oder sie sich gegenseitig?

»Violet, was ist mit dir?« Lukes Stimme ist erschreckend nahe.

Ich halte den Kopf gesenkt und versuche, ruhig zu atmen. »Mir geht es gut.«

Sein Schatten bewegt sich über den Kies vor mir, und dann hebt er mich hoch und hilft mir, das Gleichgewicht zu finden, während er mich in den Armen hält. Ich würde ihn ja wegstoßen, habe aber nicht die Kraft, etwas anderes zu tun, als mich an seine Brust zu lehnen. Seine Arme umfangen meine Taille, und einen winzigen Moment lang fühle ich mich nicht komplett allein. Dann trifft mich Prestons Blick, der so schneidend ist wie die Steine, die mir in die Hände schnitten.

»Nimm deinen Kram und verschwinde von hier!«, sagt er und spuckt Blut auf den Boden. Seine Lippe ist aufgeplatzt, ein Auge zugeschwollen, und auf seinem Brustkorb bildet sich ein ziemlich großer, geschwollener Bluterguss.

»Gern«, antworte ich gefasst. Dabei will ich mich auf die Knie schmeißen und ihn anflehen, mich nicht zu verlassen, ihm zu sagen, dass ich ihn brauche.

Er wischt sich mit dem angewinkelten Handgelenk über die blutige Lippe. »Und komm hier ja nicht wieder angekrochen, wenn du obdachlos bist und auf der Straße wohnst, denn ich nehme dich nicht noch mal auf!«

»Ich komme nicht zurück«, versichere ich ihm mit einem wütenden Blick, der sicher besser ausgefallen wäre, müsste ich nicht die Tränen zurückdrängen, die unbedingt aus meinen blöden Augen wollen. Dämliche, verräterische Augen! Immer wieder atme ich ein und aus, schlucke die Tränen runter, bis mir schwindlig wird.

»Gehen wir, Violet«, sagt Luke leise. Sein ruhiger, steter Herzschlag klopft an meinem Rücken und ist genauso tröstlich wie beängstigend.

Kopfschüttelnd stapft Preston zum Trailerhaus zurück, tritt gegen die Tür, bevor er sie öffnet, und verschwindet ins Innere. Lukes Arm lockert sich, doch ich stehe weiter da, wie erschlafft. Ich kann kaum atmen, geschweige denn reden, weil mir klar ist, dass mich das Leben bald einholen wird, mitsamt der schmerzlichen Gewissheit, dass ich nirgends hin kann. Ich habe keinen Wagen, und mit den zweihundert Dollar, die ich besitze, kann ich bestenfalls wenige Tage lang ein Hotelzimmer finanzieren. Was dann?

»Alles okay?«, fragt Luke sanft und vorsichtig, als er die Arme weiter lockert.

»Das fragst du mich dauernd«, sage ich und starre auf die geschlossene Haustür. Tränen brennen in meinen Augen, und meine Kehle ist staubtrocken.

»Ja, weil du nicht antwortest.« Sein Atem streicht über meinen Hinterkopf.

»Mir geht es gut, also kannst du aufhören, zu fragen.«

Er verharrt kurz, dann nimmt er seine Arme von meinen Hüften und stellt sich vor mich. Seine Lippe blutet, und sein T-Shirt ist eingerissen, doch ansonsten sehe ich keine neuen Verletzungen an ihm. »Brauchst du irgendwas? Wasser?«, fragt er und mustert mich nachdenklich. »Ein Beruhigungsmittel vielleicht?« Er klopft seine Jeanstaschen ab. »Ich könnte dir einen Zug von meiner Zigarette geben … das hilft, die Panik ein bisschen zu dämpfen.«

»Ich bin nicht panisch«, entgegne ich. »Ich bin völlig ruhig.«

Ungläubig runzelt er die Stirn und geht auf Prestons Wagen zu. »Ich weiß, was eine Panikattacke ist, Violet, und ich weiß, dass du jetzt nur ruhig bist, weil du gerade eine hattest und völlig erledigt bist.«

Ich will nicht, dass er so viel von mir weiß, und dennoch, als er rückwärts geht und mich weiter ansieht, bin ich fast sicher, dass er hinter meine eiserne Fassade blickt. Er bückt sich, hebt meinen Karton auf und trägt ihn zu seinem Truck zurück. Als er ihn auf die Ladefläche fallen lässt, zwinge ich meine Füße, sich zu bewegen, denn mir wird klar, dass ich nicht unbegrenzt hier stehen kann. Irgendwann muss ich mich der gruseligen Zukunft stellen, die ich mir selbst geschaffen habe.

Ich schlucke den Kloß in meinem Hals runter, gehe zur Fahrertür des Cadillacs und öffne den Kofferraum, ehe ich zum Wagenheck gehe.

Lukes Stiefel knirschen auf dem Kies, als er wieder die

Einfahrt heraufkommt und sich eine Zigarette anzündet. Ich beginne, Kartons aus dem Kofferraum zu laden und neben mir aufzustapeln. Luke nimmt sie schweigend auf und trägt sie zu seinem Truck. Bis ich den Kofferraum fertig ausgeladen habe, hat er die meisten schon zu seinem Wagen geschafft. Ich nehme den letzten Karton auf, gehe die Einfahrt hinunter und hieve ihn hinten auf Lukes Truck. Dann steigen wir ein, und ich öffne das Fenster, weil sich der Innenraum mit Qualm füllt.

Er legt die Hand mit der Zigarette ans Lenkrad und die andere auf den Schaltknüppel. »Also … wo soll ich dich hinfahren?«

Ich blicke achselzuckend zu den Bäumen am Rande des Trailerparks. »Ich habe keine Ahnung.«

Für einen Moment ist er stumm, dann wendet er den Truck. Er sagt nicht, wohin wir fahren oder was wir machen, wenn wir dort sind. Alles ist so unsicher. Genau wie ich es eigentlich mag, aber es macht mir auch Angst, weil ich nicht ganz allein da reinmarschiere. Luke ist bei mir, und ich habe keinen Schimmer, wieso. Noch nie hat mir jemand geholfen, nicht so. Und mich erschreckt besonders, dass ich ihn in diesem Moment bei mir will, seine Hilfe will.

Kapitel 8

LUKE

Es kostete eine Menge Kraft, den Kerl, der so brutal zu Violet war, nicht zu Brei zu schlagen. Was mich wundert, ist, dass Violet, die immer so frech auftritt, tatsächlich Angst vor ihm zu haben schien. Sie hätte sich glatt von ihm in den Trailer zerren lassen, wo er mit ihr sonst was gemacht hätte. Deshalb bin ich dazwischen, obwohl ich echt nicht in ihr offensichtlich kaputtes Leben reingezogen werden wollte. Grundsätzlich mische ich mich nie ein. Kayden oder Callie würden so etwas tun. Seth wohl auch. Aber ich nicht. Trotzdem musste ich eingreifen. Und aus völlig absurden Gründen. Schließlich ist sie nur irgendein verrücktes, unberechenbares Mädchen, das ich erst seit Wochen flüchtig kenne. Und jetzt habe ich mich eingemischt, mit dem Resultat, dass ich noch viel mehr an der Backe habe, weil sie anscheinend nicht weiß, wo sie hin kann.

Das Komische ist, dass sie das beinahe aufregend zu finden schien, wie der alte Penner sie anbrüllte und grob zu ihr war. Und dann fingen wir an, uns zu prügeln. Ich weiß nicht, ob ich es mir eingebildet habe, aber falls nicht, frage ich mich: Macht sie gern Ärger? Oder gibt es einen anderen Grund hierfür?

»Du kannst mich einfach in der Stadt absetzen«, sagt sie und sieht aus dem Fenster, als ich über den Highway zum Zentrum von Laramie fahre.

Ich schalte den Blinker ein, um die Spur zu wechseln, und überhole einen Wagen, der in Zeitlupe fährt. »Und wo da soll ich dich absetzen?«

Achselzuckend lehnt sie die Stirn ans Fenster. Sie sieht erschöpft aus, wahrscheinlich von der Panikattacke, die sie angeblich nicht hatte. Aber ich kenne die, hatte selbst schon einige, vor allem als Kind.

Ich biege zurück auf die rechte Spur und klappe die Sonnenblende herunter. »Violet …« *Halt dich da raus!* »Kannst du irgendwo hin, oder bist du …«

»Obdachlos?«, fragt sie und dreht eine Haarsträhne mit dem Finger auf. »Eigentlich sollte ich in dem Trailerhaus wohnen, aber daraus wird offensichtlich nichts.« Sie seufzt müde, stemmt sich vom Fenster ab und dreht sich zu mir. »Aber ich komme klar. Lass mich einfach in der Stadt raus, und ich suche mir was.«

»Wo?«

»Irgendwo.«

An der Stadtgrenze, wo sich scheinbar identische Häuser aneinanderreihen, werde ich langsamer. »Also weißt du nicht, wo du hin sollst.« Ich sehe sie an.

»Ich kann für mich selbst sorgen.«

»Das habe ich auch nicht bestritten.« Ich schalte runter, und der Motor rumpelt widerwillig, als ich in eine Seitenstraße einbiegen will, die am Park vorbei in die Stadtmitte führt. »Ich frage nur, ob du weißt, wo du hin kannst.«

Zunächst wirkt sie wütend, und ich rechne schon damit,

dass sie mich schlägt, aber dann weicht der Ausdruck völliger Gleichgültigkeit. »Nein, weiß ich nicht«, sagt sie und blickt wieder aus dem Fenster. »Und, wie gesagt, ich kann für mich selbst sorgen.«

Ich will schon in Richtung Zentrum abbiegen, um sie dort rauszulassen, was ich unbedingt sollte. Sie ist labil und unberechenbar, und das ist das Letzte, was ich in meinem Leben brauche. Ich komme ja kaum mit mir selbst klar. Und sie hat diese Kontrolle über mich, bringt mich dazu, unaufgefordert Sachen für sie zu tun. Ich hasse es, wie sehr es mich zu ihr zieht, und doch kann ich nichts gegen das Gefühl tun.

Mir will nicht aus dem Kopf, wie ich mit acht Jahren nach Luft rang, atmen wollte, jedoch nicht konnte. Damals sah ich ganz ähnlich wie Violet aus, als sie zusammenbrach, und genauso fühlte ich mich gestern vor der Fahrt zum Stripclub. Wir sind beide in derselben Lage, haben keine Wohnung, und es ergibt wirklich keinen Sinn, dass ich ihr helfen will, wo ich nicht mal mich selbst aus dieser Situation bringe. Trotzdem entscheide ich mich im letzten Moment um und fahre geradeaus zu meinem Wohnheim. Ich habe keine Ahnung, warum ich das mache, außer dass ein Teil von mir ihr helfen und sie verstehen will.

Sie fragt nicht, wohin ich fahre, und es scheint sie nicht zu stören, dass ich vor meinem Wohnheim halte und den Truck nahe den Eingangstüren parke. Es sind nur noch drei andere Wagen auf dem Parkplatz, und ein Paar sitzt im Schatten unter den Bäumen.

Ich stelle den Motor ab und warte, dass Violet etwas sagt, aber sie starrt weiter aus dem Fenster. Sie macht das hier absichtlich schwierig. Ich bin es nicht gewohnt, der Einzige zu sein, derjenige zu sein, der verschlossene Türen öffnet. Eher bin ich jemand, der sie geschlossen halten will.

»Du kannst in meinem Wohnheim pennen, bis ich morgen weg muss«, sage ich zu ihr und staune über meine Worte, während ich den Zündschlüssel abziehe. Ich versuche, mich zu fangen, bevor ich zu ihr sehe. »Das ist kein Problem.«

Immerhin dreht sie den Kopf zu mir. Ihre grünen Augen funkeln, und ich lehne mich auf dem Sitz zurück. »Ich will dich nicht vögeln, falls du das denkst«, sagt sie.

Ich stecke meine Schlüssel in die Hosentasche. »Das kommt dem nicht einmal nahe, was ich denke.« Na ja, bis jetzt nicht.

»Und was denkst du?« Ihre strenge Miene wird ein bisschen weicher.

»Ehrlich gesagt, habe ich keine Ahnung. Du bringst mich völlig durcheinander«, gestehe ich.

Das freut sie anscheinend. »Warum?«

»Weil ich nicht weiß, was du denkst, und das ist nicht normal für mich.«

»Was bist du? Gedankenleser?«, fragt sie sarkastisch.

»Nein, nur ein aufmerksamer Beobachter.«

»Tja, vielleicht kannst du nicht erkennen, was ich denke, weil in meinem Kopf nicht besonders viel los ist.«

Fast grinse ich und lehne einen Arm ins offene Fahrerfenster. »Ich glaube, das ist meilenweit von der Wahrheit entfernt. Ich denke eher, dass in deinem Kopf eine ganze Menge vor sich geht. Mehr als bei den meisten anderen, und deshalb hattest du eine Panikattacke.«

»Hatte ich nicht!«, widerspricht sie und lehnt sich an ihre Tür. »Mir war nur die Aufregung zu viel.«

Ich berühre meine aufgeplatzte Lippe und zucke zusammen, weil es wehtut. »Du findest es aufregend, zwei Typen bei einer Prügelei zuzusehen?«

»Kann sein«, gesteht sie verlegen und zieht ihre Beine auf den Sitz. »Hast du jetzt Angst vor mir?«

Ich würde ja lachen, aber irgendwie habe ich tatsächlich Angst vor ihr, oder vielmehr vor dem, was sie in mir auslöst. Ich habe Angst vor der Tatsache, dass sie mich vollkommen einnimmt, dass ich an sie denke und nicht nur an mich, wie ich es mir geschworen habe, um die Kontrolle über mein Leben zu behalten. *Ich und ich allein.* »Kayden ist schon ausgezogen«, wechsle ich das Thema, um dieses Gefühl zu vermeiden, das mich zu ihr zieht, dieses schmerzliche Verlangen, sie zu küssen, anzufassen, bei ihr zu sein. *Kompliziert,* ermahne ich mich. »Du kannst in seinem Bett schlafen, aber morgen kann ich dir nicht mehr helfen.«

Sie setzt sich auf, zieht die Beine an, schlingt die Arme darum und stützt das Kinn auf die Knie. Sie sieht so verletzlich und hilflos aus, denn dieser Schutzschild, den sie gewöhnlich trägt, bröckelt. Unweigerlich muss ich daran denken, wie leicht es wäre, sie anzubaggern und so lange zu bearbeiten, bis sie nachgibt. Ich würde mich auf sie legen und sie wieder und wieder vögeln, bis ich endlich diese blöde Obsession los bin.

»Wo wohnst du den Sommer über?«, reißt sie mich aus meinen Gedanken. »Bleibst du hier oder fährst du nach Hause oder so?«

Ohne ihr zu antworten, öffne ich die Tür, um der Unterhaltung zu entfliehen. Dann springe ich eilig aus dem Truck und gehe zum Weg. Hinter mir höre ich, wie sie die Wagentür aufmacht.

Hastig läuft sie mir nach, überholt mich und baut sich mit ausgebreiteten Armen vor mir auf. »Das ist nicht fair«, sagt sie stirnrunzelnd. »Du kennst meine traurige kleine Geschichte, zumindest teilweise, und es ist nur gerecht, wenn ich deine erfahre.«

»Das Einzige, was ich weiß, ist, dass du bei einem alten Widerling wohnen wolltest, der dich schlägt, und jetzt keine Bleibe mehr hast«, korrigiere ich und gehe an ihr vorbei in Richtung Eingangstüren.

Sie läuft neben mir über den Parkplatz. »Hast du eine Bleibe?«

Ich fahre mir mit der Hand durchs Haar. »Ist das wichtig?«

»Kann sein.«

»Das scheint deine Standardantwort zu sein.« Ich beiße mir auf die Zunge und überlege, ob ich sie anschreien soll, sie soll verdammt noch mal aufhören, oder weglaufen. »Dreh es nicht so hin, als ginge es hier um mich.«

»Warum?« Sie läuft rückwärts vor mir her. »Du weißt, dass ich obdachlos bin, also was wäre schlimm daran, wenn ich weiß, dass du es auch bist?«

Ich bleibe am Gehwegrand stehen, weil sich etwas in mir nach oben drängt. Solche Fragen hat mir noch nie jemand gestellt. Meistens haben die Leute Angst vor mir, und so mag ich es. Bei jedem anderen Mädchen hätte ich wahrscheinlich gedacht, dass sie bloß auf eine Einladung zu mir scharf ist, aber allmählich verstehe ich Violet gut genug, um zu wissen, dass es ihr einfach Spaß macht, andere zu nerven.

»Ja, du hast recht«, gebe ich erschöpft zu. »Ich kann nirgends hin. Und, bist du jetzt glücklich?«

Sie schüttelt den Kopf und sieht hinüber zu dem Paar unter den Bäumen. »Nein, eigentlich nicht.«

»Ich auch nicht.« Mein Blick schweift über den Campus, die Bäume, die wenigen Wagen, meine Stiefel, über alles außer ihr, weil sie mich sonst einnimmt, wie sie es tut, seit sie mich dazu brachte, dass ich ihr zu ihrem Wagen folgte, nachdem sie mir ins Gesicht getreten hatte.

»Und was machen wir jetzt?« Ihre Augenlider flattern im Sonnenlicht, als ich zu ihr sehe.

»Fragst du mich, was wir machen sollen? Im Ernst?«

Sie schaut sich hilflos um, und ich wünschte, sie würde wieder diese gleichgültige Haltung einnehmen, sodass ich nicht den Drang habe, ihr zu helfen. »Mir gehen die Ideen aus, aber notfalls schlafe ich auch auf der Straße«, sagt sie.

»Tust du nicht. Wir denken uns etwas aus.« Ich schließe die Augen, als mir bewusst wird, dass ich »wir« gesagt habe. Wir sind schließlich kein Paar, sondern einfach zwei Fremde, die sich dauernd über den Weg laufen und einander anscheinend nicht loswerden. »Wenn es sein muss, können wir in meinem Truck schlafen.«

»Klar, ich habe gesehen, wie toll das klappt. Du bist ein echtes Sitzschwein.« Sie klingt amüsiert.

»Du kannst im Sitzen schlafen«, entgegne ich und öffne die Augen. »Oder die Rückbank nehmen.«

»Wow, was für ein Kavalier!« Da ist tatsächlich ein kleines Lächeln, und die Spannung zwischen uns schwindet.

»Ich versuche nicht, ein Kavalier zu sein«, sage ich und verkneife mir mein Grinsen. »Und das werde ich auch nie.«

»Schön, denn ich will nicht, dass du es versuchst. Typen, die behaupten, Kavaliere zu sein, sind scheiße.«

»Okay … Ich bin froh, dass du das nicht von mir verlangst.«

Nun erreicht das Lächeln ihre Augen und mindert die üble Schwellung an ihrer Wange, die höllisch wehtun muss. »Ich glaube, die Runde geht an mich.«

Nun muss ich doch grinsen, und es fühlt sich fremd und komisch an. »Spielen wir denn?«

»Tun wir das nicht immer?«, kontert sie und streicht eine Haarsträhne von ihrem Mund, die der Wind dorthin geweht hat.

Wieder mal verunsichert sie mich, doch anstatt mit diesem Spiel, welches auch immer das sein mag, fortzufahren, ergebe ich mich. »Wir sollten uns etwas zu essen besorgen«, sage ich. »Ich habe nämlich nichts in meinem Zimmer außer einer Flasche Wodka und einer Zitrone.« Ich sehe hinunter auf ihre Hände, deren Innenflächen blutverschmiert sind. »Und wir brauchen Peroxid und Pflaster.«

Sie krümmt die Finger, während sie nachdenkt. »Gibst du unser Spiel auf?«

»Welches Spiel?« Ich täusche Vergesslichkeit vor. »Ich habe bloß Hunger. Es ist schon fast eins, und ich habe noch nichts gegessen. Und das Peroxid ist für dich … deine Hände sehen schlimm aus.«

Sie blickt hinunter zu den zerschnittenen Handflächen und wieder zu mir. »Du hattest noch kein Kateressen, was?«

»Nein, und ich sterbe. Ich brauche unbedingt ein paar Tacos.«

»Tacos? Ich dachte, du magst keine Hamburger.«

»Tacos sind mit Rinderhack, keine Burger.«

»Na und? Das ist praktisch dasselbe.«

»Ist es nicht«, widerspreche ich, und wir kehren zum Truck um. »Es ist etwas völlig anderes.«

»Vielleicht solltest du dich erst sauber machen.« Sie streicht mit dem Daumen an meiner Lippe entlang, und der Kontakt jagt unerwünschte Empfindungen durch meinen Leib. Ich muss die Fäuste ballen, damit ich Violet nicht packe und küsse. Sie zieht die Hand zurück und reibt Daumen und Zeigefinger aneinander. »Du hast Blut im Gesicht und auf deinen Sachen.«

Ich zucke mit den Schultern und verdränge das Verlangen, ihre Hand zu packen, ihr die Kleider herunterzureißen und sie über die Haube meines Trucks zu beugen. »Mir macht es nichts aus, wie jemand auszusehen, der eben jemanden verprügelt hat, aber falls es dir peinlich ist, mit mir gesehen zu werden, kannst du im Wagen bleiben.«

»Der eben jemanden verprügelt hat?«, wiederholt sie, bleibt an der Beifahrertür stehen und hebt eine Hand zum Türgriff. »Oder jemand, der eben verprügelt wurde?«

Mir ist nicht klar, ob sie mit mir spielt oder nicht; auf jeden Fall ärgert und erregt es mich auf eine Weise, wie ich es nicht für möglich gehalten hätte. Die meiste Zeit habe ich nicht den leisesten Schimmer, wie ernst sie etwas meint. Was mich als Kontrollfreak eigentlich in die Flucht treiben müsste, nur hat es bei ihr den gegenteiligen Effekt.

Ich beschließe, sie mal ihre eigene Taktik spüren zu lassen, sie zu verunsichern, wieder die Oberhand zu gewinnen und sie hoffentlich abzuschrecken. »Willst du behaupten, ich wäre nicht tough?«, frage ich und stelle mich vor sie, um sie mit dem Rücken an den Truck zu drängen. Aber sie rührt sich nicht. »Oder dass ich kein Mann bin?«

»Ich habe weder noch gesagt«, antwortet sie mit einem glühenden Blick, der mich komplett wahnsinnig macht. Je heftiger ich werde, desto spannender findet sie es offenbar, was in mir wiederum den Wunsch weckt, es noch zu steigern. »Allerdings schätze ich, dass du mir trotzdem beweisen willst, dass du beides bist.«

»Willst du denn, dass ich es beweise?« Meine Stimme klingt heiser. Dies hier entwickelt sich nicht so, wie ich wollte. Mein Plan, sie abzuschrecken, geht nach hinten los. Ich mache einen Schritt vorwärts, dann noch einen, bis ich fast auf ihren Füßen stehe. Immer noch weicht sie nicht zurück, und das frustriert mich erst recht. »Dass ich dir zeige, wie tough oder wie männlich ich bin?«

Sie presst die Lippen zusammen, während ihr Blick unverändert bleibt und ihre Lider ein wenig zittern. »Ich will gar nichts von dir, Luke. Ich sage lediglich, was ich denke, wie du auch noch begreifen wirst, wenn du länger in meiner Nähe bist.«

Wenn ich länger in ihrer Nähe bin? Mist! Ich greife mit einer Hand um sie herum zum Türgriff. »Und du denkst nicht, dass ich tough bin?«

»Ich denke, du willst mir zeigen, wie tough und wie männlich du bist«, antwortet sie.

Ich stütze meine freie Hand auf der anderen Seite von ihr ab, sodass sie zwischen meinen Armen gefangen ist. Die meisten Mädchen in dieser Position würden sich mit dem Rücken an die Tür drücken, aber sie nicht. Sie verweigert mir die Kontrolle, die ich so dringend will.

»Und wie würde ich dir das zeigen?«, frage ich. Diesmal senke ich meine Stimme bewusst zu einem heiseren Raunen.

»Da hast du sicher deine Methoden«, sagt sie. Ihr Blick wandert zu meinem Mund, als ich mich vorlehne und unsere Körper zusammenbringe.

Ich muss meine gesamte Kraft aufbieten, nicht ihre Hüften zu umfassen und sie sanft zurückzudrücken. Stattdessen lehne ich mich weiter vor, sodass sich unsere Lippen sehr nahe kommen. »Ich habe meine Methoden …« Ich benetze meine Lippen und merke das Stechen in dem Riss. Es erinnert mich an alles, was ich eben erlebt habe – mit ihr, mit mir. Ich weiß, wenn ich sie küsse, wird es wahrscheinlich dazu führen, dass ich die Tür aufreiße und sie auf die Sitzbank werfe, hier, am helllichten Tag. Mir wäre egal, wer uns sieht. Ist es immer. Ich würde nur diesen verdammten Drang wieder kontrollieren wollen, den sie in mir weckt. Aber was wäre danach? Würden wir Tacos holen, in mein Zimmer zurückkehren und einfach abhängen? Nein, das scheint mir sehr unwahrscheinlich; andererseits halte ich es für genauso undenkbar, dass ich sie vögle und anschließend verschwinde. Ich habe mich schon viel zu weit auf sie eingelassen und wüsste nicht, wie ich dem entkommen sollte ... oder ob ich es überhaupt noch kann.

Ich kämpfe gegen den Wunsch, meine Augen zu schließen und sie zu küssen, bis sie keine Luft mehr bekommt. In dem Moment, in dem ich am Griff ziehe und beginne, die Tür zu öffnen, fühle ich mich schwach, weil ich mich für die ekligen, erbärmlichen Empfindungen meiner Vergangenheit entschieden habe – wie ich Dinge tat, die ich nicht wollte, wie meine Mutter mein Denken verwirrte und ich keine Kontrolle über mein Leben hatte. Ich war eine Marionette, und ich war schwach. Dieser Mensch will ich nie wieder sein.

Ich warte, dass Violet aus dem Weg geht, damit ich die Tür richtig öffnen kann, aber sie rührt sich nicht, und letztlich bin ich es, der zurücktritt ... mal wieder verliert. Es ist beunruhigend, und ich weiß nicht, wie ich das verarbeiten soll, es sei denn ich betrinke mich sinnlos und prügle auf alles ein, was mir vor die Nase kommt. Ich zittere sogar am ganzen Körper, während mein Geist nach dem brennenden, herrlichen Geschmack von Alkohol lechzt.

»Also, wo holen wir uns Tacos?« Sie geht um mich herum und springt in den Truck, wobei sie ihren Rock rafft.

»Such du aus«, sage ich und schlage die Tür zu.

Sie schenkt mir ein sehr gekünsteltes Lächeln. »Ist mir egal«, erklärt sie, als ich einsteige. Dann legt sie die Füße aufs Armaturenbrett und lehnt den Kopf zurück. Vollkommen gelassen.

Unwillkürlich frage ich mich, ob es stimmt. Ob ihr alles egal ist. Jedenfalls ist sie mir allmählich nicht mehr egal.

Kapitel 9

VIOLET

Wir holen uns Tacos, halten bei einem Drugstore und bei einem Elektromarkt, um ihm ein neues Handy zu besorgen, weil er seines offenbar letzte Nacht verloren hat. Dann fahren wir zurück zu seinem Wohnheim. Unsere Unterhaltung ist locker und unbeschwert, was sie für meine Begriffe kompliziert macht. Es ist zu leicht, mit ihm zusammen zu sein, und so soll es mit keinem sein. Die Dinge müssen schwierig sein, damit es einfacher ist, meine Schutzmauern zu erhalten und distanziert zu bleiben, sodass es, falls und wenn er beschließt, aus meinem Leben zu verschwinden, sein wird, als wäre er nie wirklich darin vorgekommen.

Aber ich spüre, wie die Mauern einstürzen, vor allem als er mich vorhin am Truck nicht küsste. Er hätte es gekonnt, und ich war sicher, dass er es wollte. Wahrscheinlich hätte ich ihn auch gelassen, und sei es nur, um den Adrenalinrausch zu schmecken, der sich in dem Moment auf meiner Zungenspitze bildete, in dem er sich zu mir lehnte. Mir war fremd, wie bewusst ich seine und meine Körperwärme wahrnahm, und das machte mir Angst. Alles, was ich wollte, war, die Angst in mir zum Schweigen zu bringen, doch je näher er kam, desto stiller wurde ich innerlich. Luke war gleichermaßen die Flucht vor meinen Gefühlen wie deren Ursprung. Das war ein schräges Gefühl, und ich wusste nicht, was ich tun sollte. Also stand ich bloß da und ließ ihn entscheiden. Am Ende wich er zurück, und ich war erleichtert und enttäuscht.

Warum, analysiere ich immer noch. Der einzige Schluss, zu dem ich gelange, ist der, dass mir der Stress, obdachlos zu sein und übermorgen zur Polizei zu müssen, den Verstand verwirrt hat und ich nicht klar denken kann.

Wir sind erst wenige Minuten in seinem Zimmer, als er mich allein lässt, um duschen zu gehen. Mich wundert, dass er bisher kaum gepackt hat, denn morgen muss er raus.

Ich tränke einen Wattebausch mit Peroxid, presse ihn in meine Hand und spüre das Prickeln an meiner schmutzigen, aufgeschürften Haut. Jetzt besitze ich sieben Dollar sechsundfünfzig weniger, nur weil Luke nicht wollte, dass ich eine Wundinfektion bekomme. Für mich war das Risiko okay, aber er bestand darauf, dass es unsicher ist. Fast hätte ich ihn ausgelacht. Wenn er wüsste, wie unsicher das Leben für mich sein kann!

Ich sinke auf das unbezogene Bett, das Kaydens gewesen sein muss, starre hinauf zur Decke und wische mit dem Wattebausch in meiner Hand. Es brennt und tut weh, aber ich lasse das Peroxid in mich einsickern, während ich überlege, was ich als Nächstes tue.

Ich hatte noch nie einen Freund, sofern es überhaupt Freundschaft ist, auf die Luke und ich zusteuern. Preston und Kelley kamen dem am nächsten, und sie waren eher wie meine durchgeknallten Babysitter/Vermieter. Keiner war je so fürsorglich, mich zu überreden, dass ich Wunden versorge oder mich generell um mich zu kümmern. Keiner hätte jemanden zusammengeschlagen, nur weil der mir an die Brust gefasst hatte. Luke hingegen hatte Preston sofort die Faust ins Gesicht geschmettert, ohne zu zögern.

Mein Herz schlägt schneller, als ich daran denke, dass er gar nicht überlegen musste. Dann geht die Zimmertür auf, und Luke kommt herein. Er hat ein Handtuch um seine Hüften gewickelt, und seine Haut wirkt noch feucht von der Dusche. Kräftige Muskeln formen seinen Bauch, zusammen mit einem heftigen Bluterguss, der wahrscheinlich von der Prügelei stammt. Und er hat viele Tattoos. Die meisten sind in dunkler Tinte gehalten und Tribal-Muster, bis auf einen Schriftzug, der zu klein ist, als dass ich ihn aus dieser Entfernung entziffern kann.

Ich winkle einen Arm über meinem Kopf an, weil ich sonst nicht aufhöre, ihn anzugaffen. »Deine Tattoos gefallen mir.«

Er legt seine schmutzigen Sachen auf die Kommode und tritt die Tür mit dem Fuß zu, während er eine Braue hochzieht. »War das ein Kompliment?«

»Vielleicht.«

Er sinkt auf das Bett mir gegenüber und verschwindet aus meinem Sichtfeld. »Du hast selbst welche, hinten im Nacken, stimmt's?«

»Ja, zwei«, sage ich und konzentriere mich wieder auf die Decke. Dabei reibe ich weiter mit dem Wattebausch in meiner Hand. »Allerdings habe ich anderswo noch mehr.«

»Wo?«

»Das verrate ich nicht.«

In der Stille ächzt seine Matratze. »Also, wollen wir einfach schlafen? Ich bin ziemlich erledigt.«

Ich schüttle den Kopf und lausche meinem Herzschlag. Obwohl ich müde bin, weiß ich, wenn ich einfach schlafe, muss ich über das nachdenken, was passiert ist; und wenn ich darüber nachdenke, muss ich das fühlen, was ich fühle, und dann will ich nur aufstehen und irgendwas Riskantes machen. Danach wäre ich zufrieden und müde, würde schlafen wollen, und das Ganze ginge wieder von vorne los. Es ist ein Teufelskreis. »Ich bin nicht müde.«

Er seufzt. »Was willst du dann machen?«

Ich stütze mich auf einen Ellbogen auf, sodass ich ihn ansehen kann, und fixiere seine geschwollene Wange anstatt der Stelle, an der das Handtuch unten aufklafft. »Was tust du normalerweise samstagsabends?«

Er greift nach einer Flasche Jack Daniel's auf dem Schreibtisch am Fußende. »Trinken und mich flachlegen lassen.« Während er einen Schluck nimmt, beobachtet er meine Reaktion.

»Ist das Trinken nicht schlecht für dich … weil du Diabetiker bist?«

Verlegen blickt er aus dem Fenster. »Mir geht's gut. Ich tue nichts, womit ich nicht umgehen kann.«

Anscheinend mache ich ihn wütend, und ich verstehe nicht, warum. Aber ich lasse das Thema, denn ich bin die Letzte, die irgendwem erzählen sollte, was gut oder schlecht für ihn ist. Also setze ich mich auf und nehme die Füße vom Bett. »Tja, wenn du das tun willst, musst du dich allein vergnügen, denn ich mache weder noch. Na ja, ich trinke manchmal, aber nicht viel.« Wieso bin ich ehrlich zu ihm? Das ist keine Absicht. Mein Verstand ist eindeutig müde.

Sofort sieht er in meine Richtung, verschluckt sich, und Alkohol sprüht aus seinem Mund auf den Teppich. Mein Geständnis hat sich gelohnt. »Was?«, keucht er und stellt die Flasche ab.

»Was? Von Alkohol werde ich bösartig und irgendwie irre, deshalb meide ich ihn, es sei denn, ich will gemein und verrückt sein.« Mir ist klar, dass er sich nicht deshalb verschluckt hat, sondern weil ich gesagt habe, dass ich Jungfrau bin.

»Du meinst, noch mehr als sowieso schon?«, fragt er misstrauisch und wischt sich den Whiskey vom Mund.

Ich schlage die Beine übereinander, wobei der Schlitz in meinem Rock auseinanderfällt und meine Oberschenkel enthüllt. Mir entgeht nicht, dass sein Blick sofort dorthin wandert, und da ist dieses Blitzen in seinen Augen, das ich schon bei vielen Typen gesehen habe. Ich frage mich, ob Luke meine riskante Tat sein könnte, sollte ich mich für Risiko entscheiden. So wie er Preston schlug, ohne nachzudenken, und dann die Sache im Stripclub … ja, er wirkt gefährlich, und deshalb könnte er gut gegen diese Unruhe in mir sein. Aber will ich mich wirklich darauf einlassen? Verbundenheit fühlen? Denn als er mich im Truck küsste, fühlte ich definitiv etwas anderes aus Taubheit – einen Funken von Leben, Verlangen.

»Ja, mal dir aus, wie übel ich werden kann«, sage ich.

Sein Blick wandert von meinen Beinen zu meinem Gesicht. »Dann ist es wahrscheinlich gut.« Wieder greift er zur Flasche und sieht mich weiter an, während er trinkt.

»Macht dich das nervös?«, frage ich und lehne mich auf die Hände zurück. Ich finde es witzig, dass er angespannt ist, weil ich Jungfrau bin, aber nichts dazu sagt. »Dass ich so bin?«

Er stellt die Flasche hin und leckt sich mit der Zunge über den Mund. »Mich soll nervös machen, dass du verrückt und gemein wirst, wenn du trinkst? Warum sollte es, wenn du nüchtern schon so bist?«

»Stell dich nicht blöd«, entgegne ich. »Du denkst daran, dass ich dir eben gesagt habe, dass ich Jungfrau bin, und deshalb hast du deinen Drink quer durchs Zimmer gespuckt ... Also, macht es dich nervös, dass ich noch nie Sex hatte?«

»Nein, aber deine Direktheit schon.« Er reibt sich die Augen, um sein Gesicht zu verbergen. »Ich ... ich kapier das einfach nicht.« Er nimmt die Hände herunter. »Wie du ...« Wieder wandert sein Blick über meinen Körper, verharrt erst auf meinen Beinen, dann auf meinem durchsichtigen Top. »Wie kannst du das sein?«

»Eine Jungfrau!« Das Wort an sich scheint ihn schon unruhig zu machen; deshalb möchte ich es wieder und wieder sagen. »Was kapierst du daran nicht? Nicht jeder will Sex haben.«

»Klar, aber ...« Er mustert mich mit seinen braunen Augen, und jetzt bin ich die, die sich zusammenreißen muss, nicht zu zappeln. »So wie du dich anziehst und dich benimmst ... du machst doch mit Typen rum ... Das ergibt überhaupt keinen Sinn.«

»Ich ziehe mich so an, wie ich will«, sage ich und klemme die Hände unter meine Beine, um sie still zu halten.

»Und ich benehme mich so, wie ich muss. Trotzdem begreife ich nicht, was dich auf die Idee bringt, ich wäre eine Schlampe … Ist es wegen Callie? Ich glaube, sie hält mich für nuttig oder so.«

»Wieso sollte sie das?«

Ich zucke mit den Schultern. »Wahrscheinlich aus demselben Grund wie du.«

»Ich halte dich nicht für eine Schlampe«, widerspricht er. »Ich dachte nur …« Er räuspert sich. »Egal. Also, wenn ich heute Abend nicht trinken und mich flachlegen lassen kann, was können wir sonst machen?«

»*Du* kannst tun und lassen, was du willst.« Ich lege meine Hände in den Schoß. »Ich habe bloß gesagt, dass ich nicht trinke oder mich flachlegen lasse.«

Wieder greift er nach der Flasche, neigt den Kopf nach hinten und kippt den letzten Rest hinunter. Dann steht er auf und wirft die Flasche in den Mülleimer am Fußende des Betts. Ich nage an meiner Lippe und beobachte, wie sich seine Muskeln bewegen – genau wie bei seiner Prügelei mit Preston.

»Wir können Karten spielen«, schlägt er vor und öffnet den Wandschrank. Als er sich nach unten bückt, um ein Shirt vom Boden aufzuheben, rutscht sein Handtuch tiefer. Ich bin nicht sicher, was mich mehr fasziniert: sein Körper oder wie lebendig und aufgeregt meiner darauf reagiert. Noch nie hat mich ein Junge erregt. Ich bin entweder desinteressiert oder bekomme Angst. Wie bei Leuten allgemein.

Trotzdem will ich mehr hiervon fühlen. »Karten?«

Auf seinem Schulterblatt ist ein Drache eintätowiert.

Automatisch greife ich zu meinem eigenen Drachentattoo in meinem Nacken, als Luke sich wieder aufrichtet und sich mit einem Kartenspiel in der Hand zu mir dreht. »Bedingung ist aber, dass wir nicht um Geld spielen.«

»Gut, denn ich habe auch nicht genug zum Spielen«, sage ich und betrachte ihn diskret.

»Geht mir genauso.« Er setzt sich aufs Bett, die Beine nebeneinander aufgestellt, sodass er nicht zu viel zeigt, und legt die Karten auf seinen Schoß. »Allerdings spiele ich nie Texas Hold'Em um nichts.«

»Warum nicht?«

Er räuspert sich wieder. »Weil mir beigebracht wurde, so nicht zu spielen.«

»Von wem?« Mir hatte ebenfalls jemand Spielen beigebracht – und um Geld. Ein Paar, bei dem ich etwa sechs Monate lebte, schmiss früher diese Pokerpartys, und ich saß neben dem Tisch, während Mr. Stronton mir die Regeln erklärte. Ich wurde ziemlich gut, doch inzwischen ist es einige Zeit her, seit ich gespielt habe.

Er teilt das Kartenspiel in zwei Stapel und mischt. »Von meinem Dad.« Wie er es sagt, mit diesem gestressten Unterton, frage ich mich, ob mit seinem Dad etwas passiert ist.

»Wo ist er jetzt?« Ich stehe auf und richte meinen Rock.

Er legt die Karten auf dem Bett aus und sieht zu mir. »Er lebt in Kalifornien.«

Ich gehe hinüber zu seinem Bett und hocke mich auf die blaue Bettdecke. »Und warum kannst du nicht bei ihm wohnen?«

Er sammelt die Karten wieder ein. »Das ist nicht so einfach.«

»Was ist mit deiner Mom?«, frage ich.

»Noch komplizierter.« Seine Fingerknöchel werden weiß, so fest packt er die Karten. »Was ist mit deinen Eltern? Was ist mit denen passiert?«

»Sie haben mich bei den Nachbarn vor der Tür abgelegt, als ich ein halbes Jahr alt war«, lüge ich mühelos. Seit Jahren denke ich mir fantasievolle Geschichten aus, die ich Fremden erzähle, um die schmerzliche Wahrheit zu meiden. »Ich schätze, sie wollten mich nicht.«

Er teilt die Karten in zwei gleich große Stapel. »Stimmt das, oder denkst du dir die Geschichte aus?«

»Wieso sollte ich darüber eine Geschichte erfinden?«, frage ich unschuldig und winkle ein Bein unter mir an. Wieder wandern seine Augen zu meinen Beinen und langsam hinauf zu meinen Schenkeln.

Mir ist nicht wohl dabei, wie er mich ansieht. Hitze strömt in meinen Bauch. »Um nicht die Wahrheit sagen zu müssen.«

»Also, spielen wir jetzt Texas Hold'Em oder nicht?«, versuche ich, das Thema zu wechseln.

»Ja, aber es gibt einen Einsatz. Für jedes Blatt, das du verlierst, musst du mir etwas über dich erzählen, das wahr ist.«

»Die Regel finde ich blöd. Und ich stehe nicht darauf, die Wahrheit zu sagen.«

»Warum nicht? Hast du Angst, dass du verlierst?«, fordert er mich überheblich heraus.

»Ich habe vor nichts Angst.«

»Das kann nicht stimmen. Jeder hat vor irgendwas Angst.«

»Na gut«, gebe ich nach. »Aber wenn du verlierst, musst du mir etwas Wahres über dich erzählen – und etwas Gutes.«

Er fächert die Karten mit dem Finger durch, als würde er sie zählen. »Und wenn ich nichts Gutes zu erzählen habe?«

»Das beurteile ich.« Ich strecke ihm meine Hand hin. »Jetzt her mit den Karten, damit ich geben kann.«

Er dreht die Hand mit den Karten um. »Normalerweise gebe ich gerne.« Trotzdem reicht er mir das Deck, allerdings mit einem Seufzen, als würde er etwas sehr Wertvolles aufgeben.

»Spielst du oft?«, frage ich.

»Hin und wieder, wenn ich Geld brauche.«

Ich mische, obwohl er schon gemischt hat. Mir wurde beigebracht, niemandem zu vertrauen, wenn es ums Spielen geht. Nachdem ich die oberste Karte beiseite geworfen habe, gebe ich.

Dann hebe ich mein Blatt an, um die Karten zu sehen. »Würden wir Strip-Poker spielen, hättest du schon nach einem Blatt verloren, weil du nur ein Handtuch trägst.«

Er nimmt seine Karten auf und unterdrückt ein Grinsen. »Ja, aber ich verliere nicht.«

»Du bist schrecklich arrogant.« Ich drehe drei Karten um und reihe sie zwischen uns auf.

Ein träges Lächeln tritt auf seine Züge. »Ich weiß.«

Ich wende meine Karten, und er sieht mich komisch an. »Es ist sinnlos, unser Blatt zu verstecken, weil wir ja sowieso nicht den Einsatz erhöhen.«

Er grinst. »Ich verstecke meins trotzdem, also los, die nächste Karte.«

Ich gebe die nächste, und es ist ein Ass. Ich habe eines, freue mich aber noch nicht. Dass mein Blatt gut aussieht, heißt nicht, dass es auch gut endet. Das ist die oberste Regel beim Kartenspiel … und im Leben.

Lukes Miene ist eine Mischung aus Neugier und Langeweile, was unsinnig wirkt, denn die beiden passen gar nicht zusammen. »Die letzte Karte«, sagt er.

Ich drehe sie um und lege sie in die Mitte. Die Karten bilden weder Farbenreihen, noch kommen sie einem Flush oder einer Straße nahe. Meine Chancen stehen gut, zu gewinnen, oder zumindest ein Unentschieden zu schaffen, falls er auch ein Ass hat.

»Was grinst du so?«, fragt Luke und sortiert seine Karten um. »Vielleicht habe ich auch ein Ass.«

»Mir war nicht bewusst, dass ich grinse«, sage ich und beiße mir auf die Lippe, um es zu unterdrücken. »Was hast du?«

Er legt seine Karten hin, und meine Freude verpufft. »Was soll ich sagen?« Nachdenklich reibt er sich das Kinn. »Ich muss Glück haben.«

Naserümpfend sehe ich seine Karten an. »Wie kann es sein, dass du Asse hast?«

»Jedes Blatt ist möglich.« Er lehnt sich auf die Ellbogen zurück, und sein Handtuch fällt weit genug auseinander, dass ich seine Schenkel sehe. »Jetzt darf ich eine Frage stellen.«

»Nur zu.« *Das heißt ja nicht, dass ich die Wahrheit sage.* »Frag.«

Er breitet die Beine ein wenig aus, und ich könnte schwören, dass ich seine Eier sehen kann. »Erzähl mir, warum du in der Nacht aus dem Fenster gesprungen bist.«

»Ich war auf LSD und wollte sehen, ob ich fliegen kann«, antworte ich prompt.

Er verdreht die Augen. »Ich habe schon Leute auf LSD gesehen, und du warst es auf keinen Fall.« Dann wirft er seine Karten beiseite und überkreuzt die Hände auf seinem Schoß. »Komm schon, Violet, sag die Wahrheit.«

»Will ich aber nicht.«

»Tja, du musst. Das gehört zum Spiel.«

Ich schwanke, nage an meinen Fingernägeln. Er nimmt dem Moment den ganzen Spaß und macht Druck. »Würdest du mir glauben, wenn ich dir sagen, dass ich versucht habe, zu fliegen?«

»Hast du?« Er verkrampft sich merklich. »Hast du versucht ... Hast du das absichtlich gemacht?«

Meine Hand sinkt auf meinen Schoß. »Hältst du mich für suizidgefährdet?«

»Ich habe keine Ahnung, wofür ich dich halten soll«, sagt er und schluckt. »Deshalb frage ich ja.« Seine Stimme klingt belegt, und ich frage mich, warum.

»Bin ich nicht. Versprochen.« Für einen Moment verstumme ich und versuche, die Gefühle abzuschütteln, die sich in mir regen. »Was ist mit dir? Warum wolltest du dich an dem Abend unbedingt prügeln?«

Er schüttelt den Kopf. »Du hast noch kein Blatt gewonnen, daher muss ich nicht antworten.«

Ich blicke zu den Karten auf dem Bett. »Wie zur Hölle konntest du zwei Asse haben?«

»Ich hatte wohl Glück.«

»Glück gibt es nicht.«

Wir starren einander trotzig an, und dann gebe ich es widerwillig auf – zum ersten Mal, glaube ich. Aber ich bleibe entschlossen, die nächste Runde zu gewinnen und eine Antwort von ihm zu bekommen, um für einen Ausgleich zu sorgen.

»Ich bin vor einigen Typen weggelaufen«, sage ich und sammle die Karten ein. *Ich fasse nicht, dass ich ihm nachgebe!* »Deshalb bin ich aus dem Fenster gesprungen.«

»Wieso bist du vor denen weggelaufen?« Er reicht mir seine Karten, und ich lege sie auf die anderen.

»Kommt nicht infrage.« Ich schiebe ihm die Karten hin. »Das wären zwei Fragen, und du hast nur eine gewonnen.«

Grinsend nimmt er die Karten auf. »Schon okay. Ich frage dich nach dem nächsten Blatt, das ich gewinne.« Er mischt, gibt und sieht sehr zufrieden mit sich aus.

Am Ende verliere ich wieder, er stellt mir dieselbe Frage noch einmal und wartet geduldig auf meine Antwort.

»Ich hatte etwas getan«, antworte ich genervt. Wie konnte er denn so ein Blatt haben? Das ist doch absurd – erst zwei Asse, dann zwei Königinnen.

»Welche Sorte von etwas?« Er hält den Kartenstapel in der Hand und fächert ihn mit dem Daumen.

»Ich habe jemanden beschissen.«

»Das ist immer noch keine richtige Antwort.«

»Es ist aber die beste, die ich dir geben kann«, sage ich, aber er starrt mich bloß an, und seine braunen Augen gehen mir unter die Haut. »Okay«, gebe ich schon wieder nach, und das Wohlgefühl von vorhin rückt in weitere

Ferne. Mir ist klar, dass ich bald etwas dagegen tun muss. »Ich habe die letzten Monat bei einem Deal beschissen.«

Es dauert einen Augenblick, ehe er begreift, was ich gesagt habe, sich aufsetzt und die Karten beiseite wirft. »Warte Mal. ›Deal‹ wie ›Drogen-Deal‹?«

»Wundert dich das echt so?«, frage ich gleichgültig.

Er mustert mich von oben bis unten. »Ja … Ich weiß nicht … Wieso machst du das?«

»Weil es ein Job ist«, antworte ich. »Ich arbeite auch als Kellnerin, weil ich es hasse, Schulden zu haben, und Schule und College bedeuten viele Schulden.«

»Aber du könntest in den Knast wandern! Oder dir könnte etwas Übles passieren.« Er schluckt wieder. »Drogen sind gefährlich, Violet.«

»Und?«

»Macht dir das keine Angst? Was dir passieren könnte?«

»Eigentlich nicht. Leben ist leben, ob auf der Straße, hinter Gittern oder in einem Wohnheim.«

Er runzelt die Stirn. »Ich hatte einen Freund, der mal ins Gefängnis musste, und das war nicht so toll für ihn.«

»Für mich ist es sowieso nie toll«, rutscht mir heraus, und er sieht so schockiert aus, dass ich es wieder zurücknehmen will. »Im Grunde ist es auch egal«, sage ich schnell, um ihn abzulenken. »Ich habe keinen Lieferanten mehr, also ist es mit dem Dealen erst mal vorbei.« Die Wahrheit bleibt mir fast in der Kehle stecken.

Luke atmet so kräftig aus, dass sich seine tätowierte Brust bläht. »Woher bekommst du die Drogen?«

Ich halte zwei Finger in die Höhe. »Das sind zwei Fragen, und ich schulde dir pro Blatt nur eine Antwort.«

Kopfschüttelnd nimmt er die Karten und gibt. Wieder gewinnt er, und ich werde misstrauisch, weil er ein Ass und eine Königin hat, und dass er dreimal in Folge so ein gutes Blatt bekommt, ist sehr unwahrscheinlich.

»Ich bin nicht sicher, ob ich deinen Siegen traue«, sage ich und lege meine Karten auf den Stapel. Dabei bin ich nicht sauer, was an sich schon seltsam ist. Eher bin ich fasziniert, weil ich sonst die bin, die andere betrügt. Wenn er betrügt – mich reinlegt –, wäre es seit Langem das erste Mal für mich. »Ich denke, dass du schummelst, großer Unnahbarer.«

»Beweise es.« Er schmunzelt. »Also, zu meiner nächsten Frage. Woher bekommst du die Drogen?«

»Von einem Panda«, antworte ich, was mir als Erstes einfällt, weil ich nicht einfach hinnehmen will, dass er zu recht gewonnen hat.

Er lacht leise. »O Mann, verdammt, du bist echt der seltsamste Mensch, der mir je begegnet ist.«

»Danke.« Ich schüttle den Kopf und mische die Karten vor mir auf dem Bett.

Luke legt seine Hand auf meine. »Kommt nicht infrage. Du musst noch antworten.«

»Was denn? Ist dir ›Panda‹ nicht gut genug?«

»Von wem hast du die Drogen?«, wiederholt er und zieht seine Hand zurück.

Ich breite die Karten in einer Reihe auf der Bettdecke aus. »Von dem Typen, den du heute zusammengeschlagen hast.«

Vor Schock steht ihm der Mund offen. »Woher kennst du den überhaupt?«

»Er ist mein Pflegevater, vielmehr war er es drei Jahre, bis ich achtzehn war.«

»Dein *Pflegevater?*«, fragt er entgeistert. »Ungelogen?«

»Was denkst du denn?« Ich bleibe so gefasst wie möglich, damit er weniger leicht einschätzen kann, ob ich lüge oder nicht.

Er hält meinen Blick stand. »Ich denke, es stimmt.«

»Okay, dann hast du deine Antwort.«

»Okay«, wiederholt er perplex und nimmt mir die Karten ab. »Nächste Runde.«

Diesmal beobachte ich ihn aufmerksam, verfolge jede seiner Bewegungen. Alles scheint sauber, bis ich mein Blatt aufnehme. Dann bemerke ich, wie er sein Gewicht nach vorn verlagert und sich am Bein kratzt. Dabei sieht es aus, als würde er etwas unter seinem Hintern hervorholen.

»Moment mal!« Ich hebe einen Finger, lege mein Blatt ab und beuge mich vor. »Hast du eben eine Karte unter deinem Hintern vorgeholt?«

»Wieso sollte ich das machen?« Er hebt die beiden Karten, die er hat, und hält sie unschuldig vor seine Brust. »Und wo würde ich dann die anderen Karten lassen, die ich gegeben habe?«

»Woher soll ich das denn wissen? Vielleicht unter deinem Hintern.«

Er blinzelt mich unbeeindruckt an, und ich stehe auf. Ohne Vorwarnung schiebe ich seinen Arm weg, sodass ich unter ihn sehen kann. Luke lacht los, und ich stelle fest, dass ich ihn in den letzten Minuten unfreiwillig zweimal zum Lachen gebracht habe. Was das heißt, weiß ich nicht, außer dass ich auf einem Komikertrip sein muss und er mich amüsant findet, was bisher noch niemand tat.

Als er zur Seite kippt und mich unter sich sehen lässt, rutscht sein Handtuch weiter runter, und ich kann einen Teil seines entblößten Hinterns sehen und den Alkohol in seinem Atem riechen.

Tatsächlich ist unter ihm eine Karte versteckt, die ich zwischen meinen Fingern hochhalte. »Du hast die ganze Zeit geschummelt, oder?«

Lächelnd schnappt er sich die Karte. »Ich schummle immer beim Kartenspielen. So habe ich es gelernt.«

»Also wusstest du, dass ich mit jedem Blatt verliere und du die Fragen stellen darfst.« Ich sinke wieder aufs Bett und überkreuze die Beine. Was ich jetzt machen soll, weiß ich nicht, denn so hat mich noch keiner reingelegt. »Ich überlege noch, ob ich sauer oder beeindruckt sein soll.«

»Dann wäre ich für das Zweite«, sagt er und lächelt noch breiter.

»Könnte ich machen …« Was ist verdammt noch mal mein Problem? Ich sollte wütend auf ihn sein, weil er mich reingelegt hat. Und auf eine groteske, verspielte Weise bin ich es auch. »Aber ich finde es nur fair, wenn du jetzt einige Fragen von mir beantwortest.«

»Wieso ist das fair?«, fragt er und zieht das Handtuch fester um seine Hüften. »Ich sollte dich mehr fragen dürfen, weil ich so clever war, dich auszutricksen, was vermutlich nicht oft vorkommt. Ich nehme an, dass du normalerweise andere betrügst, nicht umgekehrt.«

»Ich darf drei Fragen stellen«, beharre ich. »Und die erste ist, warum du nirgends wohnen kannst.«

Das begeistert ihn offensichtlich nicht. »Das willst du wirklich wissen?«, erwidert er, und ich nicke. »Na gut, aber das ist nicht ansatzweise so interessant wie Drogendealen.« Er lehnt sich seitlich auf die Hüfte. »Ich könnte in meine Stadt zurück und bei meiner Mom wohnen, aber das will ich nicht.«

»Warum nicht? Magst du deine Mom nicht?«

»Nein.« Er hebt zwei Finger. »Das sind übrigens zwei Fragen. Du hast nur noch eine übrig.« Seine Stimme und seine Finger zittern. Er tut mir leid, weil ich ihm ansehe, dass mehr dahinter ist, als er sagt. Sosehr ich meine Mutter geliebt habe, weiß ich aus meiner Zeit als Pflegekind, dass nicht alle Mütter nett und liebevoll wie meine sind, wie meine es war. Meine Mutter las mir vor, sang mit mir. Sie brachte mir sogar Klavierspielen bei. Doch es gibt auch Mütter, die keine Kinder mögen, die sie verletzen – nicht nur körperlich, sondern auch seelisch. Beides habe ich erlebt.

Ich bin unsicher, wie weit ich das vertiefen will. »Warum mietest du nicht hier etwas?«

Es ist nicht die Frage, die er erwartet hat, und er ist sichtlich verwundert. »Weil ich nur ungefähr zweihundert Dollar habe.«

»Ich auch.« Ich lehne mich an das Kopfteil und schwinge die Füße aufs Bett. »Was für ein Zufall, was?«

»Eher nicht«, antwortet er. »Wenn man bedenkt, dass wir beide Collegestudenten sind, die gerade einen Haufen Geld für die nächsten Semestergebühren ausgegeben haben.« Er nimmt die obere Hälfte vom Kartenstapel ab und tauscht sie gegen die untere aus. »Übrigens würden unsere vierhundert reichen, um eine Wohnung in den Oak Section Apartments zu mieten.« Als er es sagt, verzieht er das Gesicht. Ob es daran liegt, dass er eben angeboten hat, mit mir zusammenzuziehen, oder an der Tatsache, dass die Oak Section Apartments der soziale Brennpunkt der Stadt sind, wo die Junkies und Prostituierten wohnen? So oder so bekommt man dort leicht eine Wohnung, weil außer Junkies und Nutten keiner in der Gegend wohnen will.

Ich bin nicht sicher, was ich von seinem Angebot halten soll. Mein erster Impuls ist, Nein zu sagen, ehe er am Ende noch ablehnt. »Nein, das würde nicht funktionieren.«

Er überkreuzt die Beine. »Wieso nicht?«

»Na ja, erstens würde unser Geld nur für einen Monat reichen, dann wären wir blank, ohne Essen oder Geld für die anderen Rechnungen. Ich habe noch meinen Kellnerjob bei Moonlight Dining and Drinks, aber die Bezahlung ist erbärmlich und deckt nicht annähernd meine Kosten … und ich weiß nicht mal, ob du einen Job hast.« Als er zögert, habe ich meine Antwort. »Also hast du keinen Job?«

Er zieht die Brauen zusammen. »Lassen wir das mal einen Moment außer Acht … Tun wir so, als könnte ich was dazuverdienen. Was sagst du dann?«

»Ich sage, dass ich dich praktisch nicht kenne«, antworte ich. »Und du mich nicht. Und es ist wirklich hart, mit Leuten zusammenzuleben, die man kaum kennt. Glaub mir, darin habe ich reichlich Erfahrung.«

»Es ist auch hart, mit Leuten zusammenzuleben, die man kennt.« Er stützt sich wieder auf die Ellbogen auf und dreht sich zur Seite, um die Karten auf den Schreibtisch zu legen. Das Handtuch fällt auseinander, und für einen flüchtigen Moment sehe ich seinen Schwanz.

Tausende Gedanken schießen mir durch den Kopf, während mein Herz pocht und meine Haut kribbelt. Als er sich wieder zurückdreht, gebe ich vor, meine Fingernägel zu betrachten, obwohl mir weiterhin Schauer durch den Körper jagen.

»Na ja, wissen kann man das nie, aber wir könnten dafür sorgen, dass es funktioniert. Und es ist besser, als auf der Straße oder in meinem Truck zu wohnen … glaube ich.« Er wirkt verlegen, richtet sein Handtuch wieder. Dann sieht er auf seine Handrücken, als wären sie das Faszinierendste überhaupt, und einen Moment lang kommt er mir sehr verletzlich vor. Dann jedoch blickt er zu mir auf, und da ist nur wieder dieser raue, animalische Ausdruck in seinen Augen. »Wir können das hinkriegen.«

»Wie treiben wir zusätzliches Geld auf?«, frage ich nervös, denn der grobe Unterton in seiner Stimme beunruhigt mich. »Ich habe ja schon gesagt, dass ich nicht mehr deale.«

»Worüber ich froh bin. Und lass das zusätzliche Geld meine Sorge sein.«

Ich schüttle den Kopf. »Ich muss aber wissen, worauf ich mich einlasse.«

»Na schön, ich werde spielen.«

»Hier kann man nirgends spielen. Es gibt keine Campus-Partys mehr.«

»Nicht die Sorte Partys, auf denen du warst, aber es gibt andere.«

»Gefährliche Partys.« Die Worte sind wie Honig auf meiner Zunge, und meine Nerven beruhigen sich.

»Wieso hörst du dich so begeistert an, wenn du das sagst?«, fragt er prompt.

»Tue ich nicht«, lüge ich und setze mich auf. Schaffe ich das? Mit ihm zusammenwohnen? Überlege ich das ernsthaft? Mein Puls wird schneller. Verdammt. »Also, falls wir das machen, dann sorgst du für mehr Geld, richtig? Und verlierst keines.«

Er sieht hinunter auf die Karten. »Ich habe dir gerade gezeigt, wie leicht ich gewinnen kann.«

Das überzeugt mich nicht. »Ja, aber ich habe deinen kleinen Trick durchschaut.«

»Schon, doch du bist auch aufmerksamer als andere.«

»Stimmt.«

»Also, was sagst du?«, fragt er betont lässig, allerdings erkenne ich eine dunkle Furcht in seinen Augen. »Mitbewohner?«

Meine Hände zittern auf eine gute, verwirrende Art. »Okay, abgemacht.« Wir schütteln uns die Hand. Bei seiner Berührung fährt mir ein Kribbeln den Arm hinauf, und mein Puls wird zu einem Pochen in meinem Handgelenk, meinem Hals, sogar zwischen meinen Beinen. Ich frage mich, ob er es fühlt.

Er gibt meine Hand wieder frei, steht auf und kehrt mir den Rücken zu. Dann öffnet er das Handtuch, und ich bin unsicher, was er vorhat. Aber er bindet es wieder zusammen und verschwindet im Wandschrank. »Na gut, Violet, die immer noch keinen Nachnamen hat, wir haben eine Abmachung«, ruft er von drinnen.

Ich atme langsam aus, um die rastlose Energie in mir loszuwerden. Ehe ich begreife, was ich tue, sage ich: »Hayes. Mein Nachname ist Hayes.«

Ich will mich ohrfeigen, weil ich ihm meinen richtigen Namen verraten habe. Normalerweise gebe ich mich als Violet Smith aus: ein schlichter Name, den ich früher schon benutzt habe. Manchmal dachte ich mir auch zum Spaß extravagantere Namen aus, wenn mir Smith zu öde wurde. Und jetzt verrate ich Luke das eine Wahre von mir? Für den Rest des Abends werde ich so still wie möglich sein, bevor mir noch etwas herausrutscht.

Ich lege mich auf das Bett, den Kopf auf Lukes Kissen, das nach Zigaretten und Eau de Cologne riecht – wie er. Und ich konzentriere mich auf meinen Atem, um ruhig zu bleiben, während draußen die Nacht naht.

Als Luke wieder aus dem Wandschrank kommt, trägt er eine Pyjamahose, aber kein Shirt, sodass ich wohl den ganzen Abend auf seine Muskeln und die Tattoos starren muss. Er öffnet noch eine Flasche Jack und trinkt mehrere Schlucke. Mir ist schon aufgefallen, dass er das viel tut, und ich frage mich, wie ungesund es für ihn als Diabetiker sein mag, vor allem nach dem, was in seinem Truck war. Es macht mich ein bisschen nervös, dass er plötzlich sehr krank werden oder gar tot umfallen könnte. Der Gedanke versetzt mir einen komischen Stich. *Ach du Schande! Ich mache mir wirklich Sorgen um ihn.*

Er steht neben dem Bett und blickt fragend auf mich herab. »Hayes, hmm?« Er verschränkt die Arme vor der Brust.

Ich zucke mit der Schulter und tue, als wäre nichts dabei. »Ja, es ist bloß ein Name wie jeder andere.«

»Trotzdem hast du dich hartnäckig gesträubt, ihn mir zu verraten.«

»Kann sein«, sage ich leicht und sarkastisch. »Aber du hast mich offenbar mürbe gemacht.«

Er mustert mich von Kopf bis Fuß, und meine Knie fallen auseinander, als wollten sie ihn einladen. Für eine Sekunde denke ich an den Porno, den ich bei Preston gesehen habe, und den Gesichtsausdruck der beiden Darsteller. So zufrieden, selig, vollkommen in sich aufgegangen. Irgendwie will ich, dass Luke dasselbe mit mir macht, um zu sehen, ob ich solch einen Zustand erreichen kann.

»Woran denkst du?«, fragt er und setzt sich auf die Bettkante.

Ich werde verlegen, was ich überspiele. »Nichts Bestimmtes.«

Luke sieht mich weiter an und scheint hin und her gerissen – weshalb auch immer. »Soll ich dir ein T-Shirt leihen, in dem du schlafen kannst?«, fragt er schließlich.

Die Vorstellung, in einem T-Shirt von ihm in seinem Zimmer einzuschlafen, bringt mich fast zum Lachen. Es ist zu persönlich. Andererseits wird die ganze Situation zunehmend persönlich, deshalb will ich aufstehen und auf das andere Bett wechseln. »Danke, das geht schon.«

Er nickt, zögert kurz und legt sich neben mich, sodass zwischen uns kaum Luft ist. »Du kannst ruhig … in meinem Bett schlafen, wenn du willst. Ich habe keine Ersatz-Bettwäsche oder Decken.«

Erschrocken sehe ich hinüber zu der Matratze und wieder zu dem wenigen Platz zwischen uns. »Schon gut …

Eine Nacht auf einer schmutzigen Matratze macht mir nichts aus.«

Anscheinend ist ihm genauso unwohl wie mir. »Bleib in meinem Bett, Violet. Wenn du willst, schlafe ich auf Kaydens, aber ich lasse dich nicht auf dem siffigen Teil pennen.«

Welche Optionen habe ich? Ich hasse es, mit Leuten zusammen zu schlafen, und ich weiß, dass ich das andere Bett nehmen oder ihn da rüberjagen kann, aber aus unerfindlichen Gründen bin ich neugierig, wie es ist, ein Bett mit ihm zu teilen. »Gut, nehmen wir dieses.« Ich lege mich wieder hin und rücke dicht an die Wand, um etwas Abstand zwischen uns zu schaffen. »Aber rück mir nicht zu dicht auf die Pelle.«

»Du mir auch nicht«, kontert er, und ich ziehe eine Grimasse. »Und keine Bange, normalerweise rede ich nicht im Schlaf … ich küsse nur manchmal.« Seine Mundwinkel gehen nach oben, und mich verblüfft, wie hübsch sein Lächeln ist.

»Und ich kann dich beruhigen, dass ich schon lange nicht mehr im Schlaf gebissen habe. Allerdings bestand auch keine Notwendigkeit.«

»Warnung angekommen«, sagt er lächelnd, bewegt einen Arm nach oben und dreht sich auf die Seite, das Gesicht zu mir.

Ich erwidere sein Lächeln, doch auch wenn es nicht künstlich ist, fällt es nervös aus, weil ich nicht fasse, dass ich tatsächlich ein Bett mit jemandem teile. Das letzte Mal habe ich das erlebt, als der Sohn einer meiner Pflegefamilien in mein Zimmer schlich und mich küsste, bis ich einschlief. Ich war vierzehn, er sechzehn. Ehrlich gesagt war ich verwirrt, weil es sich so nett anfühlte, geküsst zu werden, und zugleich so falsch. Trotz meiner zwiespältigen Gefühle ließ ich ihn immer wieder in mein Bett und mich von ihm anfassen, auch wenn wir in meinen zwei Monaten dort keine zehn Worte wechselten. Dann erwischte seine Mutter uns, und es hieß: Bye-bye Violet.

Wieder will ich mich aufsetzen, weil mir bewusst wird, dass ich mit der schmutzigen Matratze besser klarkomme als hiermit. Aber Luke kommt näher, rückt mir genau so auf die Pelle, wie ich es nicht will, und ich spüre seine Körperwärme an mir. Mir fällt ein, wie es sich im Truck anfühlte, unter ihm zu sein, wie schön es war, seine Lippen auf meinen zu spüren, und klebe förmlich auf der Matratze, bis sich Dunkelheit über das Zimmer legt und meine Lider zu schwer werden, um sie offen zu halten.

Es ist dunkel. So dunkel. Warum muss es so dunkel sein? Meine Beine zittern fast so schlimm wie unten im Keller, und das sollten sie nicht. Die schrecklichen Leute sind weg, und mir geht es gut. Die Frau hat sich benommen, als hätte sie mich gesehen, aber kein Wort gesagt. Ich bin frei. Sie haben mir nichts getan. Alles wird gut. Nur warum fühlt es sich nicht so an?

Ich stehe ewig vor dem Zimmer meiner Eltern. Die Tür ist weit offen, also könnte ich leicht hineingehen, aber das scheint mir so schwierig, als müsste ich in ein Geisterhaus gehen, wo mich jederzeit etwas aus der Dunkelheit packen könnte. Mein Herz tut so weh, und ich will weinen, doch das mache ich nicht. Warum?

Schließlich setze ich einen Fuß über die Schwelle und betrete das Zimmer. Hier drinnen wirkt es düster, dabei fällt Licht durchs Fenster herein. Der Teppich ist weich unter meinen Füßen, trotzdem pikt er. Mein Teddy ist das Einzige, das mich tröstet, aber ich fürchte, dass er jeden Moment verschwinden könnte. Dann sehe ich meine Mutter auf dem Boden liegen, und eine Sekunde lang fühlt es sich an, als würde alles besser. Sie ist hier. Ich bin nicht allein.

»Mommy.« Ich knie mich neben sie, streiche ihr wieder und wieder über den Kopf. Meine Hand zittert, als ich eine warme Flüssigkeit fühle, die an meiner Haut kleben bleibt. »Mommy, wach auf.« Sie rührt sich nicht, liegt nur neben dem Bett. Das ist nicht richtig. Das Zimmer dürfte nicht so still sein. Warum fühle ich mich so allein?

»Violet.« Ich zucke zusammen, als ich eine Stimme höre … die von meinem Dad. Rasch springe ich auf und laufe zur anderen Seite des Betts. Er sitzt auf dem Boden, drückt eine Hand auf seine Brust, und Blut strömt seinen Arm hinunter, als er zu laut atmet. Ich höre, dass es ihm wehtut.

»Daddy!« Ich renne zu ihm, meinen Teddy mit einer Hand an mich gepresst. »Dir geht es gut … Dir geht es gut …« Bevor ich bei ihm bin, sackt er nach hinten und hört auf zu atmen.

Und ich bin wieder ganz allein.

Kapitel 10

LUKE

Ich sabotiere mein System, das ich mir so mühsam aufgebaut habe. Jahre habe ich mich von meiner Mom kontrollieren lassen, ihrem Gezeter zugehört, blieb im Haus, wenn sie sagte, dass sie nicht allein sein kann. Ich schwänzte die Schule, wenn sie mich darum bat, hörte ihrem Gitarrenspiel und ihrem Gesang zu, während ich nur bei meinen Freunden sein wollte. Einige Male erlaubte sie, dass Kayden zu uns kam oder ich zu ihm ging, aber die waren selten, und immer musste ich zusätzliche Zeit mit ihr verbringen. Zum Glück sah Kayden sie nie bei einem ihrer schlimmeren Schübe, aber natürlich ahnte er, dass etwas nicht stimmte, genau wie ich wusste, dass sein Dad ihn manchmal prügelte und anbrüllte. Wir hatten ein stillschweigendes Abkommen, nichts davon anzusprechen. Ich bewahre dein Geheimnis, du meines.

Und das taten wir und ließen uns weiter von unseren Eltern terrorisieren. Aber sobald ich das Haus allein verlassen konnte, war ich durch damit. Mit allem. Ich machte Party und vögelte Mädchen und kam kaum noch nach Hause. Die meisten Nächte schlief ich in meinem Truck. Ich liebte den Geschmack von Freiheit, der für mich in Unmengen Alkohol und bedeutungslosem Sex zu finden war. Das war mein System. Trinken und vögeln. Zur Schule gehen. Football spielen. Gute Noten bekommen. In den entscheidenden Bereichen glänzen und die kaputten, gescheiterten überspielen. Die kaputten Bereiche, die keiner sieht, die ich im Alkohol ertränke und in dem, was ich am besten kann – irgendein Mädchen dazu zu bringen, dass es alles für mich tun würde, und dann verschwinden.

Mein Instinkt schreit, dass ich mit Violet dasselbe machen soll: sie vögeln und fliehen. Aber die Sache ist die, selbst wenn ich es versuche, würde sie mir wahrscheinlich nicht nachgeben, und da ich noch nie Zurückweisung erlebt habe, weiß ich nicht, wie ich damit klarkäme. Ich fürchte, die hässliche Seite meines Verlangens, sie zu beherrschen, würde mich vollständig einnehmen. Ich wäre schwach, so wie ich es als Kind war. Da habe ich mich und mein Leben gehasst.

Jetzt liege ich wach im Bett, sehe hinauf an die Decke und überlege, in welchen Mist ich mich hineingeritten habe, während draußen die Sonne aufgeht. Violet schläft neben mir, ihre Füße neben meinem Kopf. Wir lagen Seite an Seite, als wir eingeschlafen sind, aber sie muss sich im Schlaf bewegt haben. Ihr Rock ist nach oben gerutscht, und ich kann ihre langen Beine fast ganz sehen. Ihr Haar ist um ihren Kopf ausgebreitet, und der Diamantstecker in ihrer Nase funkelt im Sonnenlicht. Ich höre ihren leisen Atem und empfinde ihn und ihre Wärme als wohltuend. Das verstehe ich nicht. Mein Interesse an ihr sollte längst verflogen sein. Sie hat mir gesagt, dass sie nicht suizidgefährdet ist, und ich glaube ihr, was heißen müsste, dass ich sie gehen lassen kann. Doch je mehr ich mit ihr rede, umso mehr kommt es mir vor, als wäre ihr Leben genauso kaputt wie meines, und das macht mich erst recht interessiert – nicht bloß daran, mit ihr zu schlafen, sondern sie kennenzulernen. Ich will herausfinden, wer sie ist, warum sie diese ganzen verrückten Dinge tut. Warum sie meistens so distanziert aussieht, was sie so selten zum Lächeln bringt und woher die Traurigkeit rührt, die ich in ihren Augen sehe.

Ich starre weiter an die Decke, bis es taghell ist. Dann will ich aufstehen, mich anziehen und Kaffee besorgen, als Violet plötzlich ausflippt. Sie ringt nach Luft und biegt ihren Rücken nach oben, während sie die Augen aufreißt und zur Decke sieht. Das Atmen fällt ihr eindeutig schwer, und sie blinzelt, als sie wach wird. Ich setze mich halb auf, und sie entdeckt mich. Anstelle des sonstigen ungerührten Blicks ist so viel Panik und Angst in ihren Augen, dass ich beinahe die Arme um sie schlinge und sie an mich drücke. Aber dann rollt sie sich hastig auf den Bauch, schüttelt den Kopf und presst das Gesicht in meine Matratze. Ihre Schultern heben und senken sich, sie ballt die Fäuste und schreit ins Laken. Ich habe keine Ahnung, was ich tun soll, ob ich sie bewegen soll, ehe sie sich erstickt, oder einfach abwarten, dass sie das rauslässt, was immer sie rauslassen muss.

Nach einer Weile dreht sie sich vorsichtig um und setzt sich hin. Ihre Wange ist noch ein bisschen geschwollen, ihre Pupillen sind geweitet, und ihre Augen glänzen, als wäre sie high. Doch ihr Ausdruck ist frei von jeglichen Emotionen. Wie kann das sein, nachdem sie vor einer Sekunde noch zu Tode verängstigt wirkte?

»Alles okay?«, wage ich zu fragen und lege eine Hand auf ihr Knie, denn aus Gründen, die ich bisher noch nicht begriffen habe, muss ich sie anfassen.

Stirnrunzelnd sieht sie zu ihrem Knie, rückt zur Seite, und meine Hand fällt von ihrem Bein auf die Matratze. »Mir geht es gut.«

Ich bin nicht sicher, ob ich nachfragen soll oder nicht. Wäre ich so aufgewacht, würde ich keine Fragen wollen. »Wirklich?«

Sie nickt, steht auf und reckt gähnend die Hände über ihren Kopf. Dabei biegt sie den Rücken durch, und ihr schwarz-rotes Haar fällt ihr zerzaust über die Schultern. Ich kann an nichts anderes denken, als daran, wie gerne ich eine Handvoll ihres Haars greifen und sie zu mir ziehen würde, um sie zu küssen – nicht um zu verführen, sondern um zu trösten. »Also, wann wollen wir zu den Apart…«, beginnt sie, als jemand an die Tür klopft.

Verwundert gehe ich hin und frage mich, ob ich jetzt rausgeworfen werde. Doch Seth kommt ins Zimmer geschlendert – Greyson dicht auf den Fersen. Er macht einen Satz zurück, als er Violet entdeckt, die ihn bloß stumm, geradezu gelangweilt ansieht.

»Okay, jetzt bin ich verwirrt.« Er betrachtet Violet, als wäre sie ein seltenes, vom Aussterben bedrohtes Tier. »Was tut sie hier? Und warum seht ihr zwei so verbeult aus?«

Violet nimmt die Hände herunter und wendet sich zu mir. »Ich gehe dann mal … bis später, vielleicht.«

Ich strecke meinen Arm aus, als sie vorbei will. »Wir müssen zu den Wohnungen. Es dürfte jetzt schon knapp sein, eine zu bekommen.«

»Moment mal«, sagt Seth und hebt die Hände, während er mich entgeistert anstarrt. »Du wohnst mit ihr zusammen?« Seth ist grundsätzlich sehr direkt, und normalerweise macht es mir nichts aus, weil ich selbst genauso sein kann. Aber dass er sich Violet gegenüber so benimmt, scheint mir keine gute Idee.

»Ja, und es ist nichts dabei.« Ich sehe zu Greyson, denn er ist weniger unverblümt, und ich hoffe auf seine Hilfe.

Greyson tritt einen Schritt vor und legt einen Arm um seinen Freund. Er ist ein bisschen größer als Seth und nicht annähernd so schrill, was die Garderobe angeht. Greyson trägt hauptsächlich Grau und Schwarz, wohingegen Seth immer in knalligen Farben herumläuft, weil er gerne auffällt … glaube ich.

»Nur die Ruhe«, sagt Greyson zu Seth. »Wir sind hier alle Freunde.«

»Nicht ganz.« Seth mustert Violet. »Das Einzige, was ich von ihr weiß, ist, dass sie Callie gegenüber manchmal eine Bitch sein kann und sie dauernd aus dem Zimmer ausgesperrt hat, wenn sie den verfluchten roten Schlips an den Knauf gehängt hat, damit sie sich drinnen mit wehrlosen Typen vergnügen konnte.«

»Wehrlosen Typen?«, wiederholt Violet mit einem belustigten Funkeln in den Augen. »Beleidigst du dein Geschlecht?«

»Nein, ich sage, dass du ein Drachen bist, der Leute herumkommandiert«, kontert er, und Greyson fährt zusammen.

Violet neigt den Kopf zur Seite und macht einen Schritt nach vorn. »Und wenn ich eine Schlampe bin? Das macht mich noch nicht zum Drachen.« Sie wirft mir einen kurzen Blick zu, der mich warnt, ja nicht ihr Geheimnis zu verraten, dass sie Jungfrau ist. Die ganze Nacht habe ich versucht, nicht darüber nachzudenken, was mir unmöglich war.

»Doch, tut es«, erwidert Seth. »Du bist fies und herrisch und interessierst dich ausschließlich für dich selbst.«

»Hey, Seth, lass sie«, sage ich streng.

Violet sieht mich wütend an. »Es ist überflüssig, dass du mich in Schutz nimmst.«

»Ist es nicht«, widerspreche ich, was ich lieber nicht gesagt hätte. Ihre Augen verdunkeln sich, und Greyson weicht merklich besorgt zurück, als könnte Violet jeden Moment auf uns alle losgehen.

Seth merkt es leider nicht, denn er löst sich von Greyson und stellt sich direkt vor Violet. »Nein, du brauchst keinen, stimmt's? Dir geht es prima damit, andere herumzukommandieren.«

Sie verringert den wenigen Abstand zwischen ihnen noch. Ich möchte gerne glauben, dass sie nichts macht, aber ich habe sie schon zu viele verrückte Dinge tun gesehen, als dass ich Mutmaßungen über Violet Hayes anstelle. Ich beschließe, einen Schritt vorzugehen, um notfalls einzuschreiten, und möchte mir gleichzeitig in den Hintern treten, dass es mich so zu ihr zieht.

»Hey.« Ich stelle mich zwischen die beiden und sehe Violet an. »Gehen wir einen Kaffee holen und dann zu den Wohnungen.«

»Du bist doch total irre, wenn du mit ihr zusammenwohnen willst«, sagt Seth laut, und ich höre ein Klatschen;

sicher hat Greyson ihm einen Klaps auf den Arm gegeben oder so.

Violet sieht zu mir auf. Ihre Lippen sind fest zusammengepresst, und sie atmet leise und unregelmäßig, als würde sie lautlos nach Luft ringen.

»Geh mir aus dem Weg«, sagt sie ruhig.

»Warum? Willst du auf Seth losgehen oder verschwinden?«

»Spielt das eine Rolle?«

»Ja.«

Sie blinzelt verwirrt und schüttelt den Kopf. »Ich will weg.«

»Dann gehe ich nicht aus dem Weg.«

»Okay, ich will auf Seth losgehen«, sagt sie spöttisch und will zur Seite ausweichen. »Jetzt lass mich bitte durch.«

Ich mache ihre Bewegung mit, und sie funkelt mich wütend an. »Luke …«

Ich beuge mich vor und senke die Stimme. »Ich lasse dich nicht hier weg, solange du offensichtlich wütend und unvernünftig bist.«

»Ich bin nicht unvernünftig«, widerspricht sie und muss schlucken. »Und wenn schon?«

»Trampen«, beginne ich, an den Fingern abzuzählen, »dich in eine Kneipenprügelei mischen, mit Drogen dealen, aus Fenstern springen, dich von einem Penner herumstoßen lassen …« Ja, ich habe in den letzten paar Wochen so einiges gesehen.

»Das sind die Sachen, die ich mache, wenn ich vernünftig bin«, murmelt sie.

»Wie? Das ist doch absurd.«

Sie blickt über die Schulter zu Seth und Greyson. »Ist es nicht. Jetzt lass mich gehen.«

»Hattest du einen Albtraum?«, flüstere ich. »Bist du deshalb panisch aufgewacht?«

»Mir geht es gut«, zischt sie und holt Luft. Ich sehe, wie ihre Augen glänzen, und bin überwältigt von ihrem Unglück. Meine Hand wandert von selbst zu ihrer Wange und streichelt sie sanft. Violet zuckt bei dem Kontakt zusammen, und ich spreize meine Hand auf ihrer Haut. »Bitte, lass mich gehen«, fleht sie. »Ich brauche einen Moment, bitte.«

Mist! Ich will sie dringend küssen, an mich ziehen und in den Armen halten. Natürlich könnte ich es auf die Tatsache schieben, dass sie so verletzlich aussieht und ich bloß die Gelegenheit nutzen will, sie zu berühren, aber so ist es nicht. Ich weiß es in dem Moment, in dem ich zurücktrete und sie gehen lasse, weil sie mich darum gebeten hat und sie es braucht. Sonst nichts.

Sie dankt mir nicht, als sie an mir vorbeieilt, und ich sehe ihr nicht nach. Eben habe ich etwas nur für jemand anderen getan, meine Bedürfnisse beiseitegeschoben, und ich habe keinen Schimmer, was ich damit anfangen soll.

Sowie ich höre, wie die Tür geschlossen wird, fange ich mich und drehe mich um, als wäre nichts gewesen.

Seth schüttelt verwundert den Kopf. »Was war das denn?«

»Nichts.« Ich gehe zu meinem Schreibtisch, um ihn auszuräumen. Mit jedem Gegenstand, den ich in den Karton packe, fühle ich mich leichter, denn bald werde ich eine

Bleibe haben, und die ist nicht zu Hause. »Sie brauchte nur einen Schlafplatz für die Nacht.«

Er kommt zu mir und sieht mich an. »Nicht das. Dieser schräge Moment zwischen euch gerade.«

»Ich habe keine Momente mit irgendwem«, antworte ich und sehe aus dem Fenster, ob sie schon aus dem Gebäude kommt.

»Das sagst du immer, und ich habe noch nie gesehen, wie du etwas machst, das dem widerspricht … bis jetzt.«

»Seth, vielleicht lassen wir ihn einfach in Ruhe«, sagt Greyson und lehnt sich an die Tür.

Ich raffe meine Stifte und den Notizblock vom Schreibtisch, zusammen mit dem Lederetui, in dem mein Insulin und die Spritzen sind, und lege alles in den Karton. Als ich ein Mädchen mit rot gesträhntem schwarzem Haar unten über den Rasen laufen sehe, entspanne ich mich. »Ja, lass es bitte gut sein. Ich habe noch nicht genug Alkohol intus.« Ich gehe vom Schreibtisch zum Minikühlschrank. »Apropos«, sage ich, bücke mich und hole eine Flasche Wodka heraus, die hoffentlich wegspült, was ich eben getan habe.

Greyson setzt sich aufs Bett und schüttelt den Kopf, als ich einen dringend nötigen Wodka kippe. Dann nimmt Seth mir die Flasche ab und trinkt selbst einen großen Schluck.

»Ihr seid solche Säufer«, sagt Greyson. »Echt, das ist nicht normal.«

»Normal wird überbewertet«, scherzt Seth und reicht mir die Flasche.

Ich stelle sie in den Kühlschrank zurück und schließe die Tür. »Also, ich freue mich ja riesig, dass ihr zwei hier frühmorgens spontan reinschneit, aber warum seid ihr hier? Ich dachte, ihr wolltet zu dir«, sage ich zu Seth.

»Ja, wollten wir«, antwortet er und hockt sich neben Greyson. »Aber dann rief meine entzückende Ma vor ein paar Tagen an und meinte, sie hätte es sich anders überlegt und möchte doch nicht, dass Greyson und ich bei ihr wohnen. Und jetzt bleiben wir über den Sommer in der Stadt.«

»Warum könnt ihr nicht zu Greyson?«, frage ich und gehe zum Wandschrank.

»Weil seine Eltern drüben in Florida wohnen«, erklärt er. »Und so weit wollen wir nicht fahren. Außerdem habe ich ein Angebot, in der Klinik zu arbeiten, und das möchte ich wirklich gern. Schließlich ist Psychologie mein Hauptfach, nicht?«

»Du studierst Psychologie im Hauptfach? Seit wann?«

»Seit ich mich für die Herbstkurse eingeschrieben habe und mein Therapeut vorschlug, dass ich mich mal entscheide«, antwortet er grinsend. »Und da ich so ein kluges Kerlchen bin, was die menschliche Psyche betrifft, dachte ich mir, ich probier's mal mit Psychologie. Noch dazu hat Greyson einen neuen Teilzeitjob als Barkeeper unten im Moonlight Dining and Drinks. Er fängt in ein paar Tagen an.«

Ich reiße sämtliche Hemden von den Bügeln und stopfe sie bis auf das graue, das ich anziehen will, in den Karton. Mich nervt, wie desorganisiert ich bin, aber ich habe es eilig, zu den Apartments zu kommen, damit ich sicher bin, ein Dach über dem Kopf zu haben. »Und wo wohnt ihr zwei? Hier kurzfristig eine Wohnung zu bekommen, ist ziemlich aussichtslos.«

»Wir haben gestern eine Bude in der Elm gefunden«, sagt Seth und steht auf. »Deshalb sind wir vorbeigekommen. Wir haben noch ein freies Zimmer und dachten, du willst vielleicht bei uns wohnen, weil du ja nichts anderes hast.«

Ich blicke von dem Karton auf, den ich gerade verschließe. »Woher wisst ihr, dass ich nichts anderes habe?«

Seth nimmt das Klebeband von der Kommode und gibt es mir. »Das hast du uns neulich Abend im Red Ink erzählt.«

Ich und mein versoffenes Maul. »Tja, das habe ich inzwischen geregelt.« Nachdem ich ein Stück Klebeband abgerissen habe, klebe ich den Karton zu.

»Geregelt, indem du mit Violet zusammenziehst?« Er sieht ungläubig zu Greyson, der stöhnt. »Echt jetzt? Willst du allen Ernstes mit ihr zusammenwohnen?«

»Ja.« Mein Brustkorb verkrampft sich, als ich das sage, weil ich es wirklich will. »Ich kann sie nicht hängen lassen, denn sie weiß nicht, wohin, und sie hat einen Job, also kann sie die halbe Miete übernehmen.«

»Soll sie sich doch selbst was suchen«, sagt Seth, während ich mir das graue Hemd über den Kopf ziehe.

»Nein, kann sie nicht«, erwidere ich und fahre mir mit den Fingern durchs Haar. »Sie braucht Hilfe.«

»Offensichtlich.« Seth verdreht die Augen. »Sie ist gruselig.«

»Ich bin gruselig.« Ich nehme mein Eau de Cologne von der Kommode und sprühe mir etwas auf, ehe ich es in einen anderen Karton packe. Vorher kam mir das Packen so schwierig vor, doch jetzt ist es leicht, weil ich weiß, dass ich nicht nach Hause fahre.

»Nein, du denkst das nur.« Seth läuft im Zimmer umher, sammelt meine Uhr, die Sonnenbrille und herumliegendes Kleingeld ein, bringt mir die Sachen, und ich lasse sie in den offenen Karton vor dem Bett fallen. »Zieh zu uns. Wir können die Miete durch drei teilen. Greyson kennt den Typen, dem das Haus gehört, und er hat uns eine der möblierten Wohnung richtig billig gegeben.«

»Wie billig?« Ich lege das Lederarmband um, in das »Erlösung« eingebrannt ist.

»Sechshundert für eine Dreizimmerwohnung, und du hast dein eigenes Zimmer.« Er strahlt, als wäre es das beste Geschäft aller Zeiten.

Ehrlich gesagt entspricht das den Preisen in den Oak Section Apartments, nur ist die Gegend weit netter, und die Wohnung ist möbliert. Scheiße, das ist verlockend. Viel zu verlockend. Außerdem würden wir die Kosten durch drei teilen. Ich verschränke die Arme und hole mein altes Ich hervor, das sich seit Tagen versteckt – jenes Ich, das zuerst an sich selbst denkt, weil es sonst keiner tut.

»Okay, ich bin dabei.«

VIOLET

Ich bemühe mich, nicht auszuflippen und auf die Straße zu rennen. Die Autos fahren sowieso im Kriechtempo vorbei, sodass es nicht viel bringen würde, mich vor eines zu werfen. Aber alles stürzt auf mich ein; in einem fremden Zimmer aufzuwachen, Luke, der sieht, wie spastisch ich zu mir komme, und dass ich offiziell ganz allein auf der Welt bin. Ich habe nicht mal mehr Preston. Der Einzige, den ich jemals als Familie betrachten konnte, ist fort, und jetzt stehe ich allein vor einem Gebäude, und weit und breit ist kein Mensch zu sehen. Ich will mich unbedingt prügeln, an der Dachkante eines Hochhauses stehen oder in tiefem, dunklem Wasser versinken. Ich möchte mich an den Rand des Todes bringen, und vielleicht kann ich ihn diesmal einfach kommen lassen. Vielleicht wird es Zeit. Loszulassen. Aufzugeben. Weil ich es so verflucht leid bin, am Leben festzuhalten.

Ich kämme mir mit den Fingern durch mein verknotetes Haar und blicke mich auf der von Bäumen umgebenen Grünfläche um, auf der Suche nach etwas Gefährlichem, das mir meine Taubheit zurückgeben kann, die ich unbedingt brauche. Mein Blick wandert hinauf zum Dach des Wohnheims. Die Sonne brennt in meinen Augen, aber ich blinzle nicht, als ich die schmale Dachkante ansehe. *Wie komme ich da rauf?*

»Violet.« Lukes Stimme drosselt die Spannung in mir ein wenig, genug, dass ich aufhöre, an das Dach zu denken.

Ich senke den Blick und sehe ihn über den Rasen auf mich zukommen. Komischerweise verschwindet die Anspannung fast vollständig. Er hat schwarze Shorts und ein Hemd an, das die Tattoos auf seiner Brust bedeckt. Und er trägt wieder das Lederarmband: das, auf dem »Erlösung« steht. Ich will etwas sagen, das dieser vagen Bindung, die ich zu ihm entwickle, vielleicht ein Ende bereitet, doch ausnahmsweise fällt mir nichts ein.

»Hey«, sagt er, als er bei mir unter den Bäumen ankommt.

»Das ist schon das dritte ›Hey‹ innerhalb von zwanzig Minuten.« Ich ringe mir ein Lächeln ab, aber es schmerzt.

Er lächelt, auch wenn er ebenfalls angespannt wirkt. »Ich schätze, das ist mein Standardwort.«

»Ja, ist es wohl.«

Die Wohnheimtüren gehen auf, deren Glasscheiben das Sonnenlicht reflektieren. Seth und der andere – ich glaube, er heißt Greyson – kommen heraus und lachen über irgendwas. Kaum entdeckt Seth mich, wirft er mir einen vernichtenden Blick zu.

Luke schiebt die Hände in die Taschen seiner Shorts. »Ich muss dir was sagen.«

»Okay …« Ich versuche, nicht nervös zu werden, werde es aber, was meinen Fluchtinstinkt weckt. Aber ich renne nicht weg, weil ich bei ihm sein will.

»Es ist wegen der Wohnung.« Er nimmt eine Hand wieder aus der Tasche und massiert sich den Nacken. »Seth und Greyson wollten eigentlich über den Sommer zu Seth nach Hause, aber es ist was passiert, und jetzt bleiben sie hier … und sie wollen, dass ich mir eine Wohnung in der Elm mit ihnen teile.« Sein Arm sinkt nach unten, als er auf meine Reaktion wartet.

Im ersten Augenblick entgleisen mir die Gesichtszüge, aber ich setze schnell mein Plastiklächeln auf, das meine Enttäuschung glaubhaft überspielt. »Die Elm ist eine nette Straße.«

»Ja, ist sie, und wie ich es verstanden habe, kennt Greyson den Vermieter, deshalb bekommen wir die Wohnung möbliert und richtig günstig.«

»Klingt super.« Immer noch lächle ich, ganz eitel Sonnenschein, obwohl ich mich wie eine beschissene Regenwolke fühle.

»Ja.« Er blickt hinüber zum Parkplatz, wo Seth und Greyson in ein schwarzes Auto nahe dem Eingang steigen. »Deshalb dachte ich«, sagt er und sieht mich wieder an, »dass du auch mit einziehen könntest.«

Mein Herz setzt kurzzeitig aus. »Das ist das Lächerlichste, was ich je gehört habe, aber danke für das Angebot.«

»Noch lächerlicher als Pandas, die dich mit Drogen versorgen?«, scherzt er, seufzt jedoch gleich. »Hör mal, Seth ist ein bisschen schwierig, trotzdem hat er gesagt, es ist okay für ihn.«

»Mich interessiert nicht, ob es für ihn okay ist«, antworte ich und weiche langsam zurück. »Ich bin kein Fall für die Wohlfahrt und kann mir selbst was suchen.« Damit drehe ich mich um und gehe über den Rasen. Mit jedem Schritt pulsiert mein Blut kräftiger. *Hör auf damit! Hör auf!* Das ist nicht richtig. Ich sollte nicht so traurig sein, weil ich von einem Typen weggehe, der eben unseren Plan vom Zusammenwohnen platzen ließ. Das wollte ich doch sowieso nicht, und dennoch lacht meine innere Stimme mich laut und schrill aus. Mir ist danach, loszurennen, was ich nicht tue. Aber ich gehe, einen Schritt nach dem anderen, als hätte ich es nicht eilig.

»Violet, warte!« Luke kommt mir nach, packt meinen Arm und hält mich auf. »Ich weiß, dass du sauer bist, aber ...«

»Ich bin nicht sauer«, sage ich lachend, was zu scharf und schräg klingt. »Ich muss mir nur überlegen, wo ich schlafe.«

Er zieht mich zu sich. »Bleib bitte bei uns.«

»Ich komme klar, aber danke.« Ich wehre mich aber nur halbherzig, weshalb ich näher und näher zu ihm gezogen werde. Seine braunen Augen glühen wie Holzscheite im Sonnenlicht.

»Bleib«, ist alles, was er sagt, als die Distanz zwischen uns schwindet. Ich kann seine Wärme spüren und vielleicht auch meine eigene, als er mich so dicht zu sich zieht, dass sich unsere Oberkörper berühren. O Mann, ich glaube, meine Nippel werden hart! »Das funktioniert … wir können uns ein Zimmer teilen, und ich …«

»Du willst dir ein Zimmer mit mir teilen? Im Ernst?« Ich schüttle den Kopf. »Hat dir das heute Morgen nicht gereicht?«

»Was meinst du?«

»Ich meine mein schräges Aufwachritual. So wache ich jeden Morgen auf.«

Er sieht mich an, als suchte er nach etwas in meinem Gesicht, doch wird er es, was immer es ist, nicht finden. »Mit einer exzentrischen Violet kann ich umgehen. Das mache ich seit Wochen.«

»Ja, allerdings mit Pausen«, erwidere ich verwirrt. Mir ist unbegreiflich, wieso er so nett zu mir und so entschlossen ist, mir zu helfen. Das ist unsinnig, es sei denn, er will etwas. »Diesmal würdest du es nicht. Ich wäre immer da, während du schläfst, isst, duschst.«

Mir entgeht nicht, dass er ein Grinsen unterdrückt, als seine Hand meinen Arm hinauf zu meiner Schulter gleitet. »Wenn es zu übel wird, gehe ich mal kurz vor die Tür«, sagt er, und ich rieche den Wodka in seinem Atem.

»Du bist betrunken.« Jetzt verstehe ich, wieso er mir helfen will. »Alles klar.«

»Erstens mal, ich bin nicht besoffen, denn ich habe nur einen Schluck getrunken, und vertrau mir, ich vertrage ganz andere Mengen. Und zweitens, was ist dir klar?«

»Warum du mir unbedingt helfen willst.«

»Ich will dir nicht unbedingt helfen, sondern ich möchte, dass du mit mir zusammenwohnst … mit uns.« Er verzieht das Gesicht, wendet aber nicht den Blick ab. »Komm mit mir.«

»Das halte ich für keine gute Idee«, sage ich.

»Warum nicht?« Er reibt die Lippen aneinander, während sein Daumen meine Unterlippe streift.

»Weil ich verrückt und anstrengend bin.« Ich schlucke gegen den Kloß in meinem Hals und spüre ein komisches Flattern in meinem Bauch. »Du wirst mich nervig finden, versprochen.«

»Du mich auch, denn ich bin nicht anders.« Er fixiert meinen Mund, streicht mit dem Daumen immer wieder darüber, und es fühlt sich seltsam und wunderbar und aufregend an. »Mann …«, haucht er, und eine Vielzahl von Emotionen blitzt in seinem Gesicht auf, aber am Ende überwiegen nur Eroberung und Verwirrung, was eine merkwürdige Kombination ist.

Plötzlich neigt er sich zu mir, sodass seine Lippen meine berühren. Mir stockt der Atem, und meine Beine werden schlagartig zu Gummi. Ich wurde schon unzählige Male von Leuten geküsst, die ich hasste, nicht mochte oder die mir völlig egal waren. Dies hier ist anders … sogar noch anders als in seinem Truck. Es ist … reizvoll. Träge und sinnlich. Ja, alles ist verlangsamt, selbst mein Herzschlag. Ich habe das Gefühl, mir selbst zu entgleiten, bis runter in meine Zehenspitzen. Gleichzeitig hebe ich die Hände zu seinen Schultern, halte mich fest, um nicht zusammenzusacken. Er hält mich in seinen Armen, und wieder fühle ich mich sicher. Deshalb öffne ich meinen Mund, sodass seine Zunge hineingleiten kann, während ich meine Brust an seine drücke.

»Das ist nüchtern so viel besser …«, murmelt er, und mir wird bewusst, dass er sich an den Kuss im Truck erinnert. Er stößt ein kehliges Stöhnen aus, während er meine Schulter mit einer Hand an sich drückt und mit der anderen meine Hüfte zu sich zieht. Wir stehen eng aneinandergedrängt, die Ströme unsere Körperwärme vermengen sich. Alles, was ich empfand, als ich aus dem Gebäude kam, ist fort und ersetzt von diesem leisen Glimmen. Es nimmt zu, als seine Hand meinen Rücken hinaufwandert und sich in meinem Haar vergräbt. Ich hasse es, wenn man mit meinem Haar spielt, aber jetzt möchte ich schreien vor Wonne. Der Gedanke, dass er in diesem Moment alles mit mir tun könnte, ist so unglaublich belebend. Dass er mich weiter so küssen, mich verschlingen könnte … mit mir schlafen. Was immer er will. Und ich kenne ihn zu wenig, um einzuschätzen, was das wäre. Es ist beängstigend und aufregend, und deshalb will ich es umso mehr.

Ich gleite mit der Hand seinen Rücken hinauf und drücke ihn näher an mich.

»Violet«, stöhnt er und knabbert sanft an meiner Unterlippe. »Ich glaube … ich glaube …« Er will zurückweichen.

»Hör nicht auf«, flehe ich inbrünstiger als beabsichtigt und will mich in die Wirklichkeit zurückreißen, aber dann stößt Luke ein tiefes Stöhnen aus und küsst mich leidenschaftlich.

Diese wundervolle, erstaunliche Ruhe, die sich über mich legt, als Luke mich gegen einen Baum lehnt und seinen Körper an meinen schmiegt, habe ich noch nie erlebt. Er küsst mich wild, zieht an meinem Haar, packt mich so fest in der Taille, dass es fast schmerzt. Seine Hände wandern über meinen Körper und verströmen eine sengende Hitze, die ich selbst durch meine Kleidung spüre. Als er meinen BH erreicht, umfängt er sanft meine Brust, bevor seine Hand weiter zu meinem Schlüsselbein streicht. Ich ringe nach Luft, als sich seine Finger um meinen Hals legen, nicht fest genug, um mir wehzutun, aber doch so, dass ich einen leichten Druck fühle. Ich lebe regelrecht auf, bin verblüfft davon, wie mein Körper reagiert, und das ist keine Erregung, sondern Befriedigung. Herrliche, tiefe Zufriedenheit. Noch viel besser, als an einer Dachkante zu stehen, in Wasser zu versinken oder vor Autos zu laufen. Ich will mehr. Ich brauche mehr. Deshalb klammere ich mich an ihn, bohre meine Fingernägel in seine Haut, was ihm ein weiteres Stöhnen entlockt.

Abrupt löst er sich und fängt an, mir Küsse auf die Wange und den Hals zu drücken, während er sich näher an mich drängt. Ich stöhne, weil ich ihn überall fühle und in einen Rausch gerate. O Gott, ich kann nicht glauben, dass ich das tue! Ich stöhne sonst nie!

»Das will ich schon machen, seit wir uns zum ersten Mal gesehen haben«, haucht er an meinem Hals, und ich schließe die Augen, als ich aus der Realität gleite. Ich wünschte, ich könnte weiter forttreiben, alles vergessen. Ja, ich bin kurz davor.

»Luke, wir müssen los!«, ruft eine männliche Stimme, und plötzlich ist der Moment vorbei.

Ich falle zurück in die Wirklichkeit, und das Gefühl von Sicherheit verschwindet. Aber Luke scheint noch weiter in unsere kleine Fantasie zu sinken, denn seine Hand an meinem Hals packt fester zu, und sein Mund bewegt sich hinab zu meinen Brüsten.

»Luke«, keuche ich und sehe mich um. »Ich glaube, jemand hat gerade nach dir gerufen.«

»Eine Sekunde.« Er atmet schwer, hat den Kopf gesenkt und gräbt die Fingerspitzen in meine Hüften. Seine Hände zittern. Ich bin nicht sicher, was passiert, doch ich spüre, dass etwas nicht stimmt, als müsste er mit sich kämpfen, mich loszulassen.

Seth kommt rauchend an den Bäumen vorbei auf uns zu. Seine hellbraunen Augen blitzen verärgert, und sein gesträhntes blondes Haar steht ihm vom Kopf ab. »Luke«, ruft er, »wir müssen los, wenn wir heute noch deinen ganzen Kram aus dem Wohnheim schaffen wollen.«

Luke presst weiter schwer atmend seine Finger tiefer in meine Haut. Langsam frage ich mich, ob ich ihn von mir schälen muss – und das kann –, aber dann lässt er mich los und tritt zurück. Seine Augen glänzen, und die Platzwunde an seiner Lippe sieht aus, als würde sie gleich wieder aufbrechen.

»Was?« Blinzelnd sieht er zu den Bäumen, dem Rasen und dem Gebäude. Hatte er vergessen, wo wir sind?

»Was machst du denn?«, fragt Seth, als er bei uns angekommen ist. »Wir müssen los. Greyson hat Douglas gesagt, dass wir in einer Stunde da sind, um den Mietvertrag zu unterschreiben.«

Luke wischt sich übers Gesicht, starrt mich einen Moment lang an und fängt sich wieder. Dann dreht er sich um. »Ich komme ja, Mann, ganz ruhig«, sagt er genervt.

Seth verdreht die Augen, bevor er mir einen Seitenblick zuwirft. »Kommst du auch?«

Ich will Nein sagen, weil offensichtlich ist, dass er mich nicht dabeihaben will, doch Luke wendet sich wieder zu mir und nimmt meine Hand, und von diesem erstaunlichen Sicherheitsgefühl werden meine Knie weich.

Ich halte mich an seiner Schulter fest und hoffe, dass er nicht merkt, wie sehr ich zittre.

»Ja, sie kommt mit«, antwortet er für mich und streicht mit seinem Finger über die Innenseite meines Handgelenks.

Ehe ich reagieren oder widersprechen kann, zieht er mich mit sich über den Rasen. Seite an Seite. Zusammen. Und ich bin verwirrt, weil ich mich nicht so allein fühle. Zum ersten Mal seit ewigen Zeiten bin ich zufrieden da, wo ich bin.

Kapitel 11

LUKE

Wir verbringen den ganzen Sonntag damit, unsere Sachen in die Wohnung zu bringen und anschließend die Kartons auszupacken. Es ist eine anständige Wohnung mit hellbraunen Wänden und Teppichböden, einer kleinen Küche, neben einem noch kleineren Esszimmer und einem Wohnzimmer. Die beiden Schlafzimmer sind auch nicht groß, und das Bad ist winzig, aber die Miete ist bezahlbar. Keiner von uns hat irgendwelches Geschirr oder so, und obwohl die Wohnung möbliert ist, brauchen wir noch eine Menge Zeug. Ich werde ein bisschen nervös, weil ich nur knapp zweihundert Dollar habe, deshalb nehme ich mir vor, loszuziehen und ein bisschen Geld zu gewinnen.

Violet und ich reden kaum, als wir auspacken, die Möbel umstellen und den Fernseher anschließen. Wir schweigen nicht bloß, weil wir zu beschäftigt sind, sondern weil mir nichts einfällt, was ich sagen könnte, und es ihr offenbar genauso geht. Die komische Stille ist erdrückend, und ich frage mich schon, ob das mit dem Zusammenwohnen funktionieren kann.

Es schien mir so eine gute Idee, doch mit dem Kuss wurde es extrem kompliziert, und ich kann nicht gut mit Komplikationen umgehen. Sie machen das Leben schwierig, weshalb ich alles vermeide, was kompliziert werden kann. Trotzdem will ich jetzt ein schwieriges Mädchen in mein Leben lassen, das mich vollkommen in der Hand hat. Ich habe sie tatsächlich geküsst. Und das nicht, weil ich für einen Moment die Kontrolle haben wollte, sondern weil sie traurig aussah, ich sie trösten wollte und mir auf Anhieb nichts Besseres einfiel. So wie sie habe ich noch nie jemanden geküsst – so leidenschaftlich. Es jagt mir eine Riesenangst ein, zumal Violet mich weit weniger zu brauchen scheint als ich sie. Jetzt will ich nur noch losziehen, mich prügeln oder ein Mädchen finden, das ich vögeln und hinterher vergessen kann, denn Violet eignet sich dazu offensichtlich nicht. Ich will mich mit Alkohol betäuben, weglaufen. Aber irgendwie hänge ich dann doch den ganzen Tag in der Wohnung herum. Ich war auf der Couch eingeschlafen, obwohl ich gesagt hatte, dass wir uns ein Zimmer teilen können und ich nur chillen und fernsehen will. Violet war nicht sonderlich unglücklich darüber. Im Gegenteil, sie wirkte sogar erleichtert.

Die ganze Nacht wälze ich mich auf der Ledercouch, bis ich schließlich runterfalle und in einen friedlichen Traum von Violet sinke: Sie liegt mit großen Augen unter mir, ihre Arme seitlich heruntergedrückt, während ich wieder und wieder in sie eintauche. Es gibt keine Albträume von Nadeln, die in den Arm meiner Mutter stechen, oder wie sie mit Blut an ihren Händen und ihren Sachen nach Hause kommt und ich ahne, dass sie etwas Schreckliches getan hat. Ich werde nicht gezwungen, mir ihre wahnsinnigen Lieder anzuhören oder wie sehr sie mich braucht. Keine Cops hämmern an die Tür, keine Schreie von ihr in der

Nacht. In dem Traum bin nur ich … mit Violet … und ihre großen grünen Augen glänzen erregt, als ich sie küsse, sie berühre, an ihrem Haar ziehe …

Ich wache auf, weil mir jemand an die Schulter tippt. Zuerst denke ich, dass es Seth ist, denn so etwas passt zu ihm. Dann aber kitzelt mich weiches Haar an der Wange.

»Luke, wach auf«, flüstert Violet, deren Atem mir heiß übers Gesicht weht.

Ich öffne die Augen und sehe, dass sie sich über mich beugt und ihre Locken in mein Gesicht hängen. Ihre Augen sind schwarz umrahmt, ihre Lippen glänzen, und sie trägt eine Kette. Sie riecht auch unglaublich, nach Seife und etwas Fruchtigem, das ich jetzt wirklich gern essen würde.

»Du musst mich fahren«, sagt sie, weicht ein wenig zurück und setzt sich auf die Sofakante. Sie hat diesen Blick, als würde sie es hassen, mich um Hilfe zu bitten.

Träge richte ich mich halb auf, wobei mir die Decke herunterrutscht, die ich schnell wieder bis über die Hüfte hochziehe. Ich schlafe in Boxershorts, und mein Schwanz ist hart von dem Traum eben. »Wohin?«

Sie verzieht das Gesicht. »Zur Polizei in der Stadt.«

Ich reibe mir den Schlaf aus den Augen. »Warum?«

»Darum.«

»Sind wir jetzt wieder bei den Ein-Wort-Antworten?«

Sie unterdrückt ein Lächeln. »Wie bitte? Denkst du, nur weil du mich geküsst hast, antworte ich von jetzt an auf alle deine Fragen?«

»Gestern kamst du mir ziemlich offen vor«, sage ich und verfluche mich gleich dafür.

Sie zupft an ihrem Lederarmband, doch ihre Augen blitzen auf. »Tja, vielleicht fühle ich mich heute anders.«

»Tust du?«

»Kann sein.«

Verdammt, sie muss mir dringend mehr erzählen, doch ich kann sie nicht einfach bitten. Das würde ihr viel zu viel Macht über mich geben. »Nicht mal eine winzige Andeutung?«

»Nein.«

Kopfschüttelnd atme ich aus. »Na gut, ich fahre dich zur Polizei, wenn du mir versprichst, mir irgendwann den Grund dafür zu verraten.«

Sie nickt und steht auf. Ihre schwarzen Shorts sitzen eng an ihrem verdammt hübschen Hintern, und das schwarzweiße Top betont ihre tollen Formen. »Irgendwann.«

Zur Hölle mit ihr und ihren Kurzantworten! Es ist unfassbar frustrierend. Ich werfe die Decke beiseite und steige von der Couch. Mein Schwanz ist noch ein bisschen hart, doch das ist mir egal. Ihr Blick fällt auf meinen Schritt, dann auf meine Brust, als ich zum Bad gehe, um mich anzuziehen. Im Moment fühle ich mich recht gut, als hätte ich doch wieder die Oberhand gewonnen.

»Gib mir zehn Minuten, dann bin ich so weit«, sage ich und schließe die Badezimmertür. Ich putze mir die Zähne, ziehe ein schwarzes Shirt und eine Jeans an und sprühe mir etwas Eau de Cologne auf. Es ist der erste Morgen seit Langem, an dem ich nicht als Erstes einige Shots Jack Daniel's nehme. Weil ich Violet fahren muss, will ich das lieber aufschieben, bis wir wieder zurück sind. Dann kann ich mich in eine dumpfe Zufriedenheit trinken, mit der hoffentlich Violet eine Weile aus meinem Kopf verschwindet.

Ich streiche mein Haar halbwegs glatt und gehe raus ins Wohnzimmer, wo sie auf der Couch wartet und ihre Stiefel anstarrt. Sie sieht erschöpft und angespannt aus, und sofort will ich sie wieder küssen und versuchen, das wegzunehmen, was sie so aussehen lässt. *Ja, ich brauche definitiv Shots und einen Blowjob oder so.*

Ich nehme meine Schlüssel und das Portemonnaie vom Küchentresen und gehe um die letzten unausgepackten Kartons herum zur Tür. »Bereit?«

Erschrocken blickt sie auf, fängt sich aber schnell und steht auf. »Ja.« Sie geht mit gesenktem Kopf zur Tür und sieht aus, als hätte gerade jemand ihren Hund überfahren.

»Ist wirklich alles okay?« Ich folge ihr aus der Tür und in den Sonnenschein, wobei ich dem überwältigenden Drang widerstehe, eine Hand an ihren Rücken zu legen und sie zu meinem Wagen zu führen.

»Ja, bestens«, winkt sie ab und geht die Treppe hinunter zum Carport. Anscheinend ahnt sie, was ich am liebsten mit meinen Händen tun würde, denn sie hält Abstand.

Auf der Fahrt spricht sie kaum, und ich hasse es, dass wir praktisch wieder am Anfang sind. Ich stelle einige Fragen, bemühe mich, eine Unterhaltung in Gang zu bringen, aber Violet bleibt einsilbig. Schließlich gebe ich es auf, und zehn Minuten später fahren wir vor dem Polizeirevier vor, einem alten Klinkerbau in der Stadtmitte zwischen Ampeln, Parkplätzen und Läden. Ich warte, weil ich nicht sicher bin, was ich tun soll: »Bis später« sagen, ihr anbieten, sie abzuholen, sie zum Abschied küssen.

»Wann soll ich dich wieder abholen?«, frage ich und stelle den Schalthebel auf »Parken«.

Sie öffnet ihre Tür. »Ich rufe dich an.«

Ich lege meine Hand an ihren Ellbogen, bevor sie aussteigt. »Warte. Du hast meine Nummer nicht.«

Sie stockt, greift in ihre Tasche und nimmt ihr Handy hervor. »Wie lautet sie?«

Ich diktiere sie ihr und bemerke, dass ihre Hände zittern, als sie das Telefon wieder einsteckt.

»Gib mir auch deine, für alle Fälle«, sage ich, und sie verrät sie mir, wobei sie mit jeder Zahl ein bisschen verwirrter wirkt.

»Ich rufe dich an, wenn ich fertig bin.« Sie hüpft rasch aus dem Wagen und schlägt die Tür zu. Dann eilt sie zum Gehweg vor der Polizei, bleibt jedoch vor dem Gebäude stehen und starrt ewig auf das Schild. Am Ende macht sie einen Schritt nach vorn, gleich wieder einen zurück, und ich drehe schon das Fenster herunter, um sie zu fragen, ob etwas nicht stimmt. Aber da stürmt sie die Treppe hinauf zu den Eingangstüren. Unwillkürlich frage ich mich, warum sie hier ist. Könnte sie auf Bewährung sein, wegen des Dealens? Nein, dafür kommt sie mir zu niedergeschlagen vor.

Nachdenklich hocke ich hinterm Lenkrad, bis jemand hinter mir hupt. Ich erschrecke, lege den Gang ein und fahre weiter. Ich sollte unbedingt aufhören, so viel an sie zu denken. Meine Gedanken kreisen in letzter Zeit entschieden zu sehr um sie, und ich brauche eine Pause. Deshalb beschließe ich, mir ein kleines Spiel Texas Hold'Em zu suchen, ein paar Drinks zu kippen und hoffentlich ein paar Scheine zu gewinnen. Es wird einige Zeit dauern, weil ich nicht meine ganzen zweihundert auf ein Blatt setzen will, aber es ist okay. Ich brauche mal etwas Abstand von dem einen Mädchen, dem ich solche Kontrolle über mich gegeben habe.

VIOLET

Die Nacht über wurde ich halb wahnsinnig, weil ich an nichts anderes als den Termin heute bei dem Detective denken konnte. Bevor ich mich morgens anzog, habe ich sogar gekotzt. Mir war nicht bewusst, was für ein Nervenbündel ich war, bis die Sonne ins Zimmer schien und mir klar wurde, dass ich tatsächlich zur Polizei und über den Mord an meinen Eltern reden muss. Das Einzige, was mich überhaupt bewegt, hinzugehen, ist der Gedanke, dass sie den Fall diesmal eventuell aufklären.

Als ich mich mit Detective Stephner hinsetze, verwandelt sich meine Furcht in Wut. Immer wieder zeigt er mir Tatortbilder, die ich schon gesehen habe, und stellt mir Fragen, die ich schon beantwortet habe. Wie die Leute angezogen waren, wie sie aussahen, ob sie sich irgendwie auffällig verhielten. Das steht alles in seinen Unterlagen, trotzdem muss ich es ihm noch mal erzählen, sodass ich jene beschissene Nacht ein weiteres Mal durchleben muss. Ich hasse es, daran zu denken, wie sie mich in meinen Träumen, meinem Leben verfolgt und mich zu der Person gemacht hat, die ich heute bin, die hier hockt und sich in sich selbst verliert. Ich bin nicht sicher, warum er den Fall eigentlich wieder aufrollt, denn offenbar hat er die Akte nicht gelesen, so wenig wie er von den simpelsten Einzelheiten weiß.

»Denken Sie gründlich nach, Violet«, sagt er. »Fällt Ihnen noch irgendwas aus der Nacht ein?«

»Außer dass meine Eltern umgebracht wurden?«, antworte ich und lehne mich auf dem Metallstuhl zurück. Er hat mich in einen kleinen, quadratischen Raum mit Ziegelwänden gebracht, in dem es nach Putzmitteln und altem Käse stinkt.

Stephner trinkt von seinem Kaffee und kleckert etwas auf seine Krawatte mit dem Smiley-Gesicht sowie sein weißes Hemd. Echt jetzt? So ein Trottel will den Mord an meinen Eltern aufklären, der dreizehn Jahre zurückliegt? Beim Anblick der Krawatte schwand all meine Hoffnung, und ich verfluchte mich, weil ich überhaupt gehofft hatte. »Hören Sie …« Er blickt in die Akten, weil er sich anscheinend meinen Namen nicht merken kann. »Violet, ich weiß, dass es hart für Sie ist, darüber zu reden, aber versuchen Sie bitte, sich an irgendwas zu erinnern, das uns helfen könnte.«

Ich beuge mich vor und verschränke die Arme auf dem Tisch zwischen uns. »Hart für mich, darüber zu reden? Es ist dreizehn Jahre her. Ich erinnere mich kaum noch an meine Eltern, geschweige denn an irgendwas, das in der Nacht passierte, in der sie starben.« Was für eine beschissene Lügnerin ich bin.

Er sieht mich mitleidig an. »Es tut mir sehr leid.«

Ich rücke den Stuhl vom Tisch weg und stehe auf. »Was tut Ihnen leid? Dass ich eine Waise bin? Dass ich keine Familie habe? Dass ich von einer Pflegestelle zur nächsten gereicht wurde? Dass ich diejenige war, die meine toten Eltern fand? Oder dass Sie nicht rausfinden, wer die Leute waren, die dafür verantwortlich sind?« Ich trete von dem Tisch zurück, und die Stuhlbeine schaben auf dem fleckigen Linoleumboden. »Ich brauche Ihr Mitleid nicht. Was ich brauche, ist, nicht hier zu sein und mich an Dinge zu erinnern, mit denen ich längst abgeschlossen habe.«

»Violet, bitte, setzen Sie sich und denken Sie über jene Nacht nach«, sagt er, steht auf und zupft an seinem blonden Haar. »Alles, was Ihnen einfällt, könnte helfen.«

Ich gehe rückwärts zur Tür. »Lehn dich an mich. Lehn dich an mich. Nimm. Hilf mir. Ich muss es verstehen. Hilf mir. Ich schaffe das nicht ohne dich.«

Hilflos blickt er auf seinen Aktenstapel und blättert darin. »Tut mir leid, Violet, aber ich verstehe nicht … Ist das ein Lied?«

»Ja, ist es, Sie Arschloch.« Ich reiße die Tür auf. »Die Frau hat es in der Nacht gesungen, aber das steht auch schon in Ihrer Akte. Vielleicht lesen Sie die einfach mal. Sind wir jetzt fertig?«

Er zögert, bevor er nickt, und ich gehe raus. »Warten Sie, Violet, eines noch«, ruft er, und ich bleibe stehen, drehe mich aber nicht zu ihm um. »Jetzt, wo der Fall wieder aufgerollt wird, sollten Sie darauf gefasst sein, dass etwas über die Geschichte in den Nachrichten kommt.«

Ich fahre herum. »Wieso?«

Er steckt seine Papiere in eine Mappe zurück. »Weil wir es manchmal für hilfreich halten, die Öffentlichkeit einzuschalten, in der Hoffnung, dass sich jemand meldet, der Informationen für uns hat.«

»Vor dreizehn Jahren hat sich keiner gemeldet«, sage ich wütend. »Warum sollte das jetzt auf einmal jemand tun?«

»Im Allgemeinen legt sich die Angst mit der Zeit«, antwortet er und nimmt seine Akten auf. »Ich wollte es Sie nur wissen lassen, damit Sie nicht erschrecken, wenn Sie es zufällig sehen.«

»Na, vielen Dank, dass Sie an mich denken!« Mit diesen Worten gehe ich und knalle die Tür hinter mir zu.

Während ich buchstäblich aus dem Gebäude renne, hole ich mein Handy hervor. Ich wähle Lukes Nummer, als ich durch die Eingangstüren nach draußen in den Sonnenschein stürme. Es ist die einzige Nummer, die außer Prestons und denen von einigen Abnehmern gespeichert ist. Mir kommt es seltsam vor, ihn anzurufen, aber auch ein bisschen nett, jemanden zu haben, auf den ich mich verlassen kann. Heute Morgen fühlte ich mich irgendwie mies, weil ich kaum mit ihm geredet habe, doch ich konnte nicht. Mir war zu schlecht wegen dieses Termins, und irgendwie ist mir unser Kuss peinlich. Noch nie war mir etwas peinlich – normalerweise bin ich die, die andere in Verlegenheit bringt.

Bei Lukes Nummer springt sofort die Mailbox an, und ich schüttle den Kopf über meine Naivität. »Hätte ich mir denken können«, murmle ich und drücke das Gespräch weg, ohne eine Nachricht aufs Band zu sprechen. Dann schalte ich das Handy aus, kappe diese schräge Verbindung zwischen uns und schaue mich auf der Straße um. Ich weiß nicht, was ich tun soll. In mir tobt all diese rastlose Energie, weil meine Vergangenheit auf mich einstürzt.

Ich denke nicht nur an den Tod meiner Eltern, sondern

erinnere mich auch an die Zeit, als sie noch lebten, mit mir im Park spielten, am Weihnachtsmorgen Geschenke auspackten und in den Zoo gingen. Ihr Lachen und Lächeln waren immer vollkommen echt gewesen. Ich erinnere mich, geliebt worden zu sein. Gott, wie ich es hasse, daran zu denken! Es wäre besser, nie zu wissen, wie es sich anfühlt, von jemandem genügend gemocht zu werden, dass er einen vor allem Schlimmen beschützen will. Was man nie gekannt hat, kann man nicht schmerzlich vermissen.

Ich massiere mir die Brust mit der Hand, drücke so fest, dass es wehtut. Am liebsten würde ich mir das Herz herausreißen, damit dieser entsetzliche Schmerz weggeht. Unaufhaltsam falle ich in jenen Abgrund und muss etwas tun, um es aufzuhalten. Ich muss aufhören, mich an das zu erinnern, was ich nicht mehr habe, den Verlust zu spüren, den Schmerz, weil mich keiner haben wollte, das Alleinsein, den Hass auf die Leute, die das getan haben, die Nadeln, die Rasierklingen, das Reißen in meiner Haut. Gott, das muss aus mir raus!

»Ich muss …« Ich kratze an meiner Haut, ramme die Fingernägel hinein, bis Blutspuren auf meinen Armen sind. »Scheiße!« Ich versuche, das Blut wegzuwischen, weil es keiner sehen soll, und laufe die Treppe hinunter zum Gehweg.

Dort biege ich nach links und gehe schnell an den Geschäften vorbei in Richtung der Wohnanlage in der Elm. Den ganzen Weg über höre ich diesen dämlichen Song und sehe die Fernsehbilder vom Fall meiner Eltern vor mir. Es wird zu meiner persönlichen Tortur, und ich kann es nicht abstellen, egal wie sehr ich mich anstrenge, an etwas anderes zu denken. In der Hitze dauert es Stunden, zum Apartment zu wandern, und ich bin hungrig, durstig und erschöpft, als ich endlich angekommen bin. Doch verschwitzt wie ich bin, mit meiner staubtrockenen Kehle und meinem knurrenden Magen, fühle ich immer noch das Reißen unter meiner Haut und den dringenden Wunsch, es auf die einzige Art aus mir herauszubekommen, die ich kenne.

Ich laufe die Treppen hinauf zum zweiten Stock. Es ist seltsam, dass ich den Sommer über mit drei Jungen hier wohnen soll, von denen der eine mich nicht mag, der andere Angst vor mir hat und der dritte sich anscheinend nicht entscheiden kann, ob er mich vögeln will oder nicht. Käme er jetzt, ließe ich ihn wahrscheinlich, weil seine gierige, heiße Berührung die Gefühle in mir beinahe so gut ersticken kann wie auf einer Balkonbrüstung zu stehen. Aber er ist nicht hier, also muss ich mich mit dem Balkon zufriedengeben.

Ich öffne die Tür, will durchs Wohnzimmer zur Schiebetür eilen, bleibe jedoch abrupt stehen, als ich Greyson sehe, der in der kleinen Küche lauter Backzutaten und eine rote Rührschüssel vor sich aufgereiht hat. Er will Kekse backen oder so, und »Demons« von *Imagine Dragons* spielt von einem iPod. Greyson ist ziemlich groß, blond und hat hellblaue Augen. Er trägt ein enges graues T-Shirt und ein offenes schwarzes Hemd darüber.

Sein Kopf ist geneigt, weil er in einem aufgeschlagenen Kochbuch liest, aber er lächelt mir zu, als ich die Wohnungstür schließe. »Hey.«

Bisher bin ich ihm nur wenige Male an der Uni und in

meinem Wohnheimzimmer begegnet. Wir haben noch nie miteinander geredet, und das scheint ihm recht zu sein.

Ich ringe mir ein steifes Lächeln ab und umrunde den Couchtisch und den Kartonstapel in der Mitte auf dem Weg in mein Zimmer. Nun muss ich mir etwas anderes ausdenken, wie ich die Kontrolle über mein Denken und mein Herz zurückbekomme. Als ich an der Kücheninsel vorbeigehe, fällt Greysons Blick auf die blutigen, geschwollenen Kratzer an meinen Armen.

»Mein Gott!« Er kommt um den Tresen herum zu mir. »Was ist mit deinen Armen passiert?«

»Mich hat eine Katze angefallen«, antworte ich und gehe weiter, weil ich allein sein muss und auf die einzige Weise fliehen, die ich kenne.

Aber Greyson legt behutsam eine Hand an meinem Arm, sodass ich kurz vor dem kleinen Flur, von dem rechts ein Schlafzimmer und das Bad und links das zweite Schlafzimmer abgehen, stehen bleibe. Ich muss sofort in das linke, mein Zimmer.

»Das war aber eine richtig große böse Katze«, stellt er fest, betrachtet die Kratzer genau und fährt sanft mit den Fingern über einige von ihnen. »Du solltest es mit Peroxid behandeln, sonst entzündet es sich noch.«

»Mache ich«, antworte ich, entwinde ihm meinen Arm und bedecke die Kratzer mit der Hand. »Das wollte ich gerade.«

Er lächelt, wirkt aber unsicher. »Sag mir Bescheid, wenn du irgendwas brauchst.« Dann kehrt er in die Küche zurück. »Möchtest du mir helfen, Brownies zu backen?«

Ich stocke. »Im Ernst?«

Er nimmt einen Butterriegel auf und beginnt, ihn aus dem Papier zu wickeln. »Es ist nur Backen, Violet, kein Grund, sich aufzuregen.« Er grinst ein wenig, als ich neugierig zu ihm gehe.

»Ja, aber was ist mit Seth?«, frage ich und stütze meine Ellbogen auf den Tresen, während er die Butter in die Schüssel fallen lässt.

»Was soll mit Seth sein?«

»Meinst du nicht, es stört ihn, wenn du etwas mit mir machst, wo ich doch ein Drachen bin und so?«

»Tja, da ich weder auf Drachen noch Frauen generell stehe, bin ich fast sicher, dass es ihn nicht stört.« Nun dürfte sein Grinsen das glücklichste sein, das ich je gesehen habe.

»Das meine ich nicht«, sage ich. »Ich meine, dass er grundsätzlich ein Problem mit mir hat.«

»Ach, er hat bloß einen Hang zum Drama«, erklärt Greyson und nimmt einen zweiten Butterriegel auf. »Er kommt drüber weg, wenn er erst begreift, dass du ihm nicht die Schau stiehlst.«

»Ihm die Schau stehlen?«

»Klar, wo du so eine schillernde Persönlichkeit bist.« Bei seinem Blick wird mir innerlich ganz leicht, und ich möchte ihn umarmen.

Stattdessen setze ich mich auf den Barhocker. »Und das ist gut, oder?«

»Natürlich!« Er hackt mit dem Löffel auf die Butterriegel ein. »Außerdem werden wir zwei demnächst häufiger bei der Arbeit zusammen sein, wenn ich meinen Job bei Moonlight Dining anfange. Das ist unvermeidlich.«

»Du willst bei Moonlight Dining and Drinks arbeiten?«

Er nickt. »Ja, ich fange am Dienstag an.«

Ich habe versucht, nicht über die Tatsache nachzudenken, dass ich nur noch einen Job habe und eine Menge zusätzliche Kosten. Und mit dem Kick, den ich vom Dealen bekam, ist es ebenfalls vorbei. Mein Leben verändert sich, und ich bin unsicher, ob das gut oder schlecht ist. »Tja, dann kann ich dir einen Tipp geben: An manchen Tagen ist richtig wenig los, und das Trinkgeld ist erbärmlich.«

»Gut zu wissen. Ich werde mich bemühen, die Kunden so gut zu bezaubern, wie ich kann, um ihnen besseres Trinkgeld zu entlocken.« Er grinst. »Ich bin gut im Bezaubern.«

»Ja, das glaube ich dir.« Ich finde ihn wirklich witzig. »Weißt du was? Ich denke, du und ich könnten gut miteinander auskommen, Greyson.«

»Denkst du?«, scherzt er und legt den Löffel ab. »Also ich würde sagen, die ideale Methode, als neue Mitbewohner zusammenzufinden, ist, gemeinsam Brownies zu backen.«

»Ich habe nichts mehr gebacken, seit ich sechs war«, gestehe ich.

Kopfschüttelnd legt er eine Hand ans Herz. »Na, das müssen wir dringend ändern. Zwar sind die besten Freundschaftsbrownies welche mit Hasch, aber ich habe keines.«

»Haschbrownies?«, frage ich interessiert.

»O ja.« Er nimmt die Schüssel auf und geht in die Ecke der Küche. »Meine Eltern waren sehr hippiemäßig drauf und haben sie früher immer gemacht.«

»Und dich die essen lassen?«

»Nein, aber ich fing an, mir welche zu klauen, als ich ungefähr fünfzehn war und in meiner Rebellenphase. Und ich gestehe, dass ich es gelegentlich immer noch mache, wenn ich entspannen will.«

»Hast du damals auch dunkle Sachen getragen und deprimierende Gedichte geschrieben?«

»Ja, was die dunklen Sachen angeht.« Er öffnet die Mikrowelle und stellt die Schüssel hinein. »Aber keine Gedichte. Ich habe eher Songs geschrieben und gespielt.«

»Schreibst du noch welche? Oder spielst?«

Er schüttelt den Kopf, als er die Mikrowellentür zuklappt. »Nein, ich mochte das zwar, aber ich war nicht besonders gut.« Er drückt den Schalter, und die Mikrowelle springt an. Dann dreht er sich zu mir, lehnt sich an die Küchenschränke und verschränkt die Arme vor der Brust. »Und wie sah deine Rebellenphase aus, Violet?«

Ich blicke zu meinen dunklen Sachen hinab, unter denen sich meine Tattoos verstecken. »Ich glaube, ich bin noch mittendrin.«

»Und gegen wen rebellierst du?«, fragt er.

»Mich selbst.«

Er lacht leise. »Was ist mit deinen Eltern? Haben sie deine rebellische Phase gehasst – oder tun es noch?«

Mir sackt das Herz in den Bauch, und plötzlich erinnere ich mich, was ich vorhatte, ehe mich diese Unterhaltung ablenkte. So ruhig wie möglich steige ich von dem Hocker. »Übrigens, wenn du wirklich Haschbrownies willst, kann ich dir helfen.«

Er zieht die Brauen in dem Moment hoch, in dem die Mikrowelle hinter ihm piepst. »Ach ja?«

Achselzuckend gehe ich in Richtung meines Zimmers. »Ist deine Entscheidung. Ich biete es nur an.«

Er dreht sich wieder um und öffnet die Mikrowelle. »Na, das Angebot nehme ich gerne an.«

Ich lächle mein Kunstlächeln. »Bin gleich wieder da.« Dann eile ich in mein Zimmer und zu den Kartons vor dem ungemachten Doppelbett. Ich wühle in ihnen, bis ich mein kleines Pillenfläschchen mit dem Vorrat gefunden habe. Mich wundert, dass Preston es nicht zurückverlangt hat, aber wahrscheinlich war er zu verkatert vom Ecstasy, um noch zu wissen, dass ich es habe. Ich bezweifle allerdings nicht, dass es ihm irgendwann wieder einfällt und er auftauchen wird, um es zurückzufordern. Sicher sollte ich mir deshalb Sorgen machen, aber das tue ich nicht.

Ich kehre in die Küche zurück, wo Greyson wieder in dem Rezept liest und leise den Song mitsingt.

»Jetzt muss ich das ein bisschen umändern«, sagt er und hält einen Finger auf die Seite.

»Tja, dann ändere mal.« Ich werfe ihm das Fläschchen zu, und er reißt die Augen weit auf, als er es fängt.

»Ach du Schande«, sagt er, nachdem er den Deckel abgeschraubt hat und sieht, wie viel es ist. »Wo hast du das her?«

»Ich habe meine Beziehungen.« Mein Lächeln ist nach wie vor strahlend, als ich in mein Zimmer zurückgehe.

»Warte, willst du nichts?«, ruft er.

»Doch, aber ich muss vorher noch was erledigen.«

Er sieht mir verwundert nach, doch ich lasse ihn in der Küche stehen. Ich werde nicht zu ihm zurückgehen, und das nicht bloß, weil ich von Pott genauso gemein und verrückt werde wie von Alkohol, sondern weil ich nicht mehr in der Stimmung für Gesellschaft bin.

Im Zimmer verriegle ich die Tür, gehe zum Fenster neben dem Bett und schiebe es auf. Ich hake das Fliegengitter aus, lege es aufs Bett und schwinge die Beine aus dem Fenster. Dann hocke ich auf der Kante und starre hinter zum Beton zwei Stockwerke tiefer. Ich schätze, ich könnte einen Sturz überleben, doch ganz sicher bin ich nicht. Wenn ich mit dem Kopf aufschlage, bricht mir wahrscheinlich der Schädel, und wenn ich auf den Füßen lande, werde ich mir wohl die Wirbelsäule stauchen. Knochen würden brechen und mein Blut Flecken auf dem Beton hinterlassen, so wie das Blut meiner Eltern auf dem Teppich, den Wänden und dem Bettüberwurf. Der Sturz würde wehtun, sofern ich überlebe, doch für den winzigen Moment des Falls würde ich Frieden empfinden, wissend, dass alles vorbei sein könnte.

Kapitel 12

LUKE

Sobald ich mein Handy wieder einschalte, wird mir klar, dass ich es vermasselt habe. Ein verpasster Anruf von Violet. Ich versuche, sie zu erreichen, doch es geht direkt ihre Mailbox an. Normalerweise würde ich mir nichts dabei denken, aber sie sah so schockiert aus, als ich sie nach ihrer Nummer fragte. Ich habe das Gefühl, dass sie es nicht gewöhnt ist, sich auf andere verlassen zu können.

Auf dem Weg zurück zur Wohnung fahre ich bei der Polizei vorbei, um sicher zu sein, dass sie nicht dort auf mich wartet, und das tut sie auch nicht. Eigentlich müsste ich mich gut fühlen, denn ich habe mein Geld verdoppelt. Alles sollte prima sein, trotzdem geht es mir beschissen. Ich kann nicht aufhören, daran zu denken, wie überrascht Violet war, dass ich ihr meine Nummer gab, und frage mich, was sie gedacht haben mag, als ich nicht ans Telefon ging.

Bei meiner Rückkehr in die Wohnung sitzt Seth auf dem Ledersofa, die Füße auf dem Couchtisch, und hat Decken neben sich aufgestapelt, während er eine Sitcom im Fernsehen sieht. Greyson liegt auf dem Boden, den Kopf auf einem Zierkissen und umgeben von den vielen Kartons, die noch ausgepackt werden müssen. Violet steht in der Küche und schenkt sich ein Glas Saft ein. Sie sieht nicht zu mir auf, als sie den Saft in den Kühlschrank zurückstellt, das Glas nimmt und in unser Zimmer geht.

Ich steige über Greyson und schneide ihr den Weg ab, als sie den Flur erreicht, habe aber keinen Schimmer, was ich sagen soll. »Hey.«

»Hey.« Sie trinkt einen Schluck und vermeidet es, mich anzusehen.

Ich knacke mit den Fingergelenken, denn aus Gründen, die ich kaum verstehe und nicht mag, bin ich nervös. »Tut mir leid, ich hatte völlig vergessen, dass ich mein Handy nicht ausschalten durfte. Wenn ich zu einem Spiel gehe, mache ich es immer aus … und ich hatte nicht nachgedacht.«

Nun sieht sie mich endlich an, aber mit diesem abwesenden Blick, auf den ich früher ein bisschen neidisch war, den ich jetzt allerdings unbedingt ändern will. Ich wünsche mir einen anderen Blick bei ihr, wie den gleich nach unserem Kuss. Ich möchte, dass sie wieder lebendig aussieht.

Sie nimmt das Glas vom Mund. »Ist schon gut.« Dann will sie an mir vorbei, doch ich stemme eine Hand in den Türrahmen und versperre ihr den Weg.

»Nein, ist es nicht. Ich hatte dir gesagt, dass ich dich abhole, und das hätte ich auch tun sollen«, sage ich. »Wie bist du überhaupt nach Hause gekommen?«

»Zu Fuß«, antwortet sie mit einem Achselzucken.

»Aber es ist höllisch heiß draußen.«

»Das ist nur ein bisschen Wärme. Und ich habe es geschafft, also kannst du aufhören, dich mies zu fühlen.«

»Violet, es tut mir ehrlich leid.« Ich klinge erbärmlich, aber das ist mir gleich. Mir ist nur wichtig, das hier wieder in Ordnung zu bringen – zwischen uns. Und diese Erkenntnis ist befreiend und Angst einflößend zugleich.

»Ich schwöre, es ist okay.« Sie schenkt mir ein künstliches Lächeln, duckt sich unter meinem Arm durch und geht ins Zimmer, wo sie die Tür hinter sich schließt.

»Was war das denn?«, fragt Seth und zielt mit der Fernbedienung auf den Fernseher.

Ich schüttle den Kopf und hole mir ein Bier aus dem Kühlschrank. »Ich habe Scheiße gebaut.«

Er grinst spöttisch. »Tust du das nicht immer?«, fragt er, und Greyson lacht schnaubend.

Ich öffne den Deckel der Bierflasche und ziehe eine Grimasse. »Ha, ha, ihr zwei sind zum Brüllen komisch.« Dann gehe ich hinüber, lasse mich auf den Sessel fallen und streife meine Stiefel ab. »Und wieso faulenzt ihr hier eigentlich? Die Wohnung ist ein Saustall.«

»Wir haben gewartet, dass du zum Aufräumen kommst«, sagt Seth, und Greyson lacht noch hysterischer. »Unsere private Haushaltshilfe.«

»Na, wie nett von euch! Ihr nutzt meine Schwäche für Ordnung gegen mich aus.«

Seth legt die Fernbedienung auf die Armlehne und lässt den Nachrichtenkanal eingeschaltet. »Hey, du musst nicht putzen. Du kannst auch alles so lassen.«

Ich sehe zu den Kartons und dem zerknüllten Zeitungspapier überall und rolle die Schultern, weil ich mich bei dem Anblick sofort verkrampfe. »Ich kümmere mich heute Abend darum.«

Die beiden lachen mich aus, und dann verfallen wir in diesen ruhigen Rhythmus, sehen die Nachrichten und trinken Bier. Schließlich steht Seth auf und sucht in den Schränken nach Essbarem. Er kommt mit einem Brownie in der Hand zurück. Während ich zusehe, wie die Nachrichtensprecher von allem Schlimmen berichten, das in einem Radius von hundert Meilen passiert ist, futtert Seth den Kuchen. Ich achte eigentlich kaum auf das, was der Sprecher erzählt, weil ich überlege, einfach ins Zimmer zu gehen und mich nochmals bei Violet zu entschuldigen.

Während mir durch den Kopf geht, wie ich es wiedergutmachen könnte, höre ich auf einmal, wie der Reporter im Fernsehen den Namen »Hayes« sagt. Sofort horche ich hin, und der Reporter rattert schnell herunter, dass der Mordfall von Cheyenne nach dreizehn Jahren wieder aufgerollt wird, und falls jemand Fragen oder Informationen hätte, könnte er sich an die eingeblendete Nummer wenden. Im Wohnzimmer wird es richtig still, als ich auf den Bildschirm starre, obwohl schon die nächste Werbung läuft. Ich sehe erst weg, als Greyson aufsteht und sich streckt.

»Ich gehe mal duschen«, verkündet er und geht raus.

Seth steht ebenfalls auf. »Ich gehe eine rauchen«, sagt er zu mir. »Kommst du mit?«

Mein stummes Verneinen erstaunt ihn, denn ich lehne fast nie eine Rauchpause ab. »Okay«, sagt er und geht auf den Balkon.

Mich wundert, dass keiner von ihnen so reagiert wie ich, aber dann wird mir klar, dass sie weniger über Violet wissen als ich. Es ist gut möglich, dass sie ihren Nachnamen gar nicht kennen, so widerwillig wie sie ihn herausrückt.

Gott, was mache ich jetzt? Ich meine, vielleicht hat das nichts mit ihr zu tun, aber sie war heute bei der Polizei, und sie ist in Pflegefamilien aufgewachsen, will mir aber nicht erzählen, was mit ihren Eltern passiert ist. Ansonsten weiß ich eigentlich nicht viel über sie, was mir in diesem Moment so falsch vorkommt, vor allem wenn sie diese Geschichte mit sich herumschleppt, diese Morde. Der Tod lastet schwer auf einem. Das kenne ich aus Erfahrung.

Sie muss irre vor Trauer sein. Ich stehe auf und gehe zu unserem Zimmer. Die Tür ist abgeschlossen, deshalb klopfe ich. Ich muss noch mehrmals klopfen, ehe sie mit einem Blick öffnet, der mir direkt in die Brust rammt. Sie weint nicht oder so. Vielmehr sieht sie aus, als würde sie in kompletter Gefühllosigkeit ertrinken. Auf dem Schreibtisch in der Ecke steht ein kleiner Fernseher, auf dem derselbe Nachrichtenkanal eingestellt ist wie im Wohnzimmer.

»Frag nicht«, sagt sie sofort, tritt von der Tür weg und lässt sich aufs Bett fallen. Ihre Stimme klingt verzweifelt. »Bitte frag mich nicht danach.«

Wie zur Hölle kann ich sie nicht fragen? Ihre Eltern wurden ermordet! Da gibt es unendlich viele Fragen. Ich möchte ihr Leben, möchte sie verstehen, und das Schlimmste ist, dass ich sie halten und ihr sagen will, dass alles gut wird, so wie ich mir nach Amys Tod wünschte, dass es jemand bei mir macht. Aber das wollte ich, und ich habe keine Ahnung, ob sie es auch will. Ich weiß nur, dass sie mich gebeten hat, sie nichts zu fragen, und wenn sie das möchte, werde ich es auch tun.

»Ich will etwas zu essen holen«, sage ich, stütze mich in den Türrahmen und verdränge den Wunsch, sie mit Fragen zu bombardieren. »Willst du mitkommen?«

Sie blickt an die Decke und schüttelt den Kopf. »Nein danke.«

»Soll ich dir etwas mitbringen?«

»Wenn du willst.«

»Okay, dann bringe ich dir was mit«, sage ich und lasse den Türrahmen los. »Oder ich könnte auch hierbleiben, wenn du willst.«

»Ich möchte allein sein«, flüstert sie. »Bitte, geh einfach. Ich muss jetzt allein sein.« Sie greift nach einem lila Teddy auf ihrem Bett, drückt ihn an die Brust und rollt sich auf der Seite zusammen. Es kostet mich viel Kraft, mich nicht zu ihr zu legen und sie in die Arme zu nehmen, doch ich mache es nicht, weil sie mich nicht darum gebeten hat.

Kapitel 13

VIOLET

Der heutige Tag verwandelt sich in den beschissensten von allen in der beschissenen Geschichte, die mein Leben ausmacht. Alles war gut. Ich wachte den zwölften Morgen im neuen Bett in der neuen Wohnung auf, und zum ersten Mal war ich nicht desorientiert. Das war ein guter Anfang. Danach las ich ein Buch, was entspannend war, und die ganze Zeit dachte ich nicht an meine Eltern oder ihren Tod. Ein zusätzlicher Pluspunkt war, dass ich Luke den ganzen Vormittag nicht sah. Ich meide ihn, seit er das mit meinen Eltern herausgefunden hat, weil ich nicht will, dass er mich so mitleidig ansieht. Und ich will nicht, dass er Fragen stellt. Er soll die Einzelheiten nicht erfahren, etwa wie ich meine Eltern fand. Wenigstens haben sie das in den Nachrichten ausgelassen.

Ich konzentriere mich darauf, nach vorn zu sehen und mich wieder in den Zustand zurückzuversetzen, bevor das hier alles passiert ist: bevor der Fall wieder aufgerollt wurde, bevor Luke kam und es in meinem Leben nicht mehr nur mich gab. Da muss ich wieder hin, wieder die unabhängige, gefühllose Violet sein.

Bisher ist er noch nicht mal in unser Zimmer eingezogen. Wahrscheinlich mache ich ihm Angst. Er hat einige

Kartons in den Wandschrank gestapelt, aber ich glaube, dass er seine Klamotten in der Reisetasche im Wohnzimmer hat. Er sagt nichts dazu, und ich bin nicht ganz sicher, wie ich es finde. Ich rede mir ein, dass es gut ist – dass Platz etwas Gutes ist –, ertappe mich jedoch dabei, wie ich meine Gefühle infrage stelle.

Nachdem ich den Großteil des Nachmittags auch mit Lesen verbracht habe, gehe ich zur Arbeit. Es ist nicht viel los, weil es regnet, und aus irgendwelchen Gründen bleiben dann immer die Gäste aus. Alles ist einfach. Bis plötzlich jeder beschließt, sich doch in den Regen hinauszuwagen. Dann wird es ein bisschen chaotisch, und ich renne herum, führe die Leute zu ihren Tischen und bediene sie, so schnell ich kann. Die Türglocke läutet in einem fort, weil mehr und mehr Leute kommen, die alle Wasser und Matsch mit reinschleppen. Da ist dieser eine Typ, der allein kommt. Hin und wieder erscheinen Gäste allein zum Essen. Er trägt ein rotes T-Shirt zu einer hellbraunen Hose und hat einen widerlichen Schnurrbart, aber jeder wie er mag.

»Möchten Sie an der Bar sitzen?«, frage ich hoffnungsvoll, weil er sonst einen ganzen Tisch blockiert.

Er schüttelt den Kopf, klappt seinen Regenschirm zu und streift sich das Wasser vom Arm. »Ich nehme eine Sitznische.«

Im Geiste verdrehe ich die Augen, bringe ihn zu einer Ecknische und gebe ihm die Speisekarte, während ich hinter die Theke gehe und ihm Wasser hole. Dann muss ich rasch etwas in die Kasse tippen, bevor ich zu seinem Tisch zurückgehe und hoffe, dass er sich entschieden hat und nicht meine Zeit verschwendet.

»Sie sind Violet Hayes, nicht?«, fragt er, als ich mit dem Bestellblock und dem Stift im Anschlag vor ihm stehe. Plötzlich erkenne ich seine Stimme wieder. Ich sehe zu ihm, als er sagt: »Die Violet Hayes, deren Eltern vor dreizehn Jahren in Cheyenne ermordet wurden?«

Eine eisige Welle überrollt mich, und ich umklammere den Stift in meiner Hand. »Sind Sie das Arschloch, das mich angerufen hat?«

Er bemerkt meine zitternden Hände. »Bin ich.« Mit einem dämlichen Grinsen greift er nach dem Wasser.

Maßlose Wut tobt in mir, zusammen mit einer lähmenden Panik. Meine Hand entwickelt ihren eigenen Willen und schleudert den Stift nach ihm.

Er trifft ihn ins Gesicht, und er zuckt zusammen, wobei er sein Wasser fallen lässt, sodass sich überall Eiswürfel verteilen. »Was soll das?« Er starrt mich an, als wäre ich die Irre, dann hebt er beide Hände. »Okay, ganz ruhig. Ich bin Stan Walice, Reporter für Chanel 8 *News at 8*, und ich würde Ihnen gerne ein paar Fragen darüber stellen, was Sie in der Nacht gesehen haben. Ich mache einen Beitrag über den Fall.«

»Fahren Sie zur Hölle! Mich anzurufen wie irgendein Psycho! Glauben Sie echt, dass ich mit Ihnen rede?« Ich werfe auch den Bestellblock nach ihm, der in dem Wasser und Eis landet. Dann drehe ich mich um und laufe zwischen den Tischen hindurch. Einige Gäste sehen mir verwundert nach. Binnen zehn Sekunden habe ich es von der gestressten Kellnerin zur Violet kurz vorm Zusammenbruch geschafft. Ich spüre die Wut in meiner Brust, ein klaffendes Loch, das noch weiter aufreißt.

Stan folgt mir, als ich zum Tresen stürme. »Also haben Sie sie in der Nacht gesehen?«, fragt er. »Die, die in Ihr Haus eingebrochen sind?«

Ich antworte nicht und flehe mich im Geiste an, ruhig zu bleiben. Sage mir, dass ich muss. Dass hier ein Restaurant voller Leute ist, die ihr Abendessen und ihre Zeit mit der Familie genießen, und dass ich in ernsthafte Schwierigkeiten gerate, wenn ich eine Szene mache.

»Haben Sie sie gefunden?«, fragt er. »Ihre Eltern? Ich glaube, das habe ich irgendwo gelesen, oder? Und dass Sie vierundzwanzig Stunden in dem Haus blieben, ehe Sie die Cops riefen. Warum haben Sie das getan?«

Ich bleibe an der Kasse stehen, wo Sherry, eine Kellnerin mittleren Alters mit einem grauen Bob, Rechnungen eintippt, und drehe mich um. »Ficken Sie sich ins Knie, Stan.«

In diesem Augenblick kommen mein Boss und der Restaurantbesitzer Benny heraus. »Violet«, zischt er mich an und blickt zu den Tischen und Nischen. Er wird rot und senkt die Stimme. »Nach hinten, *sofort.*«

Von jetzt an eskalieren die Dinge irgendwie. Der Reporter verlässt das Restaurant, flieht vor dem, was er ausgelöst hat. Ich gehe in die Küche, gefolgt von Benny. Er ist auch der Koch und hat eine fleckige weiße Schürze um seinen runden Bauch gebunden. Ich kann nicht aufhören, auf die Flecken zu starren, als er vor dem Herd steht und mich anbrüllt. Die Flecken sind rot, wahrscheinlich Ketchup, aber sie sehen wie Blut aus. Blut. Tod. Blut. Ich fange an, mir Sachen vorzustellen, nicht nur von meinen Eltern, auch von mir. Meinen Tod. Wie er sein wird. Entsetzlich.

Tragisch. Ich stelle mir mich auf dem Fußboden vor, mit meinen Eltern sterbend. Für eine Sekunde fühle ich mich okay.

»Violet, ich fürchte, ich muss dich feuern«, sagt Benny, und ich sehe nur auf seinen kahlen Schädel, der im Neonlicht glänzt.

Ich hätte mich wohl einfach von ihm feuern lassen, wäre Greyson nicht hereingekommen. Er trägt seine Barkeeper-Uniform, weißes Hemd und schwarze Hose, und ein Glas in der Hand. »Hey, Benny, sei mal nicht so hart zu ihr. Sie hatte einen heftigen Tag.«

»Mir ist scheißegal, was für einen Tag sie hatte«, erwidert er und hebt den Deckel von einem Edelstahltopf. »Sie hat in meinem Restaurant die F-Bombe geschmissen. Da draußen sitzen Kinder, verdammt!«

»Ja, aber der Typ hat ihr an den Hintern gefasst«, lügt Greyson und wirft mir einen kurzen Seitenblick zu. »Du solltest fair sein. Das ist sexuelle Belästigung.«

Benny sieht von dem Topf auf, während er einen großen Löffel vom Stahlregal holt. »Stimmt das, Violet?«

Mir ist klar, dass ich mich ein bisschen bemühen sollte, doch ich zucke bloß mit den Schultern, denn mir ist viel zu düster zumute, als dass es mich kümmert. Anscheinend interessieren mich nur die verfluchten roten Flecken auf Bennys Schürze. »Denke schon.«

»Du denkst? Hat er oder hat er nicht?«, fragt er und rührt in dem Topf.

Greysons Blick fragt mich, *Was machst du denn? Ich habe dir gerade einen Rettungsring zugeworfen.*

Ich seufze erschöpft, zwinge mich, mich anzustrengen,

weil ich den Job brauche. »Ja, er hat mir an den Hintern gefasst … Entschuldige das mit der F-Bombe.«

Benny atmet frustriert aus und zeigt mit dem tropfenden Löffel auf mich. »Das nächste Mal sagst du mir Bescheid, ehe du mit unangemessenen Ausdrücken um dich wirfst, verstanden?«

»Okay.«

Er runzelt die Stirn, lässt mich aber gehen und sagt, ich soll mir die nächsten paar Tage freinehmen und mich wieder beruhigen. Nachdem ich einige Male tief Luft geholt habe, nicke ich und schnappe mir meine Wechselsachen aus meinem Fach. Dann gehe ich nach draußen, an die frische Luft. Ich werde eine Woche Lohn verlieren. Und ich koche, nicht wegen mir, sondern dieses Reporters. Ich stürme aus der Tür zum Hof, wo die Angestellten parken. Der Himmel ist immer noch grau, aber es nieselt nur noch, und die Gebäude um das Restaurant herum erhellen den Block.

Ich beiße die Zähne zusammen, als ich in die Mitte des matschigen Parkplatzes gehe, meine Klamotten zusammengeknüllt in den Händen. Plötzlich balle ich die Fäuste und schreie: »Scheiße! Zur Hölle mit ihm!« Ich dachte, ich wäre die Reporter längst los. Dieser muss hier gewesen sein, weil die Polizei den Fall wieder aufrollt.

Ich höre Schritte hinter mir, als jemand näher kommt. »Alles okay?«, fragt Greyson besorgt.

Ich rühre mich nicht. »Mir geht es gut. Es ist nur eine Woche ohne Arbeit. Ich sollte froh sein, dass er mich nicht gefeuert hat.« Ich will mich bedanken, dass er mir geholfen hat, doch ich weiß nicht mal, wie oder wo ich anfangen soll.

»Das meine ich nicht.« Er bleibt hinter mir stehen, und ich höre ihn atmen. »Ich meine, was der Typ zu dir gesagt hat.«

Ich bohre die Fingernägel in meine Handflächen, möchte ihn schlagen, dabei hätte es der Reporter verdient. Ich muss auf irgendwas einprügeln, dieses zittrige, rasierklingenscharfe Gefühl aus mir heraus bekommen. »Mir geht es gut!«

Greyson tritt neben mich, und meine Muskeln spannen sich an. Er bewegt sich auf heiklem Terrain, denn ich überlege ernsthaft, ihn zu schlagen, damit dieses Wüten in mir aufhört.

Greyson reicht mir ein Glas mit einer rötlichen Flüssigkeit. »Hier, das beruhigt dich.«

Ich sehe zu dem Glas, und meine Wut wird weniger. »Was ist das?«

»Wodka mit Cranberry.«

»Ich trinke nicht.«

»Es ist auch nicht viel Wodka drin.« Er hält mir weiter das Glas hin und lächelt mitfühlend.

Ich schnappe so hastig nach dem Glas, dass ich etwas von dem Inhalt auf meine Schuhe verschütte. Dann nehme ich einige Schlucke, spüre, wie sich das Brennen des Alkohols mit dem in mir vermischt. Es ist wie Öl ins Feuer gießen, das weiß ich. Und ich sollte das Zeug auskippen und verschwinden.

Stattdessen stürze ich den Rest hinunter und gebe Greyson das leere Glas zurück. »Danke.«

»Gern geschehen.« Er dreht das Glas in seinen Händen. »Ich habe in einer halben Stunde Schluss. Du könntest solange warten, an der Bar vielleicht, und wir nehmen zusammen den Bus zurück zur Wohnung.«

»Holt Seth dich nicht ab?«

»Nein, Luke und er feiern eine Party in der Wohnung, und die sind sicher schon beide zu hinüber, um zu fahren.«

Ich sehe zu ihm und frage mich, wie viel er gehört hat. Dass meine Eltern ermordet wurden? Dass ich sie gefunden habe? Gibt es jetzt noch jemanden in meinem Leben, der von meiner kaputten Vergangenheit weiß? »Wie viel hast du gehört?«

»Einiges, aber von mir erfährt keiner was, Ehrenwort«, sagt er sofort.

Kann ich ihm glauben? Regungslos stehe ich da und überlege, ob ich ihm trauen darf, aber ich verstehe ja kaum mich selbst, wie soll ich also jemand anderen durchschauen? »Okay, ich bleibe, schätze ich mal.«

Sein Lächeln wird breiter. »Prima. Zieh dich um und setz dich an die Bar. Ich mixe dir noch einen Drink.«

Ich sollte ihm widersprechen, ihm erklären, dass ich kein netter Mensch bin, wenn ich betrunken bin, dass meine skrupellose Energie sich unter Alkohol vervielfacht. Doch ich nicke und folge ihm ins Restaurant zurück. Mir ist klar, worauf ich mich einlasse, und es ist mir egal.

Kapitel 14

LUKE

Ich bin ein Glückspilz. Ja, bin ich wirklich, aber nur, weil ich über mein Glück bestimme, es mir selbst erschummle. Seit fast anderthalb Wochen zocke ich und bin bei tausendzweihundert Dollar. Jetzt sollte ich wohl aufhören, nur ist das schwer, wenn ich erst mal eine Gewinnsträhne habe. Wenn ich mich an den Pokertisch setze, kontrolliere ich beinahe alles, und mir wird bewusst, wie sehr mir das gefehlt hat.

Violet redet nicht viel mit mir, verbringt die Hälfte ihrer Zeit bei der Arbeit und den Rest in ihrem Zimmer. Ich versuche, sie in Ruhe zu lassen, weil klar ist, dass sie das will. Trotzdem fange ich an, mich zu fragen, ob sie nicht etwas vollkommen anderes braucht, als sie selbst will. Bis zu einem gewissen Grad kann ich verstehen, dass man für sich sein will, doch sie schottet sich von jedem ab, ist immer allein. Ich habe einige Male versucht, ein Gespräch mit ihr anzufangen, nur um sie wieder in meinem Leben zu haben und ihre Stimme zu hören, doch ihre Reaktionen beschränken sich auf Ein-Wort-Sätze.

Nach wie vor schlafe ich auf der Couch, was ziemlich unbequem wird, und ich habe immer noch nicht meine Kartons ausgepackt, denn Violet schließt dauernd die Tür ab. Sobald ich denke, dass ich reinstürmen und auf meinen Platz pochen sollte, stelle ich mir ihren Blick vor, nachdem ich das mit ihren Eltern erfahren hatte, und ich bremse mich, verdränge meinen Ärger und sage mir, dass es nicht um mich geht oder darum, was ich will.

In der letzten Woche habe ich jeden zweiten Tag mit meiner Mutter telefoniert. Ich hatte ihre Anrufe ignoriert, doch als über dreißig Nachrichten von ihr meine Mailbox verstopften, nahm ich endlich ab. Sie ist in einer ihrer Stimmungen, in der sie denkt, dass jemand hinter ihr her ist – ein Nachbar, der Postbote, die Polizei. So ging es ihr oft, als ich neu auf dem College war; sie rief mich an und sagte, dass ich nach Hause kommen und sie beschützen muss. In den letzten paar Monaten hat sie sich ein wenig zurückgehalten, aber seit ich ihr erzählte, dass ich nicht über den Sommer nach Hause komme, dreht sie offenbar wieder auf. Ich gebe mein Bestes, nicht auf irgendwas einzudreschen, erinnere mich daran, dass ich meine eigene Bleibe habe und tun kann, was ich will. Leider holt mich ihre Stimme immer in die Vergangenheit zurück, sodass die Albträume wiederkommen und ich noch wütender werde.

Am Freitagabend beschließen Seth und ich, eine Party in unserem neuen Zuhause zu geben, und ich bin froh, denn ich brauche dringend eine Pause von dem Stress. Violet und Greyson sind noch bei der Arbeit, wir haben ein Wohnzimmer voller Leute, Musik spielt, und es gibt Drinks und ungefähr eine Woche alte Haschbrownies, die Greyson gemacht hat und von denen Seth und er hin und wieder naschen. Ich hatte ihn gefragt, woher das Hasch kam, und er sagte, von einem Freund, aber ich glaube, dass Violet es ihm gegeben hat, und mache mir Sorgen, dass sie wieder zu diesem Arsch zurückgehen könnte. Trotzdem werde ich sie nicht fragen. Wenn sie so blöd ist, ist sie es eben. Das ist nicht mein Problem! Wenigstens rede ich mir das ein. Ich kann allerdings nicht verhindern, dass ich an meine Vergangenheit denke und daran, was Drogen und Dealen mit meiner Mutter gemacht haben und wozu sie wurde.

Ich stelle Bier, Chips und eine komische Obstplatte, die Seth ausgesucht hat, ins Wohnzimmer, lasse den harten Stoff aber für meinen Privatverbrauch im Kühlschrank. Dann starte ich ein Spiel Texas Hold'Em am Tisch, um meine Glückssträhne auszunutzen. Leider habe ich etwas zu viel Wodka intus, und die Könige fangen an, wie Königinnen auszusehen, aber ich höre weder zu spielen noch zu trinken auf, weil ich zu verdammt entspannt bin.

Es sind fünf andere Typen am Tisch, einschließlich Seth, der nicht sehr gut im Pokern ist, aber gerne spielt. Einer der Typen, Jonah Irgendwas, hat eine Blondine mit knallroten Lippen auf dem Schoß, die einen engen Lederrock und ein weißes Top ohne BH darunter trägt. Sie wirft mir diese Blicke zu, und ich überlege, ob ich sie später flachlegen will. Jonah hat gesagt, sie wären nicht zusammen, nur Freunde, aber es wäre schon komisch, wenn Violet reinkommt, und ich bin nicht sicher, ob ich das durchziehen kann und bekommen, was ich will – einen dringend nötigen Fick, bei dem ich die Situation völlig unter Kontrolle habe. Andererseits sollte ich nicht mal an Violet denken. Wir sind nicht zusammen. Wir haben uns zweimal geküsst. Na und? Es ist Zeit, dass ich weiterziehe und über das Mädchen hinwegkomme, das nicht an mir interessiert ist … ein Mädchen, das seit Wochen jeden meiner Gedanken beherrscht. Zumindest sage ich mir das.

Als ich das nächste Blatt gewinne, verschwimmt mein Denken durch den Suff, und ich fange an, meinen Charme einzusetzen, mit dem Mädchen mir gegenüber zu flirten, das sagt, es heiße Kenzie. Nach einigem Lächeln und ein paar Komplimenten habe ich sie so weit, dass sie von Jonahs Schoß auf meinen wechselt.

»Du hast total schöne Augen«, flüstert sie mir ins Ohr und kichert zum Glück nicht, als sie mir durchs Haar streicht.

»Tu ihr ja nicht weh«, sagt Jonah lachend, trinkt von seinem Bier und betrachtet seine Karten.

Wehtun? Nein. Vögeln? Ja. Ich lege einen Arm um sie, und sie wackelt ein bisschen mit dem Hintern, was sich gut anfühlt, aber nicht so gut wie sonst.

»Dein Einsatz, Arschloch«, sagt Jonah zu mir und schleudert eine Handvoll blauer Chips in die Tischmitte.

Ich werfe ihm einen warnenden Blick zu, greife nach meinen Chips, halte aber inne, als er zur Tür sieht. »Na, na, wenn das nicht meine Lieblingsschnecke ist! Was machst du denn hier, Süße?«

»Und wenn das nicht der größte Penner aller Zeiten ist. Ich wohne hier, du Idiot.« Beim Klang von Violets Stimme verkrampfe ich mich sofort. Ich dachte, sie würde frühestens in einer Stunde von der Arbeit zurückkommen.

Gefühlte fünf Stunden warte ich. In Wahrheit sind es wohl eher fünf Sekunden, dann geht Violet am Tisch vorbei in die Küche. Sie hat einen langen Rock an, der tief auf ihren Hüften sitzt, und dieses schwarz-weiße Top, das nur ihren Brustkorb bedeckt. Ich kann ihren flachen Bauch sehen, die glatte Haut und ein Tattoo, das sich in schwarzer Tinte von ihren Rippen bis zu ihren Hüften erstreckt. Es ist ein schnörkeliges Blumenmuster, das die halbe Seite bedeckt, und das verflucht Erotischste, was ich je gesehen habe … Ich will ihr die Kleider herunterreißen, damit ich sehen kann, wo die Linien anfangen und wo sie enden.

Sie geht zum Kühlschrank, achtet gar nicht auf die Party, und Greyson erscheint am Tisch. Seine Augen sind gerötet, und er riecht nach Zigarettenrauch.

Er sinkt auf den Stuhl neben Seth, schnappt sich eine Handvoll Kartoffelchips und fragt: »Was habe ich verpasst?«

Seth lehnt sich blinzelnd zu ihm. »Bist du …« Er schnuppert an der Luft vor Greysons Mund. »Bist du besoffen?«

Achselzuckend stopft Greyson sich die Chips in den Mund. »Und wenn schon?«

Seth lehnt sich wieder zurück und streckt einen Arm über die Rückenlehne. »Du trinkst so gut wie nie.«

Greyson ignoriert ihn und kaut auf seinen Chips, während ich mich wieder auf Violet in der Küche konzentriere. Sie sucht irgendwas im Kühlschrank, wirft sich das Haar über die Schulter und blickt kurz zu mir und dem Mädchen auf meinem Schoß. Ich habe eigentlich mit diesem unbeteiligten Blick gerechnet, den sie so klasse draufhat und jetzt anscheinend auch versucht, aber für einen Sekundenbruchteil sehe ich den Schmerz in ihren Augen.

»Also, Jonah Penner«, sagt sie und löst ihren Blick von mir. »Was hast du die letzten Monate so getrieben?«

Jonah der Penner kippt auf seinem Stuhl nach hinten und mustert ihren Hintern. »Nicht besonders viel. Und du? Immer noch das Übliche?«

Ich nehme einen Chip und bewerfe ihn damit. Betrunken wie ich bin, ziele ich schlecht, und der Chip landet an der Wand, ohne dass Jonah etwas davon merkt. Seth schon, ebenso wie Kenzie, und beide sehen mich verwirrt an.

Violet richtet sich vor dem Kühlschrank auf, schubst ihn mit der Hüfte zu und umklammert eine halb volle Tequila-Flasche mit beiden Händen. Mir ist sofort klar, dass etwas nicht stimmt. Sie sagt, dass sie nicht trinkt, und ich habe sie noch nie trinken gesehen. Entweder ist bei der Arbeit etwas passiert, oder im Fall ihrer Eltern hat sich irgendwas getan, aber wie soll ich herausfinden, was los ist, wenn sie nicht mit mir redet?

»In letzter Zeit nicht.« Sie dreht den Deckel ab, die Augen fest auf Jonah gerichtet, der aussieht, als würde er glauben, dass er heute noch zum Zug kommt. Dann holt Violet tief Luft, setzt die Flasche an und neigt den Kopf nach hinten. Ihre Brust wölbt sich vor, als sie trinkt. Ich bin ziemlich sicher, dass jeder Idiot am Tisch, ausgenommen Seth und Greyson, mit offenem Mund zusieht.

»Drachen«, murmelt Seth neben mir spöttisch und sieht seine Karten an.

Violet nimmt die Flasche vom Mund, und ihre Augen glänzen, als sie hustet. Rasch dreht sie den Deckel wieder auf und leckt sich den restlichen Tequila von den Lippen. »Gott, das Zeug verschmort einem die Kehle.«

»So ist das bei Ta-kill-ya«, scherzt Jonah, als wäre er der Komiker schlechthin.

Violet lächelt ihm nachsichtig zu. »Ja, muss wohl.«

Jonah legt grinsend seine Karten auf den Tisch. »Also, du sagst zwar, dass du nicht das Übliche machst, aber kannst du bitte, bitte eine Ausnahme für deinen Lieblingsjungen machen? Ich brauche es richtig dringend, Baby.«

Violet hält die Flasche fest, und ihre grünen Augen huschen zu mir, bevor sie zu Jonah sagt: »Komm mit.«

Jonah steht strahlend vom Tisch auf. »Bedaure, Jungs, aber ich denke, ich setze das nächste Blatt aus.« Er nimmt sein Bier und geht um den Tisch herum hinter Violet her, die an mir vorbeirauscht. Die beiden verschwinden in ihrem Zimmer – *unserem* Zimmer. Ich starre auf die Tür, und in meiner Brust brennt es, als ich gegen den Drang ankämpfe, ihr zu folgen. Sie gehört mir nicht. Ich will nicht, dass sie mir gehört. *Lass sie in Ruhe. Es ist ja nicht so, als würde sie mit ihm schlafen.*

»Was für eine Schlampe«, raunt Seth, als er nach einem roten Plastikbecher mit Wodka und Orangensaft greift.

»Sie ist keine Schlampe!«, fahre ich ihn ein bisschen schärfer als beabsichtigt an und werfe meine Karten auf den Tisch. »Du weißt nichts über sie.«

Seth hebt den Becher an seinen Mund. »Du auch nicht«, erinnert er mich. »Also woher weißt du, dass sie keine ist?«

»Weiß ich eben.« Was nicht stimmt. Violet lügt viel, und es ist schwer zu entscheiden, wann sie ehrlich ist – wenn überhaupt. Vielleicht ist sie keine Jungfrau. Vielleicht vögelt sie genauso viel herum wie ich. Vielleicht dealt sie, vögelt herum und macht dann so verrückten Mist wie aus Fenstern springen.

»Verdammt«, fluche ich leise, denn das sollte mir nichts ausmachen. Hat es noch bei keinem Mädchen. Und doch tut es das bei Violet. Ich schiebe Kenzie von meinem Schoß. Sie landet auf den Füßen, torkelt aber auf ihren hohen Schuhen und kann sich gerade noch am Küchentresen abfangen.

»Geht's noch?«, schimpft sie und richtet sich auf.

Rasende Wut tobt in mir, als ich aufstehe. Ich habe keine Ahnung, was ich tun soll, aber irgendwas muss ich tun, sonst platze ich.

VIOLET

Die betrunkene, gemeine Violet kommt heraus, und sie ist gelangweilt. Das ist keine gute Kombi. Es bedeutet, dass ich höchstwahrscheinlich nach Ärger suche. Und das wiederum heißt meistens, dass ich Sachen mache wie aus Fenstern im ersten Stock springen. So gerne ich auch den Tod koste, endete es das letzte Mal, dass ich betrunken war und mich so wie jetzt fühlte, damit, dass ich tatsächlich von einem Auto angefahren wurde. Ich brach mir ein Bein, und Preston war nicht begeistert. Ich habe mich wirklich bemüht, ihm zu erklären, warum ich das gemacht habe, und er sagte mir, dass ich einer von den Menschen wäre, die nicht trinken können, ohne dass es ernste Folgen hat. Ich hasse es, dass ich an Preston denke und ihn irgendwie vermisse, so wie das Leben, das ich mit ihm hatte, denn vor der ganzen Geschichte mit dem Drama und dem Grabschen war es irgendwie entspannt. Und vorher hatte ich es nie entspannt.

»Hey, darf ich hier drin rauchen?«, fragt Jonah der Penner, als er sich im Schneidersitz auf mein Bett hockt. Er ist einer von meinen Stammkunden, der ein bisschen nervt, aber ich bin gelangweilt und brauche Ablenkung. Zudem bin ich fast sicher, dass Luke denkt, ich wäre mit ihm ins Zimmer gegangen, um etwas mit ihm anzufangen, so eifersüchtig, wie er wirkte. Mir gefällt nicht, wie sehr ich die Vorstellung mag, dass er eifersüchtig ist. Schließlich hat er kein Recht dazu, bedenkt man, dass diese Tussi auf seinem Schoß saß, deren viele Kurven ihr Rock und das Shirt nicht bedecken konnten.

»Mach doch, was du willst«, antworte ich und blättre durch die Songs auf meinem Laptop. Die Titel sind schwer zu lesen, und je länger ich sie anblinzle, desto gelangweilter und unruhiger werde ich. Am Ende klicke ich wahllos einen an, und »Make Damn Sure« von *Taking Back Sunday* erklingt. Dann beschließe ich, Stan Walice zu recherchieren, um mehr Informationen über ihn zu bekommen. Damit ich zu ihm gehen und ihm in den Arsch treten kann. Danach würde ich mich besser fühlen. Ich suche nach dem Namen und Channel 8 und blinzle auf den Monitor. Auf dem Foto ist nicht zu erkennen, welcher er ist ... die sehen alle so verschwommen aus.

»Gott, der Mist riecht gut.« Jonah grinst, als er die Pfeife aus seiner Tasche holt. Für einen Kiffer sieht er recht gut aus, und er ist nicht so reich wie die meisten meiner Stammkunden. Er hat eine Beanie auf dem Kopf, ein ausgefranstes Lederarmband am Handgelenk und einige Löcher in der Jeans. Im Zimmer brennt Licht, sodass ich seine geweiteten Pupillen sehe. Er nimmt das restliche Gras aus dem braunen Fläschchen und stopft es in seine Pfeife. Mich hatte gewundert, dass Greyson es mir zurückgab, nachdem er nur ein bisschen für seine Brownies genommen hatte. Die meisten Leute hätten alles behalten.

Jonah sagt etwas zu mir, als er den Rauch wieder ausbläst, aber ich drehe nur die Musik lauter und suche weiter nach Stan Walice. Nach einer Weile gebe ich es auf, weil alles verschwommen ist und das grelle Licht vom Monitor in meinen Augen brennt. Ich schiebe den Laptop beiseite und suche in dem Nachttisch nach Kaugummi, finde aber nur eine Tüte mit Lollys. Mit einem davon versuche ich, den ekligen Alkoholgeschmack loszuwerden, der sich in meinen Geschmacksknospen festgesetzt hat. Dann lege ich mich aufs Bett und blicke an die Decke. Ich kann nicht aufhören, an den Reporter und seine Fragen zu denken. Was ist, wenn er wieder aufkreuzt? Wenn ich nicht damit umgehen kann? Kann ich denn jetzt damit umgehen? In mir herrscht diese Ruhe vor dem Sturm, wenn Wellen mit weißen Schaumkronen auf das Land zurollen und dabei immer höher anschwellen. Die Frage ist, wo ist der Strand? In mir? Jemand anderem? Ich muss etwas tun, denn ich bin viel zu unruhig.

Nachdem ich die Musik leiser gedreht habe, setze ich mich auf. Jonah nimmt einen zweiten Zug von seiner Pfeife, und Rauch füllt das Zimmer. Ich ziehe die Knie an und beobachte, wie er immer wieder inhaliert, während ich an meinem Lolly lutsche. Er sagt nichts, behält jedoch den Lolly im Blick – oder meinen Mund, das weiß ich nicht. Ich bin hin und her gerissen, ob ich ihn rauswerfen will, sodass ich mir allein meinen Adrenalinrausch verschaffen kann, oder ihn hierbehalten soll. Kann ich ihn zu irgendwas gebrauchen? Als ich Luke küsste, fühlte es sich gut an und hat abgelenkt. Wäre der Effekt bei Jonah der gleiche? Ich könnte es versuchen, denn irgendwie brauche ich das heute Abend. Ich muss mein Leben, meinen Job und Stan, den dämlichen Reporter, vergessen.

»Was? Wieso siehst du mich an, als wolltest du mit mir vögeln?«, fragt Jonah grinsend. Eine Qualmwolke wabert aus seinem Mund. Mein Shirt ist höher gerutscht, und Jonah sieht mit einem trägen Lächeln auf meine entblößte Haut. Ich könnte ihn küssen und herausfinden, ob Jonah genau so eine gute Ablenkung ist wie Luke. Eigentlich stehe ich nicht auf Küssen, aber vielleicht hat sich das geändert, vielleicht könnte ich …

Jemand hämmert an die Tür. »Violet, mach die verdammte Tür auf!« Es ist Lukes Stimme, und sie klingt sehr wütend.

Jonah quellen die Augen über, als er einen Zug Gras aushustet. »O Scheiße, bist du mit Luke zusammen?«

Ich verdrehe die Augen, als Luke wieder gegen die Tür donnert. »Seit einem Jahr versorge ich dich mit Gras, und hast du mich je mit einem Freund gesehen?«

Achselzuckend klickt er mit seinem Feuerzeug. »Nein, aber ich weiß auch nichts über dich – keiner weiß was.«

Ich will ihm zustimmen, als Luke wieder auf die Tür eindrischt. Also stehe ich auf, stolpere über meinen langen Rock und fange mich an der Tür ab. Luke hämmert immer noch darauf ein, als ich sie aufreiße, was zur Folge hat, dass mir seine Faust entgegenfliegt. Ich rühre mich nicht, und er stoppt gerade rechtzeitig, bevor er mir ins Gesicht boxt. Erschrocken nimmt er die Hand herunter, doch dann drängt er sich an mir vorbei ins Zimmer.

»Raus hier!«, sagt er in diesem ruhigen, Furcht einflößenden Ton zu Jonah und nickt zur Tür.

Jonah nimmt die Pfeife aus dem Mund. »Was ist eigentlich dein Problem? Ich sitze bloß hier und rauche. Ich habe sie nicht angefasst.«

Luke geht neben das Bett und reißt Jonah die Pfeife aus der Hand. »Du bist mein Problem. Und jetzt raus hier!«

Jonah steht auf. Er ist kleiner als Luke, aber kräftiger gebaut. Trotzdem tut er, was Luke gesagt hat, und geht zur Tür, wo er stehen bleibt. »Darf ich wenigstens meine Pfeife wiederhaben?«

Luke stößt ihn aus dem Zimmer und wirft ihm die Pfeife zu, die auf dem Boden landet und glühendes Gras auf dem Teppich verteilt. Jonah flucht, als Luke die Tür zuknallt und verriegelt. Mein ganzer Körper bebt, während ich warte, dass er sich umdreht, doch er lehnt nur den Kopf an die Tür.

Er hat ein schwarzes Shirt und Jeans an, die gerade so eng sind, dass sie seinen Hintern richtig nett aussehen lassen. Vielleicht ist der aber auch schlicht sehr gut geformt. Ich stecke den Lolly in den Mund und neige den Kopf zur Seite, um besser zu sehen. Als Luke sich zu mir dreht, gebe ich mir keine Mühe, zu verbergen, dass ich ihn begafft habe. Ich bin betrunken und hemmungslos, und jeder blasierte Zug meiner Persönlichkeit ist in diesem Zustand besonders ausgeprägt.

Luke fährt sich mit der Hand durch sein kurz geschorenes Haar, dass sich seine Armmuskeln wölben. »Du machst mich echt wahnsinnig.«

»Das sagst du oft.« Ich bewege den Lolly in meinem Mund, und er sieht hin.

Nein, er starrt mich mit großen, gierigen Augen an. »Machst du das mit Absicht?«, fragt er und nickt zu meinem Mund.

Der Lolly stößt gegen meine Zähne. »Nein, ich hatte Tequila-Geschmack im Mund, und das hier ist das Einzige, was ich im Zimmer hatte, um ihn loszuwerden.«

Er lehnt sich mit dem Rücken gegen die Tür und wirkt erschöpft. »Ich wette, Jonah fand das geil.«

Ich grinse. »Ja, sicher doch.«

Luke schüttelt den Kopf und kneift die Augen zu. »Ehrlich, ich könnte schwören, dass du mich fertigmachen willst.«

Ich nehme den Lutscher aus dem Mund und werfe ihn in den Müll. »Ich will gar nichts von dir. Du bist hier reingestürmt.«

Er öffnet die Augen, deren kalter, schneidender Blick mich erschreckt. Und erregt. Während sich die Erregung mit dem Alkoholnebel mischt, vergesse ich alles andere: wo ich bin, wer ich bin, was ich will.

Luke tritt bis ans Kopfende des Betts. Ich stehe am Fußende. »Ich habe an die Tür gehämmert, weil ich besorgt war, was du hier drinnen tust.«

»Was? Mit Drogen dealen? Das tue ich nun mal, Luke, wie ich dir bereits gesagt habe.«

»Tja, solltest du aber nicht … und das war es auch nicht,

was ich dachte …« Mit großen Schritten kommt er auf mich zu. »Ich dachte, ihr habt Sex.«

Ich will zurückweichen, weil von ihm so viel Hitze und Lust ausströmt wie von uns beiden Tequila und Wodka. »Und selbst wenn, geht es dich nichts an.«

»Doch, geht es. Alles, was du machst, geht mich an.«

Ich lache schnaubend. »Wie kommst du auf die Idee?«

Als er vor mir steht, verschränkt er die Arme. »Weil du mich in dein Leben geholt hast, mit mir zusammengezogen bist …« Er verstummt und sieht wieder meinen Mund an. »Mich geküsst hast.«

Ich lache, und es ist mein betrunkenes Lachen, das zu schrill und komisch klingt. »*Ich* habe dich geküsst? Bringst du nicht einiges durcheinander? Du warst der, der seine Lippen auf meine geknallt hat.«

»Habe ich nicht«, erwidert er wütend und beugt sich näher zu mir. »Wir haben uns geküsst, und dir hat es gefallen. Gib's zu!«

Ich schüttle den Kopf. »Tue ich nicht.«

»Sag es.«

»Nein.«

»O mein Gott«, stöhnt er und ringt die Hände, zitternd vor Wut. »Bei dir kann ich gar nicht gewinnen. Ich versuche, etwas aus dir herauszubekommen – irgendwas –, aber du willst einfach nicht.«

»Tut mir leid, dass ich dich nicht gewinnen lasse wie all die anderen Mädchen, mit denen du schläfst«, kommt aus meinem betrunkenen Mund. »Da ist die Tür. Du kannst jederzeit gehen.«

Er stößt ein schneidendes Lachen aus. »Das hier ist als

unser Zimmer gedacht, doch du hast es dir kurzerhand angeeignet.«

»Ich habe mir nichts angeeignet. Du kommst nur nicht hier rein.«

Er schweigt eine Weile, und als er wieder etwas sagt, klingt er ruhiger. »Ist es das, worauf du wartest? Dass ich hier reinkomme? Mir kam es nämlich vor, als wolltest du deine Ruhe haben.«

»Ja, darauf warte ich«, stammle ich. Ehrlich, ich stammle. Das passiert mir nie. Irgendwie habe ich in diesem kurzen Gespräch meine selbstbewusste Stimme verloren *und* gestehe, dass ich auf ihn gewartet habe.

Er sieht verdutzt, entsetzt und benommen aus. Seine Augen werden dunkler, als er die Lider halb senkt. »Sag das noch mal.«

»Was?«

Er kommt einen Schritt näher, sodass sein Knie gegen meines stößt. »Dass du darauf gewartet hast, dass ich reinkomme.«

Ich schüttle den Kopf und drücke mein Knie gegen seines. »Habe ich nicht.«

Sein Blick fällt auf unsere Knie. »Du hast eben gesagt, dass du es hast.«

»Tja, ich bin eine Lügnerin.«

»Weiß ich, aber du hast nicht gelogen.«

Ich sage gar nichts und überlege, an ihm vorbei aus der Wohnung zu fliehen, die Straße hinunter und zum höchsten Gebäude der Stadt. Auf das Dach steigen und fliegen. Stattdessen bleibe ich, weil der Nebel in meinem Kopf es okay macht, hier bei ihm zu bleiben. Ich warte gespannt, was er als Nächstes tut. Mich anbrüllen. Mich verlassen. Mich küssen.

Sein Arm bewegt sich auf meine Hüfte zu. Ich fange an, den Mund zu öffnen, als seine Finger meine Haut streifen und sich in meine Taille legen. Doch auf einmal verliere ich die Beherrschung und neige mich vor, küsse ihn. In der Sekunde, in der sich unsere Lippen berühren, fühle ich mich sicher vor allem Schlechten in meinem Leben. Ich schiebe es auf den Tequila, obwohl ich ziemlich sicher bin, dass nicht er mich dazu bringt, das zu tun, was ich nun tue. Daran ist vielmehr die Leidenschaft schuld, die ich momentan empfinde. Als ich die Lippen öffne und hoffe, dass seine Zunge in meinen Mund gleitet, dränge ich mich dicht an ihn und schlinge ein Bein um seine Hüfte. Für einen Augenblick ist Luke widerwillig, doch dann stöhnt er heiser, und schlagartig geschieht alles wie im Schnelldurchlauf. Seine heiße Handfläche wandert von meiner Taille zu meinem Schenkel, wo seine Finger durch den Rockstoff drücken, als er mein Bein packt und mich hochhebt. Ich schlinge die Beine um ihn, überkreuze die Knöchel auf seinem Rücken, während seine Zunge tief in meinen Mund dringt. Er presst sich an mich, stöhnt wieder, als er uns zum Bett manövriert. Dann fallen wir. Gemeinsam. Wir landen auf der Matratze, die sich unter uns durchbiegt, verfangen uns in den Decken und Laken, die Beine verschlungen, die Hände überall auf dem anderen. Zwei Körper, die sich in Harmonie winden. Die ganze Zeit gebe ich diese Wimmerlaute von mir, und das kann nicht richtig sein. Ich wimmere nie!

Luke löst seinen Mund von meinem, als ich schon

wieder dieses Geräusch mache. Er sieht mich an, während ich laut atme, seine Schultern umklammere und seine warme Haut durch den Shirt-Stoff fühle.

»Warum hörst du auf?«, frage ich atemlos.

»Keine Ahnung«, murmelt er, küsst mich wieder und drückt meine Arme über meinem Kopf nach unten.

Ich keuche, denn die Lust in mir ist mächtiger als meine Gier nach Adrenalin. Davon habe ich jetzt reichlich in mir. Es pocht an den empfindlichen Stellen meines Körpers, pulsiert in meinen Schenkeln. Luke verschlingt mich mit seinem Mund, während er meine Handgelenke mit einer Hand umfasst und aufs Bett drückt. Ich erwidere seinen Kuss mit mehr Gefühl, als ich mir je zuvor erlaubt habe. Ungeduldig reibe ich meinen Körper an Lukes. Seine freie Hand streicht an mir nach unten, dann unter meinem Rock hinauf bis zu meinem Oberschenkel. So weit bin ich früher schon mit Jungen gegangen, aber nie mit jemandem, für den ich Gefühle hatte, und jetzt werden sie zu viel.

Ich will Stopp schreien, aber dann gleiten seine Finger unter den Rand meines Slips, und vor Schreck verschlägt es mir die Sprache. Zugleich durchfährt ein erstaunliches Kitzeln meinen gesamten Leib. Ich fühle mich, als würde ich platzen, und das wird noch schlimmer, als er erst mit einem, dann noch einem Finger in mich eindringt. Vor Wonne schreie ich auf, sobald er seine Finger bewegt, wiege meine Hüften an seiner Hand, will mehr. Er küsst mich sinnlich, bevor sein Mund nach unten wandert und er meine Arme loslässt.

Ich halte sie trotzdem weiter über meinem Kopf und

ringe mit geschlossenen Augen nach Luft. Lukes andere Hand schiebt mein Top nach oben. Er zerrt den BH herunter, befreit meine Brüste und fängt eine Spitze mit seinem Mund ein. Ich bin völlig hinüber, ertrinke in einem Meer von Lust und Alkohol, stürze wehrlos ab, als ich die Kontrolle verliere und mein Körper in Flammen aufgeht. Ich schreie wieder, grabe meine Fingernägel in die Handflächen und suche einen Ausweg aus dem Adrenalinrausch, nach dem ich mich den ganzen Abend gesehnt habe. Ich fühle, wie ich mich auflöse, vollkommen hilflos werde und die Kontrolle über alles verliere. Als ich wieder in die Realität zurückkehre, bin ich erschöpft, ausgelaugt, aber zufrieden. Luke saugt nicht mehr an meiner Brust, sondern liegt neben mir, einen Ellbogen angewinkelt und den Kopf in seine Hand gestützt. Er sagt nichts, sieht mich einfach nur an. Seine Augen glänzen, und er wirkt unsicher, als wüsste er selbst nicht genau, was gerade passiert ist – oder bereut es vielleicht sogar.

»Tut mir leid, dass ich mein Telefon ausgestellt hatte«, sagt er leise. »Ich schalte es immer aus, wenn ich Poker spiele.«

Ich möchte ihm erklären, warum ich traurig war, doch selbst betrunken scheint es mir keine gute Idee, die Büchse der Pandora zu öffnen, in der meine Vergangenheit steckt.

»Tut mir leid, dass ich das Zimmer für mich eingenommen habe.« Ich lächle müde.

Er grinst. »Ist schon gut. Ich habe vor allem auf der Couch geschlafen, weil ich dachte, dass du Raum für dich brauchst.«

»Ja, das dachte ich auch … denn so ist es normalerweise

immer…« Ich blinzle gegen die Müdigkeit. »Aber ich weiß nicht, ob es noch so ist.«

Er schweigt eine Weile. »Falls du mich brauchst… ich bin hier.«

Ich hole tief Luft, als er eine Hand ausstreckt und über meine Rippen streicht. Er zieht mein Shirt wieder nach unten, bedeckt mich. Es kommt mir wie das Netteste vor, das je irgendwer für mich getan hat, und ich möchte ihn umarmen, aber meine Arme sind zu müde.

Die Schläfrigkeit vom Alkohol siegt, und ich gähne. »Ich glaube, ich schlafe jetzt«, murmle ich, drehe mich um und krieche buchstäblich zu meinem Kissen, ehe ich bäuchlings zusammensacke. Luke setzt sich auf die Bettkante und blickt zur Tür. »Du kannst ruhig wieder da rausgehen«, sage ich mit einem weiteren Gähnen. »Aber es wäre schön, wenn du hierbleibst… bei mir…« Ich nehme kaum wahr, was ich sage. Mir ist nur bewusst, dass in seinen Armen alles Böse wie weggewischt scheint.

LUKE

Das habe ich noch nie gemacht. Nie habe ich einem Mädchen alles gegeben und mir nichts im Tausch genommen. Ich bin immer egoistisch gewesen, denn das war quasi der Sinn und Zweck. Ich wollte egoistisch sein, statt benutzt zu werden.

Nachdem Violet mir gesagt hat, dass sie sich wünscht, ich würde bei ihr bleiben, und sie eingeschlafen ist, sitze ich auf dem Bett, den Kopf in die Hände gestützt, und überlege, was ich tun soll. Ich spiele mit dem Gedanken, mich zu ihr zu legen, sie festzuhalten und ebenfalls zu schlafen, weil ich erledigt bin. In meinem Kopf herrscht Chaos, denn ich kann nicht aufhören, daran zu denken, wie sie stöhnte, und dass ich sie dringend wieder zum Stöhnen bringen wollte. Dann kam sie, und der Ausdruck in ihren Augen war so zufrieden, erotisch und erstaunlich. In dem Moment spiegelten sich so viele Emotionen in ihrem Gesicht – Wonne, Lust, Verlangen –, und es war faszinierend zu beobachten, weil sie sonst nie irgendwelche Gefühle zeigt. Ich wurde härter denn je. Der nächste Schritt wäre gewesen, sie zu vögeln, die Kontrolle wiederzugewinnen, das zu bekommen, was ich wollte, aber das konnte ich nicht. Sie ist betrunken. Ich bin betrunken. Das ist nicht richtig, und ich will das nicht mit ihr machen – so soll es nicht zwischen uns sein.

Kopfschüttelnd stehe ich auf und gehe aus dem Zimmer, denn ich bin nicht sicher, ob ich mich beherrschen kann. Mir ist nicht wohl dabei, sie zu verlassen, doch gleichzeitig bin ich zu rastlos, als dass ich bleiben könnte.

Das Kartenspiel ist noch im Gange, allerdings sind schon viele der Gäste gegangen. »Amüsierst du dich?«, fragt Seth, der von seinem Blatt zu mir aufsieht. Greyson hat seinen Arm um Seth gelegt und betrachtet die Karten. Als er zu mir aufblickt, wirkt er besorgt, weshalb ich mich frage, ob er etwas über Violet weiß – zum Beispiel was mit ihren Eltern passiert ist.

»So gut wie immer.« Ich gehe um den Tisch herum, bemerke, dass Jonah und Kenzie weg sind, und marschiere zum Kühlschrank. Dort schnappe ich mir eine Tequila-

Flasche und stürze das Zeug hinunter, in der Hoffnung, so wieder zu dem zu werden, der ich früher war – den ich schuf, damit ich vermeide, jemandes Eigentum zu werden, so wie ich es bei meiner Mom immer war. Aber ich finde ihn nicht mehr. Ich verwandle mich in jemand anderen, über den ich nicht mal nachdenken will, außer wenn ich Violet küsse. Dann scheint es okay zu sein, loszulassen und ihr zu geben, was sie will, keine Kontrolle zu haben, sondern ein Typ zu sein, der Sachen für andere tut, der andere in sein verbocktes Leben lässt.

Ich will Violet mehr, als ich jemals jemanden gewollt habe. Ich wünsche mir alles, was ich meide, seit ich sechzehn wurde, und mir ist egal, dass ich nicht nur an mich denke. Ich will Violet so sehr, dass es übler unter meiner Haut brennt als der Alkohol in meiner Kehle.

Am Ende eines schier endlosen Schlucks fühle ich immer noch den übermächtigen Drang, zurück ins Zimmer zu gehen, zu ihr, also tue ich es. Ich steige ins Bett, rücke dicht an sie und halte sie in den Armen, so wie sie es sich gewünscht hat. Aber ich bin nicht mal sicher, für wen von uns beiden ich das mache.

Zum allerersten Mal schlafe ich neben einem Mädchen ein, mit dem ich herumgemacht habe, und das Verblüffende ist, dass ich es tatsächlich genieße, bis mir die Augen zufallen. Dann holt mich die Vergangenheit ein – wie immer.

Es ist dunkel draußen, richtig spät, aber ich kann das Krachen des Feuerwerks hören, als die Raketen den Himmel sprenkeln. In meinem Zimmer ist es dunkel, trotzdem kann ich nicht schlafen, weil ich meine Mom in der Küche herumpoltern höre. Ich will schon aufstehen und nachsehen, was sie tut, denn sie benimmt sich neuerdings richtig seltsam, nimmt diese vielen Pillen und zieht Sachen durch die Nase hoch. Dann öffnet sich meine Tür knarrend, und jemand kommt herein.

»Lukey, ich brauche dich.« Sie streicht mir über den Kopf, während ich mich schlafend stelle. »Wach auf.«

Ich öffne die Augen. Fahles Mondlicht fällt ins Zimmer, in der Ferne krachen die Raketen, und meine Mutter sitzt auf meiner Bettkante.

»Was willst du?«, frage ich und reibe meine müden Augen.

Sie steht auf, tritt ans Fenster und starrt in den Garten. »Ich glaube, dass ich beobachtet werde.«

Ich setze mich hin. »Was?«

Sie dreht sich zu mir und streckt ihre Hand aus. »Komm mit mir, Süßer.«

Ich schüttle den Kopf und atme verärgert aus, steige aber brav aus dem Bett. Manchmal ist sie komisch, und es nervt, aber heute Nacht scheint es schlimmer zu sein, denn sie atmet richtig laut und packt meine Hand zu fest, als sie mich aus dem Zimmer zieht. Sie zerrt mich ins Wohnzimmer, wo sie mit mir auf die plastiküberzogene Couch sinkt. Ich warte ängstlich ab, was sie als Nächstes tut, und mir fällt erst jetzt auf, dass Blut auf ihrem Shirt und an ihren Händen ist. Schließlich schlingt sie die Arme um mich und fängt zu weinen an.

»Ich habe was Böses gemacht«, schluchzt sie und wiegt sich vor und zurück.

»Lass mich bitte los, Mom«, flehe ich, weil mir ihre Umklammerung wehtut.

»Ich kann dich nicht loslassen, Lukey. Ich brauche dich.« Sie drückt mich noch fester, und es ist so viel Blut an ihren Sachen. Es ist warm und fühlt sich falsch an, als es durch meinen Pyjama sickert.

»Mom.« Meine Stimme zittert, und ich komme mir schrecklich schwach vor, weil ich nicht von ihr gehalten werden will, aber nichts dagegen tun kann. Ich bin nicht stark genug, um mich zu wehren. Alles ist falsch. Sie. Ich. Das Blut auf ihren Sachen. »Wieso hast du überall Blut?«

Sie schluchzt hysterisch, presst ihre Wange auf meinen Kopf. Dann fängt sie leise zu singen an. Es ist einer der Songs, die sie für meinen Dad geschrieben hat, als er sie verließ.

»Lehn dich an mich. Lehn dich an mich. Nimm. Hilf mir. Ich muss es verstehen. Hilf mir. Ich schaffe das nicht ohne dich.« Sie singt es wieder und wieder, die ganze Nacht, weigert sich, mich gehen zu lassen, und mit jedem Wort fühle ich mich kleiner, bis ich beinahe nicht mehr existiere.

Kapitel 15

VIOLET

Am nächsten Morgen wache ich auf und ringe erstmals nicht nach Luft. Dafür brummt mein Schädel, und in meiner ausgedörrten Kehle regt sich ein ziemlich heftiger Würgereiz. Ich will aufstehen und ins Bad gehen, als ich bemerke, dass ein Arm auf mir liegt. Verwirrt drehe ich mich um und entdecke Luke schlafend neben mir, seinen Arm über mich gelegt. Also das ist … interessant.

Ich versuche, mich zu erinnern, was die Kopfschmerzen um nichts lindert, und langsam kommen die Bilder wieder zurück. Eines ist mir ganz besonders unangenehm: Lukes Finger, die in mich eindringen. Aber als ich mich erinnere, wie es sich angefühlt hat, flattert etwas in meinem Bauch, und mir fällt ein, wie zufrieden ich war. Ich könnte dem Alkohol die Schuld geben – wäre ja nicht das erste Mal –, nur so, wie mein Körper auf die Erinnerungen reagiert, würde ich mich damit selbst belügen.

Neben ihm zu liegen, ist auch nicht so schlecht, was mich zusätzlich verwirrt. All die Jahre, in denen ich keinen an mich herangelassen habe, nie wirklich etwas für jemanden empfand. Ich weiß nicht, was ich mit mir anfangen soll. Dem Gefühl nachgeben oder kneifen.

Vorsichtig hebe ich seinen Arm hoch und ducke mich

darunter heraus. Dann steige ich über ihn und lasse ihn weiterschlafen. Ich muss einen klaren Kopf bekommen, atmen, nachdenken, was das hier zu bedeuten hat und was ich mache, wenn er aufwacht.

Leise tapse ich in die Küche, koche mir Kaffee und durchquere das mit Abfall, Chips und Karten vermüllte Wohnzimmer. Ich öffne die Schiebetüren, die auf den Balkon führen, und trete hinaus in die Morgensonne, wo eine sanfte Brise meine Haut streichelt. Mit dem Kaffee in der Hand klettere ich auf die klobige Holzbrüstung, setze mich hin und lehne mich entspannt gegen den Trägerbalken, wobei meine Füße über den Rand baumeln. Ich sehe hinunter, doch ausnahmsweise denke ich nicht ans Springen, sondern an die Vergangenheit.

Mir kommt das erste Mal in den Sinn, dass ich die Pflegefamilie wechseln musste. Ich war sieben und verstand zunächst nicht, warum. Ja, ich benahm mich ein bisschen verrückt und weinte viel, aber Leute gaben Kinder nicht einfach weg, oder? Und viel verlangte ich ja nicht, nur jemanden, der mir half, mich sicher vor der Dunkelheit in mir zu fühlen, vor den Erinnerungen, die mich verfolgten, und vor der Einsamkeit.

Nie werde ich ihre Gesichter vergessen, als ich meinen Koffer packte und hinaus zu der Sozialarbeiterin ging. Sie waren nicht traurig, dass ich fortging; sie waren froh. Sie wollten mich nicht, nicht so wie meine Eltern. An dem Tag brach die schmerzliche, brutale, unbarmherzige Realität über mich herein und erdrückte mich fast. Von da an weigerte ich mich, zu irgendwem eine Beziehung aufzubauen, weil ich wusste, dass sie mich letztlich wieder zurückgeben würden. Es war leichter, nichts zu fühlen, als all das Schlimme zu empfinden. Und so halte ich es seitdem, fühle nichts außer der einen Sache, die ich kontrollieren kann. Meinen Adrenalinkick. Er ist so leicht auszulösen, auszuhalten, und viel besser als das härtere Zeug wie Herzschmerz.

Ich schließe die Augen und lasse mich von der Sonne wärmen, während ich meinen Kaffee trinke. Mir ist klar, dass das, was letzte Nacht mit Luke war, nicht bloß ein Adrenalinrausch war. Bei ihm habe ich Dinge empfunden, auch wenn ich betrunken war. Eigentlich empfinde ich schon Dinge für ihn, seit er mir zum Kurs half. Er hat mir so oft geholfen und nie eine Gegenleistung verlangt. Er gibt mir Sicherheit, und manchmal, wenn er mich ansieht, mich berührt, mich küsst, fühlt es sich an, als würde er mich wollen. Alles von mir. Die schroffe, unberechenbare Violet, die aus Fenstern springt und ihm gegen den Kopf tritt. Die sich ein bisschen zu sehr auf ihn verlässt, was ihn jedoch nicht zu stören scheint. Er widerspricht meiner Theorie über andere Leute, und ich kann lediglich hoffen, dass ich mich nicht irre.

Ich höre die Schiebetür hinter mir aufgehen, halte den Atem an und stelle meinen Becher auf die Brüstung.

»Violet, was machst du hier draußen?«, fragt Luke.

Ich lasse die Augen geschlossen und frage mich, ob er sich an letzte Nacht erinnert oder zu betrunken war. »Nachdenken?«

»Worüber? Ist es … Denkst du über letzte Nacht nach?« Er klingt nervös, und ich höre, wie er die Tür wieder zuschiebt, sodass nur noch er, ich und der Abgrund unter mir übrig sind.

»Willst du das wirklich wissen?«, frage ich leise.

»Ja, will ich«, antwortet er merklich angespannt. Jetzt mache ich die Augen auf und drehe den Kopf zu ihm.

Er sieht erschöpft aus. Unter seinen Augen sind dunkle Ringe, seine Haut ist sehr blass, beinahe grünlich, und seine Sachen sind zerknittert. Vom Liegen ist sein Haar auf einer Seite platt gedrückt, was nicht der attraktivste Look ist, dennoch kann ich nicht aufhören, ihn anzusehen.

»Ich denke über mein Leben nach.« Ich schnappe nach Luft, denn das war die Wahrheit, und sie ist erdrückend.

Luke mustert mich und setzt sich zu mir auf die Brüstung, die Füße nach innen zum Balkon. »Verstehe. Ich denke auch viel über meines nach.«

»Warum?«

»Weil … du allem widersprichst, was ich mir aufgebaut habe … für mich.«

»Geht mir bei dir nicht anders.«

Eine halbe Ewigkeit sehen wir einander an. Die Sonne strahlt auf uns herab, während wir beide uns weigern, wegzusehen. Nicht dass wir uns gegenseitig herausfordern; vielmehr versuchen wir beide, etwas zu begreifen.

»Hör mal, wegen letzter Nacht«, bricht Luke als Erster das Schweigen, lehnt sich an den Trägerbalken und zieht einen nackten Fuß auf die Brüstung. »Ich denke, ich sollte das erklären … Ich hatte kein Recht, an die Tür zu hämmern wie ein bescheuerter Kontrollfreak, ein besessener Irrer … So bin ich sonst nicht.«

»Doch, irgendwie schon«, sage ich und hebe den Kaffeebecher an meine Lippen. »Ich fand dich schon heftig, bevor wir uns kennenlernten, stoischer Unnahbarer.«

»Hast du mir deshalb diesen blöden Spitznamen gegeben?«, fragt er und massiert sich den Nacken.

Ich zucke mit den Schultern. »Kann sein.« Dann stelle ich den Kaffee wieder ab.

Ein kleines Lächeln zeigt sich auf seinem Gesicht. »Du schaffst es immer wieder, dich vor Antworten zu drücken. Das ist eine echte Gabe.«

»Eine Gabe, Dinge zu meiden, mit denen ich nicht umgehen will.« Ich kämme mit den Fingern durch mein zerzaustes Haar, das nach Schnaps und Gras stinkt.

Seine Hand sinkt auf seinen Schoß. »Womit willst du nicht umgehen?«

»Allem … Manchmal ist das Leben schlicht zu hart, und es kommt mir sinnlos vor, damit umzugehen.«

Er versteht mich eindeutig falsch, denn sein Blick signalisiert blanke Angst. »Violet, ich …«

Rasch lehne ich mich vor und halte ihm den Mund zu. »Ich bin nicht selbstmordgefährdet. Wie ich dir schon sagte, bin ich nicht deshalb aus dem Fenster gesprungen … Ich versuche bloß, dir auf die einzige für mich erträgliche Weise zu erklären, was mir zu schaffen macht. Ich stehe nicht besonders drauf, Leute kennenzulernen und in mein Leben zu lassen. Außerdem bist du praktisch der Einzige, den ich …« Ich habe keine Ahnung, wie ich den Satz beenden soll, weil ich nach wie vor unsicher bin, was Luke für mich ist. »Du hast es in den Nachrichten gesehen … das mit meinen Eltern. Tja, danach … als sie tot waren, hatte ich praktisch niemanden mehr. Es gab nur mich und unzählige Pflegefamilien, die mir vorübergehend ein Dach über dem Kopf gaben, aber mehr auch nicht. Deshalb habe ich gelernt, mich um mich selbst zu kümmern, und so ist es schon lange. Nur ich und mein Leben.«

»Also kümmerst du dich nur um dich selbst«, murmelt er an meiner Hand, und klingt tatsächlich, als würde er es verstehen.

Ich nehme meine Hand herunter und lehne mich zurück. »Das musste ich. Es wird mit der Zeit härter, vor allem wenn keiner bleibt.« Ich weiß nicht, ob meine Worte einen Sinn ergeben oder warum ich versuche, es zu erklären. Vielleicht will ich ihn abschrecken. Oder ich will ihm einfach klarmachen, warum ich mich nicht auf das mit uns einlassen kann.

»Ja, das verstehe ich«, sagt er. »Mein Vater ist weg, als ich noch klein war, und jetzt will er wieder in mein Leben zurück, was ich schwierig finde.«

»Ich hatte unzählige ›Väter‹. Und keiner von denen wollte je wieder in mein Leben zurück. Du kannst froh sein, dass deiner es will.«

»Ja, vielleicht.« Er sieht zum Parkplatz unter uns. »Violet, wenn du über Sachen reden willst … Ich bin hier.« Ich sehe ihm an, dass es ihn einiges kostet, das zu sagen, was es umso bedeutsamer macht.

»Ich hab's nicht so mit dem Reden, aber danke.«

»Trotzdem«, er dreht den Kopf zu mir, »das Angebot steht.«

Ich bin unsicher, wie ich auf seine Worte reagieren soll. Er will für mich da sein? »Okay.«

Er streckt eine Hand aus und streicht mir eine Haarsträhne hinters Ohr. »Wie sind irgendwie vom Thema abgekommen, und ich hätte wirklich gerne ein paar Antworten, was uns betrifft, bevor ich komplett durchdrehe … Letzte Nacht war ich schon kurz davor.«

»Weiß ich.« Ich würde gerne wissen, wie Luke aussieht, wenn er durchdreht. »Mir fällt es schwer, heikle Themen nicht abzuwimmeln, und mir scheint, dass du und ich eines sind.«

Er lächelt, dann runzelt er die Stirn und wirkt verlegen. »Violet, ich weiß nicht, was ich mit uns anfangen soll … mit dem, was passiert ist … was passiert.«

Ich bin verwundert. »Warum musst du damit überhaupt etwas anfangen? Wieso kannst du es nicht einfach gut sein lassen?«

Er sieht wieder zum Parkplatz und dann zu mir. Nun ist sein Blick selbst für seine Verhältnisse sehr intensiv. »Wegen letzter Nacht. So etwas tue ich eben nicht, mit einem Mädchen herummachen und dann eine ganze Nacht lang kuscheln.«

»Ja, klar«, versuche ich zu scherzen, um die Stimmung zu entkrampfen. »Ich denke, wir hatten bereits festgestellt, dass du ein Kuschler bist.«

Grinsend rollt er mit den Augen. »Nur du.«

Ich schirme mit einer Hand die Sonne ab. »Was soll das heißen?«

»Es heißt, dass ich nur bei dir so bin. Du machst mich wütend und schaffst es doch, dass ich bei dir sein will.« Er hüpft von der Brüstung und streckt die Arme nach oben, sodass sein Shirt hochrutscht und ich wieder seine Bauchmuskeln sehe. Dann nimmt er die Arme herunter und reicht mir die Hand. »Ich denke, es wird Zeit, dass wir nachholen, was wir gleich am ersten Tag hätten tun sollen.«

»Als ich dir ins Gesicht getreten habe, meinst du?« Mein Bauch verkrampft sich, als ich an den ersten Abend denke, an dem wir uns offiziell kennengelernt haben und wie sehr sich seitdem alles verändert hat, auf gute wie auf schlechte Weise. »Was schwebt dir vor?«

Er unterdrückt ein Lachen, als ich meine Hand in seine lege und er mir von der Brüstung hilft. »Ich lade dich auf ein Date ein.«

Ich lache, bis ich begreife, dass er es ernst meint. »Oh mein Gott, das ist kein Witz?«

»Selbstverständlich nicht.« Er schiebt die Glastür auf. »Ich mache nie Witze.«

Wir gehen ins Wohnzimmer, in dem ein beißender Geruch hängt, und Luke schließt die Tür. Die modrige Luft dürfte damit zusammenhängen, dass hier geraucht wurde, und wie es aussieht, hat jemand Wein auf dem Teppich verschüttet.

»Ein Date?«, frage ich, als er einige Karten und Flaschen zur Seite kickt und mich durchs Zimmer führt. »Ehrlich? Ist das nicht ein bisschen förmlich, wenn man bedenkt, dass wir uns schon geküsst, nebeneinander geschlafen haben und zusammengezogen sind – von den ganzen Sachen, die du letzte Nacht mit mir gemacht hast, ganz zu schweigen.«

Er hält unsere verschränkten Hände auf sein Herz. Dort lässt er sie, während er unsere Zimmertür öffnet. »Hey, tu nicht so, als hätte es dir nicht gefallen. Ich bin sogar ziemlich sicher, dass du es vorgeschlagen hast.«

»Habe ich nicht. Aber es hat mir gefallen, was das mit dem Date umso schwieriger macht. Ich meine, was sollen wir da anstellen? Am Tisch sitzen und essen, während wir über unser Leben reden, wenn zwischen uns so eine Spannung ist?«

Er winkt vage ab und schließt die Tür hinter uns. »Na ja, allzu viel wissen wir bisher nicht über uns.«

»Stimmt, und meistens lasse ich es gerne so.«

Er nickt. »Ich weiß, also können wir entweder so weitermachen wie bisher und uns streiten, bis wir beide durchdrehen, uns besaufen und herummachen. Oder wir lernen uns kennen und warten ab, wo es hinführt. Wie du willst.«

»Du lässt mich entscheiden?«, frage ich erschrocken.

Ihm stockt für einen winzigen Moment der Atem. »Ja … anscheinend …«

Ich schlucke unter dem Druck der Entscheidung. »Was ist, wenn ich Nein sage? Wärst du dann enttäuscht?«

Er setzt sich aufs Bett und zieht mich mit nach unten. »Das beantworte ich erst, wenn du mir ehrlich sagst, wie du dich fühlen würdest, sollte ich Nein sagen. Das hier betrifft uns beide«, sagt er, und ich habe einen Kloß im Hals, als ich nicke. Jetzt ist er derjenige, der schluckt. »Die Wahrheit ist, ja, ich wäre enttäuscht. Du kannst einem zwar mächtig auf die Nerven gehen, aber ich bin gerne mit dir zusammen, und das möchte ich auch weiter sein.«

»Du bist auch eine ganz schöne Nervensage.« Ich stupse ihn mit der Schulter, als sich das bleierne Gewicht in meiner Brust hebt. »Aber mir gefällt, dass du die letzten Wochen in der Nähe warst.«

Er lacht und schüttelt den Kopf. »Wow, das war verflucht hart!«

Ich muss ebenfalls lachen, und es klingt extrem komisch

und fremd. Wir beide lachen eine Weile. Das ist seltsam und schrecklich und … na ja, normal.

Dann fallen wir auf dem Bett nach hinten und liegen Seite an Seite, unsere verschränkten Hände zwischen uns.

»Was machen Leute eigentlich bei Dates?«, frage ich, während er mit dem Finger Kreise auf mein Handgelenk malt.

Er hält inne und zieht die Brauen hoch. »Hattest du noch nie ein Date?«

Ich rolle mich auf die Seite, sodass ich ihn ansehen kann. »Nein, noch nie. Ich habe dir doch gesagt, dass es nie jemanden in meinem Leben gab, und zu Dates zu gehen, hätte bedeutet, Leute an mich heranzulassen.«

Ein zufriedenes Lächeln erscheint auf seinem Gesicht, das irgendwie unpassend, aber zugleich umwerfend aussieht. »Gut zu wissen. Dann sind deine Erwartungen nicht besonders hoch.«

Ich kneife ihm spielerisch in den Arm. »Von wegen, du irrer …«

Weiter komme ich nicht, weil seine Lippen mich zum Verstummen bringen, und je länger sie auf meinen liegen, desto wärmer wird mir. Er versucht nicht, seine Zunge in meinen Mund zu schieben, bleibt einfach so, vollkommen zufrieden mit diesem Moment. Und ich schließe die Augen und genieße die unbeschwerte Ruhe.

Schließlich hebt er den Kopf wieder. »Siehst du, das Schlichte ist nicht so schlecht, oder?«, fragt er und streichelt meinen Wangenknochen.

Ich stimme wortlos zu, denn hier geht es nicht um Adrenalin oder für wie gefährlich ich Luke hielt oder noch halte. Es geht nicht darum, dass er sehr ernst wirkt oder mir einen Ausweg bietet. Ich bin bei ihm, weil ich es sein will. Ich möchte hier sein. Und ich schwöre mir, an diesem Gedanken während des gesamten Dates festzuhalten.

LUKE

Ich weiß nicht mal, warum ich es gesagt habe. Ich gehe nie auf Dates. Andererseits jage ich auch nicht wochenlang demselben Mädchen hinterher oder hämmere an Türen, weil ich denke, dass sie mit einem anderen vögelt.

Violet ist anders. Bei ihr bin ich anders. Und ich kann entweder weiterhin das Gefühl haben, ich würde die Kontrolle verlieren, oder ich kann versuchen, in mein altes Muster zurückzufallen und alles normal und einfach handhaben, indem ich mich betrinke, vögle und verschwinde.

Dann planen wir, dass wir ausgehen, bevor ich unter die Dusche steige, mir frische Sachen anziehe und mein Lederarmband umbinde. Danach verbringe ich den Rest des Tages damit, die Wohnung zu putzen, während Violet im Zimmer bleibt und ihre Sachen sortiert. Mit dem Trinken halte ich mich aus drei Gründen zurück: (1) weil ich nüchtern genug sein muss, um zu fahren; (2) ich mitbekommen will, was passiert, es fühlen, erleben, denn wenn ich das hier durchziehe, mit ihr zusammen bin, soll es richtig gut sein; und (3) ich nicht will, dass sie wieder meinen Blutzucker messen und mir mit den Pillen helfen muss, weil ich den Abend nicht ohne Unmengen Jack Daniel's auskomme.

Allerdings mache ich keinen kalten Entzug, sondern bleibe lediglich bei Bier. Ich bin erst bei meinem zweiten, als Seth gegen drei oder vier Uhr nachmittags auftaucht. Er sieht verkatert, aber auch amüsiert aus.

»Spaß gehabt letzte Nacht?«, fragt er neugierig, während er Orangensaft aus dem Kühlschrank holt.

»Wie immer«, antworte ich und hebe einen Bücherkarton vom Wohnzimmerboden auf den Couchtisch.

»Klar, nur dass du dir sonst die unkomplizierten Mädchen aussuchst.« Er schraubt den Deckel vom Saftkanister. »Gestern Abend hattest du es auf den Drachen abgesehen.«

Ich reiße das Klebeband von dem Bücherkarton. »Kannst du bitte aufhören, sie so zu nennen?«

Er trinkt einen Schluck und wischt sich den Mund. »Und du verteidigst sie auch noch.« Er schraubt den Verschluss wieder auf und öffnet den Kühlschrank. »Man könnte fast meinen, dass dir was an dem Drachen liegt.«

»Ihr Name ist Violet«, sage ich streng und klappe den Karton auf. »Ich weiß nicht genau, wie ich zu Violet stehe, aber ich mag sie genug, dass mir dein Schimpfname für sie nicht gefällt.«

Er ist zunächst sprachlos. »Alter, dir ist es ernst!«

Mir behagt sein prüfender Blick nicht. Ich ziehe einen Stapel Bücher aus dem Umzugskarton. »Lassen wir das, okay? Ich bin schon so verwirrt genug, und das Letzte, was ich will, ist, mich mit dir hinsetzen und es ausquatschen.«

Er stellt den Saft in den Kühlschrank zurück und schließt die Tür. »Und was hast du jetzt vor?«

Ich stelle die Bücher auf den Tisch. »Womit?«

»Mit deinen Gefühlen für sie.«

Kann er es nicht lassen? »Ich gehe mit ihr aus.«

Er lacht leise vor sich hin. »Na, wenn das nicht typisch für dich ist.«

»Ja, ich dachte, ich probier's mal. Vielleicht finde ich es gut.«

»Ganz sicher doch«, scherzt er, kommt ins Wohnzimmer und fährt sich mit den Fingern durchs Haar. »Okay, da ich weiß, dass du ein kompletter Idiot bist, wenn es um Beziehung und Dating geht, gebe ich dir lieber einige Tipps. Fahr mit ihr in ein nettes Restaurant und versuch nicht, sie in deinem Truck zu bumsen.«

»Ich bin kein kompletter Idiot«, erwidere ich. »Das war mir schon klar.«

Er lehnt sich an den Fernsehschrank und überkreuzt die Arme. »Ich weiß, dass du nicht blöd bist, aber ich habe das letzte Jahr miterlebt, wie gerne du jedes x-beliebige Mädchen vögelst, und die meisten sind auch nur zu bereit, dir zu geben, was du willst. Aber in einer normalen Date-Situation läuft das nicht so. Da musst du dich anstrengen.«

»Wie sehr anstrengen?«

Er weist mit dem Daumen zu unserer Zimmertür. »Bei ihr? Garantiert sehr.«

»Warst du nicht überzeugt, dass sie eine Schlampe ist?«, erinnere ich ihn.

»Ja, da mag ich ein bisschen übertrieben haben. Und Greyson hat mir gestern Abend gesagt, ich soll nicht so hart zu ihr sein, denn er hält sie für verletzlich.« Er hebt beide Hände und geht rückwärts aus dem Wohnzimmer. »Ich habe keine Ahnung, wieso, und er will mir nichts erzählen, aber als braver Freund höre ich natürlich auf ihn.«

An der Tür zu seinem und Greysons Schlafzimmer bleibt er stehen. »Du solltest dir das nur merken.«

Ich verdrehe die Augen. »Danke.«

»Immer wieder gerne.« Dann lässt er mich allein, und ich packe weiter Kartons aus. Je mehr ich räume, umso entspannter sehe ich dem Abend entgegen, an dem ich mich definitiv außerhalb meiner Wohlfühlzone bewegen werde.

Bis gegen fünf Uhr räume und putze ich weiter, höre nach dem zweiten Bier zu trinken auf, und als ich an die Tür klopfe, ist Violet bereit und ich bin erschreckend nüchtern. Ein Teil von mir hofft, dass sie kneift, denn ich bin nervös, und das hasse ich. Seths Worte rauschen mir durch den Kopf wie ein Zug, der jeden Moment entgleisen könnte. Was ich vorhabe, geht gegen alles, was ich über Beziehungen denke, und ich stürze mich mit einem Mädchen da hinein, das seine eigenen Probleme mitbringt. Die verletzliche Seite, die Seth ansprach, habe ich gesehen, diese Hilflosigkeit hinter der toughen Fassade. Und mit Violet zusammen zu sein, bedeutet, dass ich mich auch auf jene Seite einlasse.

Schaffe ich das?

Doch als sie die Tür aufmacht, verpuffen sämtliche Gedanken ans Kneifen, sämtliche Furcht und Verwirrung. »Ich wollte fragen, ob du fertig bist, aber das erübrigt sich wohl.«

»Ich dachte, ich gebe mir ein bisschen Mühe, wo es doch mein erstes Date ist«, sagt sie lächelnd. Ihre rot geschminkten Lippen sind unglaublich sexy, ebenso wie ihr offenes Haar, das in großen Locken auf ihre nackten Schultern fällt. Die grünen Augen hat sie mit schwarzem Eyeliner umrahmt, und das kurze rot-schwarze Kleid sitzt so eng, dass ich ernsthaft versucht bin, sie sofort aufs Bett zu schubsen und gleich zum Ende des Dates vorzuspulen. Aber das ginge zweifellos gegen unsere Absicht, es unkompliziert zu halten.

Also biete ich ihr meinen Ellbogen an, und sie lacht.

»Hattest du nicht gesagt, du bist kein Kavalier?«, sagt sie und hakt sich bei mir ein.

»Jetzt kränkst du mein Ego«, scherze ich, als ich sie in den Flur begleite. Wir sind beide viel zu heiter für meinen Geschmack, aber das schiebe ich bei mir auf meine momentane Nüchternheit. »Ich strenge mich hier richtig an, und du lachst mich aus.«

Daraufhin lacht sie nur noch mehr. »Du strengst dich richtig an? Wie mutig von dir!«

»Es ist extrem mutig von mir, vor allem wenn man sieht, wogegen ich antrete.« Ich öffne die Tür, und wir gehen die Treppe hinunter.

Der Himmel ist blassblau, denn die Sonne versinkt hinter den Bergen. Es ist warm, doch weil ich nervös bin, kommt es mir komisch vor. Ich weiß nicht, was ich tun soll, außer weiterzugehen … mit ihr.

Um bei diesem Kavalier-Dings zu bleiben, halte ich ihr die Beifahrertür auf. Lachend steigt sie ein, verzichtet aber darauf, ihr Kleid nach unten zu halten, sodass ich für einen kurzen Moment ihren Hintern sehe, der nur minimalst von dünner Spitze bedeckt ist. Ich beiße die Zähne zusammen, schlage die Tür zu und steige auf der anderen Seite ein. Im Geiste ermahne ich mich, ruhig zu bleiben. Heute Abend geht es nicht um Sex. Ich lasse den Motor an und fahre aus dem Carport, während Violet die Kassetten in meinem Truck durchsieht. Sie bringt meine Ordnung durcheinander, aber ich sage nichts und bin erstaunt, wie leicht es mir fällt.

»Fick Tape«, liest sie eine Beschriftung vor, sieht amüsiert zu mir auf und hält sich eine Hand vor den Mund, um ihr Lachen zu unterdrücken.

Ich nehme ihr die Kassette weg und werfe sie unter meinen Sitz. »Die hätte ich lieber wegschmeißen sollen.«

»Warum?« Sie lehnt sich an die Tür. »Hast du vor, nie wieder zu ficken?«

Ich fahre mir mit der Zunge über die Zähne. Mein Entschluss, sie nicht in meinem Truck zu vögeln, gerät ins Wanken. »Kommt ganz drauf an.«

»Worauf?«

Sag es nicht! »Wie der Abend läuft.«

»Heißt das, dass du nur mit mir schläfst, wenn es gut läuft?«, fragt sie grinsend. »Oder dass du, falls es nicht gut läuft, wieder jede Tussi vögelst, die ein kurzes Kleid trägt?«

Ich schüttle den Kopf. Mein Körper vibriert, so gerne möchte ich rechts ranfahren, sie auf den Sitz werfen und das tun, was ich gut kann. »Übrigens sind diese Sprüche von dir schuld, dass ich dachte, du wärst keine Jungfrau mehr.«

Sie stützt den Ellbogen auf die Rücklehne, den Kopf in ihre Hand, und spielt mit ihrem Haar. »Vielleicht bringe ich die nur, damit du in Fahrt kommst und ich diesen Blick in deinen Augen sehen kann.«

Ich packe das Lenkrad fester, als ich auf die Straße einbiege, die an unserer Wohnung vorbeiführt. Straßenlaternen beleuchten die Gehwege, die Häuser und die Bäume am Straßenrand. Die flachen Berge sind Schatten in der Ferne, und die Lichter der Innenstadt funkeln vor uns. Ich fahre in die Richtung und drehe die Musik auf, weil mir keine Erwiderung auf ihre Bemerkung einfällt.

»Ah, hat der stoisch Unnahbare gerade aufgegeben?« Sie dreht weiter ihre Locke mit dem Finger auf und hat das schönste echte Lächeln, das ich jemals bei ihr gesehen habe. Das ist es wert, sie die Oberhand gewinnen zu lassen.

»Ja, habe ich wohl«, sage ich unterwürfig. »Du darfst stolz auf dich sein.«

Sie zieht die Mundwinkel nach unten. »Bin ich aber nicht.«

Ich stutze. »Ich dachte, du gewinnst gerne.« An einer roten Ampel halte ich.

»Meistens ja«, sagt sie mit diesem Flirtblick, bei dem ich mich frage, wie sie so lange Single bleiben konnte. Auch wenn sie sich bewusst von anderen fernhielt, ist es beinahe unmöglich, nicht von ihr angezogen zu sein. »Aber ich hatte irgendwie gehofft, du würdest weitermachen und diesen Blick bringen.«

Mein Schwanz in der Jeans wird hart. Ich bewege mich auf unbekanntem Terrain, aber ich aktiviere meine eingestaubten Flirtkünste, die ich einsetzte, als ich anfing, mich für Mädchen zu interessieren.

»Es braucht schon einiges mehr als einige anzügliche Bemerkungen, um den Blick hervorzukitzeln«, sage ich und grinse sie an. »Viel mehr.«

Sie saugt ihre Unterlippe zwischen die Zähne und unterdrückt ein Lachen. »Okay.« Dann tippt sie mit dem

Finger an ihren Mund, als würde sie angestrengt nachdenken, bis ihre Augen aufblitzen. Sie rückt über die Sitzbank näher, und ich warte gespannt, was sie vorhat, um dieses Ding – was immer es ist – zu gewinnen.

Sie kniet sich hin und wirft ihr Haar zur Seite. Ihre Brust ist auf meiner Augenhöhe. »Es ist grün«, sagt sie mit einem arroganten Lächeln.

Ich fahre weiter, versuche, mich auf die Straße zu konzentrieren, doch ich werde abgelenkt, weil Violet sich zu mir lehnt, bis ich ihre Körperwärme spüre. Dann neigt sie das Gesicht zu meiner Schulter, sodass ihr Haar an meine Wange fällt. Das allein reicht, dass sich meine Hände am Steuer verkrampfen. Ich höre sie atmen, als sie sich nach unten beugt und einen Kuss auf meinen Hals haucht. Er ist ganz sanft, kaum ein Kuss, trotzdem löst er eine Lustexplosion in mir aus.

»Violet, ich …« Mir versagt die Stimme, weil sie anfängt, an meinem Hals zu saugen, mit der Zunge über meine Haut zu streichen und mit den Fingern über meine Brust zu gleiten. Ich muss mich anstrengen, die Augen offen zu halten, auf die Straße und den Verkehr vor und neben mir zu achten, aber dann wandern ihre Finger tiefer, erreichen meinen Schwanz, und ich bin drauf und dran, die Beherrschung zu verlieren. »O verdammt!«, fluche ich, und sie zieht sich zurück. Ich fahre an den Straßenrand, und Violet sieht mit großen Augen zu den Häusern, vor denen wir parken.

»Was machst du?«, fragt sie, sieht wieder zu mir, und ihr Haar fällt über ihre Brust, die sich schnell auf- und abbewegt.

Ich stelle den Schalthebel auf »Parken« und greife nach ihrer Taille. »Na gut, du hast gewonnen.« Mehr sage ich nicht, bevor ich mich hinüberlehne, eine Hand in ihren Nacken lege und sie küsse. So viel zum Warten bis zum Ende des Dates.

Sie lacht wieder, und ich schüttle den Kopf ganz leicht, bin jedoch außerstande, meine Lippen von ihren zu lösen. Ich küsse sie weiter, bis der Himmel vollständig schwarz ist und Violet rittlings auf meinem Schoß hockt. Ich küsse sie, als wäre sie das einzige Mädchen, das ich je geküsst habe, und in gewisser Weise trifft es sogar zu, denn nie zuvor hat es mir so viel bedeutet. Ich lasse meine Hände nicht unter ihr Kleid wandern, nur darüber, weil ich weiß, wenn ich die Linie überschreite, ist das Date vorbei. Ich könnte mich nicht mehr bremsen … Gott, ich würde mich gar nicht bremsen *wollen*. Aber schließlich, als meine Lippen taub sind und ihre Körperwärme sich mit meiner vermischt hat, weichen wir beide zurück.

Ihre Arme sind um meinen Nacken geschlungen, und sie blickt mir in die Augen. In diesem Moment sieht sie seltsam lebendig aus, und ich fühle mich seltsam froh, weil ich diesen Ausdruck bei ihr bewirkt habe.

»Also, wohin führst du uns zum Date aus?«, fragt sie, als wäre das Wort »Date« das Witzigste, was sie jemals gesagt hat.

»Das ist eine Überraschung.« Ich muss grinsen, als sie enttäuscht schmollt.

»Na gut, aber für die Zukunft: Ich mag keine Überraschungen.« Sie steigt von meinem Schoß und setzt sich in die Mitte der Sitzbank.

Dort lehnt sie sich an mich, als ich wieder in den Verkehr einbiege, und mein Herz verkrampft sich. Ich weiß nicht, wie ich die Anspielung auf unsere Zukunft verstehen soll … und ob sie mir gefällt.

VIOLET

Wir holen uns Fast Food in diesem kleinen schmierigen Laden am Stadtrand, der die besten Burger hat, und dann fährt Luke hinauf in die Berge, wo er den Truck parkt. Zuerst denke ich, dass er uns hergebracht hat, weil er mehr rumknutschen will, was ich für eine fantastische Idee halte. Ganz besonders, weil das Rumknutschen im Truck viel aufregender ist, als am Rand einer Klippe zu stehen und zu überlegen, wie leicht es wäre, nach vorne zu kippen und auf die scharfkantigen Felsen darunter zu stürzen. Aber dann sagt er, dass wir noch ein Stück wandern müssen, also folge ich ihm hinaus in die Dunkelheit und trage unsere Take-Away-Tüte, während er die Taschenlampe aus seinem Handschuhfach hält.

»Hätte ich geahnt, dass du eine Wanderung planst, hätte ich kein Kleid angezogen«, sage ich und bin dankbar, dass ich mich gegen High Heels und für meine Stiefel entschieden habe.

Seine Schuhe schaben über den Boden, als er uns mit der Taschenlampe den Weg leuchtet und sich über die Schulter zu mir umsieht. »Also, ich mag das Kleid.«

»Ja, sicher doch«, murmle ich grinsend. Ich hatte es angezogen, weil ich wusste, dass es ihm gefallen würde.

Wenn ich eines gut kann, ist es einzuschätzen, was Jungs gefällt.

Er lächelt mir zu und greift nach meiner Hand. Ich stolpere vorwärts, als er sich neben mich zieht, und wir wandern nebeneinander weiter. Es ist spät, der Himmel pechschwarz mit glitzernden Sternen, zwischen denen der Vollmond leuchtet. Die Luft ist kühl, weshalb ich mir wünsche, ich hätte meine Jacke mitgebracht. Schweigend gehen wir hinauf zur Hügelspitze, von wo wir auf die Stadt hinabblicken. Ich kann den Highway und die Innenstadt neben mir sehen, und die Lichter in und über den Häusern lassen sie so weit weg wirken, dass es mir vorkommt, als würde ich fliegen. Wüsste ich es nicht besser, würde ich denken, dass er mich absichtlich hierher gebracht hat. Doch er ahnt nicht, dass ich Höhe und Abgründe liebe, weil sie mich beruhigen.

Luke lässt meine Hand los und setzt sich auf den Felsen, die Taschenlampe neben ihm so ausgerichtet, dass sie zum Himmel zeigt. Ich setze mich neben ihn, stelle die Tüte mit dem Essen zwischen uns und strecke die Beine aus, meine Knöchel überkreuzt.

»Und so läuft ein normales erstes Date ab?«, frage ich und öffne die Tüte.

Er lehnt sich auf seine Hände zurück und betrachtet die Aussicht. »Ehrlich gesagt, wahrscheinlich eher nicht. Die meisten Leute gehen wohl ins Kino oder zum Essen, aber mir schien dies hier passender für uns.«

Ich angle eine Fritte aus der Tüte und stecke sie in den Mund. »Warum? Weil wir schräg, finster und nicht normal sind?«

Er setzt sich auf und nimmt eine Handvoll Pommes. »Ja, deshalb, schätze ich.«

Ich hole meinen Hamburger aus der Tüte und wickle ihn aus. »Aber was macht dich so schräg, düster und nicht normal, Luke Price?«

Er zupft an seinem Lederarmband. »Eine Menge.«

Ich nehme den Minibecher mit dem Dressing und ziehe den Deckel ab. »Warum trägst du immer dieses Armband?«

Er hält den Arm vor sich in die Höhe und betrachtet ihn im Licht. »Weil meine Schwester es mir gegeben hat, bevor sie gestorben ist.«

Ich verschlucke mich an meiner Fritte, und meine Nasenlöcher brennen, weil etwas von dem Dressing hineingeraten ist. »Sie ist gestorben?« Ich huste und presse mir die Hände auf die Brust.

Er dreht seinen Kopf zu mir. Es ist so dunkel, dass ich nur die Umrisse seines Gesichts sehe und seine Augen wie zwei schwarze Löcher wirken. Trotzdem kann ich mir seinen Blick vorstellen. »Sie warf sich von einem Dach, als ich zwölf war.«

Mir wird etwas entsetzlich klar. »Deshalb warst du so besorgt, als du mich aus dem Fenster springen sahst.«

Er nickt. »Deshalb und weil du immer so abwesend aussiehst.«

Mich erschrickt, wie aufmerksam er mich wahrgenommen hat und dass wir noch etwas gemeinsam haben. Wir beide haben Verluste erlebt. Sofort greift er nach mir und umfängt mein Handgelenk. »Es tut mir leid, Violet. Ich wollte das nicht so … Ich weiß überhaupt nicht, wieso ich das gesagt habe.«

»Ist schon okay.« Ich atme aus und sage mir, dass ich heute Abend nicht daran denke, dass ich nicht zusammenbreche, koste es, was es wolle. »Entschuldige. Ich reagiere völlig übertrieben.« Und tatsächlich gelingt es mir, mich sofort wieder zu beruhigen.

Seine Fingerspitzen liegen direkt über meinem rasenden Puls. »Nein, tust du nicht.« Es ist, als würde er mich verstehen, obwohl er so gut wie nichts über mich weiß.

Ich nicke. »Okay, aber ich bin drüber weg. Versprochen.«

Er hält mich noch ein bisschen länger fest, ehe er meinen Unterarm loslässt. Stumm esse ich meinen Burger und er sein Hähnchen-Sandwich, und es ist die wohltuendste Stille, die ich jemals erlebt habe. Nachdem wir aufgegessen haben, knüllen wir unseren Abfall zusammen und stopfen ihn in die Tüte zurück. Dann stellt Luke sie beiseite, sodass wir näher zusammenrücken können, bis sich unsere Schultern berühren.

»Wie war dein Leben, bevor du mich kennengelernt hast?«, frage ich und lehne mich auf die aufgestützten Hände zurück.

Er sieht mich von der Seite an. »Um einiges unkomplizierter«, gesteht er.

»Ist das gut oder schlecht?«

»Das ist kompliziert«, sagt er seufzend. »Ich hatte dieses System, bevor du aufgetaucht bist, und es funktionierte für mich, aber jetzt geht es nicht mehr … Mit dir … Mit dir habe ich das Gefühl, ich falle in diese unkontrollierbare Welt voller Verrücktheit.«

Ich bin verunsichert. »Das hört sich an, als wäre ich wahnsinnig.«

»Nein, so ist es nicht.« Er rauft sich das Haar und knurrt, als er sich aufsetzt. »Gott, das hört sich so schräg an!«

»Macht nichts«, sage ich. »Schräg ist okay für mich, und hier ist ja sonst keiner.«

Ich fühle, wie er in die Dunkelheit lächelt. »Ja, genau das ist es, verstehst du? Genau deshalb möchte ich mit dir hierbleiben. Weil dich nichts von dem verstört, was ich sage.«

»Wir können einfach hier im Dunkeln sitzen«, sage ich und versuche, nicht an die vielen Male zu denken, die ich allein im Dunkeln gesessen habe. »Dunkelheit kann gut sein.«

»Klar, das könnten wir …« Seine Stimme verliert sich, und ich merke, wie die Temperatur steigt, als er sich an mich lehnt. »Willst du das? Einfach mit mir in der Dunkelheit sitzen?«

»Ja, möglich …« Ich verstumme, weil seine Lippen auf meinen sind. Er schmeckt anders als sonst, weniger rauchig oder nach Tequila; eigentlich nur nach dem Salz der Pommes. Sein Kuss hat ein Aroma von Leidenschaft, und Hitze sammelt sich in meinem Bauch. Ich klammere mich an seine Schultern, als er mich nach unten drückt, sodass ich mich auf den Felsen legen muss. Mein Kopf ist auf dem harten Boden, und sofort dringen Sand und Schutt in mein Haar, während sich unsere Beine verwirren und Luke sich fast mit seinem gesamten Gewicht auf mich legt.

Diesmal küsst er mich langsamer, besonnener als sonst. Es ist, als würde er jede Bewegung planen, jedes Schmecken, jeden Atem, als seine Hände in mein Haar tauchen.

Sanft neigt er meinen Kopf nach hinten, damit seine Zunge tiefer in meinen Mund dringen kann, was sie nur zaghaft und langsam tut. Gott, ich werde fast verrückt! Ich kann nicht mehr klar denken, bohre meine Finger in seine Schulterblätter, seinen Rücken, seine Seiten, wo immer ich ihn zu packen bekomme, als würde mein Körper immer ungeduldiger.

Dann weicht er zurück, streichelt meine Wange und spielt mit der anderen Hand in meinem Haar. »Das ist schön.«

»Wirst du jetzt ein Softie?«, frage ich atemlos.

»Hattest du mich nicht schon mal beschuldigt, einer zu sein?« Er spielt weiter mit meinem Haar.

»Habe ich, nur meinte ich es da nicht ernst.«

»Tja, vielleicht hattest du von Anfang an recht.«

»Kann sein.«

Er streicht mir weiter mit den Fingern durchs Haar, liegt über mir, und es wird so angenehm, dass ich fast in seinen Armen einschlafe, gleich hier auf den Felsen. Dann hebt er sein Gewicht von mir, und die Kälte weckt mich gleich wieder. Er verschränkt seine Finger mit meinen und zieht mich nach oben.

»Wo wollen wir hin?«, frage ich und klopfe mir den Sand von den Beinen.

Er bückt sich, um unseren Abfall aufzuheben. »Wie wäre es mit nach Hause?«

Nach Hause. Was für ein merkwürdiger Ausdruck, wo ich doch so viele Jahre nie irgendwo zu Hause war. »Ja, das klingt gut.«

Auf der Fahrt zurück reden wir über belanglose Dinge wie sein Lieblingsessen. Tacos, das dachte ich mir schon, weil die sein Kateressen sind und er gerne trinkt. Ich verrate ihm meines: Chocolate Chip Cookies, wie sie meine Mom früher buk. Mich erstaunt, dass ich über meine Mom spreche, ebenso sehr wie ihn. Unsere Unterhaltung ist so langweilig und normal, aber tatsächlich gefällt es mir, und ich beginne, mich zu fragen, ob ich fähig wäre, ein langweiliges, normales Leben zu führen, kein Adrenalin-Junkie zu sein.

Als er den Wagen vor unserer Wohnanlage parkt, ist es noch früh, aber Luke sagt, dass wir das Date zu Hause fortsetzen können. Dann küsst er mich, noch ehe wir aus dem Truck gestiegen sind. Unsere Münder und Hände forschen, bis es zu heiß wird und wir beschließen, lieber nach drinnen zu gehen. Es ist ein perfektes Date, und ich stelle meine Lebenstheorie ernstlich infrage, als ich einen Typen entdecke, der auf der Treppe zu unserer Wohnung hockt.

»Das ist ja wohl ein schlechter Scherz!« Ich lasse Lukes Hand los, als ich den Kerl erkenne, und stürme hinüber.

Stan Walice blickt von seinem Notizblock auf. Er wirkt nervös und angespannt. »Bitte, beruhigen Sie sich, ja? Ich will nur ganz kurz mit Ihnen reden.«

»Muss ich mir eine einstweilige Verfügung besorgen?«, frage ich, sobald ich an der Treppe bin.

Er steht auf und steckt sein Notizbuch und den Stift ein. Heute trägt er eine verknitterte graue Hose, alte Turnschuhe und ein rotes Polohemd, dazu eine viereckige Brille. »Beruhigen Sie sich. Ich will Ihnen nur ein paar Fragen stellen.« Seine Brille rutscht auf seinem Nasenrücken, und er schiebt sie mit dem Finger wieder hoch.

»Ich dachte, ich hätte Ihnen klargemacht, dass ich nicht mit Ihnen reden will«, sage ich, als Luke neben mir ist.

»Wer zur Hölle ist das denn?«, fragt Luke und legt seine Hand auf meinen Rücken, was mich ein wenig beruhigt, auch wenn ich innerlich noch koche.

Stan sieht Luke an, und ich könnte schwören, dass er seine unförmige Figur mit Lukes durchtrainierter, tätowierter vergleicht. »Ich will sie bloß ein paar Sachen zu ihren Eltern fragen.«

»Und ich habe Ihnen schon gesagt, dass Sie sich ins Knie ficken sollen«, erwidere ich. Leider klingt es weniger wütend als flehend. »Was ist eigentlich mit euch Reportern los, dass ihr immer Leute belästigen müsst?«

»Ich brauche diese Story unbedingt«, sagt Stan und rauft sich das Haar. »Mein Job steht auf der Kippe.«

»Sie hat gesagt, dass sie nicht mit Ihnen reden will.« Luke stellt sich beschützend vor mich. »Also verschwinden Sie verdammt noch mal von hier, bevor ich Sie verprügeln muss.« Er greift nach hinten und nimmt meine Hand. So gerne ich auch sehen würde, wie er Stan grün und blau schlägt, ist mir auch bewusst, dass es – im Gegensatz zu seiner Prügelei mit Preston oder im Stripclub – wohl Folgen hätte; deshalb drücke ich seine Hand und halte sie fest.

Stan schüttelt sichtlich panisch den Kopf und weicht zur Seite, sodass ich ihn wieder sehen kann. »Hören Sie, ich habe das vielleicht falsch rübergebracht, aber ich brauche diese Story echt dringend, sonst schmeißen die mich raus. Ich brauche etwas richtig Gutes.«

»Dann suchen Sie sich gefälligst eine andere Geschichte«, sage ich und trete vor, sodass ich neben Luke bin. »Hören Sie auf, mir nachzustellen, denn ich will nicht über meine Vergangenheit reden.«

»Die anderen Geschichten will kein Mensch lesen!«, erwidert er verzweifelt. »Das Mädchen, das seine ermordeten Eltern findet und vierundzwanzig Stunden mit ihnen allein im Haus ist.« Er schwenkt die Hand durch die Luft wie ein Reporter aus einem alten Film, der eine Schlagzeile unterstreicht. »Das ist eine Story! Ich kann mir kaum ausmalen, was in Ihrem Kopf vorgegangen sein muss … was Sie gesehen haben … Und wenn die Leute das erfahren, hilft es vielleicht, die Mörder zu schnappen.«

Luke versteift sich, während Flammen durch mein Inneres jagen. Er hat Luke eben mein Geheimnis verraten, vor dem jeder wegrennen will, sobald er es hört. Aus dem Nichts stürze ich mich auf Stan. Lukes Hand gleitet aus meiner, als ich mit der Faust aushole, um sie Stan ins Gesicht zu schmettern. Solch eine Wut habe ich lange nicht mehr empfunden, und normalerweise finde ich andere Wege, mit ihr umzugehen, aber jetzt will ich einfach nur auf Stan einprügeln. Mit der Faust auf ihn einrammen. Sehen, wie seine Nase blutet. Beobachten, wie er die Schmerzen leidet, die mich in wenigen Minuten einholen werden.

Irgendwie schafft Luke es, seine Arme von hinten um meine Taille zu schlingen und mich zurückzuhalten.

»Lass mich los!«, schreie ich zappelnd. »Ich schlage ihn zusammen!«

»Nein, tust du nicht.« Er drückt mich an sich, während ich nach Luft ringe. Ich muss weg von ihm, atmen können.

Ich muss laufen, Stan schlagen, irgendwas tun, damit ich nicht fühle, was in mir ist. *Meine Eltern. Luke weiß Bescheid. Ich bin erledigt. Er weiß, was sich unter meiner Haut verbirgt, und er wird nicht mehr mit mir zusammen sein wollen.*

Ich will mich freistrampeln, doch er presst mich bloß fester an seine Brust. »Atme«, flüstert er mir zu und streicht mir mit der Hand übers Haar.

Ich schwöre bei Gott, dass er ahnt, was in mir los ist. Als würde er es mitfühlen. »Kann ich nicht«, würge ich. »Ich hasse ihn.«

»Versuch's.«

Ich schließe die Augen, sperre alles aus, konzentriere mich einzig aufs Luftholen. Ich kann Lukes Herz ebenmäßig pochen hören, horche darauf und versuche, mein eigenes mit ihm in Einklang zu bringen.

»Verschwinden Sie!«, knurrt Luke den Reporter an, dass seine Brust bebt.

»Ich habe mir solche Mühe gegeben, sie zu finden«, sagt Stan. »Wenn sie nur kurz mit mir spricht, dann haben wir das hinter uns.«

»Wenn Sie nicht abhauen, lasse ich sie los, und sie prügelt Sie windelweich«, sagt Luke ruhig. »Nutzen Sie lieber Ihre Chance, zu verschwinden.«

»Sie können mir nicht drohen! Ich rufe die Cops.«

»Sehe ich aus, als würden mich die Cops kümmern?«, fragt Luke. »Jetzt hauen Sie ab.« Er betont jedes Wort. Stan murmelt etwas über seine Karte, und Luke fügt hinzu: »Sollten Sie noch mal versuchen, sie zu kontaktieren, kommen Sie nicht mehr aufrecht weg.«

Momente vergehen, die sich wie Tage anfühlen, bevor einer von uns sich bewegt oder etwas sagt. Ich löse mich als Erste, und Luke lässt mich, gibt mir Raum. Er beobachtet mich, als ich mich nach etwas umsehe, das es mir leichter macht, mit dem umzugehen, was eben geschehen ist. Am Ende kehrt mein Blick zurück zu Luke.

»Jetzt weißt du es«, sage ich und atme laut aus. Ich sehe ihn an, suche nach dem Ekel, der immer da ist, wenn Leute es erfahren, doch in der Dunkelheit wirken seine Augen schwarz, und hinter ihm scheint grell das Verandalicht.

Die Stille dauert an, bis ich nur noch heulen will. Tränen brennen in meinen Augen, doch ich kämpfe gegen sie, weil ich wieder das toughe Mädchen sein will, dem alles egal ist. Ich brauche jene Violet, denn sie sorgt dafür, dass alles wieder okay wird, selbst wenn es das nicht ist.

»Ich hatte keine Ahnung, dass Reporter so sind«, sagt Luke schließlich leise und legt eine Hand an meinen Arm. »Der war ja echt heftig.«

»Leider sind viele von denen so«, antworte ich und kaue auf meinen Fingernägeln. Wenn ich doch nur wüsste, was er denkt. »Aber ich habe noch keinen getroffen, der so penetrant war … Er ruft mich seit Wochen an und ist im Restaurant gewesen.«

Luke reißt die Augen weit auf. »Warum hast du nichts gesagt?«, fragt er, doch ich spare mir die Antwort. »Du hättest etwas sagen müssen.«

»Wieso? Damit ich dir meine traurige Geschichte erzähle und du mich so ansiehst wie jetzt gerade?«

»Du kannst mein Gesicht gar nicht sehen, also woher willst du wissen, wie ich dich angucke?«

»Muss ich nicht. Ich kenne den Blick. Jeder hat ihn, wenn er es erfährt. Das Mädchen, das seine tote Eltern fand und dann einen ganzen Tag mit den Leichen im Haus saß. Das kaputte Mädchen, vor dem sich alle gruseln.« Falls er bisher nicht vorhatte, mich abzuservieren, wird er es garantiert jetzt tun.

Seine Finger spannen sich an meinem Arm an, als er uns leicht umdreht, sodass ich sein Gesicht sehen kann. Darin erkenne ich nichts als Mitgefühl und vielleicht sogar Verständnis. »Jeder hat seine dunkle Vergangenheit. Ich habe meine, und glaub mir, ich wäre ein verdammter Heuchler, würde ich dich für irgendwas verurteilen, was du getan hast. Ich habe selbst reichlich Scheiße gemacht, die die meisten Leuten nicht verstehen würden.«

Ich befreie mich von seinem Griff und umfange meinen Oberkörper. Am liebsten würde ich mich in mir verkriechen, mich hinter dem Panzer verstecken, der in den letzten Wochen mehr und mehr schrumpft. »Zum Beispiel?« Ehrlich gesagt erwarte ich keine Antwort, und als er Luft holt, bleibt mir beinahe das Herz stehen.

»Wie wäre es damit, seiner Mom mit sechs Jahren ihren Schuss zu setzen, weil sie Spritzen nicht leiden kann und verlangt, dass man das für sie erledigt?«, sagt er leise, und ich merke deutlich, dass er es eigentlich nicht aussprechen wollte, aber schlicht muss.

Ich weiß nicht, wie ich reagieren soll. Ob ich überhaupt reagieren sollte. Ihn in die Arme nehmen. Weglaufen. Was soll ich tun? Zum Glück reagiert er für mich, indem er seinen Arm um meine Taille legt.

»Gruselst du dich jetzt vor mir?«, fragt er, und ich verneine stumm. »Eben. Und ich habe auch keine Angst vor deiner Vergangenheit. Vor dir allerdings schon, wenn auch aus völlig anderen Gründen. Aus Gründen, die eher mit mir und meinen Gefühlen zu tun haben.«

Ich nicke. Meine Tränen verschwinden, als er sich zu mir beugt und mich küsst. Und es ist auf eine gute Art seltsam, denn für einen Moment gibt es all das Schlimme nicht, das eben passiert ist. Nichts drückt mir bleiern auf die Brust. Luke ist der erste Mensch, der mir etwas von der Last nehmen konnte, und deshalb möchte ich mich an ihn klammern, so lange ich kann. Als er mich hochhebt und in die Wohnung trägt, lasse ich ihn. Genau wie ich mich im Zimmer ausziehen lasse. Ich erlaube ihm, mir sein Shirt über den Kopf zu ziehen, sodass ich von seinem Duft umfangen bin. Ich lasse zu, dass er mich ins Bett legt und sich neben mich. Dann schlafen wir ein. Zusammen.

Kapitel 16

LUKE

Über die nächsten Wochen verfallen Violet und ich in diesen komischen Rhythmus. Wir ordnen unser Zimmer, wobei ich sie ihre Sachen größtenteils dahin packen lasse, wo Violet sie haben will. Sie hat diesen Teddy, der unbedingt auf der Kommode sitzen soll, ganz offen, obwohl er lila und sehr mädchenhaft ist. Doch als sie mir erzählte, dass ihr Dad ihn ihr geschenkt hat, nehme ich sie in die Arme, weil mir nichts Besseres einfällt. Überhaupt umarme ich sie viel – teils weil ich sie gerne in den Armen halte, und teils aus Angst, sie könnte sonst verschwinden.

Irgendwann wird sie begreifen, dass ich nicht gesponnen habe, als ich ihr das mit dem Schuss bei meiner Mom erzählte, und ich fürchte, damit wird sie nicht leben können. Einige Male hat sie mich vorsichtig nach meiner Mom gefragt, wie sie ist, und ich verrate ihr so wenig wie möglich, weil es im Moment gut zwischen Violet und mir ist.

Wir küssen uns viel, sie lässt sich überall von mir berühren, wann immer ich will; trotzdem halte ich mich noch zurück, weil ich Angst habe, jene Linie zu überschreiten und endgültig einzusehen, dass ich mich verändert habe. Dass für mich tatsächlich eine echte Beziehung mit

Violet infrage kommt, obwohl ich weiß, dass sie jederzeit alles nehmen könnte. Es ist höllisch schwer, nicht die Kontrolle zu übernehmen und in sie einzudringen. Ich habe das Gefühl, dass ich jeden Tag in ihr sein will, wieder und wieder. Ich will den Blick in ihren Augen sehen, wenn sie kommt, und diesmal in ihr sein, wenn es passiert.

»Du trinkst neuerdings viel Bier«, bemerkt sie, als sie Teller in die Spüle stapelt. Seth und Greyson sind zum Essen ausgegangen, um ihr Dreimonatiges zu feiern. Die zwei sind schon länger als drei Monate zusammen, deshalb bin ich nicht ganz sicher, was für ein Jubiläum genau das sein soll, und ich habe nicht gefragt. »Ist es, weil du besser auf dich aufpassen willst?«

Mir gefällt nicht, dass sie indirekt meinen Diabetes anspricht – meine Schwäche –, doch weil sie es ist, bleibe ich halbwegs entspannt. Ich lasse mich auf die Ledercouch fallen und trinke einen Schluck. »Ja, ich habe beschlossen, mal eine Weile bei Bier zu bleiben und abzuwarten, wie es geht … ein bisschen gesünder. Außerdem brauche ich wohl mal eine Pause von dem anderen Zeug.«

Sie blickt von der Spüle auf. Ihr Haar ist hochgebunden, sodass ihre Schultern und ihr Nacken frei sind. Sie trägt ein dünnes Trägerhemd, ohne BH, und Boxershorts. Ich tue mein Bestes, meine Hände bei mir zu behalten, doch das ist schwierig, wenn sie so angezogen ist. »Eine Pause wovon?«

Achselzuckend stelle ich mein Bier ab und greife nach der Fernbedienung. »Meinem Drang … wie nennst du es noch … mir die Kehle zu verätzen.« Ich grinse ihr zu, auch wenn es nicht der wahre Grund ist, warum ich die Finger von Hochprozentigem lasse. Der ist, dass ich etwas anderes versuchen will, einen etwas klareren Kopf zu haben, damit ich bewusst erlebe, was zwischen uns ist. Manchmal fällt es mir schwer und ist irgendwie unangenehm, dass ich alles und jedes so deutlich wahrnehme.

»Habe ich das gesagt?« Sie neigt den Kopf zur Seite und tippt sich an den Mund, als könnte sie sich nicht erinnern. »Das hört sich eigentlich gar nicht nach mir an.«

»Das hört sich eindeutig nach dir an«, erwidere ich und schalte auf einen anderen Sender.

»Soll das heißen, dass du mich kennst oder so?«, scherzt sie grinsend und dreht den Wasserhahn ab.

»Willst du behaupten, ich kenne dich nicht?«, kontere ich, nehme meine Bierflasche wieder auf und lege die Füße auf den Couchtisch.

Sie wischt sich die Hände an einem Papiertuch ab. »Nein, will ich nicht.«

»Dann gibst du zu, dass ich dich kenne?«

»So gut wie ich dich.«

»Ich glaube nicht, dass ich dich richtig kenne«, sage ich und zupfe das Etikett von der Flasche. »Noch nicht jedenfalls.«

Sie lädt einige Teller in den Geschirrspüler. »Du weißt eine Menge Wichtiges.«

Ich werfe das nasse Etikett auf den Couchtisch. »Ja, ist mir klar.«

»Und du bist immer noch hier.« Sie sieht nach unten, als wäre ihr meine Reaktion egal, doch ihr nervöser Unterton verrät, dass sie das nicht ist.

»Klar bin ich noch hier«, sage ich betont scherzhaft,

damit sie sich besser fühlt. »Ich will ja nicht wieder obdachlos sein. Und wo sonst hätte ich die Chance, jede Nacht bei einem Mädchen zu schlafen, das absichtlich seinen Hintern an meinen Schwanz drückt?«

Sie sieht übertrieben genervt auf. »Das habe ich ein Mal gemacht, und nur weil ich einen komischen Traum hatte!«

»Einen komischen Traum, wie ich dich vögle?«

Sie verdreht die Augen, streitet es aber nicht ab, während sie einige schmutzige Gläser aus der Spüle nimmt. »Mich wundert, dass du immer noch mit mir schlafen willst. Ich hätte gedacht, du hast längst genug von meinem verrückten Keuchritual.«

Ich trinke von meinem Bier. Jeden Morgen wacht Violet so auf wie in meinem Wohnheimzimmer, japsend nach Luft. Die erste Woche hat es mir eine Todesangst eingejagt, aber inzwischen will ich nur noch wissen, woher es kommt. Sie sagt mir lediglich, dass es ein Albtraum ist – ich nehme an, von ihren Eltern –, aber sie redet nicht darüber. »Was soll ich sagen, ich stehe wohl auf Qual.«

»Ja, das muss es sein«, murmelt sie und lädt die Gläser kopfüber in die Spülmaschine. »Übrigens komme ich mir hier wie die Putzfrau vor. Anscheinend bin ich die Einzige, die den Abwasch macht.«

»Hey, ich putze viel!«, widerspreche ich und stelle die Bierflasche auf den Tisch. »Seth und Greyson machen nie etwas.«

»Greyson kocht wenigstens«, entgegnet sie. »Seth tut nichts anderes, als überall Kit-Kat-Papier und leere Energy-Dosen zu verteilen.«

»Ja, dem stimme ich zu«, sage ich, während ich beobachte, wie ihre Shorts ein bisschen Hintern freigeben, als sie sich bückt, um Teller in das untere Maschinenfach zu stecken. »Aber wenn du meinst, dass du hier das Putzen alleine erledigst, sollten wir dir eines von diesen Zofenkostümen besorgen.«

Sie richtet sich wieder auf und streckt die Schultern. »Wozu die Umstände? Ich könnte doch auch nackt putzen.«

Ich schüttle den Kopf und beiße mir so fest auf die Unterlippe, dass sie fast blutet. »Ehrlich, eines Tages werde ich verlangen, dass du einen von diesen Sprüchen wahr machst.«

Sie lehnt sich an die Küchenarbeitsplatte und verschränkt die Arme. »Ach, würdest du doch nur!«

Mein Körper brennt förmlich vor Verlangen, sie zu berühren. Das tut er in den letzten Wochen oft, und Violet versteht es wahrlich gut, die richtigen Knöpfe bei mir zu drücken, damit es schlimmer wird.

»Du denkst, dass ich Witze mache.« Sie tritt wieder an die Spüle, sodass sie mit dem Gesicht zu mir steht. »Tue ich aber nicht.«

Ich sehe ihr zu, als sie das Wasser aufdreht und einen Topf ausspült. Dabei lächelt sie vor sich hin, und ich stehe auf … bereit, endlich meinen Bedürfnissen oder ihren nachzugeben – das zu unterscheiden, wird zunehmend schwieriger. Ich werde sie ins Zimmer bringen und ihr geben, worauf sie dauernd im Scherz anspielt. Doch dann klingelt mein Telefon.

»Gerettet«, trällert sie grinsend.

»Oh, das ist noch nicht vorbei«, warne ich sie und hole mein Telefon hervor. »Gleich geht es wei …« Ich verstumme, als ich den Namen meines Dads auf dem Display sehe. In letzter Zeit hat er oft versucht, mich zu erreichen, wahrscheinlich, weil die Hochzeit näher rückt.

»Willst du nicht rangehen?«, fragt Violet, stellt den Topf in den Geschirrspüler, klappt die Tür hoch und drückt sie mit der Hüfte zu.

»Muss ich wohl«, murmle ich. Ich hasse es, dass ein simpler Anruf die Stimmung des ganzen Abends ruinieren kann. Trotzdem drücke ich das Hörersymbol und halte das Handy an mein Ohr. »Ja.«

»Hey«, sagt mein Vater übertrieben munter. »Du bist wirklich schwer zu erreichen.«

»Ja, weil ich deine Anrufe ignoriere«, antworte ich ehrlich. Das Rumpeln des Geschirrspülers füllt den Raum. Violet geht ins Bad und schließt die Tür hinter sich, und mit ihr verschwinden ihr niedlicher Hintern und alles Gute und Unbeschwerte in mir.

Mein Vater stockt, sucht nach Worten. »Hör mal, Luke, mir tut sehr leid, wie ich reagiert habe, als du gefragt hast, ob du bei uns wohnen kannst. Manchmal habe ich es einfach nicht drauf, ein Vater zu sein, und sage Sachen, ohne vorher nachzudenken. Aber ich hätte dir anbieten müssen, bei uns zu bleiben. Du kannst sogar mein Bett haben.«

»Nicht nötig.« Ich nehme mein Bier, trinke einen großen Schluck, aber das reicht nicht. Zu schwach. Ich bin zu nüchtern und labil. *Auf Bier umzusteigen, war eine schlechte Idee.*

»Luke, ich bemühe mich ehrlich«, erwidert er. »Ich weiß, dass ich eine Zeit lang nicht in deinem Leben vorkam, aber das möchte ich jetzt.«

»Und wie du dich bemühst!« Ich lache spöttisch, während in mir etwas Klick macht und mich die letzten vierzehn Jahre in den Abgrund ziehen und ich viel zu nüchtern bin, sodass ich alles fühle. »Bemühen wäre gewesen, mich öfter als zehn Mal in den letzten vierzehn Jahren anzurufen. Bemühen wäre gewesen, Amy und mich nicht bei Mom und ihrem Wahnsinn zu lassen.«

»Deine Mutter ist nicht wahnsinnig.« Er seufzt. »Sie kämpft nur mit einigen Sachen.«

»Nein, sie ist komplett wahnsinnig, und du musst es ebenfalls sein, wenn du denkst, dass sie es nicht ist.« Ich raste aus. Buchstäblich. Alles, was ich in mir verschlossen hatte, platzt heraus, und es kocht eine solche Wut in mir, dass ich nur noch grelles Weiß sehe.

»So sprichst du nicht über deine Mutter, Luke«, sagt er. »Ja, sie hat ihre Probleme. Die haben wir alle.«

»Du nimmst sie tatsächlich in Schutz. Anscheinend kapierst du es gar nicht!«

»Dann erkläre es mir. Bitte.«

»Hast du irgendeine Ahnung, was sie … von mir verlangt hat? Hast du einen Schimmer, was ich durchgemacht habe? Ich musste ihr ihre Schüsse setzen, ihr Heroin spritzen«, zische ich, balle meine Hand zur Faust und will dringend das beruhigende Brennen von Jack oder Tequila. Stattdessen knalle ich die Faust auf den Couchtisch. Einige Fingerknöchel knacken, und das Holz schürft die oberste Hautschicht ab, aber es tut nicht annähernd so weh, wie an die Vergangenheit zu denken. »Als ich acht war, musste ich ihr ihren Koks mörsern und mich von ihr halten lassen, während sie wegdämmerte. Sie hat mich behandelt wie ein

Haustier, hat mich nie atmen lassen, und Amy hat sie überhaupt nicht beachtet.« Ich atme angestrengt, ringe nach Sauerstoff und schleudere die leere Bierflasche durchs Zimmer, die an der Wand zerschellt. »Ihr war es scheißegal, als Amy starb. Sie hat mein Leben so verdammt schlimm gemacht, dass ich alles kontrollieren muss, nur um mich nicht daran zu erinnern, wie sehr sie mich kontrolliert hat …« Ich verstumme, als Violet vor mich tritt und zwischen dem Fernseher und dem Couchtisch stehen bleibt. Alles wird still, als sie die Scherben zu ihren Füßen sieht.

»Luke, mein Gott, ich wusste nicht …«, beginnt mein Dad.

Ich drücke das Gespräch weg. Er ruft gleich wieder an, aber ich schalte das Handy aus, werfe es auf den Tisch und sehe nur Violet an. Wie immer kann ich nicht erkennen, was sie denkt, also muss ich sie fragen.

»Wie viel hast du gehört?« Meine Hand zittert, doch meine Stimme ist ruhig. Mir ist klar, dass sie schon einiges wusste, aber jetzt hat sie praktisch die Zusammenfassung meines traurigen, blöden, wertlosen Lebens gehört. Jetzt weiß sie, wie erbärmlich ich wirklich bin.

»Alles.« Den Ausdruck in ihren Augen kann ich nicht deuten, als sie tief Luft holt. Sie überlegt, und ich halte ihr Schweigen nicht aus. Ich habe das Gefühl, dass ich gleich explodiere.

»Violet, sag etwas.« Ich klinge panisch und verzweifelt. »Bitte.«

»Wir sollten die Scherben wegräumen, bevor Seth und Greyson zurückkommen«, sagt sie. »Andererseits können wir sie das auch putzen lassen.«

»Violet, ich …« Meine Stimme verliert sich, als sie auf Zehenspitzen über das Glas und den Tisch zu mir steigt. Dann verschränkt sie ihre Finger mit meinen und küsst sanft die aufgeschürften Knöchel, einen nach dem anderen. Sie sieht mich mit ihren großen grünen Augen an, stellt sich auf die Zehenspitzen und küsst mich auf den Mund. Ich genieße es, sie zu schmecken, während meine Hände um ihre Taille wandern. Mich verwirrt, dass für sie okay ist, was sie gehört hat, dass sie in ein Wohnzimmer voller Scherben kam. Dann jedoch fällt mir alles ein, was sie bereits über mich weiß; dass sie die Prügelei im Stripclub verhinderte; dass ich ihr erzählte, wie ich meiner Mom ihre Schüsse setzen musste. Sie weiß mehr über mich als die meisten anderen, und sie ist immer noch hier, küsst mich und lässt mich ihr nahe sein.

Deshalb erwidere ich ihren Kuss, weil ich bei ihr sein muss, um die Wut in mir loszuwerden. Ich küsse sie gierig, hebe sie hoch und trage sie ins Schlafzimmer, wobei ich gegen Wände und die Tür stoße, bevor ich endlich mit ihr auf dem Bett liege. Sie stöhnt, als ich ihren Körper mit meinem bedecke und an ihrem Hals sauge und ihr Kinn küsse. Ich entferne mich nur, um ihr das Shirt auszuziehen, und ihre Nippel richten sich auf, sobald sie von der kühlen Luft berührt werden. Ich betrachte Violet, während sie mir hilft, mein Shirt auszuziehen, und dann gleiten ihre Finger über die Tattoos auf meinen Rippen. Dabei sieht sie mich mit einem beinahe faszinierten Ausdruck an.

»Bedeuten die etwas?«, fragt sie und malt die Linien der seitlichen Tätowierung nach.

Achselzuckend vergrabe ich meine Finger in ihrem

Haar. »Ich hatte mal eine Phase, in der ich mir jedes Mal eins stechen ließ, wenn ich mich beschissen fühlte.«

»Du hast ziemlich viele.«

»Ja, ich fühlte mich auch oft beschissen.« Eine Hand wandert in ihren Nacken, die andere ihren Brustkorb hinauf und über ihr Tattoo. »Was ist mit deinen? Heißen die irgendwas?«

Sie sieht zu mir auf. »Die Sterne, ja.«

Meine Finger landen auf der betreffenden Stelle. »Was?«

»Ich habe sie zur Erinnerung an meine Eltern. Irgendwo habe ich mal gelesen, dass die Sterne unsere toten Vorfahren symbolisieren oder so ähnlich.«

Ich will etwas sagen, doch sie legt eine Hand auf meinen Mund. »Küss mich einfach.«

Obwohl es sich anfühlt, als sollte ich mehr sagen, küsse ich sie und ziehe sie mit mir zurück auf die Matratze. Ich küsse ihren Hals, ihr Schlüsselbein, die Stelle auf ihrer Brust, unter der ihr Herz schlägt. Dann sauge ich ihren Nippel ein und lasse all die sexuelle Anspannung in mir herausströmen. Sie stöhnt, winkelt die Knie neben meinen Hüften an und klammert sich an meine Schultern. Dann murmelt sie etwas, dass ich fester saugen soll. O Gott, töte mich jetzt!

Ich tue, worum sie mich bittet, und widme mich ihrem anderen Nippel, an dem ich sauge, bis ich es nicht mehr aushalte. Dann ziehe ich ihr die Shorts aus und werfe sie zusammen mit ihrem Slip beiseite. Violet mag gern tough erscheinen, doch als sie nackt unter mir liegt, sehe ich ihr an, dass sie nervös ist und es zu verbergen versucht. Prompt zögere ich, und ich habe noch nie, niemals gezögert.

Ehe ich etwas sagen kann, greift sie zu meiner Jeans und öffnet die Knöpfe. Dann gleiten ihre Hände in meine Boxershorts, und ihre Finger streichen über meinen sehr bereitwilligen, harten Schwanz.

»Ich denke, wir …«, beginne ich, kann aber nicht weiterreden, weil sie anfängt, mich zu reiben. Meine Muskeln lockern sich, und ich stöhne. Bald bin ich an dem Punkt, an dem ich sie entweder aufhalten muss oder gleich in ihrer Hand komme. Mit größter Anstrengung greife ich nach unten und ziehe ihre Hand weg. Dann streife ich meine Jeans und die Boxershorts ab, hole ein Kondom aus der Hosentasche und lege mich wieder über sie. Violet hat diesen erregten Blick, den ich nie richtig deuten kann und bei dem ich nicht sicher bin, ob ich es überhaupt versuchen sollte.

Ich will sie fragen, ob es okay für sie ist, doch sie beugt sich nach oben und presst ihre Lippen auf meine, ehe ich ein Wort herausbringe. Ich kann mich auf nichts anderes mehr konzentrieren, und ehe ich begreife, was geschieht, dringe ich in sie. Sie ist enger, als ich es gewöhnt bin, also muss ich es langsam angehen. Ich kralle eine Hand ins Laken, zwinge mich, mir Zeit zu lassen und schrittweise in sie zu gleiten, doch sie spreizt ihre Beine weit und biegt ihren Rücken. Sie übernimmt, bewegt sich mir entgegen. Plötzlich bin ich ganz in ihr und erstarre, während ich mit dem Impuls kämpfe, Violet runterzudrücken und die Kontrolle an mich zu reißen. Die Zeit läuft unbemerkt weiter, als sich die Verbundenheit zwischen uns intensiviert, zusammen mit den überwältigenden Gefühlen, die mich verschlingen.

Mich kontrollieren. Doch am Ende bewege ich mich langsam, weil es nicht um meine Kontrolle geht. Es geht um sie. Nur um sie. Jede Bewegung, jeder Atemzug, die Art, wie mein Herz in meiner Brust hämmert, alles dreht sich um Violet.

Sie besitzt mich.

VIOLET

Ich bin nicht mal ganz sicher, warum ich so weit gehe, aber als er in mir ist, gibt es kein Zurück mehr, also spreize ich meine Beine weit und lasse ihn ganz in mich, egal wie sehr es schmerzt.

Ich bemühe mich, nicht zu zittern, als er mich ausfüllt, was schwierig ist. Es fühlt sich so unnatürlich an und zugleich so natürlich, weil ich das Gefühl habe, sicher und nicht allein zu sein. Als sollte er in mir sein. Das ist komisch und vielleicht nicht normal für das erste Mal.

Ein halbe Ewigkeit rührt Luke sich nicht in mir. Meine Hände liegen auf seinen festen Rückenmuskeln, sein Kopf ist nach unten an meinen Hals geneigt, während er die Finger ins Laken krallt. Er pulsiert in mir, seine Haut ist warm, und er riecht nach Bier, Rauch und der Moschusnote seines Eau de Colognes. In den letzten Wochen hat sich dieser Geruch auf mich übertragen, doch auf diese neue, gute Art, so wie er und mein Bild von uns beiden zusammen.

Ich versuche, mich zu beherrschen, nur wird der Bewegungsdrang in mir beständig größer. Alles ist so still.

Zu still. Dann beginnt er, sich in mir zu wiegen, und es löst ein Sehnen tief in mir aus. Das wird mit jeder Bewegung stärker, reicht tiefer und tiefer, während Luke meine Haut küsst und schließlich seine Lippen auf meine presst, um sofort mit seiner Zunge in meinen Mund zu dringen und mich intensiver zu küssen. Gleichzeitig stößt er fester in mich. Ich kann nicht mehr atmen, als das Sehnen zu etwas anderem wird, etwas Wundervollem, das sämtliche Gedanken aus meinem Kopf reißt. Ich biege den Rücken durch, sodass meine Brust an seiner ist. Seine Hand gleitet meinen Rücken hinab, zieht mich dichter zu ihm, als ich nach Luft ringe.

Er stöhnt an meinem Mund, und ich schreie etwas, das ich selbst kaum verstehe, denn ich stürze und fliege zugleich, so wie ich es mir oft ausgemalt hatte. Ich klammere mich an ihn, weigere mich, loszulassen, bis ich wieder runterkomme. Adrenalin rauscht mit solcher Wucht durch meinen Körper, dass ich nicht klar denken kann. Luke stößt ein letztes Mal in mich, und unsere Hüften sind vollständig verbunden, bevor er langsamer wird und sein Körper unter meinen Händen zuckt. Dann erstarrt er in mir. Wir beide sind verschwitzt, und unsere Herzen schlagen gegeneinander. Es ist kein Raum zwischen uns, als er mich festhält und ich ihn, unsicher, warum ich mich noch an ihn klammere … wohl weil es mir vorkommt, als würde alles Schöne, das ich fühle, verschwinden, wenn ich ihn loslasse.

Nach einer Weile gleitet er aus mir und küsst mich, bevor er sich neben mich rollt. Er winkelt einen Arm über seinem Gesicht an, während er mich mit dem anderen zu sich zieht, bis mein Kopf auf seiner Brust ist. Ich kann sein unregelmäßiges Herzklopfen hören und spüre, wie sich seine Lunge unter den schweren Atemzügen weitet.

»Alles okay?«, fragt er mich atemlos und klingt panisch.

Ich nicke. Mein zufriedenes Lächeln unterdrücke ich, obwohl es inzwischen dunkel im Zimmer ist und er es sowieso nicht sehen könnte. Dennoch ist es befremdlich, dass ich glücklich bin. Mein Lächeln ist echt, nicht das künstliche. »Mir geht es gut.«

»Bist du sicher?«, fragt er besorgt. »Geht es dir wirklich gut? Selbst nach … na ja, allem?«

Ich stütze mein Kinn auf seine Brust und sehe zu ihm auf. »Alles ist bestens, stoischer Unnahbarer, also entspannst du dich bitte?«

»Ich bin entspannt«, beteuert er. »Ich möchte bloß sicher sein, dass es für dich okay ist … mit mir.«

»Für mich ist es vollkommen okay mit dir und dem, was passiert ist«, versichere ich ihm. Und das stimmt. Für einen Moment ist alles absolut vollkommen.

»Kannst du verdammt noch mal still sein?«, schreit der Mann die Frau an, die vor sich hin singt. »Wir müssen hier weg.«

»Lehn dich an mich. Lehn dich an mich. Nimm. Hilf mir. Ich muss es verstehen. Hilf mir. Ich schaffe das nicht ohne dich«, weint sie, als er sie auf seinen Armen trägt.

»Hör auf, diesen Scheiß-Song zu singen!«, brüllt er wütend und tritt eines meiner Spielzeuge quer durchs Zimmer. »Jetzt reiß dich zusammen und lass uns hier verschwinden.«

»Kann ich nicht«, schluchzt sie hysterisch. »Was ist, wenn uns jemand gesehen hat?«

»Keiner hat uns gesehen, verdammt«, sagt er und schüttelt sie wie eine Stoffpuppe. »Ich habe schon das ganze Haus überprüft.«

Sie blickt sich in meinem Spielzimmer um, und ich schwöre, dass ihre Augen auf mich in der dunklen Ecke treffen. Sieht sie mich? Sie muss. Verrät sie es? »Lehn dich an mich. Lehn dich an mich. Nimm. Hilf mir. Ich muss es verstehen. Hilf mir. Ich schaffe das nicht ohne dich.« Tränen strömen ihr übers Gesicht, und ich fange an zu weinen, als er sie ohrfeigt, immer wieder. Das Lied und das Klatschen der Ohrfeigen füllen meinen Kopf, als ich warte, dass die Monster mich finden. Mir wehtun. Denn das tun Monster nun mal.

Ich wache panisch auf, wie immer, schlage mit den Armen um mich, als ich mich aufsetze. Meine Umgebung ist verzerrt, weil das Lied durch meinen Kopf hallt, und würgend greife ich an meinen Hals, atme laut, während ich mich im dunklen Zimmer umsehe, nach etwas Vertrautem suche und schließlich den Teddy auf meinem Schreibtisch sehe.

Luke setzt sich auf, reibt seine Augen und legt eine Hand auf meinen Rücken. Er hat sich inzwischen so sehr an das hier gewöhnt, dass es ihn nicht einmal mehr erschreckt. Er streichelt meinen Rücken, gibt mir Zeit, wieder zu Atem zu kommen, während ich die Decke an meine nackte Brust presse und meinem Herzen befehle, langsamer zu schlagen. Ich muss mich anstrengen, es nicht wie früher zu machen – indem ich etwas Gefährliches suche, um mir meinen Adrenalinkick zu verschaffen. Der einzige Grund, weshalb ich nicht zum Fenster renne und zu springen überlege, ist der, dass Luke hier ist und mich berührt. Mich beruhigt. Er macht das jetzt.

Nachdem ich wieder ruhiger bin, zieht er mir sein Shirt an, streift seine Boxershorts über und umfängt mich mit beiden Armen, als er sich wieder mit mir hinlegt. »Ich wünschte, du würdest mir erzählen, worum es in dem Traum geht«, flüstert er an meiner Stirn und küsst sie. »Vielleicht könnte ich dir helfen.«

»Es hilft nicht, über Sachen zu reden«, antworte ich leise. Meine Hände liegen auf seiner Brust. »Und glaub mir, das willst du nicht hören.«

Er streicht mit den Fingern durch mein Haar, und ich fühle, wie sich seine Halsmuskeln anspannen, als er angestrengt schluckt. »Manchmal habe ich auch Albträume von … von den Spritzen, die ich meiner Mom setze … Eigentlich hasse ich Spritzen wie die Pest, und das zu machen … Tja, es holt mich immer noch ein.«

»Aber du bist Diabetiker.«

»Ja, sehr unpraktisch, nicht?« Sein Humor klingt gezwungen.

Ich überlege, was ich sagen könnte, doch mir fällt nichts ein. Natürlich könnte ich einen Scherz machen oder mir eine bizarre Geschichte ausdenken – das war schon immer ein Leichtes für mich. Aber er erzählt mir ungefragt Dinge über sich, finstere und beklemmende Dinge, ähnlich denen, die ich seit dreizehn Jahren in mir verschließe.

»In jener Nacht«, sage ich und merke, wie er sich anspannt, aber weiter durch mein Haar streicht. »Ich habe sie gesehen …«

Seine Finger erstarren, und er atmet erschrocken ein. »Du hast die Mörder gesehen?«

Ich nicke und sehe zum Fußende. »Habe ich, aber irgendwie auch nicht richtig … Ich schätze, ich habe sie eher gehört … Die Schweine haben ziemlichen Lärm gemacht.« Mein Tonfall ist unbeschwert, doch alles andere in mir fühlt sich an, als würden Mauern einstürzen, mich erdrücken und gefangen halten. »Sie wussten nicht, dass ich in dem Zimmer war, deshalb gaben sie sich gar keine Mühe, still zu sein.«

»Hast du das der Polizei erzählt?«, fragt er.

»Ich habe der Polizei alles erzählt, woran ich mich erinnern konnte, von den Schuhen, die die Frau anhatte … Ich habe sogar den Klang ihrer dämlichen Stimme beschrieben … wie sie sich anhörte, als sie dieses wahnsinnige Lied sang.«

»Sie hat gesungen? Echt?«

»Ja, und der Text war total abgedreht«, sage ich und muss Luft holen. »Lehn dich an mich. Lehn dich an mich. Nimm. Hilf mir. Ich muss es verstehen. Hilf mir. Ich schaffe das nicht ohne dich … Das höre ich jede Nacht im Traum.«

Eine Zeit lang ist er still, und außer den vorbeifahrenden Autos draußen ist nichts zu hören. Zuerst denke ich, dass er verarbeitet, was ich gesagt habe, aber dann bemerke ich, wie steif er geworden ist, und es klingt, als würde er gar nicht atmen.

Ich frage mich, ob es ein Fehler war, ihm das zu erzählen, und sehe zu ihm. »Luke, ist alles okay?«

»Was hast du gerade gesagt?«, flüstert er.

Ja, ich hätte es ihm eindeutig nicht erzählen dürfen. »Das war das Lied, das sie gesungen hat.« Ich rücke etwas zur Seite und versuche zu entscheiden, ob ich fliehen soll, ehe er mich rausschmeißt. »Ich weiß nicht mal genau, was das für ein Song ist, denn ich konnte ihn nirgends finden.«

Sein Schweigen zieht sich ewig hin, und er rührt sich nicht. Atmet nicht. Ich bekomme Panik.

»Nein, weil sie ihn sich ausgedacht hat.« Seine Stimme kippt, und dann schiebt er mich von sich.

Ich rolle mich auf die Seite, als er aufsteht und aus dem Zimmer stürmt. Einen Moment lang liege ich im Bett und spiele in Gedanken noch einmal durch, was er gesagt hat und was es bedeuten könnte. Wer hatte sich das Lied ausgedacht? Weiß er etwas über das Lied? Kennt er die Person, die … O mein Gott … Ich springe auf und renne ihm hinterher, als er die Badezimmertür zuknallt. Er hat schon von innen verriegelt, als ich am Türknauf zerre.

Ich hämmere mit der Faust an die Tür. »Was meinst du mit ›sie hat ihn sich ausgedacht‹? Luke, bitte, antworte mir!« Wieder und wieder knalle ich die Faust gegen die Tür, bis es in meiner Hand pocht. »Verdammt, bitte, sag das noch mal! Ich muss es wissen! Ich muss wissen, ob ich dich richtig verstanden habe.«

Er antwortet nicht, und sein Schweigen genügt, dass mir die schmerzliche, schneidende, hässliche Wahrheit klar wird. Ich sinke auf den Fußboden, als ich von drinnen Poltern und Klirren höre. Glas zerschellt. Wände brechen. Mein Herz. Ich warte, dass sich mir die Wahrheit enthüllt, genauso wie ich in jener Nacht gewartet habe, hoffend, dass es nicht das ist, was ich denke. Dass Luke nicht die Person kennt, die dort war, als meine Eltern umgebracht wurden, und dieses furchtbare Lied sang. Aber tief im Innern weiß ich, dass ich mich irre.

Ich kenne die schreckliche Wahrheit und die Leere, die vor mir liegt.

LUKE

Ich ramme meine Faust in die Wand, beobachte, wie sie rissig wird, wie Putzteile auf den Fliesenboden bröckeln. Als das Loch groß genug ist, schlage ich meine Faust in den Spiegel. Glas zerbricht. Meine Haut reißt auf. Ich blute den ganzen Boden voll, die Scherben und die Fliesen. Das darf nicht wahr sein! Es ist nicht wahr! Ich will doch bloß ein anständiges Leben, verflucht, ohne dass mich meine gottverdammte Vergangenheit in Besitz nimmt. Ohne dass *sie* mich in Besitz nimmt. Glühender Zorn verbrennt mich innerlich, und ich hole weiter mit der Faust aus, um sie in das erstbeste noch Unversehrte zu schmettern. Zufällig ist das die Badewanne. Die Fliesenumrandung bleibt heil, doch meine Finger fühlen sich an, als würden sie brechen. Das reicht nicht! Ich brauche mehr, wenn ich das hier nicht fühlen will. Ich kann nicht … kann das nicht ertragen … Tränen laufen mir über die Wangen, als ich auf den Boden sacke. Ich flenne wie ein beschissener Schwächling und Loser, wie das Kind, das alles tat, was ihm gesagt wurde. Ich ertrinke in meiner Vergangenheit und in dem Gedanken, dass ich Violet verlieren werde.

Ich weine weiter, bis ich keine Tränen mehr habe und ich weiß, dass mir nichts anderes übrigbleibt, als mich wieder zu bewegen. Verschwitzt, blutig und wund stehe ich auf. Glasscherben schneiden mir in die Fußsohlen, als ich zur Tür gehe. Violet hatte daran gelehnt und kippt ins Bad, als ich öffne. Dann liegt sie inmitten von Putz und Fliesenscherben, das Gesicht von ihrem Haar umrahmt und starrt mit trockenen Augen zu mir auf.

»Wann … wann ist das passiert?« Es kostet mich eine ungeheure Kraft, sie zu fragen. »Wann sind deine Eltern gestorben?«

Sie holt langsam Luft. »Vor dreizehn Jahren … am Abend des vierten Juli … dem Tag vor meinem Geburtstag.« Ihre Augen sind leer, gefühllos, noch leerer als bei unserer ersten Begegnung. Und das ist meine Schuld.

Ich erinnere mich an jene Nacht, weil meine Mutter blutbeschmiert nach Hause kam. Es war die Nacht, in der sich alles änderte, die zu einer endlosen Aneinanderreihung von Tagen voller Drogen und Wahnsinn führte.

»Ich glaube …« Ich halte meine gebrochene Hand und zittere am ganzen Leib. Nein, ich kann es nicht einmal aussprechen, was mich zum erbärmlichsten Schwächling aller Zeiten macht, denn Violet verdient, zu hören, was ich zu sagen habe. Sie verdient so verdammt viel mehr!

»Ich denke, ich weiß, was du sagen willst, sag es nicht.«

»Ich kann nicht …« Ich suche nach Worten, die es leichter machen, nur gibt es die nicht. »Dieser Song … meine Mutter hat ihn sich ausgedacht …« Der Klang meiner Stimme sticht unsichtbaren Messern gleich auf meine Lunge, meine Kehle und mein Herz ein.

»Sie war … o mein Gott, sie war da?« Ihre Augen glänzen, und sie fängt zu weinen an. Hysterische Schluchzer zerreißen ihre Brust, als sie mit gekrümmten Fingern um sich schlägt, auf meine Brust und alles um uns herum ein.

»Ich weiß es nicht …« Doch, eigentlich weiß ich es, weil ich mich erinnere, dass meine Mutter Blut auf ihren Sachen und an ihren Händen hatte. Ich weiß nicht, was ich tun soll. So gern ich Violet helfen möchte, schätze ich, dass ich der Letzte bin, von dem sie je wieder angefasst werden will. »Ich regle das«, flüstere ich und hocke mich neben sie. »Ich … Ich erzähle es …«

»Das bringt nichts.« Tränen laufen über ihre Wangen und tropfen auf den Fußboden. »Nichts, was wir tun, wird etwas ändern. Nichts. Es ist alles vorbei. Meine Eltern … du und ich …«

Der Schmerz in meiner Hand ist nichts verglichen mit dem grellen, lähmenden Schmerz in meinem Herzen, als ich begreife, was sie sagt. Es zerreißt mir die Brust, und sie so bitterlich weinen zu sehen, macht es mir unmöglich, die Realität zu akzeptieren. Noch nicht. Mir ist bewusst, dass ich sie in Ruhe lassen muss. Sie wird nie mehr erlauben, dass ich sie halte. Nicht hiernach. Es wird nie wieder wie vorher sein. Aber noch schaffe ich es nicht. Ich *brauche* ein bisschen länger, bevor ich das alles aufgebe – meine Gefühle für sie, wer ich bei ihr geworden bin.

Ich bücke mich und hebe sie in meine Arme. Dabei ignoriere ich, wie sehr es wehtut. Sie sträubt sich nicht, weint nur noch heftiger und packt mich, als wäre ich das Einzige, was sie in dieser Welt hält. Ich trage sie zum Bett, lege sie hin, und sie zieht mich zu sich herunter. Ich lasse sie weinen, lasse sie an meiner Brust schluchzen, ohne sie zu berühren. Sie soll sich nehmen, was sie braucht, und ich will nichts im Tausch.

Irgendwann schläft sie in meinen Armen ein, und obwohl ich kämpfen muss, nicht aufzustehen, bleibe ich liegen, bis mich am Ende die emotionale Anstrengung einholt und ich mit Violet in den Armen wegdämmere. Mir kommt es vor, als hätte ich nur zehn Minuten die Augen geschlossen, doch als ich aufwache, bin ich allein im Bett. Ich stehe auf und blicke mich um. Als Erstes bemerke ich, dass ihr Teddy fort ist. Ich sehe in die Kommode. Ihre Sachen sind nicht mehr da. Dann suche ich in der Wohnung, doch weder Violet noch irgendwas, das ihr gehört, ist zu finden. Sie ist fort. Alles ist fort.

Und es tut weh, übler als meine gebrochene Hand, übler als die Erinnerung, übler als alles, was ich in meinem Leben ertragen musste. Bis jetzt habe ich nicht einmal erahnt, wie viel ich für sie empfand; das wird mir erst klar, als ich es nicht mehr fühlen kann. Ich will, dass der Schmerz weggeht. Er soll verschwinden. Er muss aufhören!

Ich gehe zum Kühlschrank und nehme eine Flasche Tequila heraus. Es kostet einiges, mit meiner verletzten Hand den Deckel abzudrehen, doch ich schaffe es. Dann setze ich die Flasche an und kehre zu dem einen zurück, von dem ich weiß, dass es alles andere vertreibt. Ich kippe den brennenden Alkohol hinunter, auf dass er mich vollständig ausfüllt, mich ertränkt, bis ich so hinüber bin, dass ich nicht mehr atmen will.

Epilog

VIOLET

»Hat es mit deinem Süßen nicht hingehauen, häh?«, fragt Preston, als er die letzte Tüte mit meinen Sachen auf den Wohnzimmerboden fallen lässt. Alles ist in Plastiktüten, weil ich es eilig hatte beim Packen, dringend dort raus musste, bevor ich mich aus dem Fenster stürzte. Das hätte ich auch getan, denn der Gedanke, dass alles vorbei ist, klang weit besser, als das eine Einfache, Gute in meinem Leben aufzugeben. Bei ihm zu bleiben, hätte mich jedoch immer daran erinnert, wie ich an diesen Punkt gelangt bin, wie ich zu dem Menschen wurde, der ernstlich darüber nachdenkt, sich aus einem Fenster zu werfen.

Das Schlimmste ist, dass ich Gefühle für ihn habe, dass ich ihn mag und mir wünsche, er würde hier bei mir sitzen. Andererseits denke ich nicht, dass ich ihn jemals wieder ansehen könnte, ohne an die Ermordung meiner Eltern zu denken und dass seine Mom womöglich beteiligt war. Schon als er mich hielt, während ich weinte, war die Sicherheit, die ich mal in seinen Armen empfand, nicht mehr spürbar. Ich fühlte nichts außer Leere.

»Er ist weder mein Süßer noch mein Sonstwas«, murmle ich und reibe mir die Augen, als ich auf die Couch sinke. Meine Augen schmerzen fast so sehr wie mein Herz. So viel habe ich noch nie geweint. Ich hatte nie Grund. Und ich rätsle immer noch, ob ich geweint habe, weil Luke mir erzählte, dass seine Mom in der Nacht dort war, als meine Eltern ermordet wurden, oder weil ich wusste, dass ich nicht bei ihm bleiben konnte, nicht so, wie ich es Momente zuvor gewesen war, als ich ihm das Lied vorsang und alles zerbrach.

Nachdem Luke eingeschlafen war, stand ich auf. Mich trieb eine wahnsinnige, unkontrollierbare Sucht nach Adrenalin an, und ich tat das Einzige, was mir einfiel, damit es nicht böse endete – mit noch einem Tod. Ich ging zu dem einen Ort, den ich noch hatte. Mich überrascht, dass Preston mich sogar abholen kam. Immer noch bin ich unsicher, warum ich zu ihm zurückgegangen bin oder ob ich bleibe. Aber im Moment bin ich zu fertig, um etwas anderes zu machen. Ich bin nicht einmal sicher, dass ich wieder zu der werde, die ich bei Luke war, oder der, die ich vor ihm war. Vor ihm war ich klargekommen, solange ich meine Gefühle wegsperren konnte. Selbst wenn ich es der Polizei erzählt habe? Selbst wenn – oder falls – sie endlich jemanden verhaften. Denn am Ende werde ich nach wie vor allein sein.

Preston stellt die letzten Tüten in den Flur, schließt die Haustür und setzt sich neben mich auf die Couch. Ich bin noch in Boxershorts und Lukes T-Shirt, erinnere mich aber nicht, es angezogen zu haben, auch wenn ich froh bin, denn es riecht nach ihm.

Preston legt einen Arm um mich. »Also, willst du mir erzählen, warum du so beschissen aussiehst, oder soll ich anfangen, zu raten?«

Ich wische mir die geschwollenen Augen. »Wie wäre es, wenn wir einfach tun, als wäre nichts gewesen?«

»Oh, das kann ich nicht«, sagt er und zieht mich an sich. »Aber verrate mir wenigstens, wieso du weinst.«

»Weil alles vorbei ist.«

»War es das nicht vorher schon?«

»Nein, das war es bei Weitem nicht.«

Er hat keinen Schimmer, wovon ich rede, und das ist gut. »Übrigens bin ich noch nicht drüber weg, wie du mit mir geredet hast, ehe du weg bist.«

»Das hattest du verdient«, murmle ich, und er drückt meinen Arm fest.

»Und du hast mir den Vorrat nicht zurückgegeben«, sagt er streng. »Also falls du ihn nicht mehr hast, schuldest du mir was. Eine Menge.«

»Ich habe ihn nicht mehr«, sage ich matt. »Ich habe das Zeug verschenkt.«

Er drückt meinen Kopf so fest an seine Brust, dass mein Nacken schmerzt. »Tja, das ist echt das Problem bei dir, Violet. Du denkst nie an die Zukunft.«

»Nein, weil ich in der Vergangenheit feststecke.«

»Weiß ich, und du musst aufhören, an die Vergangenheit zu denken, und dir überlegen, wie es weitergehen soll. Angefangen damit, wie du mich bezahlen willst.« Er fängt an, grob meine Schulter zu massieren, während seine andere Hand meinen Schenkel hinaufwandert.

Mein erster Impuls ist, ihn zu schlagen, aber meine Faust zu heben, scheint mir momentan zu mühsam. Alles kommt mir zu mühsam vor, und ich denke, dass es leichter ist, ihm nachzugeben, als mich zu wehren.

Ich starre auf einen Flecken auf dem Boden und konzentriere mich auf ihn. »Nimm dir, was du willst«, flüstere ich. »Ich habe nichts mehr von Wert in mir.«

Danksagung

Ein riesiges Dankeschön an meine Agentin, Erica Silverman, und meine Lektorin, Amy Pierpont. Für eure Hilfe und eure Anregungen werde ich euch ewig dankbar sein.

Ich danke meiner Familie, die mich und meinen Traum so wunderbar unterstützt. Ihr seid super!

Und allen, die dieses Buch lesen, danke ich unendlich.